時限捜査

堂場瞬一

JN177887

集英社文庫

目次

第一部　占拠　7
第二部　要求　87
第三部　混乱　172
第四部　膠着　258
第五部　別件　341
第六部　狙撃　426
解説　内片輝　512

時限捜査

第一部　占拠

0

なんでこんなとこに家を買ったかなあ、と村井基樹《もとき》は後悔の溜息《ためいき》を漏らした。大阪モノレールの万博記念公園駅の周辺には、広大な公園や商業施設が広がっているせいで、家までは歩いて十五分ほどかかる。普段は、歩くのも健康にいいと思うようにしているが、酔って帰って来た日や夏はしんどい……今日がまさにそういう日だった。暑いし酔っているし、二重の悪条件だ。

ちょっと酔いを醒《さ》まして帰らないと。酒臭い息を吐きながら帰ると、女房にも中学二年生の長女にも嫌われるのだ。駅構内の自動販売機でスポーツドリンクを買い、万博記念公園に面した窓にあるカウンターについた。改札内にあるこの場所は、ちょっと一休みしていく時にありがたい。

腰かけた途端、カウンターに単眼鏡があるのに気づいた。こんなもん、あったかな……細い紐《ひも》でカウンターにつながれているが、ご自由にご覧下さい、いうことか。誰がやったんか知らんけど、結構なサービスやないか。

スポーツドリンクを一口飲み、単眼鏡を目に当てる。最初は森が黒く見えているだけだったが、動かしているうちに太陽の塔が目に入る。かすかにライトアップされて、白くぼんやりと浮き上がっていた。見慣れているが、夜は一味違うもんやな。

突然、視界が赤く染まった。

「あれ、何や」

「太陽の塔ちゃうか」

誰かの声が聞こえた。太陽の塔がどうかしたか？　もう一度、意識を集中して単眼鏡を覗《のぞ》きこむ。あれや。空中にぽっと灯りが灯《とも》っているような……それがゆらりと揺れている。

「火事ちゃうか？」

「アホか。太陽の塔が燃えるかいな」

周囲の人の話を聴きながら、村井はさらに目を凝らした。そう、まさか、太陽の塔が燃えるはずがない……しかし、空中では間違いなく、ゆらゆらと小さな炎が揺れていた。あれ、二つの顔の真ん中あたりやないか？

「おいおい、誰か一一九番したれよ」

「ホンマに火事やで」

村井は単眼鏡に目を当てたまま、スマートフォンを取り出していた。本当に火事なら……えらいこっちゃ。あれ、大阪のシンボルなんやで。

1

署長は酒が弱いとやっとれんな、と島村保《しまむらたもつ》はひそかに溜息をついた。署長という仕事では、外部――警察関係者以外とのつき合いも多い。ところが基本的には真面目な酒席ばかりで、くつろいで酒を楽しむわけにはいかないのだ。常に背筋をぴしりと伸ばしておかねばならないわけで、酔って暴言でも吐いたらアウトだ。

しかし今夜は、素直に気持ちのいい呑《の》み会《かい》だった。特に緊張することもない、署の幹部クラスによる自分の送別会だったから。島村は明日で大阪府警梅田《うめだ》署署長として二年の勤務を終え、明後日からは警察学校長に就任する。それが、警察におけるキャリアの終点になる予定だ。難関の試験を突破して警察官になったばかりの若者たちを鍛える仕事は、キャリアの仕上げとして悪くない。最後に、若者に自分のノウハウや夢を託せるなんて、勤め人の理想やないか。

「いやあ、今夜はええ酒やった。ありがとうな」島村は、横を歩く副署長の遠藤《えんどう》に礼を言った。

「とんでもないです。署長にはすっかりお世話になって、署員一同感謝、感謝ですわ」

何をおためごかしを……自分より二歳若いこの男は、警察官としての能力は、それほど大したことはない。本当にできる人間なら、もっと若くして梅田署――府警の中では最重要のS級署だ――の副署長ぐらいは経験しているものだ。ただこいつは、人柄はいいからなあ。絶対に憎めない奴《やつ》。人柄だけでも警視にまでなれるという、いい見本だ。

「明日もお忙しいですよね。引っ越し準備は大丈夫なんですか」

「問題ないよ。女房も慣れてるからね」

「これが最後の引っ越しですか。感慨深いでしょうな」

「いや、面倒なことが終わると思うとほっとするわ。いくら慣れてるいうても、歳取ると引っ越しはきついからな」

「仰《おつしや》る通りですな」

二人は曽根崎新地から御堂筋《みどうすじ》に出て、署の方へ向かっていた。遠藤はこのまま、東梅田から地下鉄谷町線で守口まで帰る。島村は、梅田署の最上階にある官舎へ戻るだけだった。課長たちは三次会へ行ったようだが、自分は我慢、我慢。最近は呑み過ぎると翌朝がきついし、引っ越しの準備もあるからなあ……。

「明日は一日、挨拶回りと引き継ぎで潰れるから、署の方、よろしく頼むわ」

「署長の挨拶回りは大変ですからなあ」いかにも同情したように遠藤がうなずく。「面倒やけど、こういうのをちゃんとしておかんと、後任が何を言われるか分からんからね。お仕事、お仕事や」

「お疲れ様です……あ、では、私はここで」

東梅田駅の入り口で遠藤と別れ、島村は歩くスピードを一層落としてぶらぶらと署へ向かった。このまま帰ってもいいのだが、呑んだ後にはコーヒーを一杯やりたくなる。九月、夜でも歩いているだけで汗をかくような気温なのに、熱くて濃いコーヒーが飲みたい。とはいえ、署の付近には喫茶店がない……ごて地蔵通りもお初天神《はつてんじん》通りもこの時間でも賑《にぎ》わっているが、基本的には酒が主役の街なのだ。

まあ、しゃあないな。官舎に戻ってコーヒーを用意するか……この時間でも引っ越し準備に追われている女房の手を煩わせるのは気が引けるから、自分で何とかしよう。どうしても女房が淹《い》れるようにうまくはいかないのだが。

一抹の寂しさ――忙《せわ》しなさとも、もうお別れなんやな。

梅田署は、府下でも最大の繁華街、キタを管轄に抱えているので、大きな事件がない日も何かと忙しい。特に酒のトラブルは毎晩のようにあるので、署の最上階にある官舎に住んでいる島村にとって、毎晩が当直のようなものだった。最初の頃は、ちょっとしたことでも階下に降りて直接指揮を執っていたのだが、さすがにそんなことが何日も続くと体がもたないと思い直し、よほどのことがない限りは部下に任せることにした。だいたい、事件の多い梅田署には優秀な署員が集まっているのだから、署長がいちいち口を出す必要などない。それこそ、「署員を信じていないのか」と陰口を叩《たた》かれかねない。

しかし、この二年間はとにかく大変だった。急に歳《とし》を取ってしまったように感じることもある。警察学校校長としての勤務がリハビリになるのか、若い警官たちに苛々《いらいら》する日々になるのか……まあ、今はそんなことは考えんでもええやろ。

明日一日、まだ署での仕事も残っている。異動するといっても、何か起きたら自分が責任を取らねばならないのだ。

そういう時に限って、事件ちゅうのは飛びこんでくるんやけどなあ。

結局、コーヒーは女房の昌美《まさみ》が用意してくれた。さすが引っ越し慣れしているというか、部屋の中はもう、荷詰めされたダンボール箱で埋まっている。それほど多くはない……今回は地下鉄四《よ》つ橋《ばし》線の北加賀屋駅近くにある自宅へ戻るだけだから、大した引っ越しではないのだ。この官舎はあくまで仮住まいで、家具などはほとんど自宅へ置いたままである。

引っ越しは楽だが、警察学校への通勤は少し面倒臭い。警察学校は、大阪の南も南、田尻町のりんくうタウン内にある。もう少し足を延ばせば和歌山というこの場所に警察学校が引っ越したのは、二〇一二年。それまでは交野《かたの》市にあって、島村もそこで警察官人生の第一歩を踏み出した。交野も不便やったけど、りんくうタウンはなあ……最寄駅は、南海本線の吉見ノ里《よしみのさと》という、かなり辺鄙《へんぴ》な場所である。島村が通勤する場合は、四つ橋線と南海本線で五十分ほどかかる。しかしまあ、これぐらいなら通勤時間としては許容範囲だろう。警察学校では、緊急事態が起きるわけやないし。毎日の通勤ラッシュとは逆方向になるから、ゆっくり読書もできる――いいリハビリや。

「引っ越しの準備、だいたい大丈夫そうやな」ダンボール箱が積み重ねられたリビングルームでコーヒーを飲みながら、島村は言った。

「何とかね。でも、さすがに疲れましたよ」

「悪いなあ。でも、引っ越しはこれが最後やから」

「何回引っ越したのかしら」

「数えたくないな」結婚してから五回、と分かっていた。本部勤務が長かったものの、所轄に出ることもあったから、引っ越しはつきものだった。「とにかく、こういうのが終わりかと思うとせいせいするわ」

「そうねえ」昌美はコーヒーではなくお茶を飲んでいた。

「しかし、二年いただけで結構な量になるもんやな」最低限の荷物――着替えや本しか持ってこなかったのに、意外だった。もっとも、梅田署長になってから本はずいぶん増えている。最近は歴史小説に凝っていて、書店――JR大阪駅付近にはやたらと多い――に足を運ぶ機会が増えた。署長はここが二か所目なのだが、所轄は「城」、署長は「城主」のようなものである。戦国大名たちの人心把握術は、現代でも何かと役に立つ。昔は、仕事の参考にしようと歴史書を読むような人を馬鹿にしていたのだが、実際には、そういう人たちの感覚は正しかったのだ。

「本が多いでしょう？　マンションの方、床を補強してないけど、大丈夫かしら」

「床が抜けるかもしれんな」

「本が多い人は、ピアノを持っている人みたいに床の補強をしておくべきだって――マンションを買う時に、業者の人から言われたわね」

「そうやったかな」島村は首を捻《ひね》った。北加賀屋駅近くにマンションを購入したのは十五年ほど前。捜査一課の係長だった頃で、毎日がフル回転だった。マンション選びから業者との折衝までほとんど女房に任せてしまったので、今のは初めて聞く話だった。その頃から本が多かったのは間違いないのだが。

「先に風呂に入ってもええかな」島村は遠慮がちに訊《たず》ねた。昌美はまだ荷物の整理をしているので、申し訳ないという気持ちはある。

「ああ、どうぞ。今日も暑かったしね。汗、かいたでしょう」

「お互い様やないか」

「私はずっと家にいたから。エアコンを効かせて、快適でしたよ」

「そうか……そんなら、お先にな」

しかし、シャワーを浴びることはできなかった。脱衣室でシャツを脱いだ瞬間、いきなり昌美が飛びこんでくる。

「お父さん、大変！」

「何や？」

「太陽の塔が燃えてるって！」

「ええ？　ホンマかいな」

上半身裸のまま、島村は脱衣室から飛び出した。一足先にリビングルームに戻っていた昌美が、テレビのボリュームを上げる。

「──何者かが放火したとみて、警察で調べています」

画面には、視聴者が撮影したらしい、画質の粗い写真が映っていた。確かに……塔の中央正面の顔、その上辺りで、小さな炎が上がっている。いやいや、何か変やで。太陽の塔は、高さ七十メートルもある。燃えているのも、地面からは四十メートルぐらいの場所だろう。太陽の塔が自然に発火するわけはなく、放火するのもまず不可能──島村は一瞬、いつかのオリンピックの開会式を思い出していた。確か、火矢を飛ばして聖火が燃え上がるという演出だった。

ドローンか？

その可能性が高い、とピンときた。誰かが飛ばしたドローンがコントロールを失い、太陽の塔に激突して出火した——いや、ドローンの動力源は電気だから、あんな風に火が出ることはあるまい。ということは、発火するような装置を積んだドローンを、わざとあそこに突っこませたのか？　空飛ぶ火炎瓶のように？

今のところ、人的被害はないようだ。ということは、悪質な悪戯《いたずら》と言っていいのだが……いや、これは「超」悪質やな。太陽の塔は、万博以降、大阪のシンボルの一つになっているのだから。

「いやねえ……」昌美が顔をしかめる。

「ふざけた話やな」島村は吐き捨てた。「いや、ちょっと待てよ」

島村はテレビの画面に意識を戻した。急に新しいニュースが入ったようだ。

「……今入ったニュースです。大阪市中央公会堂で、現在火災が発生しているという情報があります。繰り返します、大阪市中央公会堂で火災が発生しているという情報があります。この件は、新しい情報が入り次第、詳しくお知らせします」

おいおい、冗談やないで。隣の署の管内やないか。しかもあそこ——中之島《なかのしま》は、市役所、日銀の支店や企業の本社が集まる大阪市の中心の一つや。それより何より、公会堂は大正時代に完成した国の重要文化財である。趣のある壮大な建物は、大阪の古き良き時代の象徴なのだ。あそこが火事になったらえらいことやで。

しかし、本当にただの火事なんだろうな？　もしも放火やったら……嫌な予感が頭の中で広がっていく。

「ちょっと、降りてくるわ」

「新しいシャツにします？」慣れたもので、昌美はこういう時も「どうして」とは訊ねない。ただ、準備万端で送り出してくれるだけだ。こういうのはありがたい限りやなあ……夜中の緊急出動では、女房にぶつぶつ言われる、と零《こぼ》す同僚も少なくないのだ。島村の場合、結婚三十年、一度たりともそういうことはなかった。

新しいシャツに着替え——今夜はシャワーを浴び損ねる予感がしていた——エレベーターで一階の警務課へ降りる。当直の署員たちは、基本的にここへ詰めることになっているのだ。

予想していた通り、署員たちはテレビの前に集まっていた。しかし、島村が現れたことにいち早く気づき、全員がさっと振り向いて会釈する。

「何か新しい動きは？」

「三か所目——今度はＵＳＪですわ」今夜の当直責任者、警備課長の増島《ますじま》が答える。声が硬い。

「ＵＳＪ？」島村は眉を吊《つ》り上げた。「ＵＳＪのどこや」

「入り口にでかい地球儀がありますよね？　あそこらしいです」

「火事か？」

「火事……燃えている、という通報があっただけで、詳細はまだ分かりません」

若い署員の一人が立ち上がり、席を空けてくれた。島村は右手をさっと挙げ、「すまんな」と言って椅子に座った。ちょうどテレビの真ん前の特等席である。

画面には、黒く焦げた地球儀が映し出されていた。マスコミの連中も動きが早いことで……巨大な地球儀に「UNIVERSAL」の文字が躍るこのオブジェは、U《ユニヴァーサル》・SJ《スタジオ・ジャパン》に入った客が最初に目にするものだ。いわば、このテーマパークの象徴。島村は反射的に、壁の時計に目をやった。十一時二十五分。

「それ、いつ頃やった？」

「通報は十一時前だったようです」増島が答える。

「人的被害は？」

「それはないようです――こっちには連絡は入ってませんが」

「そうか……」

立ち上がった島村は、増島に目配せした。そのまま警務課の端にある副署長席の方へ連れていく。署員たちに背を向けると、低い声で増島と話し始めた。

「テロちゃうやろか」

「……ええ」増島も低い声で答える。「連続テロ、ですかね」

「しかしこれ、極左の手口とは違うな」

「そうですね、ピンポイント過ぎます。極左の飛翔弾《ひしょうだん》には、ここまでの精度はないですよ。取り敢《あ》えず飛ばすのが精一杯で、距離も目標も正確に、とはいきません。それに最近は、飛翔弾を使ったテロもあまりありませんよ」

「だったら、犯人は誰や？」

「それは、何とも」増島の顔が歪《ゆが》む。「ま、楽観的に考えれば、悪質な悪戯やないですか。人的被害がないんやったら、下手《へた》に騒がん方がええでしょう。警察が大慌てして騒ぐと、犯人が喜ぶだけですよ」

「かといって、放っておくわけにはいかんわな……」島村は顎を撫《な》でた。一日分の髭《ひげ》が伸びて、ざらざらと鬱陶しい。「まず、各事件の情報を収集してくれんか？　大阪の名所ばかり狙われたのが気になるんや」

「確かに、観光客が行きそうな場所ばかりですね」

「気をつけんとな……うちの管内にもそういう場所はいくらでもあるで」島村はうなずきながら言った。何より梅田署管内は、大阪の交通の要衝である。西日本随一の巨大駅である大阪駅や梅田駅、それに宿泊施設も集中している大阪の顔の一つだ。駅は間もなく眠りにつく時間帯だが……気になる。

「要警戒で頼む。いざという時には、上の連中にも声をかけて動員しろ」

梅田署の上階部分は独身寮になっており、警察学校を出て配属されたばかりの若い連中が入寮している。当然、勤務ダイヤに従って動いているのだが、非常時には非番の若い警官たちが「含み資産」になる。

「まだよろしいですね？」

「ああ、次に何か動きがあってからにしよう。ただ、念のためにパトカーは積極的に運用した方がええな」

「そうしましょう。取り敢えず、今いる人員だけで何とかします」

「頼むわ。俺もしばらく、こっちにおるから」

「何かあったら呼びますよ」署長官舎には警察電話が置いてあり、何かあったらすぐに連絡が入ることになっている。「今夜は、よろしいんじゃないですか？　明日が梅田署最後の日ですよ？」

「ということは、明日一日は俺に責任があるわけや」島村はうなずいた。「ま、心配性なオッサンの身勝手やと思ってくれ」

「了解しました」

うなずき、増島が副署長席を離れた。すぐに署員たちに指示を飛ばす。数人が飛び出していったのを見て、島村はテレビの前に戻った。今のところは、新しい事件はない……しかし、これでは終わりそうにはない予感がしていた。

警務課長席の電話が鳴る。増島が飛びつくように受話器を摑《つか》んだ。

「はい、梅田署当直……はい、警備の増島ですが。え？　あべのハルカス？」

冗談やないで。島村は顔から血の気が引くのを感じた。あんな馬鹿高い建物が狙われたのか？　やはりドローンだろうか……ドローンの使用については、航空法の改正で、条件によっては国交大臣の許可が必要になっている。空港周辺、人口集中地区、百五十メートル以上の高さの空域が対象だ。それ以外なら許可なく飛行可能なのだが……ドローンだとしたら、あべのハルカスのどの辺りを狙ったのだろう。あのビルは、高さ三百メートルあるが、五百メートルまで上昇可能なドローンもあるそうだから、法律違反を承知なら、かなり上の方の階まで突っこませることも可能だろう。

あべのハルカスは、屋上――三百メートルのところがヘリポートになっているが、その下は、五十八階から六十階までが吹き抜けだ。三百メートル地点にぽっかり空いた吹き抜けからドローンが突っこんだら……展望台の営業は終わっており、この時間には客はいないはずだが、被害状況を想像して島村は顔が引き攣《つ》るのを感じた。

「分かりました。ただちに警戒を強化します」

受話器を叩きつけるように置いた増島が、島村に目を向けた。テレビの前にいた島村は、彼の元に歩み寄った。

「誰や」

「本部の警備当直です。連続テロの疑いが強いということで、正式にパトロール強化の指示が出ました。間もなく、四つの事件の現況報告が届きますわ」

「分かった。取り敢えず、このままパトロールを始めてくれ」

「了解です」

島村は、音を立てて椅子に腰を下ろした。テレビは他のニュースを伝えているが、いずれはこの連続テロ一色になるのではないだろうか。

取り敢えず俺にはツキがある、と島村は自分を納得させた。増島は警備畑をずっと歩いてきた男で、公安第一課在籍時には極左捜査の経験もある。今回の事件が極左によるテロとは思えなかったが、警備のエキスパートが当直責任者でいることは、何より心強い。

さて、俺は何をするかだ。

一つだけはっきりしている。梅田署長として最後の一日は、無事に終わりそうにない。

2

本部から、事件の概要がファクスで届いた。留守番役で署に残った島村と増島は、まずこの資料を詳細に読みこんだ。

「これだけやったら、大したことは分かりませんなあ」増島が頭を掻《か》く。「時間と場所だけ……ドローンらしいが、その正体も明言がないですよ」

「発生したばかりやで。まだそこまで特定できんやろ」

どうやら、ほぼ同時多発的に事件が起きたことだけは分かった。最初が、万博記念公園の太陽の塔。二つの顔の中間あたり、地面から高さ四十メートルほどのところが燃えていた。ドローンを使ったとしたら、中国自動車道と並行して走る中央環状線から飛行させたのかもしれない。公園の出入り口のすぐ側《そば》にある太陽の塔には、徒歩でもかなり接近できるとはいえ、人目につかずにドローンを持ちこむのは難しいだろう。むしろ、中環の路肩に車を停《と》めて発進する方が目立たない。公園は深い森の中にあるが、事前に座標を割り出しておけば問題ないだろう。

次が中央公会堂。幸いにというべきか、ドローンは道路から数メートル下にある半地下式のレストランのテラス席部分に落ちて、建物自体に被害はなかった。この時は、土佐堀川の南側から低い位置をドローンが飛ぶ——既に火が出ていたようだ——のが目撃されている。

三番目のUSJに関しては、地球儀を狙ったものとは言い切れなかった。USJの周辺は高い街路樹に覆われており、外からは中をはっきりと目視できないのだ。犯人は、取り敢えずＵＳＪの中で火災を起こすことでよしとしたのではあるまいか。

最後、あべのハルカスの被害は、さすがに五十八階ではなかった。十七階オフィスフロアの壁面、地表から約百メートル地点にドローンが衝突したようだった。こちらも人的被害はなし。ただし、空中に大きな炎が浮かんだ感じになり、現地は一時軽いパニック状態に陥ったという。

太陽の塔からあべのハルカスまで、発生時刻はわずか数十分の間に集中している。同一犯——同じグループによる、ほぼ同じ狙いの犯行だと考えていいだろう。最低四人程度……それぞれの現場はかなり離れている。一人の人間が、わずか数十分の間に万博記念公園↓中央公会堂↓ＵＳＪ↓あべのハルカスと移動するのは、物理的にほぼ不可能だ。

「二次レベルの警戒警報が出ましたわ」増島が告げた。

「三次レベルでもええんちゃうか」

警備事案が発生した場合、府警は対策を三段階のレベルに分けている。一次レベルは所轄のみでの警戒。二次レベルで機動隊が出動。三次レベルになると、機動捜査隊、交通機動隊など、動員できるパトカーや白バイを全て街に放つ。

「それは大袈裟《おおげさ》ですよ」増島は比較的落ち着いていた。

「専門家の——おたくの見方は？」

「これだけの材料だと断言はできませんが、悪質な悪戯やと思いますよ。ただ、こういうのは絶対に摘発せんといけません。ドローンがこんな風に悪用できると分かったら、今後も同じような事件が続発しますよ」

「せやな……」島村は顎を撫でた。一応納得した素振りは見せたものの、増島の読みは甘いような気がしている。府内には、まだまだ狙えるポイントが多いのだ。想定しうる全てのポイントに人を張りつけるべきではないだろうか。

いや、そんなことをしても、どれだけ効果があるかは分からない。何しろこれは「空中戦」だ。いくら地上に人を配しても、ドローンには対応できない。かといって、ヘリでの警戒もほとんど不可能だろう。

ふざけた犯人だが、上手《うま》いところに目をつけたとも言える。増島が言うように、この犯人を逮捕できないと、後々悪い影響が出てくるだろう。

ふと思いつき、ＵＳＪを管内にもつ此花《このはな》署の署長、水沼《みずぬま》に電話をかけた。本当は、電話などすべき状況ではないのだが……どうしても気になる。

「おお、シマさんか」同期の水沼は、非常時にもかかわらず、いつもと同じ明るい口調だった。

「忙しいところ、すまんな。そっちはどんな状況や？」

「大したことはないわ。ＵＳＪの地球儀、分かるか？」

「もちろん」

「あそこにドローンがぶつかって燃え上がっただけや。被害は大きない」水沼は、話を小さくまとめようとしているようだった。

「ドローンなんは間違いないんか？」

「ああ。かなり大きな破片が現場に残っていた。メーカーまでは特定できんが……おそらく、少量の油と簡単な発火装置を積んで、体当たり攻撃させたんやと思う」

この読みはかなり正確だろう、と島村は思った。水沼は鑑識課での仕事が長く、現場を見る目は確かだ。

「火炎瓶みたいなものか」

「イメージ的にはそれに近いかもしれんな。プログラムされたドローンで運ぶ火炎瓶、という感じや」

「プログラム？　リモコンで飛ばしてたんじゃないのか？」

「すまん、ちょっと走り過ぎたわ」水沼が軽く笑った。「それはまだ分からん。詳細については、今後の調査次第やな……それより、お前のところは何もないんか？」

「今のところは平穏や。二次レベルの警戒警報が出ているから、今、うちのパトをフル稼働させてる」

「気をつけろよ。この犯人、愉快犯かもしれんが、技術力はあるぞ。それに、かなり入念に計画を立てていた可能性が高い」

「そうやな」一人うなずき、島村は電話を切った。

さて、どうしたものか……今、署内には四人しかいない。これでは、何かあったら完全に出遅れてしまう。仕方ない、非常時ということで、独身寮で休んでいる連中を引っ張り出そう。

島村自身もうずうずしていた。ここででんと構えて指示を飛ばすのが署長の仕事ではあるが、元々こういうのは性に合わないのだ。警察官生活の後半は、管理畑に入って順調に出世してきたものの、基本は現場の人間だと自覚している。

増島に人集めを指示し、陣容が整うのを待つ。もしかしたら、まだ曽根崎新地辺りで呑んでいるはずの課長連中も呼び出すか……いや、まだ管内で何かが起きたわけではないから、総動員体制に移行するには早過ぎる。今は、自分が出ていける環境だけを整えればいいのだ。

十一時四十五分、警務課は人で溢《あふ》れ始めていた。眠そうな顔をしている若い警官もいるが、すぐにしゃきっとするだろう。

「いい加減、事態は落ち着いたんじゃないですか」増島は冷静だった。「最後の事件発生から、三十分ぐらい経《た》ちます。犯人がさらに連続事件を狙ってたら、もうとっくに起きてるはずですわ」

「そうやな……しかし、警戒警報にまだ解除されとらんだろう？」

「ええ」

「よし、ここはおたくに任せる。俺は管内を一回りしてくるわ。パトカーの運転手を一人、借りるで」

「もちろんです……おい、下倉《しもくら》！」

増島に呼ばれて、若い警官が立ち上がる。呼び出された待機組の一人なのだが……島村は顔をしかめた。

「下倉、お前は休んでてええ。明日、出発やないか」

「いや、大丈夫です」下倉が明るい笑みを浮かべる。長身、細身、ハンサムな顔にはまだ幼さが残っている。「静岡へ行くだけですから。新幹線では眠れますし」

「警備課長、ちょっと気ィつこうてやらんと。こいつには大事な仕事があるんやで」

「そうでした」増島の顔がわずかに白くなる。「下倉、お前は上で待機で――」

「大丈夫です。やらせて下さい」下倉が一歩前へ進み出る。

「ええんか？」疑わしげに増島が確認する。

「私は警察官です」それまで笑みを浮かべていた下倉が、急に真顔になった。「こういうことが本業ですから」

「……分かった」島村はうなずいた。「このパトロールにだけつき合え。それが終わったら待機に入って、明日に備えろ」

「了解しました」

下倉がパトカーのハンドルを握り、島村は助手席に座った。

「署長……後ろやないんですか」下倉が恐る恐るといった感じで訊ねる。

「なんで俺が、後ろで踏ん反り返っててんといかんのや」島村は笑いながら言った。「これは管内視察やないで。正式のパトロールや。だったら、前に二人乗るのが決まりやろ」

「そうですが……」下倉の肩が微妙に上がっている。

「お前な、俺が横に乗ってるだけで緊張するようじゃ、試合では勝てへんで？　オリンピックを目指している人間にとっては、こういうのもええメンタルトレーニングになるやろ」

「試合より緊張しますよ」

そういうことが言えるのは、緊張していない証拠だ……さすがに、何度も大舞台を踏んでいる人間は違う。

「どこから始めますか？」

「まず北へ行って、そこから東へ転進しよう。最後が大阪駅や」

「了解です」

梅田署管内の象徴的存在といえば大阪駅なのだが、実は地図上では、この巨大ターミナル駅は管内の西の端に近い。大川が東の端で、梅田署の庁舎も管内の地図上の「重心」にあるわけではなかった。

島村は窓を少し下げた。この時間になってもまだまだ暑く、秋の気配は一向に感じられない。むっとした空気とアスファルトの臭いが車内に入りこんできた。これなら窓は閉めておいた方がまし——開閉ボタンに手を伸ばそうとした瞬間、異音が耳に飛びこんだ。

「今、何か聞こえんかったか？」

「銃声です」下倉があっさり言った。

「間違いないか？」

「聞き慣れていますので」

下倉が言うなら間違いない。この男は、府警が誇る射撃の選手なのだ。それこそ、次のオリンピックを狙える実力の持ち主。

「でも銃声だとしても、かなり遠いですね」

「この騒音の中だと、距離までは分からんだろう」梅田署は、阪急前交差点に面している。交通量の多い御堂筋が目の前、交差点の向こうには阪急百貨店がある。夜遅くなっても街の喧騒《けんそう》が消えることはない。「間違いやないんか」

「……そうかもしれません」下倉は急に自信をなくしたようだった。

「とにかく出よう。まず、新御堂筋を北へ行って、梅田芸術劇場の辺りから始めてみるか」

「分かりました」

パトカーは、署の裏手に停めてある。ここから大回りして新御堂筋に出ることになる――下倉は交番勤務ではなく、本署の地域課職員だが、当然、管内の地図は完全に頭に入っている。大都市部の所轄であるが故に、管内面積は意外に狭く、街の全体像を頭に叩きこむのは、それほど難しくはない。これが田舎の署だと、やたらと広い面積を担当するので、全体像を摑むのはなかなか難しい。

島村のスマートフォンが鳴った。私用か……とも思ったが、取り上げると増島だった。

「JR大阪駅構内で発砲事件、という情報が入ってます」増島の声は引き攣っていた。

「何やて！」

思わず声を張り上げてしまい、下倉がブレーキを踏みこんだ。体が前に倒れ、シートベルトが胸に食いこむ。島村は右手を伸ばして下倉の胸の前に差し出し、このまま待つようにと無言で指示した。

「一一〇番か？」

「ええ」

「時刻は」

「十二時ちょうどでした」

島村は慌てて腕時計を見た。時間だけは正確に確認しなくてはいけないから、常に時間を補正してくれる電波時計を愛用している。いかにも若者向きのごついデザインなのだが、実用性はこれが一番だ——現在、十二時二分。

「誰か現場に出したか?」

「急遽《きゆうきよ》二人、行かせました」

「分かった。こっちもすぐに駅へ向かう」

「本当に発砲かどうかは分かりませんよ」増島が疑念を呈した。「こういう状況——混乱している時には、悪戯をする人間も多いですから」

「いや、気のせいかもしれんが、発砲音が聞こえた気がする」

「それは……気のせいやと思いますよ」増島がやんわりと否定した。「車のバックファイアか何かやないですか」

「とにかく確認しよう。現場に向かう……それと、もう少し人員を集める必要があるぞ。近くにいる署員のリストを用意しておいてくれんか」

「そこまで手を広げる必要がありますか?」

「警備課長……」島村は大袈裟に溜息をついてみせた。「あんた、電車に乗らんのか?この時間だと、環状線も京都線も神戸線もまだ動いとる。駅には大勢人がいるやろが」

「分かりました！」慌てた口調で言って、増島が電話を切った。

島村は「大阪駅へ行くぞ」と下倉に告げた。

「歩いた方が早いんじゃないでしょうか」下倉が遠慮がちに申し出る。

「――そうだな。地下から行こう」

大阪駅、梅田駅周辺には巨大な地下街が広がっており、地上へ出なくてもかなり遠くまで行ける。交通量が多い場所だから、歩行者にとってはこの地下街の存在がありがたい。そもそも梅田署も地下街に直結しており、庁舎の地下には府警のコミュニティープラザがある。

島村はパトカーを降りた。下倉がすぐ後に続こうとしたが、思い直して制止する。

「お前はパトのキーを返してこい」これから先何があるか分からないから、パトカーはできるだけ台数を確保しておかなければならない。キーのないパトカーは、ただの箱だ。

「その後は署で待機だ」

「自分も行きます」下倉が露骨に不満そうな表情を浮かべた。

「あかん。万が一怪我《けが》でもしたら、俺が教養課長に殺される」下倉は、警察官でありながら、射撃選手としてのキャリアを優先されている。府警には他にもオリンピック級のスポーツ選手が何人もいて――選手たちを統括するのは、本部の教養課だった。

「だけど、事件やないですか」下倉が粘って抵抗する。

「これは署長命令や」島村は強硬に出た。「別の指令があるまで、署で待機。分かったな?」

「……分かりました」

さすがに署長命令には逆らえないということか。下倉が庁舎に消えるのを見届けて、島村は駆け足で地下街に入っていった。ワイシャツの上に現場服を着てきたので、暑くて仕方がない。しかし、ワイシャツ一枚では部下に示しもつかないわけで、これは我慢するしかないだろう。

地下街を小走りに駅の方へ向かう。途中、増島からまた連絡が入った。

「どうやらJRの大阪駅……時空《とき》の広場らしいですわ」

「なんでまた、あんなところで」島村は思わず立ち止まった。

大阪駅は大改装を受け、全体が「大阪ステーションシティ」として二〇一一年にグランドオープンした。それまでと打って変わってモダンな雰囲気になり、もはや「駅舎」という感じではなくなっている。鉄道施設もある巨大ビル、と言った方が正確か。施設内に広場が八つもあるのが特徴で、全体に広々とした雰囲気を演出している。時空の広場はその中でも最大のもので、ホームの直上、五階部分にある大広場だ。特徴的な大屋根が上にかかり、島村もよく行き来している。

とはいえ、単なる広場……そこで発砲というのはどういうことだろう。

「間違いないんか？」

「先発隊が確認中です」

「あんなだだっ広いところで銃を撃つ人間がおるか？　誤情報やないんか」

「それも含めて確認中です」増島は冷静さを取り戻していた。

「念のためやけど、あそこの図面は手に入るかな」

「警備課の方で用意してありますよ」

「さすがやな……一応、準備しといてくれ。何かで使うことになるかもしれん」

「分かりました。お気をつけて」

「気をつけたって、銃弾からは逃げられんよ。いくら俺でも、そんなに速くは動けん」

冗談を言ったつもりだったが、増島は反応しなかった。あかんなあ……どうも俺は、大阪流のテンポの早いやり取りを未《いま》だに身につけられないようだ。関西といっても出身は和歌山で、生粋の大阪人とは話すスピードが微妙に違う。

大阪駅の複雑さは、日本有数かもしれない。東京では東京や新宿、渋谷駅周辺の構造が複雑で、島村は出張した時など必ず迷うのだが、そういう駅を普段から平気で使いこなしているはずの東京の人間からして、「大阪駅は迷宮のようだ」と呆《あき》れたように言う。そもそも、隣接しているのに「大阪」と「梅田」と駅名が違うのはどういうことか、と。そう責められても、島村としては苦笑して首を横に振るしかない。

もちろん島村は、大阪駅の構内にも精通している。時空の広場に上がっていくと……階段を上がり切ったところで人の流れをシャットアウトしていた。昼間だったらとても二人で制止できるものではないが、この時間になるとさすがに人が少ないので何とかなっている。

「止まって下さい！」と怒鳴りつけられた。誰だ——見ると、部下の制服警官二人が、

時空の広場は、一見したところ、南北のビルを繋《つな》ぐ幅広い通路のようなものだ。金色と銀色、二つの大きな時計が象徴で、ノースゲート側に近い方にカフェ、さらにベンチがいくつか置かれているぐらいだった。昼間は待ち合わせ場所やカフェで休憩する人で賑わうのだが、いまは人は少ない。

「発砲があったのか？」島村は制服警官に訊ねた。

「あったようです……あちらを」

警官が指差す方を見ると、広場の端にあるガラス製の壁——その一部が割れている。

「犯人は？」ここで銃を発射した犯人が、まだ銃を持ったまま逃走しているとしたら大《おお》事《ごと》だ。一連のテロよりも、こちらの方が危急の問題である。

「それは分からないんですが……」

その時、一発の銃声が轟《とどろ》いた。

鋭い銃声は、高い天井に響いて不気味な余韻を残す。状況が把握できなかったが、今

話していた制服警官が、急にしゃがみこんだ。左腕を押さえている。

「どうした！」

思わず叫ぶ。撃たれたのだ、とすぐに分かった。左の二の腕を押さえた右手の指の隙間から、血が流れている。

「大丈夫か！」

「大丈夫です」何が起きたか把握できていない様子の制服警官が答えた。まだ痛みも感じていないのだろう。撃たれるとまず、痺《しび》れのような感覚が走る、と言われている。痛みが出てくるのは、もう少し経ってからだ。

「下がれ！」

もう一人の警官に告げると、慌てて階段の下に引っこむ。島村は、撃たれた警官に手を貸して階段の下へ座らせた。

「犯人はまだいるのか？」

「そのようです」無事だった警官が、震える声で言った。

「銃を抜け」

命じられるまま、警官が銃を手にする。

「誰がいるのか、偵察しろ。頭を低くして行くんやで」

這《は》うようにして、警官が階段を上がっていった。この状態での匍匐《ほふく》前進はかなり難しいのだが、若さ故か身軽なせいか、苦にする様子もない。時空の広場の床と同じ高さまで頭が上がったところで、首を巡らして偵察を始めた。

「カフェです」前を向いたまま報告する。

「カフェにいるのか?」

「一人……二人確認できます」

「銃は?」

「ライフルのようです――あ!」

「どうした!」

答えがくる前に、島村の耳に男の怒声が飛びこんできた。さらに、女性の悲鳴。

「何や!」怒りに満ちた声が響いたが、階段の下にいる島村には状況が分からない。

「人質です」偵察していた警官が短く報告した。

「人質? どういうことや?」

「通行人が人質に取られました。男女一名ずつのようです」

「カップルか?」

「分かりません……」

「犯人は?」

「二名、確認できました。後ろから銃を突きつけて……人質を座らせています」

島村は一瞬、固まった。マニュアル通りにやるなら、すぐに応援を呼んで現場を封鎖すべきだ。対策は――まずは人質の無事解放、そして犯人確保。

しかし今、大阪市内は大混乱に陥っている。こういう時に一番頼りになるはずの機動隊は、テロ警戒で各地に散ってしまっているのだ。今すぐ応援を要請しても、十分な人員が揃《そろ》うにはかなりの時間がかかるだろう。

「銃を貸してくれ」島村は、負傷した警官に言った。重傷ではなさそうだが、この男にも早く手当を受けさせなくては。しかし今は、治療の優先順位は高くない。許せよ、と思いながら、島村は右手を差し出した。

「危ないですよ、署長」負傷の影響はあまり感じられない声だった。

「ええから、早くせえ！」

渋々といった感じで、警官が銃を抜き、島村に渡した。右手でしっかり受け取った島村は、安全装置を外した。そのまま、やはり階段を匍匐前進するようにして上がり、顔を出す。向こうが撃ってくるのは覚悟の上で膝立ちになり、現場の状況を確認した。報告を受けた通り……人質二人が、カフェの前に座らされていた。犯人は、予《あらかじ》め人質を取ることを予定していたのか、二人は両腕を縛られている。ロープの先は、カフェの中に消えていた。

カフェはとうに営業を終えており、シャッターが降りている。しかし犯人は、どういう手段を使ったのか、こじ開けて中に入りこんだようだ。見ると、シャッターは下三分の一ほどが開いている。

「大丈夫ですか！」島村は階段から、カフェの前に座らされた男女二人に声をかけた。男がまず顔を上げ、「何や、これ！」と大声で叫ぶ。島村は口の前で人差し指を立てた。でかい声を出すな、犯人を刺激したくない——しかし男はパニック状態に陥り始めており、

「解《ほど》けや、おい！」とまた叫んだ。

その瞬間、また銃声が響き、続いてガラスの割れる音が聞こえた。犯人は、シャッターの隙間から銃を発射し、向かい側のガラス壁がまた撃ち抜かれたのだ。一緒に捕まっている女性が、耳をつんざくような悲鳴を上げる。男の方は唖然《あぜん》とした様子で、言葉を失っている。

「怪我はないですか！」島村は叫んだ。返事はない。二人の様子を見た限り、今の銃弾で傷ついた様子はなかったが。

男は三十歳ぐらい。ネクタイはしていないがスーツ姿で、若いサラリーマンという感じだった。傍らに落ちている黒いブリーフケースは、男のものだろうか。ふいに、スマートフォンの着信音が呑気《のんき》に響く。男がブリーフケースに目をやったが、ロープのせいで動ける範囲が狭められているので手が届かない。

女性は二十代半ばぐらいだろうか。小柄で、Tシャツにジーンズという軽装だった。小さなバッグを斜めがけにしており、その紐がロープとおかしな具合に絡まっていた。ずっと低い声で泣き続けており、落ち着きそうにない。

「落ち着いて下さい」無理かと思いながら、島村は声をかけた。接近できれば、何とかなるのではないか……犯人たちは、ライフルを使っている可能性が高い。うんと近づいて接近戦になれば、銃身の長い銃の方が不利なのだ。懐に入りこんで、引き金を引くだけで勝負が決まる——俺に人を殺す覚悟があるのか、と島村は己に問うた。それも、相手の返り血を浴びるぐらいの近距離で引き金を引けるのか？

島村は中腰のまま一歩、二歩と前に出た。反応はない。

「署長！」

鋭く警告する声が背中に浴びせられる。振り向くと、集中力が削《そ》がれる——だが、相手は引かなかった。

「署長！　引いて下さい！」

馬鹿な。二人の命が危険に晒《さら》されているのだ。とはいえ、部下を危険な目に遭わせるわけにはいかないから、ここは自分一人でリスクを負うべきだ——英雄になりたいわけではないが、署長生活最後の一日に、誰かが死ぬのは見たくない。

突然、シャッターの下から銃口が覗く。やはり銃身は長い——ライフル銃だろう。咄《とっ》嗟《さ》に、島村は右に身を投げた。こちら側は、犯人からは死角になるはずだ。

二回転。銃声。硬い床で転がって体が痛かったが、緊張感がそれを打ち消す。銃声は立て続けに何発も鳴り響き、島村は這いつくばった姿勢のまま後退した。みっともない格好だが、身の安全を確保することが大事だ。考えてみれば、島村がいる方には、店員が出入りするためのドアがある。犯人は、そこを開けさえすれば、島村を狙い撃ちできるのだ。

クソ……階段を降りて、何とか安全を確保する。心臓は胸を突き破りそうな勢いで打っているし、呼吸も苦しい。まるで百メートルの全力ダッシュを何回も繰り返したようだった。つくづく体力の衰えを実感したが、とにかく無事だっただけでも感謝すべきだろう。

いや、感謝している場合ではない。人質を取られて、あのカフェは「要塞化」されてしまったのだ。

これは、三十数年の警察官人生で、一番難しい事件だ。島村は、制服警官の無線をひっ摑み、署に連絡を入れた。

「緊急事態だ！　テロどころの騒ぎやない。機動隊を、全部ここへ投入させろ！」

3

何だこれ、マジか……警視庁捜査一課の刑事、神谷悟郎《かみやごろう》は思わず黙りこんだ。

「どうかしましたか？」

凜《りん》の声で我に返る。北海道警の刑事である凜とは……まあ、そういう関係だ。ただ、二人の間には長い距離が横たわり、しかもそれぞれに仕事がある。堂々と「つき合っている」と言うには無理があった。

「テレビ、つけてみてくれ。ＮＨＫだ」

北海道でも同じ番組をやっているのか――ローカル枠以外は同じ番組だろうが、今神谷が観《み》た臨時ニュースは流れるだろうか。

しばらく沈黙が続いた後、凜が「つけたけど……」と怪訝《けげん》そうに言った。「普通にやってますよ」

「臨時ニュースが出たんだ。必ず二回流れるから、もう一度出る」

凜と長電話しながら、ぼんやりとテレビを観ていて、突然目に飛びこんできた臨時ニュースだった。予想通り、画面上部に再度テロップが流れる。

「これだ」

「大阪駅で発砲、ですか？」

臨時ニュースなので、内容はごく短い。

JR大阪駅で発砲事件　負傷者が出た模様

おいおい……短い臨時ニュースでも、かなりヤバい状況なのは分かる。現在、午前一時。もう電車は動いていないだろうが、大阪駅は日本有数のターミナル駅だから、人はいるはずだ。あんなところで発砲する馬鹿がいるのか……負傷者の状態も気になる。発生は何時だったのだろう。夜も、もっと浅い時間だったら、駅には相当の人がいたはずだ。神谷は、夜の新宿駅のコンコースをイメージした。多くの人が行き交う中、突然銃を乱射されたら——神谷は頭に血が昇るのを感じた。

「まだ何も分からないじゃないですか」凛は冷静だった。

「あー、そうなんだけど、安心はできないな」

「大阪の話ですよ？　私たちにとっては管轄外でしょう」

「いや、大阪駅の管轄は、島村さんが署長をやっている梅田署だ」

「ああ、そうでした」凛の声が急に真剣になった。「島村さん、大丈夫でしょうか」

「大丈夫というか、張り切ってるんじゃないかな……そう言えば、署長は明日までで、明後日付けで警察学校長に異動するはずだ」

「そうなんですか？」

「ああ」

「神谷さん、今も連絡を取り合ってるんですか？」

「そうだよ。君は？」

「年賀状はやり取りしてますけど……あれからもう、ずいぶん経ちますからね」

彼女の言う「あれ」とは、神奈川県警の捜査を検証する警察庁の特命班捜査のことで、異例の任務だった。普通、県警内で不祥事があった時は、監察官室が調査に乗り出す。しかしそれはあくまで「内輪の調査」であり、甘さが出てしまうとしばしば非難されていた。あの時は、極めて悪質な隠蔽工作を察知した警察庁が、各地の県警からスタッフを集め、警察庁刑事局の理事官であった永井《ながい》をキャップにして特別の捜査班を組織したのだった。警察庁としては、全国各地で続発する警察の不祥事に対応するための新しい試みだったのだろうが……調査は完結したものの、特命班に参加していた神谷も凜も嫌な傷を負った。あの傷が癒えたかどうかは、今でも分からない。二人で話す時にも、特命班の件を話題にすることは滅多になかった。

ただし不思議なもので……捜査そのものには嫌な記憶しかないので話題に上らないものの、あの時一緒だったメンバーのことはよく噂《うわさ》になるし、実際神谷は連絡も取り合っている。この感覚は何なのだろう……特殊な仕事だったが故に、苦労を共にしたメンバーの間に不思議な結びつきができたのかもしれない。凜とこういう関係になったことはともかく、東京へ出張してきたメンバーの仕事を手伝ったことすらあった。警察は、基本的に都道府県単位で動くから、他県警に知り合いがいても、すぐに自分の仕事に役立つわけではないのだが。

「神谷さん、最近も島村さんと話したんですか？」

「ああ。異動が決まった時に、向こうから電話をくれたんだ」

「私のところには何もないですけどね」凜が不機嫌に言った。

「あー、あれだよ。君には近寄りがたい雰囲気があるから」

「そんなことないですよ」

二人とも冗談めかして話しているが、普通の男だったら彼女に気楽に話しかけるのは無理だろう。名前の通り、冷たささえ感じさせる、凜としたルックス。余計な会話を嫌い、他人を拒絶するような気配を発している——すべては、彼女がかつて暴行事件の被害者になった過去に起因している。一度心を開けば、普通に話せるようになるのだが、特殊な経験をした特命班のメンバーの中でも、彼女とストレスなく話せるのは神谷ぐらいだろう。自称・典型的な大阪のオッサンで、何かと図々しい島村でさえ、凜と話すのを苦手にしていた。

「島村さん、校長を最後に引退ですよね？」

「そうなるね。あと二年で定年だから」

「そうですか……本当に、あれからずいぶん経ったんですね」

「何だかそんな気はしないけど。まだ、いろいろなことが生々しい」

「……そうですね」

さらにしばらく凛と話して電話を切った後、神谷はニュースを漁《あさ》り始めた。テレビでは続報がない——他の番組を中断してアナウンサーがスタジオからニュースを読み上げるほどの事件ではないのだろうか——ので、ネットを調べてニュースを漁ったが、やはり短い記事しか見つからない。きちんとしたニュースでなくても、最近はSNSで情報が流れたりするものだが……確かに情報は散見したものの、ニュースで知った内容を上回るものではない。発生が遅い時刻だったので、現場に遭遇した人も多くはないのだろう。

負傷者が気になるが、手がかりはまったくない。まさか、島村自身が負傷したわけじゃないだろうな……と不安になる。あの男は「出たがり」だから、こういう大きな事件があれば、率先して現場で指揮を執るだろう。その際に撃たれて——というのは、あり得ない話ではない。

電話してみようか、と一瞬考えた。いや……やめておこう。まだ現場は動いているかもしれない。島村が指揮を執っていたら、一本の電話さえ邪魔になる。

だいたい、部外者の俺が何か言っても、島村を勇気づけることはできないだろう。それにあの男は、自分で自分を「乗せる」術《すべ》を知っている。お手並み拝見、事件が解決した後でゆっくり話を聞こう。たぶん、延々と自慢話を聞かされるだろうが、それも悪くない。人の手柄話も、すっきり解決した事件なら、気持ちよく聞けるのだ。

4

定年まで二年。こいつはキャリアの最後でとんでもない落とし穴になりかねん。

島村はじっとりと汗をかき、濃紺の現場服の脇には早くも汗染みができているのが分かったが、どうしようもない。シャワーを浴び損ねたことをつくづく後悔した。次にいつ汗を流せるか、まったく分からない。

現場は大混乱していた。島村は、ここへ駆けつけてから今まで何が起きたか、頭の中で整理しようと試みたのだが、とても無理だった。ところどころで記憶が抜けている――こんなことは初めてだった。大きな事件現場はこれまでに何度も経験してきたが、トップとしては初めてである。

署に応援を要請してから最初にやったことは、現場の封鎖だった。終電はもう行ってしまったのだが、駅というのは時間に関係なく人が集まる場所である。とにかくここを封鎖しないと、危険で仕方がない。

時空の広場には、サウスゲート、ノースゲートの両ビル、それに駅舎からアプローチできるが、そういう場所は署員総出で全て遮断した。機動隊、鉄道警察隊、さらには警備課の特殊急襲部隊であるSAT《サット》の応援がどうしても欲しいところだったが、到着が遅れている。やはり、連続テロのせいで出足が鈍いのだ。一つの現場を撤収して次の現場に向かう際には、かなりのタイムラグが生じる。

負傷した警官は救急車で搬送した。左の二の腕を撃ち抜かれたが、傷そのものは予想した通りに大したことはないという。綺麗《きれい》に貫通しており、おそらく傷跡もほとんど残らないだろうという診断結果だった。だいたい、自分の足で歩いて救急車に入ったぐらいなのだから軽傷だ、軽傷——と島村は自分を納得させようとした。

人が増えるに連れ、現場の緊張感は高まってくる。最後に三発発砲して以来、犯人は沈黙を守っており、人質も依然としてそのままだ。二人とも床に座りこみ、憔悴《しょうすい》しきった表情を浮かべている。せめて人質の身元ぐらいは確認したかったのだが、今のところ接近する手がないのでどうしようもない。

島村は、増島のアドバイスを受けながら、前線本部を四か所に設置することにした。一つは、ノースゲート側の階段最上部で、ここをメインの指揮所「P1」とする。カフェを挟んでサウスゲート側に設置したのが「P2」。さらに時空の広場から少し離れたところで、サウスゲートとノースゲートをつなぐキャットウォークにも目をつけた。人質が縛られている正面、そして背後にも人員を配し、前後から挟み撃ちの態勢を取る。カフェの正面側を「P3」、背後を「P4」とした。

作戦としては、P1ないしP2から手を出すべきだ、と島村は想定していた。正面には人質がいるし、犯人側からはP3の様子が丸見えのはずだ。裏のP4からカフェ内部の様子が覗ければ、何とか対策が取れるかもしれない。犯人たちがカフェ内のどこにいるかさえ分かれば、死角があるかどうかも確認できる。死角があれば、カフェに接近して突撃、という手段が使えるはずで、その場合はP1かP2から急襲するのが現実的だ。狙撃よりも突入の方が、成功の可能性は高いのではないか……いや、絶対に成功させなければならない。人質の生命をこれ以上危険に晒すようなことだけは、絶対に避けねば。

刑事部長が間もなく到着する、という電話連絡を受けたのは、午前零時四十五分頃だった。いよいよ、キャリアの刑事部長自ら御出座《おでまし》か——いや、こういう事件では、刑事部長が直接指揮を執ってもおかしくはない。

まずは安全を確保だ。キャットウォークに置いたP3へ移動する間にも、銃弾を浴びせられる恐れがある。島村は、署の警備課から持ち出したジュラルミンの盾を若い隊員に持たせて移動したのだが、刑事部長を同じ目に遭わせていいものかどうか……いや、キャリアとはいえ、警察官だ。それぐらいのことは我慢してもらわないと。

電話を切って五分後、ノースゲートにつながる階段のあたりでざわざわした雰囲気が広がり始めた。見ると、現場服を着た刑事部長の村本《むらもと》が、盾の陰に入って移動している。あまりにも弱腰でみっともないのだが、ほんの数分前には自分もあんな感じだったのだ、と思い出す。

キャットウォーク上のP3には盾が何枚か並べられ、一応は壁ができていた。ジュラルミンの盾の存在を、これほど頼もしく思ったことはない。隙間から監視が続けられているものの、顔を突き出すのは危険なので、島村は中継用のカメラの用意を指示していた。

村本が隣で膝をつく。自分より数歳年下のこの刑事部長は、年齢をまったく感じさせない機敏な動きをする。体も引き締まっていて、最近何かと「緩み」や「衰え」を感じることの多い島村からすれば、羨ましい限りだった。

「状況は」

既に報告は受けているはずだが、村本が改めて説明を求める。島村はできるだけ簡潔に現状を告げた。

「一般人の被害が出ていないのは幸いだ」そう言いながらも、村本の表情は厳しい。

「不幸中の幸い、ですね」島村は言い直した。こちらとしては、部下を負傷させてしまったのだから。

「問題は、いつまでこの状況が続くかだが……」村本が片膝ついたまま、周囲をぐるりと見回した。時空の広場に面したサウスゲートビルには、多くの商業施設が入っている。一時的には封鎖できても、それをいつまで続けられるだろう。犯人の狙いはまったく分からないが、長時間の籠城を覚悟している可能性もある。このカフェにはトイレも併設されているから、我慢する必要もないし、人数ははっきりしないものの、犯人が複数いるのは間違いないから、交代で休むこともできるだろう。食料も当然用意してあるはずだ……もしかしたら食料は、カフェの中で調達できるかもしれない。

「署長」若い署員が、緊張した声で呼びかける。

「どうした」

「動きがあります」

島村は、盾の隙間から現場を覗いた。

犯人だ。

黒いTシャツにジーンズ姿、目出し帽を被《かぶ》った男——若い男に見えた——が、中腰のまま、カフェの前を歩き回っている。カフェの正面に、テーブルや椅子を並べ始めた。縛られたままの人質は、乱雑に集めたテーブルの隙間に座っている感じになる。素早く作業を終えると、犯人はまたカフェの中に引っこんでしまった。

「バリケードを作ったな」盾の隙間から覗いていた村本がぽつりと言った。

「そのようですね。やはり、長期戦を覚悟しているようです」

「要求は出ていないと聞いているが……」

「少なくとも、現段階ではまったくありません」

「犯人は何を考えてるんだ」呆れたように村本が言った。「さっぱり分からん」

「とにかく、一刻も早い人質解放と犯人確保を目指します」

「この現場だが、島村署長に指揮をお願いしたい。もともと捜査一課の特殊班出身なんだから、ノウハウもよく分かっているだろう」

「それは構いませんが、私の署長としての任期は明日――今日までですよ」

「もちろん、今日中には解決して、明日の朝には予定通りに警察学校長として赴任してもらう」

かなり強引な指示だ――と思ったが、刑事部長の言い分ももっともだ。この手の事件の解決に時間がかかったら、世間から厳しい非難を浴びる。もちろん、人質を傷つけるのもご法度で、警察としては難しい作戦を強いられるのだが……とにかくスピード勝負だ。

「用意できるだけの人員、資材は全てこちらへ回す」

「本来は、刑事部長が直接指揮を執られてもおかしくない事件ですが……」島村は遠慮がちに言った。

「いや、先ほどの一連のテロがまだ片づいていないんだ。私は両方の面倒を見なくてはいけない」

「やはり連続テロなんですか？」本当にそう判断したなら、刑事部ではなく警備部の仕事になる。

「ああ。しかも、全てドローンを使った新しい手口だ。ここもきちんと捜査しておかないと、後々《あとあと》問題になる。類似犯の続出だけは避けないといけない」

「仰る通りです」

「私はそちらの捜査指揮も執らなければならないから、これから一度本部に戻る。何かあればいつでもこちらに来るが、二つの重要案件を抱えていることは分かってくれ」

「テロは、警備部マターじゃないんですか？　そちらの指揮を執るのは、むしろ警備部長かと」島村は念押しした。

「こういう大規模事案では、警備部と刑事部が協力してやっていく必要がある」

「ごもっともです」そういう協力体制は、だいたい上手くいかないのだが……。

「後で、捜査一課長もこちらに来る予定だ。何でも要求してもらって構わない。一刻も早く解決しよう」

「分かりました」

「……一筋縄ではいかないと思うがな」

村本が急に弱気な態度を見せた。人質立て籠もり、しかも武器はおそらくライフル銃。立て籠もり事件自体はそれほど珍しくもないが、犯人がライフル銃を持っているのはレアケースだろう。島村は必然的に、三菱銀行人質事件を思い出してしまった。あれは、戦後の府警の事件史の中でも、最も衝撃的な事件である。犯人射殺で解決はしたものの、関係者には負の記憶を刻みこんだ……あの時、島村はまだ警察官になっていなかったとはいえ、府警では伝説的に語り継がれている事件なので、細部までよく知っている。

しかし、あの事件の教訓がどこまで役に立つだろう。あの時犯人は、立て籠もった銀行自体を「要塞化」した。そもそも銀行の建物は、外部からの襲撃に対して強く造られているが故に、中に立て籠もられると、攻める方としては大変なのだ。あの時は、正面のシャッターが閉まる寸前に機動隊員が盾を下にかまし、辛うじて隙間を確保したので、解決に結びついたのだった。

今回は違う。時空の広場はオープンスペースで、そこに今、犯人が自ら要塞を築こうとしている。人質も外に晒されたまま。三菱銀行人質事件とはまったく別の難しい対応を迫られるのは間違いない。

村本の弱気な発言は、この特殊な状況に鑑みてのものだったに違いないが、同調するわけにはいかない。現場指揮官は、絶対に弱気になってはいけないのだ。本部にいて報告を受ける幹部が手綱を引き、現場は暴走するぐらいで、ちょうどバランスが取れる。

「現段階での方針は？」

「まず説得、それが上手くいかなければ突入、あるいは狙撃と……二段階で考えています。もっとも、犯人側から具体的な要求があった段階で、また検討しないといけないでしょうが」

「あくまで人質の安全最優先だ」

「もちろんです」

さらに二言三言言葉を交わした後で、村本は現場を離れた。自分の周りには、署員が数人。数十メートル先では、銃を持った犯人が立て籠もっているのに、それが嘘《うそ》のような静けさだった。取り敢えず、マスコミを隔離することに成功したからだろう。連続テロ事件のせいでマスコミの連中も振り回され、この現場への出動が遅れたのだ。

人気《ひとけ》がなく、照明も落とされた時空の広場は、廃墟《はいきよ》のようだった。投光器は持ちこまれていたのだが、犯人を刺激しないために、島村は使用を控えるよう指示していた。もっともその犯人は、基本的にシャッターの背後に隠れて姿を見せない……考えてみれば、島村がまともに見た犯人は、先ほどバリケードを築くために出て来た男だけだった。

ほどなく、本部の捜査一課長、秦《はた》が現着した。こちらはワイシャツ姿。自分より三歳年下のこの男を見た途端、島村は緊張が少しだけ解《ほぐ》れるのを感じた。頼りになる人間は一人でも多い方がいいし、それが秦なら何よりだ。何しろつき合いは二十五年にもなり、気心は知れている。

「お疲れ様です」強張《こわば》った表情のまま、秦が膝をついて一礼した。

「あまり格好ええもんやないなあ」

「弾除《たまよ》けの後ろにいたら、確かに格好つきませんな」秦が同調した。「ま、不用心で怪我するのもアホらしいですよ。シマさんのところの若いの、大丈夫なんですか」

「軽傷や。手当を終えたら現場に戻って来るかもしれん」

「厳しく育ててますなあ」

「二の腕を銃弾が貫通したぐらいなら、軽傷や……それは別にして、状況はよーないで」

「だいたい聞いてますわ。何なんですかね、あの犯人は」

「目的は金やないな。それやったら、とっくに要求を出してるはずや」

「こんなところで立て籠もって、誰に金を要求するか……ＪＲですかね？　ステーションシティそのものが、ＪＲ西日本の所有ですからな」

「こんなアホな話で、ＪＲが金を出すかい」島村は鼻を鳴らした。

そう、どう考えても誰かに金を要求できるような状況ではないのだ。人質がいるのだから、犯人が圧倒的に有利な立場にいるのは間違いないのだが、金を要求されても相手は戸惑うだけだろう。確かにこの施設の所有者はＪＲ西日本だが、金を出す義務があるかどうか……もしも金を出すのを拒否して人質が殺されたら、世間の非難は浴びるだろうが、それは主に感情的な理由による批判だ。頬かむりしてしまうことも可能だろう。もちろん、ネットなどでは相当叩かれるだろうが。

「悪質な悪戯……とは言い切れんでしょうな」秦が眉をひそめる。

「銃まで用意してるわけやから」

「人質の方はどうですか？」

「顔写真を撮って、特定画像照合システムで照会中や」

「ああ……しかしあれ、時間がかかるんですよね」

「仕方ない。何もしないよりはましや」

島村が警察官になった頃には想像もできなかったようなことが、今は可能になっている。特定画像照合システムは、防犯カメラ等で撮影した容疑者の顔写真を別の写真と照合する「三次元顔画像識別システム」から派生した照合システムである。府警が管理する運転免許証の顔写真と、特定の顔写真を比較対照する。正体不明の人間の写真しかない場合に、運転免許証の写真と合致すれば、身元の特定につながるわけだ。ただし、比較対象である免許証の数が膨大なので、時間がかかるのが難点である。とはいえ、警察官が一枚一枚チェックしていくのに比べれば、はるかに効率的だ。

「犯人の人数も特定できていないですよね」

秦の声には、かすかに非難するような響きがあった。事件が発生した時、初動捜査を担当するのは所轄……発生から一時間が経っても犯人の人数さえ分かっていないとは、と呆れているのだろう。その裏には、「自分が最初から嚙《か》んでいれば、もっと捜査を先に進められた」という自負があるはずだ。

「しかし、シマさんとこういう現場に出るのも久しぶりですな。腕が鳴りますわ」

「ああ……おう」思わず声が漏れる。

秦はもともと、捜査一課で島村の後輩だった。一緒に特殊班に在籍していたこともある。わずか二年ほどだが、警察官の先輩後輩関係は、ずっと続く。島村はその後、管理部門の勤務が長くなって現場を離れてしまったが、秦は基本的に捜査一課一筋。一緒に仕事をしていた時もハードな男だと思っていたが、その後ハードさにはさらに磨きがかかっているようだ。

「ところでシマさん、明日から警察学校長でしょう?」

「ああ。まったく……とんでもないタイミングでやらかしてくれたわ、この犯人は」

「立つ鳥跡を濁さず、で行かんとね。シマさんに恥をかかせるようなことはしませんよ」

「おたくにそんな優しいことを言われるとはな。イメージが狂うわ」

「ハードボイルドの基本は優しさですよ……とにかく、いつまでも署長自らここに座ってるわけにはいかんでしょう。態勢を整えるために、下に臨時の捜査本部を作りますよ。捜査一課から大型の指揮車両を持ってきますから、そこに詰めて下さい」

「俺はここでもいいんだが」

「俺らみたいな年寄りが現場で張ってると、若い連中がやりにくいでしょうが」

「年寄り扱いすんなよ」

「シマさん、俺より年上なのは間違いないんですから……冷房の効いた車両の中で、じっくり考えましょうや。また呼びに来ます」

依然として緊張感が漂っているものの、島村はほっと一息ついた。秦がハードな男なのは間違いないが、人の緊張を解す手は知っているようだ。

スマートフォンが振動する……増島だった。盾に背中を預けるようにして、小声で話し出す。

「島村だ」

「一課長がそちらへ行かれましたか？」

「ああ。今、引き上げたところや」盾に守られながらじりじりと移動する秦の様子を視界の隅に収める。

「監視の交代要員を出しますから、下へ来ていただけますか？　捜査一課の方で、指揮車を用意してくれました。そこを臨時の作戦本部にします」

「ああ、その話は聞いたわ。交代要員が来たら、すぐに下りる。それより警備課長、警備部の方の動きはどうなっとる？　この件、捜査一課の特殊班だけでは絶対に対処できん。ＳＡＴには出動を要請したんやろな？」

「そのはずですが……」増島が口を濁した。

「何や、ＳＡＴは別件で忙しいんか」

「そういうわけではないんですが、指揮命令系統が混乱してまして」

「アホか」島村は思わず吐き捨てた。「さっき、刑事部長がこっちへ来て、警備部と協力してやるっちゅう話をしたばかりやで」

「協力はするんでしょうが、なにぶんにも特殊な事態ですので」

「……まあ、ええわ。指揮命令系統のことまで、こっちで心配してる余裕はない。そういうのは、上の人間に任せておこう。我々はまず、現場でできることを考えんと」

「仰る通りです」

「おたく、今どこや」

「署ですよ。副署長が間もなく来られる予定ですので、そうしたらここの留守番は交代して、私も現場に出ます」

「遠藤副署長は大丈夫そうか？　結構呑んでたが」別れる時にはだいぶご機嫌だった。

もともと、酒は強くないし。

「寝てるところを叩き起こしましたから、機嫌は悪いですが、酔ってはいないようですよ」

たぶん、家に帰って熱い風呂でも浴びてアルコールを抜いたのだろう。汗を流せて羨ましいなあ、と思いながら、島村は次の動きを指示した。

「おたくが指揮車に来たら、現在分かっている情報をまとめよう」

「分かりました。作戦は三つに一つですよね？　説得か、突入か、狙撃か」

「ああ。今のところ、説得が上手くいくかどうかは分からんけどな。何しろ犯人の方から何も言ってこんのやから」

「既に発生から一時間ですよ。次のタイミングは、午前二時ぐらいかと思います」

「そうやな……とにかく、後で指揮車で落ち合おう」

電話を切り、島村は盾の隙間から現場を観察した。状況に変化はない。暗い照明の下、人質の二人は呆然《ぼうぜん》とした様子で座りこんでいた。体を縛られ、逃げられないようにされているだけで、他に不自由はないようだが、疲れが見える。女性の方はまだ時折しゃくりあげ、肩を小刻みに上下させている。酸欠にならないか、心配になった。男性の方はずっとうつむいたまま。長期戦になると見て、体力を温存させるために眠ろうとしているのかもしれない。もっとも、背後に銃を持った複数の人間がいる状況では、眠れるはずもないだろうが。

空気が淀《よど》んでいる……時空の広場は、大屋根がかかっているだけで基本的には「屋外」と言っていいのだが、今夜は風もなく、気温もまったく下がっていない。膝立ちの姿勢を保ち続けているだけで汗が滲《にじ》むような夜なのだが、これは人質にとっては救いだろう。少なくとも、真冬に屋外で人質になるよりはましだ。

交代の監視要員が到着した。現在、カフェ正面のP3にいるのは五人。そのうち三人が署員だった。何か一言声をかけて……と思ったが、上手い言葉が浮かばない。結局「後を頼む」と言って立ち上がり、防御用の盾を手にした。若い署員が慌てた様子で立ち上がり、

「お送りします」と言ったが、島村は断った。

「一人で大丈夫や。ここを守ってくれ」

とはいっても、ジュラルミン製の盾は重量が十二キロほどあり、結構重い。最新のポリカーボネート製は重量がこの半分ほどらしいのだが、梅田署にはまだ配備されていなかった。十二キロは結構な重量……しかも高さは一メートルほどしかないので、中腰になって狭い通路をゆっくり移動するしかない。ヘルニア持ちだったら悲鳴を上げるだろう。

キャットウォークに続く通路の端にも、盾を防御壁にした警官が二人いた。そこまで

来てほっと息を漏らし、自分で持ってきた盾を引き渡す。ついでに、少し角度が違う場所から現場を覗いてみたが、やはり正面からの方がよく見える。

「署長、ここから出るならお送りします」若い署員が申し出た。

「ああ、一人で大丈夫や。心配するな」

「うちの署員が撃たれているんですよ」

「あんなん、まぐれや」島村は言い切った。根拠があるわけではなく、自分でそう思いこみたかった。「あの距離で確実に人を撃つには、下倉並みの腕が必要やで」

指揮車は、高速バスターミナルの一角を占拠していた。実はここからだと、五階にある時空の広場まではかなり距離があるのだが、大阪駅は巨大であるが故に、車で接近するには限界がある。

そう、自分たちは、今まで経験したことのない事件現場にいるのだ。これまで積み重ねたノウハウは、ここではまったく通用しないかもしれない。

5

捜査一課の指揮車はマイクロバスを改装したもので、運転席と助手席以外のシートは取っ払われ、代わりに打ち合わせ用の長テーブルとベンチが入れられている。後部にはデスクと、各種の通信機器。最前線で作戦指揮が執れるようになっている。

中は既にごった返していた。本部へ戻ると言っていたはずの刑事部長がトップで陣取り、捜査一課長の顔も見える。挨拶して回っているうちに、増島が息を切らして飛びこんで来た。若い署員を従え、手には丸めた図面を持っている。まず島村を見つけて近寄ってくると、撃たれた署員は全治二週間程度だ、と小声で告げた。

「ホンマかいな」島村は思わず目を見開いた。軽傷とは聞いていたが、仮にも撃たれて、銃弾が腕を貫通したのである。大した怪我ではないと自分に言い聞かせ、周りにもそう言っていたものの、本当にこの程度の軽傷だったとは。

「血管や神経には損傷なし、筋組織を綺麗に抜けた、いう話です。本人の意識もしっかりしていて、すぐに現場へ戻りたいと言っているそうですが」

「冗談やないで。ぶん殴って気絶させてもええから、止めろ」

「そう言うても、つき添う人間もおらんのですよ」

「そうか……」既に署員には総動員をかけているが、なにぶんにも深夜である。必要な人数が集まるには相当の時間がかかるだろう。

「いいかな」

刑事部長が声をかけると、幹部連がベンチにつく。島村も腰を下ろした。座れない連中は、狭い車内で適当に場所を見つけて立ったまま。背が高い車両なので、屈《かが》まずに済むことだけが利点だった。ざわついた雰囲気が残る中、刑事部長が話し出す。

「JR大阪駅時空の広場立て籠もり事件について、特捜本部を立ち上げた。責任者は私、刑事部長の村本が務める。既に本部長からも、この件について最大限の勢力を投入して、できるだけ早く解決するようにとの指示を受けている。現場責任者は梅田署の島村署長が務める。全ての情報を島村署長に集中させ、署長を中心に作戦行動を決定する」

村本が全員の顔をゆっくりと見回した。多少芝居がかった仕草だが、決意は全員に伝わったはずだ、と島村は思った。

「残念ながら、警備部の投入が遅れている。諸君らも承知の通り、昨夜遅く、大阪市内及び万博記念公園の四か所でドローンを使った連続放火事件が発生して、そちらに人手を取られているためだ。そちらの処理が片づき次第、警戒要員を除いてこの特捜本部に合流する見込みだ……現状について、まず、島村署長、説明を」

言われて島村は立ち上がった。正面に座った村本の顔を主に見ながら話し出す。

「現状、分かっていることは極めて少ない」島村は最初に打ち明けた。「犯人は二名から三名、人質が男女一人ずつついる。犯人は時空の広場にあるカフェのシャッターをこじ開け、中に立て籠もっている。現在、把握できているだけで、発砲は計六回あった。銃弾は見つかっていないが、ライフルによるものと思われる。犯人はカフェの前に人質を座らせ、ロープで縛って自由を奪った上に、テーブルなどでバリケードを築いている。

今のところ、具体的な要求は一切ない」

ほう、と吐息が揃った。

「現在、カフェを表裏から観察できる位置——キャットウォーク上にも人員を配して計四か所で監視を続けているが、動きは特にない」

「その四か所で監視に死角はないか？」

村本の質問に、島村は即答した。増島が時空の広場の見取り図を取り出し、テーブルの上に広げる。座っていた幹部連が腰を浮かし、見取り図を覗きこんだ。島村はワイシャツのポケットからサインペンを抜き、カフェを丸く囲んだ。

「基本的には問題ありません」島村は答えた。「前後左右から包囲する形になっていますので……交代要員を確保できれば、こちらはいつまでも粘れます」念には念を入れるとしたら、「上」からも監視すべきだろう。ノースゲートビルの上階にある商業施設に人を配した方がいいか？　しかし、犯人側に気づかれた時の反応が怖い。

「当面、所轄中心でやってもらうしかないが、機動隊が応援に来たら、ダイヤを組み直してくれ」村本が指示した。

「分かりました。P1からP4までの前線基地は、最低二十人ほどで運用したいと思います。人が多ければ多いほど、穴は少なくなります」

「よし。取り敢えずは現場を固めてくれ。あとは順次調整……島村署長、基本的な作戦は？」

「まず、捜査一課特殊班に説得を依頼します。それで犯人側の要求を聞き出して、その線でいけるかどうかを確認――受け入れられない場合は、強行突入を検討します。それも無理なら狙撃ですね」先ほど二人で話したことの繰り返しになったが、これは一番重要なポイントだ。

「分かった。三段階で臨む、ということだな」

「はい」

「では、島村署長の指示で、全員一糸乱れぬ作戦行動を頼む。犯人の狙いが分からない以上、下手に相手を刺激せずに、長期戦も覚悟するように。ついては――」

ドアが開く音がして、村本が言葉を切る。振り向くと、捜査一課特殊班の係長、宮島《みやじま》が顔を覗かせたところだった。

「遅れまして」低い声で言って車内に入って来る。

「特殊班は全員集合しているのか？」村本が厳しい声を投げかける。

「順次現場に集合中です。まず、状況を把握させてもらえますか」

宮島が会議の輪に入る。この男の存在が実に頼もしい。島村が特殊班にいた頃、新人として入ってきたのだが、当時は「鳴り物入り」と言われたものだ。柔道、剣道、ともに三段。学生時代は山岳部で、冬山訓練中に雪崩《なだれ》に巻きこまれたものの、無傷で生還したというエピソードの持ち主である。それは彼の生命力の強さ、サバイバル能力の高さ故なのだが、警察は「運」も重視する。つまり、「あいつは持っている」。実際、捜査一課に上がってくるまでの所轄時代にも、重要な事件現場にたびたび遭遇し、大きな使命を果たしてきた。

あれから二十年近く。宮島も年齢を重ねたものの、初めて会った時に感じた精悍《せいかん》な印象は変わらない。今ではそれに「重み」も加わっている。

島村は、宮島への説明を終えたところで、この会議を打ち切った。指揮車の中にいるだけでは何も解決しない。喋《しゃべ》り終わって腕時計を見ると、ここへ来てからもう三十分が経っていた。この間、現場からの連絡はまったくなし。動きがないのが不気味だった。

宮島がすっと近づいて来て、島村の隣に座る。

「これまで、説得は試みましたか？」

「ああ」

「どんな風に？」

テキパキした口調で話しかけられると、まるで尋問を受けているようだが、これは特殊班の仕事にとって必要な前準備である。

「武器を捨てろ、ということと、人質を解放しろ——この二点だけだ」

「反応はないんですね？」

「ない」

「こちらの説得に対して、銃を撃つこともない？」

「今まではない」

「そう、ですか」

宮島が一瞬目を閉じ、唇を噛んだ。髭は綺麗に剃《そ》られている。こいつは、夜に髭を剃るタイプなのだろう。風呂も終えて寝ようとしていた時に、呼び出されてきたか……こっちは風呂も入ってないんだぜ、と恨めしく思いながら、島村は自分に驚いていた。どちらかというと風呂は好きではなく、真冬でもシャワーだけで済ませることが多いのに、今は人がのうのうと風呂に入っている場面を想像するだけでむかつく。

「説得はすぐに始めるか？」

「そのつもりです……ちなみにそのカフェには、横方向のＰ１、Ｐ２からは接近できますか？」

「角度を間違えなければ大丈夫だろう。正面に近いと、撃たれる可能性があるぞ」自分も、結構ぎりぎりのところで逃げたのだと思うと、今更ながらぞっとする。

「分かりました。ちなみに、今警官が詰めてるキャットウォーク――Ｐ３とカフェの距離はどれぐらいですか？」

「直線距離で六十メートル、いうところかな」

「遠いですね」宮島が顎を撫でた。「できたら、カフェの近くに橋頭堡《きようとうほ》を築きたいところです。P1の出先のような格好で……ちょっと下見に行ってきますわ」

腿《もも》を叩いて宮島が立ち上がる。島村も後に続いた。本当は指揮車に残っているべきなのだが、この中でずっと座っているのは気が進まない。できれば現場で、事態の推移を見守りたかった。

「俺も行くわ」

「いいんですか？　現場指揮官はどっしり構えとかんと……」

「たまには腰を伸ばさんと、体が固まるわ」ほんの三十分座っていただけなのだが、一日中正座をしていたように体が強張っている。

時空の広場へ上がる階段の下に立ち、宮島が上を見上げた。

「こんなところで、ねえ」

宮島はすぐには階段を上がろうとせず、腰に両手を当てた。目を細めて上方を凝視していたが、この位置からだと、犯人が立て籠もっているカフェはまったく見えない。

「非常にまずいですな」宮島がぼそりと言った。

「そうかい？」

「これは規格外の事件ですよ。こんなオープンな場所での立て籠もりなんて、見たことも聞いたこともない」

「確かにな」

「しかも、犯人からは何の要求もない。事件発生から……もう二時間近く経つんですよ。不自然だ」宮島が腕時計を見た。いかにも頑丈そうなクロノグラフ。おそらく自分と同じような電波時計だろう。作戦行動には、こういう時間に正確な時計が絶対必要なのだ。

「俺の感覚では、愉快犯だな」

「まったく愉快じゃないですがね」

「それはそうやが、実害はない。うちの署員が撃たれただけや」

「シマさん……それでも大事ですよ。軽傷とは聞いてますけど、何センチかずれてたら、死んでたんですから」

「分かってる」思わず唾を呑んだ。警察官は命を張って当然――市民を守るためなら仕方がないとずっと思っていたが、考えてみれば自分はこれから、若い警察官を鍛え、教える立場になる。前途洋々たる若者に、「市民のために死ね」などとはとても言えない。今回、最初に現場に駆けつけた署員はたまたま軽傷で済んだが、もしも死んでいたら、と考えるとぞっとする。

「とにかく、しっかり呼びかけてみて、相手の出方を待ちましょう。しかしこれ、始発からの電車はどうするんですか？」

「それは俺も心配してるんや」島村はうなずいた。

時空の広場は、ＪＲのホーム上に広がる格好で造られている。鉄道ファンからすると、ずらりと並ぶ列車を上から覗ける絶好の場所で、撮影ポイントとしても人気だ。一方、オープンスペース故に、上から銃を乱射でもされたら、停まっている列車が大損害を受けるだろう。それを避けるには、事件が解決するまでは全ての電車をストップさせることなのだが、果たしてそんなことはできるかどうか。ＪＲ大阪駅の乗り場は十一まであり、乗り入れている路線は……すらすらとは出てこない。普段よく使っている島村でさえ一瞬では分からないほど多くの路線が、大阪駅には入ってくるのだ。

「もしも始発から全路線が運休となったら、えらいことでしょうな」

「ああ」

「それまでに何とか勝負をつけんと、府警が叩かれますよ」

「まったく……何とかしよう」島村は厳しい表情で応えた。

「とにかく、現場を見ますわ。それと――」宮島が急に黙りこんだ。ズボンの尻ポケットからスマートフォンを引き抜き、相手の声に耳を傾ける。自分では最後に「分かった」と言っただけだった。

「何か動きでも？」

「菅原《すがわら》が来ました。今、指揮車に寄ったそうですが、すぐにこちらへ来るそうです。奴が来たら、説得を始めますよ」

「菅原というのが、説得のスペシャリストか?」島村が最後に特殊班に籍を置いていたのは二十年近くも前……あの頃とはメンバーも入れ替わってしまっている。聞き覚えのない名前の菅原という刑事は、島村が特殊班を出てから警察官になった人間かもしれない。

「そうです」

「十分気をつけよう」

「ええ。部下に怪我させるわけにはいきませんからね」

かすかに皮肉の匂いを嗅ぎ取ったが、島村は無視した。ここで口喧嘩《くちげんか》を始めても何にもならない。それにいずれ、自分は部下を怪我させた責任を負わざるを得ないだろう。梅田署にいた二年間、ほとんどトラブルなく過ごしてきたのに、最後の最後になってなあ……まあ、こっちはあと二年で定年の身だ。何を言われても、黙って頭を下げればいい。始末書ぐらい、手首が腱鞘炎《けんしょうえん》になるまで書いてやる。

宮島はP1を出て、重い盾を自分で持ってカフェに接近した。危ない……大胆というか怖いもの知らずというか、カフェから十メートルほどのところまで近づくと、その場に盾を置いた。角度的に犯人が撃ちにくい場所なのだが、それにしても近過ぎる。宮島が持っていったのは、県警の装備品の中で一番重い盾で、彼はそれを床に置き、簡便な防御壁を作った。島村はP1で警戒していた署員に、宮島をバックアップするよう命じた。二人の署員が盾を持ってじりじりと前進し、宮島に近づく。宮島はそのうち一人に、耳打ちするように何か言った。署員がすぐに戻ってきて報告する。

「同じ盾を何個か用意して、あそこにバリケードを作るように、という指示でした」

「うちの署には、同じものはあまりないはずだ」

「そうですね……」若い署員が困ったように眉根を寄せる。

「機動隊が到着すれば盾は揃うだろう。それまで待つように、宮島に伝えてくれないか」

「分かりました」

署員が再び動き出そうとした時、宮島が戻ってきた。カフェの背後に回りこむような位置どりで動いて、盾は使わない。堂々とした動きだったが、島村はヒヤヒヤしっぱなしだった。もしも犯人が自棄《やけ》になって飛び出し、銃を乱射し始めたら……しかし宮島は無事に帰って来た。汗もかかず、表情にも変化はない。やはり、頼りになる男なのは間違いない。

午前二時半、機動隊の第一波がようやく到着した。島村はすぐに盾を用意するように指示し、カフェから十メートル離れた場所にバリケードが設置された。十メートルの近距離から発砲されても十分耐えられる盾がずらりと並んだ様は、なかなか迫力がある。あの後ろにいれば、問題なく犯人の様子を監視できるだろう。

準備が整ったところで、菅原が説得を始めることになった。やはり島村には見覚えがない……四十歳ぐらいだろう。小柄だが、肩や胸にみっちりと肉がついていて、いかにも頑丈そうだ。しかも、宮島以上に大胆。バリケードになった盾の横に出て膝立ちになり、自らの姿を晒しながら、トラメガを握って犯人に呼びかけ始めたのだ。防弾チョッキは着用しているものの、それで絶対安全なわけもないのに……。

「府警捜査一課の菅原だ」

電子的に増幅されているにしても、よく通る声である。低く落ち着いて、相手を安心させるような声質。説得を担当する刑事は、まず「声」で選ばれる。これが甲高い声だったり、ぼそぼそと低い声しか出ないと、犯人側は苛ついてしまう。その点、菅原の声は、説得役として理想的だ。

「こちらから二つ、お願いがある。まず、人質を解放して欲しい。それと、銃を捨てて出てきてくれ。警察としては、そちらを傷つけるつもりは毛頭ない」

無反応。人質二人は、座りこんだまま菅原の方を見ているが、目には力がなかった。縛られ、既に二時間以上。何もしていないとはいえ、緊張のせいで体力も消耗しているだろう。二人とも疲れ切って何もできない様子だが、頭の中では怒りが渦巻いているのではないか。警察は今まで何をやってたんだ……そう、確かに今回、警察は完全に出遅れている。連続放火があって、人手が足りなかったとはいえ、人質にすればそんなことは言い訳にならない。

「何か要求があるなら、いつでも聞く準備がある。とにかく、まず話をさせてくれないか」

朗々と響く声。高い天井に響いて、薄くエコーがかかっている。

まったく現実味がない。

ここは普段、サウスゲートビルとノースゲートビルをつないで多くの人が行き来する場所である。カフェで一休みする人も多いだろうし、ホームに並ぶ電車の写真を撮りに来る人、待ち合わせに使う人もたくさんいる。今は犯人と人質、警察官だけ……昼間の喧騒が嘘のように、静まり返っている。しかしこの静けさは、あと数時間で消えるのだ。始発電車が走り出せば、この場所はいつもの喧騒を取り戻す。その中で、菅原は今と同じように冷静な説得を続けられるのだろうか。

「顔を出す必要はない。こちらに電話してくれても構わない。とにかく――」

菅原の声が突然途切れ、彼は身を投げ出すようにして盾の陰に隠れた。次の瞬間、銃声が響き、さらに金属音が島村の耳に飛びこんだ。犯人が二人、突然出てきて発砲した――状況を把握すると、島村はすぐに「撃つな！」と叫んだ。キャットウォークのP3、P4で監視している警察官は全員銃を携帯しているが、警察の制式拳銃で犯人を狙うには遠過ぎる。それに人質がいる……万が一人質に当たりでもしたら、島村の異動など吹っ飛んでしまい、即座に辞表を書く羽目になるだろう。

銃声が、いつまでも耳に残っているようだった。大屋根は相当高い位置にあるが、そのせいで反響が複雑になっているからか。

階段のところで待機していた島村は、盾に背中を預けるようにして座りこんだ菅原が、びっくりしたような表情を浮かべて両手を広げるのを見た。

「話し合いは拒否、か……」宮島がつぶやく。

「まずいぞ。今は刺激しない方がええな」島村は指摘した。

「犯人は、相当カリカリしていると思います」宮島が言った。「話もできないとなると、これは厄介ですよ。時間がかかります」

「耐久作戦しかないか」

「それも覚悟しますわ……ちょっと被害を確認します」

宮島が、低い姿勢で走り出す。盾があるので、射線からは外れているはずだが、島村にすれば大胆過ぎる行動だった。菅原に合流した宮島が、しゃがみこんだまま指示を飛ばす。菅原はうなずきながら黙って聞いていたが、やがてそれまで手にしていたトラメガを床に置いた。肩を二度上下させ、頬を膨らませて息を吐く。危うく撃たれるところだったのに、さほどショックを受けていないようだ。

説得には時間がかかる……このまま特殊班だけに任せておくわけにはいくまい。もちろん、今のところ主役は特殊班だが、念には念を入れて、次の作戦を準備しておくことも重要だ。島村は階段を少し下りて、スマートフォンを取り出した。署の副署長席に電話をかけると、遠藤がすぐに反応する。

「ああ、お疲れ……そっちはどうや」

「人は集まってきましたわ。何か起きても、まだ人員に余裕はあります」

「朝になったら、また動きが変わると思う。万が一事態を収拾できなかったら、駅が封鎖になる可能性もあるんや」

「そうでしょうな。しかし、えらいことですよ」遠藤の声は暗かった。

「分かっとるわ。梅田署としては、駅のケアもせんとあかん。そのための要員だけは確保しておいてくれんか。必要なら、隣接の所轄にも応援を貰《もら》おう」

「分かりました」

「それともう一つ……下倉はその辺におるか？」

しばらく言葉が途切れた後、遠藤が「いますよ」と答える。

「分かった。下倉をこっちに寄越《よこ》してくれ。やはり、あいつの力が必要になるかもしれん」

6

キャットウォークのP3に到着するなり、下倉は「難しいです」と結論を出した。ひどく申し訳なさそうな口調で、期待に添えないのを心底残念だと思っている様子だった。

「たかだか六十メートルやで？　お前の腕やったら、右目だけを狙って撃つこともできるやろ」

「純粋に撃つだけだったら可能ですが、条件があまりよくありません。相手も動いているでしょうし、撃ち合いになったら危険です」

「それは分かるが……」

下倉が慎重になるのも理解はできる。挑発するなりしてカフェから誘い出す作戦はありだが、犯人の動きに対応できるかどうかは分からない。それに犯人が何人いるかも特定できていないのだ。仮に一人を撃ち倒したとしても、他の犯人が人質を撃たないとも限らない。しかも、時空の広場の端にはガラス製のフェンスがあり、狙撃の際に邪魔になる。

そして下倉は、あくまでライフル射撃の競技選手である。こういう非常時に人を撃った経験はない。実際、銃を携帯している警察官も、一度も発砲することなく現役を終えることも珍しくないのだ。SATの連中ならもう少し修羅場に慣れているかもしれないが、それもあくまで訓練の範囲内である。日本では、実際に犯人と銃撃戦になる事件など、まず起きないのだ。

「本当に撃てんか？」島村は敢えて訊ねた。

「撃てる、とは言えません」下倉は正直に答えた。

「分かった。しかし、ここでしばらく待機してくれ。今、ライフルは用意している」

「距離だけなら……六十メートルなら拳銃でもいけるかもしれませんが」

「そうか？」

「フリーピストルの距離は五十メートルですから」

「お前の専門はピストルやなくてライフルやろが」

「失礼しました。調子に乗りました」

「しかし、そんなに違うもんかね」警察官として、島村も当然銃の訓練は受けているが、ライフルは撃ったことがない。狙撃となると、やはり精度の高いライフル頼りになる。

「基本的にはまったく違います」

「分かった。とにかく、大会前に申し訳ないが、よろしく頼む。お前には無理はさせんようにするから」島村は小声で言った。「お前は、府警の看板やからな」

「とんでもないです」下倉の表情が強張る。「仕事優先です」

「しかし、今日も徹夜覚悟……試合に影響が出るやろ」

「これぐらいで駄目なら、自分はそこまでの選手です。どんな悪条件下でもきちんと成績を残す――そうやって頑張るのは、仕事のためです」

「いやいや……正直、頭が下がるわ。お前、昭和の猛烈刑事ちゃうか？　もう平成になってから三十年近く経ってるんやで」

「親父《おやじ》の影響です、たぶん」

　島村は黙ってうなずいた。警察官は二世、三世がやたらと多く、人間関係が複雑になる。かつての上司の息子が、今度は自分の部下になる――そんな話は珍しくもない。島村は、下倉の父親とは直接面識がなかったが、長く交通部に勤め、白バイ隊員だったこともあるのは知っていた。二年ほど前に定年退職しているから、下倉とはほぼ入れ違いになったわけだ。息子の方は、父親とは微妙に違う道を歩き始めたわけだが、このまま育てば府警にとって貴重な財産になるだろう。

　警察官としてより、オリンピック選手としてかもしれないが。

「とにかく、一刻も早く解決して、お前にはたっぷり眠ってもらわんとな。大阪府警の代表として大会に出るんやから、万全の体調をキープしないと」

「とにかく仕事優先です」下倉の表情が一気に引き締まった。

　何とまあ、若くとも逞《たくま》しく頼りになる警官はいるもんや。「最近の若い者は……」なんて、うっかり言えんで。島村は、顔がにやけないようにするので必死だった。褒めるのは大事だが、甘い顔を見せてはいけない。下倉は、これぐらい褒めておけば十分だろう。

下倉をカフェの正面、Ｐ３に残して、島村は指揮車へ戻ることにした。今頃あそこも、大混乱になっているだろう。いや、今、府警の中で一番混乱しているのはあそこに違いない。全ての情報が集まる場所だから、まずはきちんと交通整理をするのが肝要だ。こういう時はえてしてバタバタしがちだが、決して慌てないこと――今自分に必要なのは、優秀な参謀と書記や、と思った。

指揮車の後ろに、機動隊の車両が二台停まっている。エンジンはかけっぱなしで、排気ガスの熱気が夜の空気をさらに温めているようだ。最初の問題は、この連中をどう生かすかやな……ここまで島村は、主に刑事部と仕事をしてきた。第一段階、犯人の説得。しかし、突入、あるいは狙撃にまで作戦がエスカレートすれば、今度は警備部の出番である。しかしそれがいつになるか……いつになるか分からない突入に備えて、モチベーションを保ち続けるのは大変だ。

まずは、現在の監視体制に機動隊の連中を組み入れねばならない。人員配置こそ、自分が最優先でやらねばならないことだ、と思い出した。作戦は指揮官ではなく軍師が考えるべきで……誰を軍師にするか、迷う。

一台の車がバス乗り場に入ってきて、島村の前で急停止した。後部座席のドアが開くと、すぐに本部の警備課長、今川《いまがわ》が飛び出してくる。額は汗で濡《ぬ》れ、現場服もところどころ黒くなっている。呼吸も整っていない。どうも慌て過ぎではないかと不安になる。島村は面識こそあったものの、この男と一緒に仕事をしたことはない。五十歳ぐらい、中肉中背で目立った外見上の特徴はなかった。島村を見つけると、さっとうなずいて近づいて来る。

「いやあ、島村署長、えらいことになりましたな」

「まったく。警備部のご協力、感謝するよ」

「いやいや、すっかり出遅れてしまいまして。クソテロのせいですわ」

「まあまあ……一晩にでかい現場が何件もあるなんて、誰も想定してないで」

「誰か、府警に恨みを持つ人間がやったんちゃいますか」

「そんな人間、数え始めたらきりがないやないか」

今川の表情が微妙に歪んだ。普段なら笑い飛ばすジョークなのだが、この場で笑い声を上げるのは相応《ふさわ》しくないと判断したのだろう。

「ちょっと、煙草を一本、吸わせてもらっていいですかね」

「どうぞ……いや、俺にも一本もらえんかな。この状況じゃ、煙草も吸いとおなるわ」

二人は機動隊車両の陰に隠れて煙草を吸った。最近はどこへ行っても煙草排斥運動が盛んで、喫煙者は肩身が狭くなる一方だという。島村は、そこまで煩《うるさ》くなる前に煙草をやめていたから、うしろめたくなることはなかったが……久しぶりの煙草は、脳に強烈なダメージを与えた。頭がくらくらする。呼吸が苦しくなることはなかったが、しばらく軽い目眩《めまい》が治らなかった。

「状況は、ここへ来る途中で聞きました。だいたい頭に入ってます」今川がてきぱきとした口調で言った。

「ああ。今、捜査一課が説得にかかっているが、犯人側は対話を拒絶している。しかも、要求はまったくない」

「何なんですかねえ。ふざけた話だ」

「目的はまったく分からない……とにかく、三段階で対策を考えている。まず説得、それで駄目なら突入、突入が物理的に無理なら、犯人を狙撃する」

「まあ、無難でしょうな」今川が気の抜けた声を上げる。「で、うちとしては、まず突入に備えて準備する、ということでよろしいですか？」

「もちろん。そこはSATの腕の見せ所なんやが……その前に、監視のローテーションを作りたい。今、うちの署員が中心になって張りついてるんだが、いつまでも任せておけんからな。機動隊の若いのも、計算に入れてええやろか」

「ああ、もちろんです。あいつらは、何時間でも平気で待機しますから」

「分かった。俺の方で、そのローテーションを作る。それで……あんたは、俺の軍師をやってくれんか？」

「軍師ですか？」眼鏡《めがね》の奥で、今川が目を細めた。「戦国大名じゃないんですから……」

「俺一人では、作戦は立てられない。こういう場合は、やっぱり警備課長が一番適任やと思うが」

「しっかり務めさせていただきますよ」今川が煙草を携帯灰皿に押しこんだ。島村も灰皿を借り、まだそれほど短くなっていない煙草をもみ消す。久々に体に毒を入れてしまったな、と思いながら、大きく深呼吸した。

夜は更けていくが、気力、体力ともに十分。絶対に、最少の被害で人質を救出し、犯人を逮捕する。

これは自分にとって、警察官人生の実質的な卒業試験になるのではないか？

第二部　要　求

1

睨《にら》み合いが続く……睨み合っているということは何の動きもないわけで、その時間を利用して島村は状況を整理した。

　捜査には、多少進展があった。何発も発射された銃弾の一つが回収され、22口径のマグナム弾と分かったのだ。そして監視班が記録した現場の映像をチェックした結果、犯人が使ったのは一般的にも入手可能なライフル銃とほぼ特定された。

　島村は、説得を始めた菅原に向かって犯人たちが発砲した瞬間の映像を、何度も見た。飛び出して来たのは二人。下三分の一ほど開いていたシャッターをさらに少しだけ開き、そこをくぐり抜けるように出てきて、菅原に銃を向けたのだ。二人とも同じような、黒いTシャツにジーンズ、目出し帽という格好。時間にしてわずか十秒ほどで、すぐに中に引っこんでしまった。本当に菅原を殺す気だったとは思えない。単なる威嚇だろう。

「結局確認できたのは、犯人が最低二人はいる、いうことだけですな」今川がぼそりと言って眼鏡を外した。

「ああ」

島村は人質の恐怖を想像していた。すぐ横で二人がライフル銃を発射——まず、音が二人の平常心を砕いただろう。まるで発砲音が合図になったかのように、二人が床に身を投げ、犯人がカフェの中に引っこんだ後も、しばらくそのままの姿勢で固まっていた。

「二人が、パニックにならんとええんやが」島村はつぶやいた。

「もう、なってるでしょう」突き放すように今川が言った。「あんな状況で二時間以上ですよ。まともな精神状態ではないはずです」

「現段階で突入が成功する可能性、どれぐらいある？」

島村は体を捻り、今川の顔を正面から見て訊ねた。今川が微妙に目線を外す。しっかりしてや、軍師さん……そう思ったが口には出せない。一緒に仕事をしたことのない今川という男がどれだけ切れるか、どこまで大胆かは分からないのだ。

「突入の方法は？」島村は質問を微妙に変えた。

「ポイントはここですな」

今川が、時空の広場の図面に指を置いた。今、この図面には菅原たちがバリケードを設置した新たなポイントが描きこまれている。通称、Ｐ5。

「バリケードを拠点にする？」

「ええ。ここから挑発するんです。一発二発、シャッターに打ちこんでやってもいい。応戦するために犯人が出てきたところを、遠距離から仕留めます」

「つまり、キャットウォークのところ――P3からやな？」P1、P2で発砲すると、警察官同士で相打ちになる可能性がある。「六十メートルの距離で確実に犯人を仕留められる人間、何人おる？」

「そちらの下倉選手なら大丈夫でしょう」

「選手やなくて、巡査長や」島村は言い返した。仕事を優先するという、本人の意向を尊重しないと。

「――下倉巡査長なら、六十メートル先にいる人間なんか、的《まと》としてはデカ過ぎるぐらいやないですか」

「いや、あいつはいま一つ自信がないようだ。相手が動いていて、しかも何人もいたら、確かに危険や。あいつの他にいい狙撃手が何人もいても、難しいだろう。撃ち合いも避けたい」

「ノースゲートビルの上階にある商業施設から狙えるのでは？」

「それは俺も考えたが、斜め上からというのは狙いにくいと思う。それに、あそこは犯人からも近いんや。こちらの危険性も増す。狙撃ではなく、突入の方が確実やと思うが」

「問題は人質ですね……人質がいる限り、どうしようもない」今川が肩をすくめた。

こいつは……しっかりしろ、と心の中で悪態をつく。警備課は、こういう事態を日々想定して、解決法もシミュレートしているのではないのか。

「他に方法は？」

「サウスゲート側にも新たにバリケードを作りましょう。店の横がテラス席になっている——いや、そもそも外だからカフェにはテラス席しかないんですが、とにかくそこにもバリケードを作って、犯人に精神的なプレッシャーを与えます」

「それはすぐできるやろうか」

「もちろんです。カフェの裏側にも作りますか？　四方から囲まれたら、相当慌てるでしょうな」

「それでパニックになって、こっちが予想もしていない行動に出られても困る」

「まあ……そうですな。取り敢えず左右から挟みますか。それで少し様子を見るのが無難でしょう」

無難な作戦でいいのか、と島村は疑念を抱いた。しかし自分で何のアイディアも出さずに、文句ばかり言っているのはみっともない。それではただの口煩い上司だ。

「しかしまあ、極めて異例の立て籠もり事件ですよ、これは」今川が言った。

「そうやな」

「オープンスペースで人質を取るなんて、ありえん話でしょう」

「あそこをオープンスペースと呼ぶのは、多少無理があるがな。しかし……こう考えようや。三菱銀行人質事件の時よりは、警察が圧倒的に有利なんやで。何しろあの時は、現場の様子を確認するだけでも大変やった」

「承知してます。ただ、状況が分かっても、簡単に手出しできるもんやないですよ」

「まあまあ……簡単やなくてもいい。何か上手い手を考えんと。頼んだで、軍師さん」

「戦国物の小説には、あまり興味がないんですがねえ」

　今川が小声でぶつぶつ文句を言った。この件はこれでおしまい――まず、ローテーション表を作り上げないと。パソコンに向かった瞬間、スマートフォンが鳴る。昼間から使いっ放しなので、そろそろバッテリーが危なくなっている……確認すると、見覚えのない電話番号が浮かんでいた。

「ああ、島村署長？」相手が――女性が、甲高い声で呼びかけた。

「どちらさん？」

「教養課の村木《むらき》です。とんでもない時にすみませんが」

　女性教養課長の村木真理子《まりこ》か……用件は予想できた。話す必要はない、というかそんな暇はないのだが、このまま切ってしまうわけにもいくまい。とにかく短く済ませよう。

「まったくとんでもない状況やで。今、現場なんだがね」島村はやんわり抗議した。

「それは分かってます。申し訳ないんですが……下倉巡査長はどうしてますか？」

「現場で待機中だ」

「待機、ですか……」教養課長の声に疑念が滲む。

「狙撃が必要になった時にはあいつに任せる」

「それはちょっと……明後日が大会なのはご存じですよね」

「もちろん。壮行会はやってないが、署員全員が活躍を期待している」

「でしたら、引っこめて下さい。今回は重要な大会——ワールドカップなんですよ。国内開催は久しぶりなんです」

「それぐらい、分かっとるがな」甲高い声が耳障りで、島村は思わずぞんざいに応じてしまった。

「署長もご存じだと思いますけど、射撃はひとえに精神力の競技なんですよ。寝不足は最大の敵です」

「下倉の精神力を舐《な》めたらあかんで」島村は言い切った。「あいつは、仕事の重要性をよう分かっとる。立派な若い警官や。本人が望んで現場に残る、言うとるんやから、あんたがどうこう言うべきやない」

「下倉巡査長は府警の顔なんですよ」

「そんなこと、分かっとるわ」島村は呆れて言った。「府警からオリンピック選手が出たら、そら万々歳や。だけどあいつには大事な仕事がある。それを放り出してええもんやないで」

「まったく……これだから、選手を所轄へ出すのは反対だったんですよ」

本来、警察官でありながらスポーツ選手として活躍する人間は、教養課や機動隊など、時間の都合をつけやすい部署に配属される。柔道選手など、全員が機動隊所属だ。しかし、選手引退後の長いキャリアを考えて、様々な部署で多様な経験を積ませるのも重要――そういう方針から、実績のある選手の一部は、数年前から所轄勤務をしている。もちろん、所轄の方では勤務に余裕を持たせ、練習や試合第一で仕事を調整しているが。

下倉も、そういう選手の一人だった。

「そういう方針に最終的に判子を押したのは、あんたやないか」

「正確には、私の前の教養課長です」

「ああ、分かった、分かった」島村は思わず声を荒らげた。女性の管理職進出には大賛成だが、彼女はきつ過ぎる。「とにかく、下倉が二晩徹夜するようなことはない。そんなことになる前に、必ず事件は解決する。そうしたら、うちの署員がチアリーダーになって、下倉を送り出したるわ。むさ苦しい男どもばっかりやけどな」

「署長……」村木が溜息をついた。「冗談言うてる場合やないですよ」

「もちろん、冗談やない。奴は府警の顔なんやから、それぐらいの応援を受ける資格はあるやろ」

実際、選手としてだけでなく、「顔」なんだがな、と島村は思い出していた。下倉は、爽やかな笑顔を買われて、警察学校にいる時に、警察官募集のポスターモデルになったことがあるのだ。今でもよく先輩たちにからかわれて、本人は迷惑そうにしている。それにしても、天は二物も三物も与えるものだ。ここで、警察官としてしっかり手柄をたてることができたら、まさに「府警の顔」になる。

電話を切り、島村はコーヒーを求めて席を立った。狭い指揮車内はごった返しており、空気も淀んでいる。飲み物と食料が大量に用意されているのが救いだった。島村はまず、缶コーヒーを一本、一気に空けた。普段は甘い缶コーヒーになど見向きもしないのだが、今夜はさすがに、こういう甘みがありがたい。体にすっと染みこんでいくようだった。

これで体が目覚めた。

署の連中がコンビニエンスストアなどで調達してきた食料に目をやる。握り飯、サンドウィッチなど、手軽に食べられそうなものが大量にあった。こういう時は、暖かい食べ物があると気持ちが盛り上がるんやけどなあ……と思ったが、贅沢《ぜいたく》は言えない。

サンドウィッチを取り上げ、袋を乱暴に破く。そうすると、唐突に空腹を覚えた。送別会では結構飲み食いしてきたのだが、あれからずいぶん時間が経っている。しかもずっと動き回っていたので、すっかり腹が減ってしまった。こんな時間にこんなものを食っているのを女房に見つかったら、えらいことになるんやがなあ……。

しかし、久々に食べた卵サンドは美味《うま》かった。卵サンドは、パンと卵の柔らかさがほぼ同等なのだと改めて気づく。何の抵抗もなく嚙み取れ、口の中ですっと解れていく。疲れている時には、こういう食べ物が本当にありがたい。もっとも、戦闘意欲を高めなければならない今は、どちらかというとカツサンドが欲しいなあ。値段は高いが、「梵《ぼん》」のカツサンドなら満点や。

サンドウィッチ二つを押しこむように食べ、今度はお茶のペットボトルを手に取る。一口飲むと、ささくれ立った気持ちがようやく落ち着いた。

「今、えらい勢いで話してましたけど、どないかしましたか？」今川が心配そうに訊ねる。

「教養課長や……うちの下倉をさっさと解放せえ、言うてきたわ」

「それは向こうの事情ですよね」呆れたように今川が言った。

「まあな。気にしてもしょうがない――さっさと事件を解決すれば、全部上手くいくやろ」

どこかで電話が鳴った――指揮車に設置されている電話だと気づく。近くにいた署の警備課長、増島が、壁に設置された受話器を取り上げた。

「はい……はい？　ああ？　何やて！」突然、増島が声を張り上げる。目を見開いて島村を見ると、「署長、犯人から電話です！」と叫んだ。

「今かかってきてるんか？　その電話か？」

島村は慌てて立ち上がった。増島がすぐに空いた右手を横に振る。

「いや、電話は署の方へかかってきました。代表番号に直接」

夜間、署の代表番号にかけると、当直の署員がいる警務課にかかるようになっている。

「その電話、誰や」

「副署長です」

「代わる」

島村は、体を捻るようにして狭い車内を駆け抜け、増島から受話器を受け取った。

「島村や。どういうことだ？」

「いきなり、犯人を名乗る人間から電話がかかってきたんですわ」遠藤の声は少しだけ震えていた。「あくまで名乗ってるだけで、本当かどうかは分からんのですけどね。こういう時は悪戯も多いですから」

「副署長、前置きが長いわ」島村は釘《くぎ》を刺した。「簡潔に頼む」

「駅の構内、五か所に爆弾をしかけた。要求は現金十億円。それに、逃走用のヘリとパイロットを用意しろと」

こいつは悪戯だ——瞬時に判断して、島村は黙りこんだ。大きな事件が起きると、警察には訳の分からない悪戯電話がしばしばかかってくる。これもそういう一つだろう。しかしそれなら、遠藤もいちいち連絡してくる必要はない——連絡する必要があったから電話してきたのだ、と思いなおした。

「どうなんや？　犯人なのか？」

「確定はできません。しかし、この要求を呑まないと、人質の男女一人ずつを殺す、と言っています」

それを先に言ってくれ……やはり犯人なのだ、とピンときた。広報課は、マスコミに対しては「複数の人質」としか発表していない。男女二人だということは、警察関係者以外には犯人しか知らないのだ。

「録音は？」

「もちろん、してあります」

「音声ファイルでこっちへ送ってくれ。我々も聞きたい」

電話を切り、今川に事情を説明した。

「本物ですな」今川が即座に判断を下す。

「現場の情報が、何らかの形で外部に流出した可能性は？」少しだけ冷静になろうと、島村は今の情報を否定する要素を持ち出してみた。

「あり得ません。現場に近づくのは不可能です。警察官から情報が出たとすれば、話は別ですが」

「それこそあり得んやろ。こういう時に仲間を疑い始めたらおしまいやで……マスコミの連中がどこかから情報を摑んで、それが漏れた可能性は？」

「今のマスコミの連中は、我々が公表しない情報を探り出すほどの根性も能力もありませんよ」今川が鼻を鳴らす。「犯人だと考えて動くべきですね」

「そうだな」

録音された音声ファイルは、島村のスマートフォンにメールで送られてきた。指揮車のパソコンに転送し、再生する。


『梅田署です』

『駅の構内五か所に爆弾をしかけた。ＪＲ西日本に現金十億円を要求する。警察には、ヘリコプターと操縦士を用意してもらう。この要求が受けいれられない限り、人質は午前十一時に処刑する』

『もしもし？』慌てた署員の声が裏返る。

『繰り返す。ＪＲ西日本に現金十億円を要求する。警察は、ヘリコプターと操縦士を用意しろ。タイムリミットは午前十一時。それまでに用意しないと、人質二人を処刑する』

『ちょっと待って――』

『人質は男女一人ずつ』電話の向こうの「犯人」の声は冷静だった。『現場で体を縛って、カフェの柱につないでいる。警察の方で、少しでもおかしな動きをすれば、即座に殺す』

『本当に犯人なのか？』

『疑うのは勝手だが、こちらには人質がいる。それと、ノースゲート側に設置したバリケードを撤去しろ。目障りだ』

『ちょっと待って――』署員が繰り返す。

この声は誰だ……パニック状態に陥っているようだが、情けない限りだ。もっと冷静に対応しないと、犯人を優位にしてしまう。後で割り出して、説教やな。

『午前三時半までにバリケードを撤去しないと、派手に眠気覚ましをやる』

『もしもし？　もしもし！』

電話はそこで切れた。

「こいつは間違いなく本物ですな」今川が低い声で断言した。「現場の様子――バリケードを作ったことまで知ってる。犯人に間違いないですよ」

「そうだな」

「どうします？　ＪＲには……」

「ＪＲが十億も払う訳ないやろ」島村は吐き捨てた。

「しかし、少なくとも話はしないとまずいでしょう。人質二人の命がかかっているんですよ」

一人あたり五億か、と島村は不謹慎なことを考えた。とんでもない金額だが、人命には替えられない。人質二人の身元も、まだ分かっていないのだが……。

「バリケードはどうしますか？」

「仕方ない。撤去だな」

「いいんですか？」今川が目を見開いた。

「もちろん、今の電話が本当に犯人からのものかどうかは分からない。しかし、常に最悪の事態を想定しておくべきやろ。多少の譲歩は仕方あるまい」

「撤去ではなく、引くことにしましょう」今川が提案する。

「引く？」

「階段のところまで下がるんです。それで犯人がどんな反応をするか、見てみましょう」今川は冷静さを取り戻したようだ。

「人質が心配なんだが……」

「それは大丈夫やと思います」今川があっさり言った。「犯人の手持ちの材料は、人質だけなんですから。ただし、爆弾の話は気になります。本当かどうかは分かりませんが、警察犬を使って捜索しないといけません」

犬の嗅覚は信用できるが、大阪駅はとにかく広い。島村は眉間に皺《しわ》が寄るのを感じた。

「しかし人質も、犯人にとっては大きな武器だ」

「そうですね。傷つけるはずがないと思います」

「そうやな……」しばし考え、島村は今川の案に同意した。「それでいくか」

すぐに、現場で張っている特殊班係長、宮島に連絡を入れて事情を説明する。宮島は微妙な反応を示した。

「それは……どうですかね。犯人からの電話と断定するには早いんじゃないですか」

「念には念を入れ、や」

「どうせなら、脅迫電話の事実をぶつけてみますか？　要求を検討している、ぐらいのことは言ってもいい」

「それは棚上げしておこう。そもそも、ＪＲ側がこの話を聞いていないのに、警察が勝手に話を進めるわけにはいかんやろう」

「署長も、変なところで律儀ですなあ」宮島が呆れたように言った。

「金を出すのはうちやない。それに、この件ではＪＲ側は被害者なんやで」

「それもそうですな。では、取り敢えずバリケードを下げますわ。終了したら連絡します」

「頼んだ」

電話を切り、息を吐く。緊張して、肩が不必要に盛り上がっていたのに気づいた。今緊張してどうするんだ……自分に腹が立つと同時に、やけに腹が減っているのを意識した。サンドウィッチをもう一つ取り上げ、猛烈な勢いで食べてしまう。お茶で喉を潤した時、また指揮車の電話が鳴る。近くにいた増島が受話器を取り上げた。

「はい……ええ。分かりました。場所は、ここじゃない方がいいですね？　はい。それでは、署の方でどうですか？　分かりました。署長にはそのように伝えます」

また新たな動きか……島村は立ち上がり、もう一口お茶を飲んでから「どうした」と訊ねた。

「JRの担当者がお会いしたいと」

「俺にか？」

「署長にというか、現場の責任者に、です。もう本部の方で接触しているそうですが、その続きです」

「JRは、どうして脅迫の事実を知ったんや？」

「会社の方にも脅迫電話が入ったようです……私が行きましょうか？」

「いや、俺が行くわ」

今回、人質の二人以外の被害者と言える、JR西日本。本部ではある程度話を聞いただろうが、自分も担当者には会っておかねばならない。それに、十億の脅迫の件についても、相談しておく必要がある。

島村は、署へ行くことを今川に告げ、本部への報告を頼んだ。

「刑事部長に言っておけばいいですな?」

「ああ。刑事部と警備部が合同捜査の形を取っているが、一応特捜本部長は刑事部長だから」

「自分が刑事部長と話すのは、どうも筋違いの気もしますが」今川は、警備部の人間という意識を捨てきれないようだ。

「そんなことを言ってる場合やない」島村はぴしりと言った。「非常時なんやで。部の壁は無視して、一体になってやってくれ。一つでもヘマしたら、俺たち全員首が飛ぶからな」

2

順調だ。

これまでのところ、全て計画通りに上手く進んでいる。

定時連絡を終え、携帯電話をズボンのポケットに突っこんだ。まずはこの携帯を始末して、次の携帯電話に切り替える……公園のゴミ箱に携帯を捨て、ズボンの尻ポケットから新しい携帯を取り出した。明日の午前半ばまではこれを使い、その後は部屋に置いてある最後の携帯に替える。

それにしても、今日もクソ暑い。真夜中だというのに、半袖一枚でも汗をかくぐらいだ。大阪はどうだろうか。

暑くなくても、これから暑くなる。大阪を燃やし尽くしてやるのだ。

表情が緩んだと思った瞬間、ふと気配を感じた。嫌な気配……振り返った瞬間、脳天に強烈な一撃が振り下ろされる。何かが動いたのは見えたが、いったい何なのか。こちらが認知できないほどのスピードで振り下ろされた一撃で、首が肩にめりこむのではないかと思えるほどの衝撃が全身に走った。

動かない。動けない。両膝が地面にぶつかる痛みが全身に走ったが、声も出せなかった。目の前が暗くなり、意識が遠のく――しかし最後に、燃えるような痛みが走った。背中から腹へ……。

何が……起きた……。

3

署へ戻るのは数時間ぶりだったが、ずいぶん長いこと空けていた感じがする。すぐに抱いた違和感——署内が当直の交代時並みにごった返しているせいだと気づく。課長は、現場に出ている増島以外は全員集合していた。記者連中も副署長席の周辺に集まっている。ＪＲの人間はまだ来ていないようだ。島村は、記者たちから浴びせられる質問を無視して署長室に入り、課長全員、それに副署長の遠藤を中に招き入れた。ドアをしっかり閉めると、立ったまま、短く訓示を与える。

「承知の通り、うちの管内でとんでもない事件が起きた。現段階では、犯人は人質を取って時空の広場のカフェに立て籠もり、つい先ほど、金銭を要求してきた。ふざけた話や」島村は思わず吐き捨てた。感情的になってはいけないと分かっていても、気持ちは抑えられない。「この要求については、今後綿密に解析した上で、ＪＲ側と対応を協議する。梅田署としては、人質の無事解放、犯人逮捕の基本方針を変えずに全力を尽くす」そこで課長一人一人の顔を見た。長い課長とは二年、短い課長とは半年ほどのつき合いだが、全員気心が知れている。ほんの数時間前、自分の送別会で馬鹿笑いしていたメンバーの表情は、今ではすっかり引き締まっていた。「朝になると、駅の整理、周辺の交通問題等含めて、さらに忙しくなる。それに加え、現場の監視・警戒要員としても人手を割いているから、普段の業務に支障が出かねない。しかし、通常の治安維持活動にも手を抜くわけにはいかない。ここは踏ん張りどころや。気を抜かず、解決まで全力を尽くしてくれ」

全員が無言でうなずく。若手の署員なら、一斉に「はい！」と声を揃えるところだ。しかしベテランたちの無言のうなずきも、また心強い。でかい声を上げるだけが、気合いではないのだ。

署長室のドアがノックされた。若い制服警官が顔を覗かせ、「ＪＲの方がいらっしゃいました」と告げる。

「通してくれ」返事してから、もう一度課長たちに声をかける。「では、万事現場の判断で。俺は基本的に、現場の指揮車に詰めている」

課長たちが出ていった後で、捜査一課長の秦が一人の男を伴って入ってきた。本部の一課長自らエスコートか……しかし相手は、それほど重い立場にいる人間には見えなかった。まだ若い——四十代後半ぐらいだろうか。髪は黒々としてボリュームがあり、真夜中なのにきちんとスーツを着てネクタイを締めている。スーツを着ていても、腹はまったく出ておらず、引き締まった体型なのが分かった。

男はまず、型通りに名刺を取り出して挨拶した。ＪＲ西日本総務部緊急対策室室長。

聞き覚えのない肩書だった。いかにもこういう事態で矢面《やおもて》に立ちそうな名前のセクションではあるが。

春日友幸《かすがともゆき》。その名前を頭に叩きこんでから、島村はソファを勧めた。春日は浅く腰かけ、背筋をピンと伸ばして島村と相対した。秦はこちら側に回りこんできて、島村の横に座る。

「この度は……」話し始めて、春日がすぐに言葉に詰まった。何を言っても、挨拶の言葉にはそぐわないと判断したのだろう。この場に一番似つかわしい台詞《せりふ》は「参りましたわ」だろうが、そんな呑気なことを言っている場合ではない。

「今回は、大変な事態になりました。警察は、全力で事態の収拾にあたっています」島村は、まず「公式見解」を口にした後、すぐに口調を崩した。「しかしJRさんも、今回はえらいことでしたな。こんなん、誰にも予想できん事件ですよ」

「ええ……しかし、警備員も巡回している場所ですからねえ」

「民間の警備員では対応できませんでしたよ。相手は強力な武器を持っていますし、爆弾をしかけたとまで言っています。この件についての責任について、現段階で言うのはやめましょう。事態の収拾が先決です」

「分かっています」春日がうなずく。「本部の方に、逐一報告して情報を共有していますが……なにぶんにも、こんな事件は経験したことがないので」

「分かります」島村はうなずき返した。「とにかく、情報共有の精神は大事です。今回はそれぞれ隠し事なしで、完全に情報をオープンにしたい。よろしくお願いします」島村としては、これで釘を刺したつもりだった。ＪＲ側に落ち度があるとは思えないが、企業というのは少しでも都合の悪いことがあると、警察にさえ隠し事をするものだ。

「承知しています。そのために、我々の部署はあるんですから」

島村は、テーブルに置いた名刺を取り上げた。

「緊急対策室……という部署は知りませんでしたな」

「去年発足したばかりのセクションなんですよ」春日の顔に薄い笑みが浮かぶ。「文字通りの部署です」

「鉄道で緊急対策というと、事故とかそういうことを想定しているんですか？」だったら相当忙しいだろう、と島村は想像した。鉄道事故は、規模の差こそあれ、頻繁に発生している。警察や消防にとっても、毎回頭の痛いところだ。

「事故も担当しますが、本来はリスクヘッジ……通常では想定できないようなトラブルに備えるのが仕事です」

「想定できないのに備える、というのは一種の矛盾ですな」島村はつい皮肉を吐いてしまった。

「会社——特に鉄道会社というのは、何も起こらずに淡々と日々の業務が続いていくのが理想です。しかし時には、外的要因によって阻害されることもある――そういう時に遅滞なく何とか解決しろ、というのが我々に課された使命なんですよ。こういう事態は想定もしていませんでしたが」

「今回はフル回転ですね」

「とはいえ、対策室には五人しかスタッフがいませんが」

島村は目を見開いた。五人で何ができる？　島村の疑念を察したのか、春日が苦笑する。

「五人では大したことはできませんが、緊急時には組織の壁を取っ払って我々が調整・指揮できる……ことになっています」

「分かりました。では、今後のＪＲ側の窓口はそちら、ということでよろしいですな？」

「よろしくお願いします」春日がさっと頭を下げた。

何となく頼りない。こういう大きなトラブル――事件は、緊急対策室としても初めてなのだろう。しかし少なくとも、春日は真摯な男のようだ。上手く協力してやっていけるだろう、と島村は楽観的に考えた。

秦が口を挟んでくる、

「犯人側からの要求は、ＪＲにもありました」

「窓口は――犯人はどこへ連絡してきたんですか？」島村は春日に視線を向けた。

「社長の自宅に直接です。それが、三十分ほど前でした」

「社長は自宅待機中だったんですね？」島村は確認した。こんな大事件が起きているのに、それでいいのか？　いや、うちも本部長が現場に出張っているわけではない。そもそも組織のトップは、そう簡単に現場に行くべきではないのだ。トップは堂々と構えて、安全な場所から指揮を執るべきである。戦国武将だって、大将本人が戦場に出るのは、部下を鼓舞するためか、ぎりぎりの状況の時だけだ。

「そうです。すぐに私の方へ連絡が入りました。それで府警さんに連絡したんですが……同じような脅迫がこちらに入ったということで」

「同じ人物――犯人からの電話と思われます」秦が補足した。「内容がほぼ同じでしたし、現場の様子も正確に把握していました」

「なるほど……」島村は、少し姿勢を崩した。右肘を膝に置いて、体を斜めに倒し、口調も柔らかくする。「JRとしては、どのように受け止めていますか？」

「むしろ、警察ではどう見ているかが知りたいです」春日が真顔で応じる。「そちらの見解をお聞かせ願いたいと思って、こちらに参った次第なんです」

「犯人の可能性が高い、と考えています」島村は認めた。「脅迫の内容には、犯人しか知らない事実が含まれているんです。現場は封鎖されていますから、一般の人が状況を知り得るわけはないんですよ」

「そうですか……」春日の顔から血の気が引いた。

「こういう事態は、今までないですね？」

「まったくなかったです」

「一応、本物の犯人からの脅迫だったと想定して……どうします？　金を用意しますか？」

「無理ですよ。キャッシュで十億――そんなに簡単に揃うはずがありません」春日は明らかに腰が引けていた。

「そもそも、犯人側の要求にはかなり無理があります」秦が冷静に話を引き取る。「一万円札は一枚約一グラム――ということは、十億だと百キロにもなります。仮にこれだけの現金を用意できても、犯人側がどうやって運ぶのか……無理でしょう」

「台車が何台いるかな」

島村の台詞に、秦が咳払《せきばら》いした。見詰める視線がきつい。署長、冗談言ってる場合やないですよ……島村も咳払いした。

「ヘリを要求しているのもおかしな話です。時空の広場にヘリが入れるわけもないですから、仮に十億を手にしても、百キロの大荷物をまずどこかに運ばなくてはならない。それは物理的に不可能でしょう」

「一課長、この犯人はアホやと思うか？」

突然の島村の質問に、秦が口を閉ざす。ちらりと島村の顔を見て、静かに首を横に振った。署長、何考えてるんですか、という無言の質問が突き刺さる。

「今のところ、必ずしも頭がいい犯人とは思えない。ただし大胆、無謀なのは確かやな……それに、ある程度計画性を持っているのは間違いないやろ」

「それは……そうですね」秦が認める。

「だから、金の受け取り、脱出方法、そういうことに関しても入念に計画を練っている可能性はある。アホらしいと切り捨てるわけにはいかんな」

「仰る通りですね」

「そういうわけですので、春日さん……十億を用意できるかどうかはともかく、こちらでも犯人を騙《だま》すことを考えねばなりません」

「騙す？　そんなことをして大丈夫なんですか？」春日の視線が不安げに泳ぐ。

「騙すというか、こちらは真面目に対処していると相手に思いこませるんですよ。金も、逃走用のヘリも用意している——そうやって時間稼ぎをして、作戦を考えましょう」

「今のところは……何か、上手い方法はあるんですか？」

「検討中です」島村は言葉を濁した。「この件については、犯人からいつどんな連絡が来るか分かりません。連絡があった際は、すぐに情報共有ということでお願いします」

「分かりました」春日がうなずく。

「もう一つ、大きな問題があります。ある意味、脅迫よりも大きな問題が」

「はい」春日の目つきがさらに真剣になった。

「警察としては、解決について全力を尽くしていきますが、既にこの時間です」島村は腕時計に視線を落とした。既に午前三時過ぎ。「始発までに解決できるかどうか、現段階では保証はできません」

「ええ」

「その際、列車の運行を停止し、駅自体を封鎖することは可能でしょうか」

「駅自体、ですか？」春日が目を見開く。

「もちろんご存じとは思いますが、時空の広場は、駅のホームが見下ろせる環境が売りです。鉄道マニアにはたまらんポイントでしょうな。逆に言えば、銃を持った人間が時空の広場にいるということは――」

「ホームを狙い撃ちできる、ということですね？」春日の頬が引き攣る。

「まさにそういうことです。しかも、爆弾の件もある。既に捜索も始めていますが、今のところ見つかっていません。我々としては、あらゆる危険を排除したいんです。どうでしょう？　思い切って、事態が収拾するまで駅を封鎖していただくというのは。前代未聞かもしれませんが、今まさに前代未聞の事態が進行しているんです」

「分かりました」真剣な表情で春日がうなずく。「駅は封鎖する方向で検討します――いや、封鎖させます」

島村は秦と視線を交わした。この男は、ここで手形を切ってくれるほど強い権限を持っているのか？　二人の無言のやり取りに気づいたのか、春日が低い声で告げる。

「この件について――いや、緊急時の対策について、私は基本的に全権を任されています。緊急時ですから、会議をしている暇もない。私の決定には、社長でも異議を唱えることはできません」

「現段階において、ＪＲの中で最大の権力者はあなた、ということですか」

「この件に関しては」春日がうなずく。「……ただし駅の封鎖には、警察の全面的な協力が必要になります。弊社の職員だけでは、対応は不可能かと思います」

「もちろん、承知しています」島村はうなずき返した。「警察も最大限の人員を配置して、駅とその周辺の安全を確保しますので」

「ありがとうございます……」ふっと春日の表情が崩れる。「しかし、えらい迷惑な話ですわ。犯人、何者なんですか？」

「それはまだ何とも言えません」

「無事に逮捕したら、私に一発殴らせてもらえますか？　ちなみに私は、空手二段です」

「結構ですな。ただし、顎は狙わんで下さいよ。骨折でもしたら、供述ができなくなりますから」

「まったく、冗談じゃない。明日――今日、私、銀婚式なんですよ。女房と久々に旅行に出かけるつもりでした。それが吹っ飛びましたわ」

「それやったら」島村は真顔で告げた。「一発と言わず、三発までどうぞ。警察は見て見ぬ振りをしますわ」

春日がニヤリと笑う。しかしその表情は、すぐに固まってしまった。

島村は、梅田署の刑事課長、交通課長を署長室に招き入れて春日に紹介し、駅封鎖の方法について細かく協力し合うよう、二人に指示した。春日は本社の緊急対策室に缶詰めになるつもりだと告げたが、連絡係として部下を梅田署に常駐させる、と明言した。

「それだとそちらは、本社には四人になりますな」島村は指摘した。

「人数が多ければいい、というわけやないですよ」春日は何故《なぜ》か、自信を取り戻していた。「とにかく、よろしくお願いします」

「こちらこそ」

春日は、秦に送られて署を出ていった。これでJR側との顔つなぎは完了。早く現場の指揮車に戻らないと。気が急《せ》いたが、署内の状況も把握する必要がある。遠藤に話を聞くと、「万事問題なし」と答えが返ってきた。

「すまんが、署の方はあんたに任せるわ」

「こちらは大丈夫です」遠藤がのんびりした口調で言った。小柄で腹の突き出た体型の遠藤は、妙に人を安心させる。見た目からの安心感と言おうか……上司と部下の間で理想的なクッション役になれるし、自分の留守に署を任せるには一番安心できるタイプである。

「怪我人は？」

「まだ病院です。後は休ませますわ」

「本人ははやってると聞いたが？」

「怪我人が出ていっても、足手まといなだけでしょう。ちゃんと言うて聞かせますよ」

「頼む……俺は現場に戻る」

「パト、出しますか？」

「いや、歩いた方が早いわ」

「では、誰かに送らせます」

「いらん。護衛が必要な状況やないで」

「署長の威厳はどうなりますか」

遠藤が真面目に言っているのかどうか、分からなくなってきた。

「そんなもん、これだけの大事件になったら関係ないやろ。余計なことに人手を割くな」

「分かりました」遠藤はあっさり引いた。

これで署内は問題なし……現場へ戻ろうとした瞬間、スマートフォンが鳴る。見覚えのない番号……この状況だと、どこから電話がかかってくるか分からないから、出ざるを得ない。万が一だが、犯人の可能性もあるのだし。

少しだけ不安を感じ、名乗らずにいると、向こうから第一声が出た。

「島村署長ですか？　交通部の萩沼《はぎぬま》です」

「ああ、どうも」

次期署長——正確には明日からこの署の指揮を執る、交通部参事官だ。

「お忙しいですな？」

「そりゃあんた、目が回るとはこのことや」

「そんな時にすみません。一応、ご挨拶というか何と言うか」

島村は署長室に引っこんで待つことにした。ドアは開けたままにしておく。ソファに腰かけ、少しだけ体の力を抜く。萩沼のことはよく知らない。こちらより二歳下、基本的に交通畑をずっと歩いてきたので、島村は仕事で関わったことは一度もないのだ。今回の内示があった後に、初めてまともに話したぐらいだったが、少し抜けた——というか厳しさはない男に見えた。交通畑によくいる、官僚臭さが目立つ男が入ってくる。

「あんたも、今日までは交通部の人間やな」

「ええ」

「そっちにも、かなり無理なお願いが行くと思うで」

「そうですか？」

「朝になっても、大阪駅の封鎖が続く可能性は高い」早期解決はできないと白旗を上げたも同然だが、身内に対して見栄を張っても仕方がない。「駅そのものの封鎖もそうやけど、当然、周辺にも影響が出ると思うんや。その辺、交通部できちんと対処してもらうように、正式に依頼が行くから」

「確かに、駅周辺は普段にも増して混雑するでしょうな」

「俺としては、できれば駅周辺――一定の範囲は全て交通を遮断して、確実に安全な状況を作りたい。どこまでの封鎖が可能か、交通部の知恵も借りなあかん」

「そういうことでしたら、いつでもどうぞ。しかし島村さん、そんなことまで手が回るんですか？」

「俺には無理でも、誰かがやる。俺は、事件解決の方に知恵を絞らんといかんやろな」

「しかし島村さんもついているというか何というか……変な話ですが、今夜の午前零時までに解決しなかったら、どうなさるおつもりですか」

島村は思わず絶句した。確かに……人事異動については、正式には――杓子定規《しやくしじようぎ》に言えば、日付が変わった時点で発動する。自分に指揮権があるのは、今夜の午前零時までなのだ。実際、島村はこんなエピソードを聞いたことがあった。東京――警視庁管内でテロ事件が発生し、よりによって若い警察官が犠牲になった。いきり立つ捜査員を現場で指揮していたのは、極左の捜査を担当する公安一課長。ところがこの日は、課長としての勤務最後の日で、翌日からは某署の署長への異動が決まっていた。午前零時になると、この課長は「それでは」と言い残してあっさり姿を消し、新しい課長が、まったく当たり前の顔をして指揮を引き継いでいた、というものである。島村は、かなり膨らませた「伝説」ではないかと疑っているのだが。

もちろん、厳密にはこの通りにすべきだが、実際にはそうもいかないだろう。事件が解決するまで――あるいはある程度の目処《めど》がつくまでは、島村が陣頭指揮を執り続けることになるはずだ。

だがそれは、いかにも中途半端な感じがする――要するに、午前零時までにオールクリアすればいいだけの話やないか。難しく考えるからいけない。

島村は自分に言い聞かせたが、不安は消せなかった。その最大の原因は――。

犯人像がまったく見えていないことだ。

敢えて言えば「本気の愉快犯」というところだろうか。要求はどこか子どもじみていて本気が感じられないが、犯行手口を見た限り、周到な用意があったと思われる。となると、脅迫電話はやはり別人による悪戯か？

余計なことは考えるな、と島村は自分を叱咤《しった》した。そういう細かい分析は、捜査一課の専門家に任せておけばいい。俺にはもっと別の仕事——大枠でこの事件を捉える仕事がある。

4

電話で叩き起こされるのには慣れている。基本的に眠りが浅いのか、神谷はだいたい呼び出し音が二回鳴った時点で電話に出る。

「——はい」

「神谷さん？　朝っぱらからすみません。漆原《うるしはら》です」

「あー、おはよう」反射的に言ってしまったものの、時刻が分からない。昨夜、寝たのは遅かった。大阪の事件が気になり、ニュースをチェックしているうちに午前二時を過ぎてしまったのだ。それからあまり寝た記憶はないが……。

「殺しです」

「分かった」

神谷はすぐにベッドから抜け出した。枕元のデジタル時計に目をやると、午前四時ちょうど。クソ、二時間も寝ていないではないか。しかし何故か頭は冴えている。「殺し」の一言は、冷たいシャワーよりも簡単に眠気を追い払ってくれる。

「現場は？」

「神谷さんのところからすぐ近くなんですよ。それで、電話するように言われたんです」漆原が申し訳なさそうに言った。

「下らないことで遠慮するな。どこなんだ」

「下赤塚駅——有楽町線の赤塚駅の南側に小さな公園があるんですが……」

「それで俺に電話してきたのか？」

「すぐ近くですよね」

「うちから歩いて十分だ」

「所轄の連中はもう行ってますけど、合流してもらえますか」

「分かった」

「自分は……もうちょっと時間がかかります」漆原が、またも申し訳なさそうに言った。この春、所轄から捜査一課に上がってきたばかりのこの若い刑事は、まだ猛者《もさ》たちに馴《な》染《じ》んでいない。

「ゆっくり朝飯を食ってから来いよ。お前のところからだと、結構遠いだろう。どうせ時間はかかるんだ」

「すみません。始発で向かいますので」

電話を切った瞬間、突然自分に腹が立ってきた。自宅から歩いて十分の現場……おそらく公園で死体が見つかったのだろうが、それなら救急車やパトカーのサイレンが聞こえていたはずである。生き返るはずのない死体が見つかったにしても、緊急車両は必ずサイレンを鳴らして飛ばす。

何が眠りが浅いだ。サイレンの音で飛び起きないようでは、気合いが抜けている。

生温かい水で顔を洗い、着替えているうちに、自分はすっかりぬるま湯に浸ってしまったのだろうか、と神谷は自問した。捜査一課でトラブルを起こし、本土から離れた島部の所轄へ飛ばされたのは、もう何年も前である。半ば人生を投げていた島での二年間……その後、特命班での仕事を終えて、捜査一課に復帰はできたのだが、以前のような燃え立つ気持ちが最近は薄い。事件があまりなく、アイドリングを続けている感じなのだ。こんな状態が長く続いたら、最終的に故障する。

この事件が、いいきっかけになるかもしれない。できれば難しい事件であってくれ、と神谷は不謹慎なことを考えた。

九月、午前四時半。まだ夜が明ける気配はなく、公園はひっそりとしていた。既に完全封鎖済み——神谷は時折、現場を封鎖する黄色いテープを、この世とあの世の境のように感じることがある。

この時間の発生だと、所轄の刑事課長——同期だ——もまだ来ていないはずだ。当直の連中、それに機動捜査隊員が取り敢えず現場を保存し、本格的な捜査開始に備えている状態だろう。それ故神谷は、まだ現場にある遺体と対面できた。

ブルーシートがテントのように張られている中へ足を踏み入れる。特有の死臭はまったくなく、かすかに血の臭いが漂うだけだった。つまり、死体はまだ新しい。

死体はうつ伏せになっていた。おそらく発見時のままで、検視官の到着を待っている。神谷はしゃがみこんで手を合わせると——きっちり五秒といつも決めている——すぐに立ち上がって死体を見下ろした。

背中に大きな刺し傷。そのせいで、淡いピンク色のポロシャツには濃い赤の染みができている。後ろからいきなり刺されたか……いや、後頭部にも大きな傷があり、髪が血で濡れている。

被害者は両手を頭上に上げ、寝たまま万歳しているような格好になっている。顔は右側を向いた状態。神谷は両手を地面について、被害者の顔を真横から覗きこんだ。苦悶《くもん》の表情は浮いているが、はっきり見えるのは顔の半分だけだ。年齢、四十歳から四十五歳ぐらい。寝ているので身長ははっきりしないが、それほど大柄ではない。日本人男性の平均より少し低いぐらいだろうか。ピンク色のポロシャツは、神谷の感覚だとずいぶんぶ派手な感じがするが、街中ではこういう色合いの服を着る人は珍しくない。荷物がない。

ジーンズの尻ポケットが膨らんでいないので、財布や携帯を入れていないのは一目瞭然だった。ポロシャツには胸ポケットがついているかもしれないが、煙草すら入らないような飾り用だろう。

こいつは、あまりよろしくない状況だ。身元は分かるだろうか。

「神谷」声をかけられ振り向くと、同期で所轄の刑事課長、光岡《みつおか》が立っていた。ワイシャツのボタンを二つ外し、額は汗で濡れている。光岡の家はかなり遠いから、叩き起こされて慌ててタクシーで飛んできたのだろう。こいつにとっては、長い一日になりそうだ。

「もう来てたのか？」光岡が目を見開く。

「ここはうちから歩いて十分、走って五分だ。捜査一課でも一番乗りだな」

「まさか、走ってきたのか？　その割に汗もかいてないな」

「ゆっくり歩いてきたよ。死体は逃げないから……俺はまだ触っていないから、ゆっくり調べてくれ」

「検視官が来るまで動かしたくない。お前が見て分かっている範囲で教えてくれ」

と言われても、伝えるべき情報はほとんどない。身元につながる材料があるかどうかも分からなかった――いや、ないだろうと神谷は読んでいた。スマートフォンでも持っていれば、かなりの個人情報が入手できるが、それもなさそうだ。今時、外出する際に携帯を持たない人間もいないだろうから、犯人に奪われた可能性がある。

検視官も到着したので、神谷は遺体の検分を任せて、公園の中を調べ始めた。それほど大きな公園ではない。遊具がいくつか、それに砂場とベンチがあるぐらいだった。昼間は近所の人たちでにぎわうかもしれないが、夜になると人気はなくなるだろう。周辺にはマンションが建ち並んでいる。この時間では灯りもまばら……いや、ベランダに人影が見えているマンションもある。公園で警察が動き始めて――あるいはサイレンを鳴らして緊急車両が殺到して――眠りから引き摺《ひず》り出され、そのまま野次馬になってしまったのだろう。階数と位置によっては、現場を上から見下ろせる最高の場所になる。ブルーシートの位置を少し調整した方がいい……この辺りは、後で光岡に進言しておこう。いずれにせよ、そろそろ周囲は明るくなり始めており、あと一時間もすると、公園の近くを普通に人が歩き回り始めるはずだ。

神谷は、制服警官から懐中電灯を借りて、公園の中を歩き始めた。まず探すべきは、財布と携帯だ。あるいは被害者の手荷物――バッグなども。神谷は公園と道路を隔てる植え込みを中心に捜索したが、狙っていたものは見つからない。犯人が、被害者の持ち物を全て奪って逃げた可能性もある。となると、犯人像は二つに一つだ。強盗か、身元の発覚を遅らせたい被害者の顔見知り。

残るはゴミ箱——そう言えば俺は子どもの頃から、一番の好物を最後に食べる癖があったな、と思い出す。ゴミ箱から何かが見つかる保証はないのだが、何かありそうだという予感が走る。こういう勘を馬鹿にする人間もいるが、神谷は自分では勘が鋭い方だと自負していた。実際、何度も助けられている。

ゴミ箱に懐中電灯を差し入れ、上から中を覗きこむ。本当はゴミ箱の中身を全部ぶちまけて、広いところで一気に確認したいのだが、証拠調べは「現状維持」が基本だ。「どこで」「どのように」出てきたかを記録に残すために、こういう場合、上から一つ一つゴミを剝ぐように取り除く必要がある。遺跡の発掘作業と同じようなものだ。

ラテックス製の手袋を持参しているので、手が汚れる心配はないのだが、やはり直接手を突っこんで中のゴミを引っ張り出す作業は不快だ。しかし神谷は、すぐに自分の勘に感謝することになった。

携帯電話。最近すっかり見なくなったガラケーだが、真新しい。こんなものを捨てる人はまずいないわけで……犯人だ、と直感が告げた。被害者の身元を分からなくするために、奪った携帯電話を取り敢えず公園のゴミ箱へ——気が利くようで間抜けな犯人ではある。警察が、遺体発見現場を徹底的に探すことぐらい、思いつかなかったのだろうか。

素早く、「前科なし、刑事ドラマにも興味のない人間」と、犯人像を大雑把にプロファイリングした。これだけでは、日本全国で対象は何千万人にもなってしまうだろうが。

神谷は鑑識課員に声をかけた。まず、携帯電話が発見された状況を記録に残さないと。自分のスマートフォンでも十分解像度の高い写真は撮れるが、やはりここは鑑識の高性能な一眼レフで撮影してもらう必要がある。

フラッシュが立て続けに瞬くのを、少し離れたところで見守る。「終わりました」と声をかけられたので、「引き上げてくれ」と頼んだ。首からカメラをぶら下げた鑑識課員が、携帯電話を摑み上げ、証拠品用のビニール袋に入れる。

「被害者のものですかね」

「犯人のじゃないだろうな」

「これ、たぶんプリペイド式の携帯電話ですよ」

「それでも、契約者の名前は割り出せるだろう」

「ええ。ただ、第三者を使って借りたかもしれませんよ」

「確かにな」手軽なバイトとして、そういうことを引き受けるアホな奴もいるだろう。犯行用の携帯などを入手するために、よく使われる手だ。「被害者が、何らかの犯行に関わっていた可能性もあるな」

「ええ……まず、この携帯が被害者のものだったかどうかを確認しないといけませんが」

「指紋で割り出せるか?」

「それは……保証できないですね。これまで何人もの人が使ってきたでしょうし。取り敢えずやってみますが」

「頼むぜ」

死体を調べ終えた光岡が近づいてきて、神谷に訊ねた。

「何か出たのか?」

「ゴミ箱の中に携帯が一台。鑑識に託した」

「お前が見つけたのか?」光岡が目を見開く。

「ああ。俺は、目はいいからな」神谷は左右の人差し指で自分の両目を指した。「被害者か犯人につながるといいんだが……遺体の方はどうだ?」

「被害者の身元につながる材料は何もない」光岡が暗い表情で言った。「財布、スマートフォン、カード類、その他バッグの類も見つからないな」

「一応植え込みは捜索したけど、人手を増やしてもう一回やるべきだと思う」

「そうするよ」光岡がうなずいた。

「死因はどうだ? 頭と胸、どっちを先にやられたかな」

「現段階では何とも言えないが、まず頭を殴って怯《ひる》ませるか気を失わせるかして、背中を刺した――そんな感じじゃないかな。犯人は、うつ伏せになった被害者を刺す時に、馬乗りになっていた可能性がある」光岡が慎重に自説を披露した。

「そんな感じだろうな」

うつ伏せに倒れ、しかも背中から刺されていた――傷の状況が、犯行の様子を物語る。例えば背後から襲いかかって後頭部を一撃、被害者が前のめりに倒れたところで、馬乗りになって背中を深々と刺してとどめを刺したとか。

神谷は、強盗か被害者に強い恨みを抱いている者の犯行、という自説を開陳した。光岡もうなずき、すぐに同意する。

「まず、その線だろうな」

「被害者が、ちょっと気になる」神谷は、ブルーシートでくるまれた遺体に視線をやった。後は現場から搬出されるだけになっている。

「どうして」

「遺体が発見されたのは、午前三時過ぎだろう？　殺されたのは、おそらくその少し前だ。午前一時とか二時に、こんな場所をうろついているのはどんな人間かね……いや、午前一時だったら、終電で帰ってきたサラリーマンもいるだろうけど、この被害者は勤め人には見えない」

「ピンクのポロシャツじゃあ、な」光岡が皮肉っぽく言った。「それに、足元はサンダルだ」

「この季節だったら、サンダルで出歩いていてもおかしくないけど、遠くへ行くような格好じゃないな」

「つまり、被害者はこの近所の人間だ」

神谷はニヤリと笑った。同期との軽快なラリーのようなやり取りが心地好い。

「それなら、もう少し時間が経てば、身元が分かると思う。家族がおかしいと思い始めるだろう」

「そうであって欲しいよ」光岡が、両手で思い切り顔を擦《こす》る。「今は、厄介な事件を抱えこみたくない」

「何だよ、消極的だな」

「ま、俺も来年の春には異動のはずだから……」

異動を半年後に控え、難しい事件でミソをつけたくない、ということか。ずいぶんマイナス思考だ、と神谷は内心苦笑した。しかし、自分のように出世をとうに諦めてしまった人間と違い、光岡はまだ上を目指している。次の異動では、本部のどこかの課で管理官、と目論《もくろ》んでいるのだろう。

「とにかく俺に任せておけ。何とかするから」

「頼むぞ」

うなずき、神谷は踵を返してから鼻を鳴らした。こいつは昔から人頼り……しかし、順調に出世の階段を上がっている。

光岡は、典型的な管理職タイプに成長した。現場ではさほど強くないが、下を納得させて動かしたり、上に文句を言わせない要領のよさは、なかなか真似《まね》できるものではない。

俺は現場にこだわる。この件もできるだけ早く解決するつもりだった。光岡のキャリアに箔《はく》をつけてやるにしても、それはおまけのようなものだ。捜査は、自分の本能を満足させてやるために存在するのだ。

5

動きが止まった。

島村は指揮車に陣取り、現場から中継されてくる複数の映像を監視し続けた。まるで静止画のように動きがない。一つだけ都合がいいのは、人質二人が静かにしてくれていることだった。犯人から何か言われたのか、自分たちの判断でそうしているのかは分からないが、いずれにせよひたすら耐えてくれているのはありがたい。大声で悲鳴を上げたり暴れたりしたら、犯人側もパニックに陥って、銃を乱射しかねない。特殊班は時々声をかけて励ましていたが、反応はなかった——たぶん、動かない方がいいと判断しているのだろう。

それにしても、人質の身元が未だに割れていないのが痛い。画像照合システムでのチェックはようやく終わったのだが、府内の免許所持者に該当者はいなかった。隣県にも調査の網を広げるべきだが、それにはかなり時間がかかる。

島村はふと思いつき、今川に提案した。

「人質の写真をマスコミに流すのはどうかな？」

「ああ……なるほど。それはありですね」今川はすぐに乗ってきた。

マスコミが駅に乗りこんでくる前に、現場の完全封鎖は成功していた。報道が本格化するのはこれから数時間後、朝になってからだろうが、一番大事な現場の写真や映像を押さえた新聞社はないはずだ。警察側から積極的に情報提供し、人質の写真を公開すれば、家族が気づくかもしれない。

「よし、刑事部長に相談やな」

「相談の必要なんか、ありませんよ」今川がさらりと言った。「現場の最高責任者は島村署長です。署長が決めたことは、最終的な作戦になりますから、刑事部長にも『相談』ではなく『事後報告』——これでどうでしょう。指示を仰ぐ時間がもったいないですよ」

「……分かった」躊躇《ちゅうちょ》する場合ではないと分かっていても、やはり指揮命令系統のしがらみが頭から離れない。自分はそれほど長く、警察という上意下達の組織の中で生きてきたのだ。

だが今は、自分を縛る紐を外すべきだ。

「あんた、いい写真を選んでくれんか？　できるだけ正面から写っているものがええな」

「分かりました」

今川がパソコンに向かったのを見て、島村は電話を取り上げ、まず村本刑事部長に報告した。刑事部長はすぐに了承した上で、広報課を上手く動かすように、と指示した。広報課長とは直接面識はないが、既に本部に出てきてマスコミ対策をしているというので、電話を突っこむ。

広報課長は不機嫌だった。どうやら本部にも取材が殺到し、少人数でてんてこ舞いになっているらしい。梅田署の方にも記者連中が押しかけて来ていたな……あれも何とかしないと、と思いながら島村は事情を説明した。

「それは、むしろ助かりますわ」広報課長はほっとしたような声で言った。「何しろマスコミの連中に投げてやる材料もないんですから。写真を出したら、連中、少しは引きますよ」

「上手く説明してやってくれ。連中を利用するんや」

「利用する、言うたらマスコミの連中は怒りますがな」広報課長がかすかに笑い声を漏らした。こいつはまだまだ余裕があるようだ……。

「広報の方は、このまま上手く対応できそうか?」

「いつ収まるかによりますな」

「梅田署の方にも、報道対応で詰めてもらいたいんやが……うちの副署長だけでは裁ききれん」

「それなら、何人か出しますわ。本当の勝負は朝からですしね」

「そうやな。その際はよろしく頼むわ」

「心得てますよ。写真、お待ちしてます」

電話を切り、ようやく一つ、まともな仕事をしたような気分になった。しかし、広報課に「出張」を要請したことで、さらにもう一つやらねばならないことを思い出す。現場に動きがない今こそ、対処しておかなくては……梅田署の副署長席に電話をかける。

「はい――」遠藤の声は上ずっていた。

「俺や」

「ああ、はい」署長からの電話だと分かっても、遠藤の口調は素っ気ないままだった。

「もしかしたら今、マスコミ連中から吊《つる》し上げを食らってるのか？」

「まさにそうです」

「分かった。署の体制を今から立て直す。警務課長は空いてるか？」

「大丈夫です」

「だったら、警務課長を通じて指示を出す。申し訳ないが、あんたはもう少しマスコミ相手に踏ん張ってくれんか。間もなく、広報課が応援を出してくれるから」

「分かりました」遠藤の声に少しだけ安堵《あんど》した調子が滲む。普段から愛想がよく、記者たちの受けもいいのだが、さすがにこの状況にはお手上げなのだろう。

電話をかけ直し、警務課長の渡辺《わたなべ》に指示を出す。

「副署長は今、マスコミ相手で手一杯やな？」

「そうですね。今、副署長席の前に二十人ほど詰めています。テレビカメラも、署の正面で大勢待機してますわ」

「だったら、遠藤はしばらく使い物にならんな――マスコミ対応に集中させてやれ。これから署内の新しい体制を伝えるから、そこはあんたが仕切ってきちんとやってくれんか？」

「承知しました」渡辺が少し緊張した口調で言った。

「まず、ＪＲの方や。緊急対策室から連絡要員が来る予定なんやけど、どうなってる？」

「ついさっき、到着しました。二階の刑事課に詰めてもらっています」

「それで正解や……それでな、ＪＲとは今後も連絡を密にしなければならん。こちらもカウンターパートを置く必要があるが、それは生活安全課長に担当させてくれ」この一件では、生活安全課は直接現場の捜査に加わることはない。課長の福元《ふくもと》は人当たりがいいから、外部の人間との折衝や調整には適している。

「分かりました」

「交通課長と地域課長は、駅の封鎖と交通整理――これは前にも言うたな。本部の交通部と密に相談してくれ」

「ええ」

「あんたは副署長をサポートして、マスコミ対応を頼む。広報課から応援が来るから、そいつらを上手く使うんや」

「分かりました」

「兵站《へいたん》部門は総務課長と会計課長に任せろ。それと、各課とも余剰の人員を最低三人は残しておくように。こういう時は他の事件・事故は起こりにくいものやが、念のための保安要員や。万が一何か起きてしまった時には、各課長の判断で捜査に振り分けろ――以上のことを、あんた、俺の名代として各課長に伝えてくれんか」

「分かりました」

電話を切り、島村はほっと息を吐いた。これで、署の方の体制は万全だろう。突発的な事態に関しては、各課長の判断を信頼するしかない。

今川が、ノートパソコンを持ってすっと近づいてきた。

「何種類か見繕いましたよ。二人とも、顔が正面から写っている写真があります」

島村はパソコンを覗きこんだ。男の方は、ぽかりと口を開けたやや間抜けな表情。女の方は目が潤み、唇はきつく引き結ばれている。

「これだけはっきり見えれば、どこかから連絡はあるはずです。家族なり知り合いなり……割り出すのは時間の問題ですよ」

「分かった。この二枚の写真を広報課へ転送してくれ。後は、向こうで上手く処理するように手はずをつけてある」

「では……」

一礼して、今川がパソコンを取り上げた。空いているデスクに向かい、操作を始める。

朝のニュースは何時から流れるか……各局とも午前四時台、五時台から情報番組を放送しているから、そこで取り上げてもらえるだろう。朝の時間帯はテレビを観ている人も多いので、素早く割り出せる可能性は高い——まあ、こういう時は楽観的に考えておいた方が上手くいくもんや。

島村は両手で顔を擦った。今から官舎に戻り、手早くシャワーを使ったらどれぐらいかかるだろう。三十分——思い切り短縮して二十五分か。しかし、わずかでもここを空けているうちに何か起きたら、と考えると、とても動く気にはなれない。警察官は清潔感が第一と言われるが、今回は許してもらおう。

突然思い出して、「あ」と短く声を上げてしまう。指揮車にいる他の人間には聞こえなかったようだが……妻の昌美に何も言っていなかった。昌美は、島村が夜中に慌てて家を飛び出していくのを、これまで何十回も見送っている。毎回帰りを待っていたら体が参ってしまうから、自分のペースを守って普通に寝ること——これは結婚した時に唯一、二人で決めたルールだった。今まで昌美がそのルールを破ったことは一度もない。ということは、今夜も俺が飛び出した後で、ニュースも観ずに寝てしまったに違いない。起き出して夫が戻っていないことに気づき、朝のニュースを観てびっくり、というパターンになるわけだ。驚かすようで申し訳ないなあ、と思ったが、こんな時間に電話をかけるわけにもいかない。

午前四時五分。あと一時間ほどで、始発電車が動き出す。

そう言えば……大阪駅は封鎖が続くことになりそうだが、他の駅はどうなるのだろう。大阪駅付近には「梅田」の名前がつく地下鉄、私鉄の駅がいくつもある。時空の広場の立て籠もり事件に直接影響を受けるわけではないが、大阪駅が封鎖されたままだと、利用者は大混乱するだろう。

　島村はまたスマートフォンを取り上げ、本部に詰める刑事部長の村本に電話を入れた。まず、広報課と折衝が終わり、マスコミに写真を提供することを報告してから、他の鉄道会社の対応について訊ねる。

「基本、平常運転の予定になっている」

「大丈夫でしょうか」

「時空の広場からは離れているから、直接銃撃を受ける心配はない、という判断だ。ただし混乱が予想されるから、私鉄各社には全面的な協力を依頼した。大阪駅に関しては、署長の要請通り、機動隊と交通部の方から人を出して、警戒と整理に当たらせる」

「サウスゲートとノースゲートの商業施設に関してはどうですか？」

「どちらも、今日は臨時休業を要請している。ホテルだけは、宿泊客を退避させるのは物理的に無理がある……しかし、時空の広場で銃が発砲されても、ホテルへの直接的な被害は考えられない。通常営業してもらうことにしたが、十分な注意を喚起して、制服警官も配した。外部との折衝は、地域課長に一任している」

「分かりました。一応、危険地帯には人は入らない、と判断してよろしいですね？」

「結構だ」

「ＪＲ側は、十億円に関してはどう判断しているんですか？」

「正式回答はないが……出すわけがないだろうな。十億のキャッシュを用意するのはまず無理だ」

「犯人の狙いは、別にあるかもしれませんね」

「何か摑んだのか？」村本が急に鋭い声を出した。

「いや、そういうわけではないんですが、やり方も要求内容も、あまりにも現実味がありません。ただ、悪質な悪戯とも言い切れないんです。自分たちの行為をアピールしたかったら、ネットで発言するでしょうが、今のところ、そういう動きは一切ありません」

「確かに……結局、犯人の動機はまったく不明、ということか」

「そうなりますね。何か別の狙い、というのはそういう意味です」

「せめて、犯人の身元につながる手がかりがあればいいんだが」

「全力で捜査します」

「頼んだ」

村本の口調には、まだ余裕が感じられた。気力体力とも十分、事態が長引いても対応可能だろう。島村よりもだいぶ年下だから、まだ疲れには縁がないのかもしれない。

「署長、今のうちに少し休まれたらどうですか」今川が声をかけてきた。

「いや、そうもいかんやろ」

「ベンチで横になれますよ」今川が、指揮車の壁際に設置された小さなベンチを指差した。

「俺は贅沢な人間でな……あんなところで寝たら背中を傷めるわ」島村はニヤリと笑った。本当は、その気になれば椅子に座ったままでも眠れる。寝られる時に寝ておくというのは、若い頃に先輩から教わった「生き残り」のテクニックだ。特にやることもない時に、他の人が頑張っているからという理由で起きているのは、まったく無駄なんやで──その通りなのだが、今は立場が違う。現場全ての責任を請け負う立場としては、とにかく頑張り続けるしかない。

「それより、あんたは大丈夫か」

「私は何とか」今川がうなずいたが、顔色はよくない。

「現場の人間に、ちゃんと交代して休みをとるよう、徹底せんとな」

「それは大丈夫です。機動隊の連中にとっては、休むのも仕事のうちですからね。奴らは、五分あったら寝られるように、しつけられてます」

「そうやな」うなずき、島村はまた顔を両手で擦った。眠気は感じないが、顔がべたつくのはたまらんなあ……今恋しいのはベッドではなくシャワーだった。

スマートフォンが鳴る。意外にも息子の啓介《けいすけ》だった。啓介は技官──技術系職員として大阪府警に入り、今は科学捜査研究所に所属している。こんな時間に何だろうか。

「オヤジ、今話して大丈夫か」

「構わんが、何や」

「俺が話すべきことやないんやけど、気になってな。正規のルートを辿《たど》ってたら、いつオヤジの耳に入るか分からんから、直に電話した」

「ああ……それで、何や」啓介は昔から、前置きが長いというか、もったいぶるところがある。普段は気にならないが、今回はさすがに苛立った。とはいえ、啓介が「アリバイ」を作っておかないと不安になるのも分かる。基本的に、科捜研は刑事部の下にぶら下がった組織であり、鑑識から回されてきた証拠品などの解析を行う。結果が出れば、鑑識にフィードバックするのが通常の流れだ。

つまり、平《ひら》の技官が所轄の署長に直接報告することなど、普通はあり得ない。

「ドローンの件なんやけどな」

「なんや、お前、あの件の分析をしとったんか？　徹夜で？」

「それはしゃあないよ。一連の事件が起きた時には、大騒ぎやったんや。夜中に呼び出されたんだよ」

「そんな時間に呼び出されたら、陽平《ようへい》がぐずるやないか」陽平は、生まれたばかりの啓介の息子だ。島村にとっては初孫になる。

「夜には、スマートフォンはマナーモードにしてあるから……そんなことはどうでもええわ。オヤジは相変わらず、前置きが長いな」

向こうも同じように思っていたのか……結局親子やいうことやな、と島村は思わず苦笑した。

「分かった、分かった。結論を先に言え」

「結論はない」

「はあ？」

「話したいのは結論やなくて俺の推理や。聞きたいか？」

「お前、ええ加減にせえよ」島村は早くも焦《じ》れてきた。「お前とクイズ番組をやっとる暇はない」

実際、啓介はクイズ好きなのだ。大学時代はクイズ研究会に入っていて、何度もテレビのクイズ番組に出演していた。そういう人間が、阪大の大学院まで進んで修士号を取り、警察に入ってくるのだから、世の中は分からない。というか、息子が何を考えているか、島村には分からない。

「ドローンの件なんやけど……ダミーやないやろか」

「ダミー？　実際に爆発してるんやから、ダミーとは言えんやろ」

「いや、そういう意味じゃなくて、警察の目を引き寄せるための……ほら、警察官っていうのは、でかい音がした方へダッシュするように教育されてるやろ？　ドローンが突っこんで爆発でもしたら、必ずそっちへ突っこむはずや。それと、今回、回収されたドローンは全て同じメーカーの同じ機種らしいよ。相当ひどく壊れていて、まだ鑑定が終わっていないのもあるけど……仕組みもほぼ同じじゃった。少量のガソリンと発火装置を積んで、衝突、ないし着地した時点で火が出るようになっていた」

「要するに火炎瓶やな」

「その通りや……それで、俺はふと気づいたんやけど、ドローンが爆発した現場を線でつなぐと、大阪駅がぽっかり穴になるんや」

「そら、そうなるやろな」

「ドローンを使った犯人と、大阪駅を占拠している犯人は同一人物──同じグループやないやろか」

「おいおい、それやったら、犯人は一個分隊ぐらいいることになるで」

島村は頭の中で、自分が犯人だったら──と想定した。ドローンの襲撃は四か所。それぞれの現場で、一人でできたとは思えない。監視役と実行役の最低二人がいたのではないだろうか。それだけで八人。そして時空の広場に二人か三人──これで既に十人だ。そんな大規模な犯行グループが大阪でうごめいていたとは……なってない、と島村は軽い憤りを覚えた。地下で密《ひそ》かに動く犯罪者の存在を察知し、犯行を事前に抑止するのが警察の大きな仕事の一つなのに。

「まあ、人数のことは俺には分からんけど、とにかく犯人は警察の戦力を市内のあちこちに分散させて、大阪駅を空白地帯にしたんちゃうか？」

「それは、うちの署が舐められとった証拠やな」むっとしながら島村は言った。

「当直の時間帯にあんなことされたら、どこの署だって対応できんやろ。警察は万能やないで」啓介がぴしゃりと言った。

「万能であろうとしなければ、何もできん。理想は高く、や」

「分かった、分かった。オヤジ、最近くどくなってるで」

「歳取ると、誰でもくどくなるんや」

「……とにかく、これは全体を見て判断せないかん事件かもしれんで」

「分かった。頭に入れておく」

「何か、こっちで手がかりになりそうなことがあったら、連絡するわ」

「あまり指揮命令系統を無視するなよ」

「俺は技官やからね。上意下達の警察官の訓練は受けてない。というか、こういう場合、通常のルートでの捜査にこだわると失敗すると思うなあ」

「ごもっともやな」島村はうなずいた。

電話を切り、今の啓介の推理について考える。理には適《かな》っている。啓介が指摘する通りで、警察は「大きな音」がした方へ走ってしまう習性がある。本来はその捜査に関係ない人間まで、一気に走り出してしまうのだ。その結果、本当に重要なポイントがガラ空きになることもある。

　今回も、ドローンによる襲撃では、警察はシステマティックに動けたとは言えない。まず所轄が一斉に動き、機動隊や機捜、交機捜も順次現場に投入され、相当の人数がかなりの時間、混乱の中にいたのだ。発生した時点では、それぞれの事件が結びついているとは分からなかったわけだから、整然とした捜査ができるはずもなかったが。

　今川を呼び、今の話を告げる。今川はすぐに事情を呑みこみ、啓介の推理に全面的に賛同した。

「息子さん、優秀ですな」

「親に似ずに、な」

「技官ではもったいないですよ。警察官になればよかったのに」

「オヤジの背中を見て、こうはなりたくないと思いながら育ったんやろ」

　今川が苦笑して、「子どもはそういうもんですわな」と言った。すぐに表情を引き締めて続ける。

「この件、どうします？　直接、捜査に役立つかどうかは分かりませんが」

「一応、話だけは流しておこう。頭に入っていれば、何かのきっかけで捜査の進展につながるかもしれん」

「これ、息子さんがラストパスを出してくれたんやないですか？　署長に手柄をたてさせようとして……足を出せばゴール、みたいないいパスでしょう」

「あんた、サッカー好きなのか？」

「野球よりは好きですね」

「俺はサッカーはさっぱりや……しかし、一つだけ言える」

「何ですか？」

「息子に手柄を譲ってもらうようじゃ、本格的な引退も近いな」

6

島村は久しぶりに現場に出た。依然として静か……緊迫した空気だけが流れている。カフェを正面から見られるキャットウォークの監視場所、Ｐ３に行くと、顔ぶれはがらりと変わっていた。交代は上手くいっているようだ、と一安心する。

その中で、下倉だけは緊張を解かず、膝立ちのままじっと待機していた。傍らにはライフル。いつでも作戦行動に移れるようになっている。島村を見ると、ほっとしたように一瞬表情を崩した。島村は身を屈めたまま彼の傍らに近寄り、「すまん。ちょっと前に、教養課長からクレームがきた」と告げた。

「どういうことですか？」

「オリンピック候補選手に、大会前に徹夜させるとは何事か、と」

「ああ……」下倉が苦笑する。

「村木女史の気持ちも分かる。お前は府警の顔やからな。どうする？　ここで引いても、査定にはマイナスにはならんよ」

「ここにいるのが、私の仕事だと思います」

「そうか。しかし俺も、あんたにはいいコンディションで大会に出て欲しい……教養課長に言われてちょっと反省したんやが、今のうちに休憩しておかんか？」

「必要ありません」下倉が強引に言い張った。「ここで踏ん張れます」

「いや、署長命令を出す。お前は署で待機。その間、たっぷり寝て体力を回復させろ。大会へは予定通り出発。最終の新幹線までに事件が解決すれば、間に合うやろ」

「それは心配ありませんが……近いですし」

　ワールドカップは明日から、静岡で行われることになっている。下倉は試合前日に現地入りして備える予定だと聞いていた。最悪、新幹線がなくても車を飛ばせばいい。それはそれで疲れそうだが。

「今すぐ作戦行動には出ない。必要になったら、すぐに呼ぶから」

「しかし——もしも、ここで撃ち合いになったらどうします？」

「その場合は、お前以外の人間でも対応できる。警察官は全員、射撃の訓練は受けてるんやで」

もちろん、下倉のように一撃必殺で、五十メートル先にある数センチの的を射抜ける能力はないだろうが。

「とにかく、これは署長命令や。署の方にも話を通しておくから、今から戻れ」

「……分かりました」

結局下倉は引いた。署長命令だから逆らえるはずもないが、納得はしていない様子である。

この時点で島村は、直接の突入を念頭に置いていた。やはり、狙撃は非常に難しそうだ。犯人を「無力化」するだけで済めばいいが、万が一射殺してしまったら、その後の捜査が滞る。これが海外だったら、人質の素早い救出を最優先して、さっさと犯人を射殺してしまうところだが、日本の警察はそのような方法を取らない。人質を傷つけないのは当然として、犯人も無傷で逮捕し、しっかり裁判で被告席に立たせる――几帳面というか、人命尊重というか、これはこれで正しいと思う。しかし今回のように想定外の事態にあっては、普通のやり方は通用しないのではないだろうか……そういう疑念がずっと頭の中に渦巻いていたが、それでもできるだけ人を傷つけずに解決したい。

「これはテロではないんですか？」下倉がぼつりと言った。

「その可能性は低いやろな。テロリストやったら、政治的なアピールをするはずだ。いきなり金を寄越せとはいわんよ」

そもそも日本の極左勢力は、こういう立て籠もり事件には縁がない。数少ない例外が、成田空港の管制塔占拠事件だが、あれは成田という特殊な場所が闘争の舞台だったからこそ起きた事件である。大阪駅については、政治的闘争になる要素がない。いずれにせよ、もしも極左などの政治的意図を持ったグループが犯人だったら、とうに何かアピールしているだろう。

「あまり気にするな。それより、一連のドローンの事件と、ここの事件がリンクしている——同一犯によるものとも考えられる」島村は、啓介の推理をそのまま話した。「この件、署に帰ったら皆に伝えて検討させてくれ。俺は悪くない推理やと思う……ドローンの捜査とここの捜査、どこかで上手く結びつくかもしれんから、頭の片隅に置いておくように、な。どちらかの手がかりが、もう一方の事件の手がかりになるかもしれん」

「分かりました……でも、具体的なつながりはまだないんですよね？」

「その通りや。しかし、そういう線で捜査していけば、つながりが出てくるかもしれんからな」

下倉を送り出して、島村は現場に腰を据えた。盾は全て新型に取り替えられており、安心感は強くなっている。覗き穴も当然防弾ガラスで、少し視界は歪むものの、自然に現場の様子を確認できる。

　モニターで見ている状況と変わりはない。まったく動きがなく、人質は二人ともうなだれたままだった。揃って両足を投げ出し、シャッターに背中を預けて下を向いている。寝ているのか……それならそれでいい。こういう事態が長く続くとしたら、体力温存は極めて大事だから。もしかしたら、純粋に疲れ切って眠ってしまったのかもしれないが。

　腕時計を見る。午前四時三十五分。今のところ、電車の運行に関してJR側がどういう方針で臨むか、島村には情報が入ってきていない。始発からどれぐらい、運休を続けられるのだろうか……大災害でもない限り、日本の鉄道会社はとにかく列車を動かす。それが、数人の犯人によって妨害されるとは。

　鉄道マンには鉄道マンのプライドがあるはずだ。それは「毎日きちんと、ダイヤ通りに列車を運行させる」ことだろう。それだけを目的に、小さなトラブルの芽を一つ一つ摘み取っていく——日々の積み重ねは、気が遠くなるような作業であり、警察官と同じように、反射神経でトラブルに対応しなければならないこともあるだろう。

　もしかしたら犯人は、JRに強い恨みを持つ人間かもしれない。不当な理由で解雇されたと憤っている元職員とか。この件は、一応真面目に考えておくべきかもしれない。過去に問題を起こして馘《くび》になったJRの職員をピックアップしても、無駄にはならないだろう。恨みがそのまま具体的な犯行にまで至ることは少ないが、それでも人間は時に、爆発的な行動力を見せることがある。

犯人よ、あんたらの行動力は大したもんだと思うが、このまま上手く行くとは限らんで……いや、絶対に失敗する。失敗した後どうなるか、そこまで想像しているんか？想像力の足りない人間は不幸になる。あんたら、そういうことを親から教わってこんかったんか？

7

署長に追い出されて駅舎を出た途端、下倉は目の前に停まっているミニパトに気づいた。梅田署の車ではない——隣の署だ。ドアが開いて、見知った顔が出てきたので、思わず声をかけてしまった。

「沢田《さわだ》やないか」

同期の沢田麻奈美《まなみ》。今は隣の署の交通課にいる。

「ああ」麻奈美が気づいてうなずく。「どうも」と軽い調子で返事をした。

「こんな時間にどうした？」

「宿直の最中に応援要請が来たんよ。大阪駅周辺の交通整理をしないと……朝になると、この辺、いつも大変でしょう」

「そうだな」

「下倉は？」

「一度署に戻るところだ」

「お疲れ」麻奈美がすっと笑みを浮かべる。宿直、そして緊急事態の割には、余裕のある表情だった。

「ここは何時まで？」

「分からないわ」麻奈美が首を傾《かし》げる。「スクランブル出動だから、ずっとここにいるかもしれないし、別の場所に移るかもしれないし。下倉は？」

「まあ……一度署に戻るけど。明日、試合なんだよ」

「マジで？」麻奈美が大きな目をさらに大きく見開く。「だったら、こんなところにいる場合やないでしょう」

「職務優先だから……じゃあ、頑張れよ」

軽く会釈して歩き出す。どうやら事態は、下倉が考えていたよりも拡大してきている。あちこちから応援も集まっているようだ。

下倉は署に戻り、予想外の手厚い歓迎を受けた。別に何をしたわけでもないのに……同僚たちが笑顔を見せて、背中をバシバシ叩いてくる人間もいる。まるで英雄のご帰還じゃないか。

記者が集まっている副署長席には近づけない。下倉は府警期待の選手として、マスコミに顔を知られているからだ。射撃が得意な自分が現場から帰ってきたと分かれば、あらぬ想像をされかねない。

自分が所属する地域課に顔を出して挨拶だけすべきか……迷っていると、警務課長の渡辺がいち早く下倉に気づき、立ち上がった。階段の方を指差したので、下倉は急いで階段を駆け上がり、途中の踊り場に立った。追いついた渡辺が「ご苦労やったな」と声をかけてくる。

「自分は何もしていませんよ」下倉は苦笑した。「待機していただけです」

「せやけど、六十メートルの距離を置いて、相手の銃口と向き合うのは、考えただけで疲れるわ……署長から連絡は受けてる。自分の部屋で休んでおいてくれ」

「当直室でいいんですが」

「あそこも交代で使ってるから、ざわついてるで。自分の部屋の方がよう眠れるやろ」

「それは……」そこまで気を遣ってもらわなくても、と断ろうとしたが、「休める時に休んでおく」のも警察官の仕事である。

「何かあったらすぐに呼んだるわ。お前は府警の最終兵器なんやから、英気を養っておいてくれ。それと、遠征の準備は大丈夫か？」

「それは心配ありません……では、部屋に戻ります」

一礼して、下倉は一階に戻った。署の上階にある独身寮へ行くには、一階から専用のエレベーターを使わねばならない。

梅田署の独身寮は、三人で一部屋を使う。しかし「相部屋」ではなく、一種の「シェアハウス」だ。小さなリビングルームと個室が三つある3LDKが基本で、少なくとも寝る時にはプライベートは確保できるのがありがたい。朝夕食を提供する食堂、でかい風呂にトレーニングルームも完備。一人暮らしの身には、必要な設備は全て揃っている感じである。

午前五時前、下倉が使っている部屋には誰もいなかった。同室の同僚は下にいるか、現場に出ているか……いつもはざわざわした男臭い空気が流れているのに、自分一人だと不気味なほど静かだ。

冷蔵庫からペットボトルの水を出し、ダイニングテーブルについて一口飲む。突然、ひどく喉が乾いていたのだと気づき、ボトルを傾けて一気に半分ほど飲んだ。濡れた口元を手の甲でぬぐい、ほっと息を吐く。

さっさと寝るべきだと分かっていた。いざという時に備えるのも仕事……分かっていても、気が高ぶっていて、このままベッドに入っても眠れそうにない。

トレーニングで体を苛《いじ》めようか、とも思った。現場では立ち膝の姿勢をずっと保持していたから、体が凝り固まってしまった感じがする。少し体を苛めて筋肉を解し、その後でさっぱり汗を流せばよく眠れるだろう。いや、その頃になると朝食も用意されているから、食事をしてから……下倉は、生活のリズムが崩れるのを極端に嫌う。地域課での仕事は、交番勤務の警察官たちの仕事を調整し、バックアップすることだ。仕事は基本的にはデスクワークで、泊まり勤務の時以外は、午後五時過ぎには解放される。その後、夜までは自主トレの時間だ。土日には勤務が入らないように調整して、府警のトレーニング施設で過ごすか、各地で行われる試合に出かける。優遇されていることは意識していたが、それはそれでいいと割り切っていた。府警所属のスポーツ選手が活躍することは、最高のPRになるのだから。

とはいえ、今回の一件ではどうしても心がざわつく。

学生時代からライフル射撃に取り組み、その腕を買われて府警に入ることが決まった時、まだ現役だった父親は「警察に命を預けるんやからな」と、アドバイスのような警句のような台詞を口にした。

その時は、何を大袈裟なことを、と思った。交通畑が長かった父親が、命の危険を感じたことがあるとは思えなかったのだ。白バイ隊員だった時には、かなりぎりぎりの仕事をしていたかもしれないが……。

「俺は死ぬかもしれないな」とつぶやく。まったく無意識に出た言葉は明確な恐怖になって胸に染みついた。いくら強い盾があっても、銃弾を浴びせられた時にどうなるかは分からない。それに自分は、狙撃のためにわずかな隙間を利用しなければならないのだ。そこを狙われたら——犯人にそんな能力があるかどうかは分からなかったが、まぐれ当たりということもあり得る。

あの現場は、戦場そのものではないか。

ペットボトルを持ったまま立ち上がる。ボトルがたわむほど力を入れていたことに気づいた。力が有り余っている。ほぼ徹夜をしているのに、体調は悪くない。少し体の力を抜くためにも、やはりトレーニングして自分を追いこんでおくべきか。

考えがまとまらない。

一つだけ言えるのは、今の自分は警察官本来の任務を果たしたい、と強く願っていることだ。広告塔ではなく、市民の安全を守るための仕事……自分は普通の警察官でありたい。「命を預ける」とは言わないが、警察官が何のために存在しているかは分かっているつもりである。そのために何をすればいいかは、自ずと明らかだ。

非常事態に備えてコンディションを整えておくこと。そのためにはやはり——寝るのが一番だ。これは署長命令でもある。

眠れるかどうかは分からなかったが。

8

午前五時半、神谷はある男の家の前にいた。家というか、古びたアパート——明らかに昭和の遺物だった。真四角な箱を積み上げたような造りのアパートは、かつてはよく見かけたスタイルだ。最近はもっと小綺麗なワンルームマンションが主流だが、この辺り——東武東上線の和光市駅周辺には、古いアパートがまだちらほらと見受けられる。

パトカーから降りると、神谷は煙草に火を点《つ》けた。ふと、これが今日最初の一本だと気づく。起きてから一時間以上経っているのに、一本も吸っていないのは、初めてかもしれない。煙草とのつき合いは四半世紀に及び、朝起きると食事や洗顔、歯磨きを飛ばしてまず一服、というのが習慣なのに。

歳を取って、少し嗜好《しこう》が変わってきたのかもしれない。

「しょぼいアパートですねえ」所轄の若い刑事、室木《むろき》が遠慮なしに言った。

この男とは初対面なのだが、現場の公園からここまでの短い時間、覆面パトカーに同乗してきただけで、神谷は早くもうんざりしていた。所轄の若い刑事が本部の捜査一課の刑事に対すると、多少は気後《きおく》れや遠慮が出てしまうものだが、この男の場合、そういうことは一切なく、とにかく喋りっ放し。しかもこの捜査のことでも、本部の仕事のことでもなく――若い刑事はとにかく本部へ上がるのを第一目標にしている――どうでもいい話をベラベラと喋り続けている。こんな男と一緒にいるぐらいなら、一人で歩き回った方がよほど気楽だ。

「何者かはまったく分かってないんだな」

「そりゃ無理ですよ」室木が肩をすくめる。「今のところは、例のプリペイド携帯を手に入れた人間が分かっただけです」

　肝心の携帯の方をざっと調べたところ、全ての履歴が消去されているのが分かった。誰が使っていたかはまだ確定できないのだが、かなり用心していたようだ――犯罪の臭いがはっきりと嗅ぎ取れる。通話記録などの調査は他の刑事に任せ、神谷はプリペイド携帯の契約者に当たることにした。こういうのは手を上げた人間の勝ち――神谷はいつでも、最前線にいたいタイプだった。

「取り敢えず、突っこむか」

「そうしますか」ズボンのポケットに両手を突っこんだまま、室木がブラブラと歩き出した。何ともチンピラ臭いというか、だらしないというか……神谷が駆け出しの頃には、この手の刑事はまだ少数ながら生き残っていた。刑事だか暴力団だか分からないタイプ――今は、ほとんど全滅しているだろう。むしろ、暴力団と対峙《たいじ》するとビビって引いてしまうような、弱気な警察官が増えた。しかし暴力団と対決した時に、室木が強気に出られるかどうかは分からない。

　室木に先導させ、神谷はアパートの外階段を慎重に上がった。鉄製の階段は、かなり古くなっているせいか、カンカンとかなり大きな音を立てる。朝早い時間とあって、他の住人には迷惑な話だ……神谷はできるだけゆっくり、音を立てないように上がったが、室木は気にする様子もない。腿を高く上げ、階段を踏みつけるように足音高く上がっていく。この馬鹿が、と神谷は呆れた。

　二階の二〇二号室。室木はドアの前に立ち、早くも拳を振り上げていた。

「ちょっと待て」

　神谷がストップをかけると、室木がドアにぶつける直前で手を止めた。

「何すか？」

「周りをよく見てからにしろ」

「周りって言っても、何もないじゃないですか」

　こいつには絶対アドバイスはしない、と神谷は決めた。向上心、気遣い、常識——そういう前向きな言葉とはまったく無縁の男らしい。自分がこれまでの警察官人生で手にしたノウハウを教えてやる価値はない。

　神谷は室木を無視して、ドアの周辺を観察した。郵便受けに新聞は挿さっていない。既に起きて抜いたのか、あるいはそもそも新聞を取っていないのか……取っていないのだろう、と判断する。この部屋の住人にしてプリペイド携帯の契約者、三上優人《みかみまさと》は二十一歳。その年齢でこういうアパートに住んでいるということは、地方から上京して貧乏暮らしをしている大学生の可能性が高い。そういう人間なら、新聞を取る余裕もないだろう。

次いで電気のメーターをチェック。メーターは回っている——在室しているかどうかは分からないが、少なくともこの部屋は無人ではない。三上が住んでいる可能性は高いようだ。

「よし、ノックしていい」

「はいはい」間の抜けた返事をして、室木が拳をドアに打ちつけた。甲高い音が響いたが、返事はない。

「もう一回」

今度は無言で、ドアをノックする。やはり反応はなく、苛ついたのか、室木がドアの下部を爪先で蹴飛ばした。

「おい、やめろ」神谷は思わず忠告した。この男は、刑事の仕事を勘違いしている。

「寝てるんじゃないですか」室木はまったく反省していない様子だった。「ちょっとでかい音をたてないと、目が覚めないでしょう」

言うなり、室木が拳を立て続けにドアに叩きつけた。同時に「三上さん！　いますか？」と声を張り上げる。

「やめろ！」

神谷は低く、だが鋭く声を上げた。しかし、時既に遅し。隣の部屋のドアが開き、若い男が顔を見せた。どうやら大学生らしい……長い髪は爆発したように盛り上がり、完全に寝ぼけ眼だ。しかし全身から怒りが発せられている。

「朝っぱらから何だよ！」

「警察だ」室木がバッジを示す。

「警察……」バッジをまじまじと見て、隣室の男がつぶやく。急に声が小さくなっていた。

「こっちは仕事でやってるんだ」

「室木、少し黙ってろ」

室木がむっとした表情を浮かべて黙りこむ。神谷は、ドアを押さえたまま呆然としている隣人に近づいた。

「あー、朝っぱらから申し訳ない。警察なのは本当です」神谷もバッジを示した。これで警察官だと認識できる人がどれぐらいいるか分からないが、省けない手続きだ。警察官は、今でもバッジではなく手帳を示すと思っている人も多いようだが。

「隣の三上さんという人を訪ねて来たんだけど、いないみたいなんだ。どういう人なのか、知りませんか？」

「知らないですよ」男が耳をいじりながら言った。「顔も合わせないんで」

「小さなアパートだと、顔見知りになるもんだけどね」

「いや、生活時間がずれてる……向こうは夜働いてるんじゃないですか？」

「勤め人なのかな」

「それは分かりませんけど、とにかく、しょっちゅう朝方に帰ってきます」

「何時頃？」

「七時とか、八時とか。ちょうどこっちが起き出す時間なんで……起こされちゃうこともあるんですよ」

「迷惑してる？」

「まあ、迷惑ってほどじゃないですけど……」実際には、かなり頭にきているのではないか、と神谷は思った。小さいアパートだから、人の出入りはかなりうるさく響くだろう。そういう音で朝起こされるのは、かなりのストレスになるはずだ。

「夜は？　夜の仕事をしているということは、出ていくのは夕方？　あるいは夜になってから？」

「それは分からないです。こっちも、毎日決まった時間に帰ってくるわけじゃないので」

「会ったことはある？」

「ありますけど……話したことはないですね」予防線を張るように男が言った。

「どんな人だ？　君の印象でいいんだけど。夜の仕事をしているということは、服装が派手とか、そういう感じかな」

「いや、普通ですよ。普通って、別に……いや、本当に普通です」

観察眼がないのか、語彙が少ないのか、この男から使える情報を得るのは大変そうだ。

「何歳ぐらい？」年齢は分かっているが、敢えて聞いてみた。具体的な質問をした方が、記憶が喚起されることもある。

「二十歳、とか？」

「君と同じぐらい？」

「そうですね……」

「身長は？」

「まあまあ」男が自分の額の辺りで手をひらひらさせた。「こんな感じです」

百七十センチ前後、と頭の中に叩きこんだ。他に何か、外見の特徴はないだろうか。髪型は？　顔つきは？　装飾品の類は身につけていなかったか？

答えは全て「分からない」。まったく頼りにならない男だ……神谷は質問を打ち切り、一応「朝からお騒がせして申し訳ない」と詫《わ》びを入れた。

　ドアが閉まった瞬間、室木を厳しく指導する。

「いい加減にしろ。聞き込みで周りの人に迷惑をかけるのは論外だ」

「中で寝たふりしてるかもしれないじゃないですか」

「そうだとしても、時間を考えろ」ここで声を張り上げると、室木と同じことになってしまう……神谷は声を抑えた。「隣近所の人に迷惑をかけたら、今後協力してもらえなくなるぞ」

「はいはい、分かりました」呆れたように言って、室木が肩をすくめる。「以降、気をつけますよ……で、これからどうするんですか？」

「待つ。夜の仕事をしていて、帰りは朝の七時か八時だっていうなら、それまで待てばいいだけの話だ」

「無駄が多いですねえ」

「刑事の仕事の九割は無駄だ。それが嫌なら、さっさと他の仕事を探すんだな」

　むっとした表情を浮かべ、室木が黙りこんだ。相当怒っている感じだが、無視する。こいつはそのうち必ず、痛い目に遭わせてやろう。

　下へ降り、郵便受けをチェックする。だらしないというか何というか……ＤＭやチラシの類でいっぱいになっていた。ただし、郵便物は見つからない。郵便物は抜いても、ＤＭはそのままにしているのだろう。

パトカーに戻り、楽な姿勢を取る――その時神谷は、ふと違和感を覚えた。一人の男が走っている。全力疾走ではないが、何かから逃げるように……。

「三上だ」言って、神谷はすぐに車のドアを押し開けた。免許証の写真が頭の中で蘇《よみがえ》る。

「え？」

「三上だよ」

反応の鈍い室木を無視して、神谷は走り始めた。声はかけない。三上は気づいていない様子で、同じペースで走り続けていた。神谷は最初の三歩でトップスピードに乗り、一気に距離を詰めた。このスピードが長く続かないのは分かっている。ペースが落ちないうちに、絶対に三上を確保する――それにしても、クソ、俺が走らされているのは室木の責任だ。おそらくあいつがしつこくノックしたので、三上はおかしいと気づいて、ベランダから逃げたのだろう。

逃げる理由は――当然、後ろめたい事情があるからだ。

声をかけぬまま、神谷は五メートルまで距離を詰めた。もう一歩――一気にスピードを上げて手を伸ばせば、襟首を摑めそうなところまで近づく。

しかしそこで、三上が突然振り向いた。すぐ近くまで神谷が迫っているのに気づき、顔を引き攣らせてダッシュする。見る間に神谷との距離は開いていった。

クソ、そう簡単に逃がしてたまるか……しかし三上は元々かなり足が速いようで、一気に引き離しにかかった。腕を大きく振り、足を高く上げて、短距離選手のような走り方だった。

突然、三上が横倒しに吹っ飛ばされる。何だ――路地から飛び出してきた室木が横からタックルを見舞ったのだとすぐに分かる。三上は倒された後も手足をばたつかせて抵抗していたが、室木は三上の胴に回した両手を外さず、動きを押さえこんでいた。クソ野郎だが、タックルの上手さは認めざるを得ない。

「室木、そこまでだ！」神谷は大声を張り上げた。息が切れ、みっともない発音になってしまったが、それでも室木は立ち上がった。三上のシャツの襟首を摑み、思い切り引っ張り上げる。シャツのどこかが破れる音がかすかに聞こえた。

「何なんだよ……」

三上が恨み節を吐き捨て、神谷を睨んだ。睨んだものの、迫力はない。顔そのものが、まだ子どもなのだ。高校生と言っても通用しそうなぐらい……濃紺のシャツに色が抜けてダメージが入ったジーンズという格好はごく普通だが、裸足なのが異様だった。ベランダから慌てて逃げ出して、靴を履く余裕もなかったのだろう。

「何なんだよ、はこっちの台詞だ」神谷は吐き捨て、呼吸が落ち着くのを待った。クソ、これぐらいで息が切れるようじゃ、俺も歳だ……明日からジョギングを始めようと密かに決意する。

「ちょっと聴きたいことがあるんだ。逃げ出す必要はないと思うけど、逃げなくちゃいけない理由があるのか？」

無言で三上がまた神谷を睨む。必死で反論したいところだろうが、ボロを出すのを恐れているのだろう、と神谷は判断した。子どもっぽい顔そのままに、まだ完全にワルには染まっていないらしい。

「とにかく、路上で立ち話はできない。ここにいると目立つからな」

神谷は大袈裟に首を巡らした。午前六時過ぎ、そろそろ街には人が出てきている。実際今も、犬を連れて散歩途中の老人が足を止めて、不審げな表情で神谷たちを見ている。

「話はすぐに済むよ。選択肢は三つ——君の部屋で話をするか、そこに停めてあるパトカーの中で話すか、警察署まで来るか、だ。俺はできるだけ話を穏便に済ませたい……パトカーの中はどうかな」

「まあ……いいけど」

「よし。一生に一度ぐらいは、パトカーを経験しておいてもいいだろう」

果たして一度だけで済むかどうかは分からないがな——神谷は皮肉を呑みこんだ。仮にこいつが、童顔に似合わぬ本物のワルだとしたら。二十一歳で悪の道に足を踏み入れてしまった人間は、その後、足抜けできずに一生を終える可能性が極めて高い。

渋る三上を、ようやくパトカーに連れこんだ。室木が運転席に、神谷は三上と並んで後部座席に座る。三上は落ち着いていた。パトカーに乗るのは初めてじゃないな、と神谷は見てとった。

「パクられたこと、あるのか？」

「まさか」三上が目を見開く。

「その割に、驚いてないな」

「ビビってもしょうがないから」

「あー、あんた、仕事は？　大学生か？」

「まあね」

「大学生か、大学生じゃないか、どっちなんだ？　二つに一つ、曖昧な状態はないぞ」

神谷は突っこんだ。

「……大学生」

「分かった。この携帯に見覚えはないか？」

神谷はバックミラーに向かって目配せした。気づいた室木が、ダッシュボードを開けて証拠品袋を取り出す。腕を後ろに伸ばして突き出したので、神谷は受け取り、三上の眼前に突きつけた。三上がすっと目を逸《そ》らす。

「東武東上線の、下赤塚駅のすぐ近くにある公園で見つけたんだ。見覚えはないか？」

「さあ……」三上が目を伏せる。

「このまま惚《とぼ》け続けていてもいいけど、あんたがこの携帯を契約したことは確認が取れている。きちんと説明してもらえないなら、このまま署まで来てもらうことになるぜ。じっくり話をしようじゃないか。こっちにはいくらでも時間があるんだ」

三上がまた無言になった。よほどヤバいことに巻きこまれているのか……神谷は最初、振り込め詐欺を疑った。それなりの人数で徒党を組んで動く振り込め詐欺グループには、様々な役割の人間がいる。電話をかけて騙す人間、金を引き出す「出し子」。犯行に使う携帯電話を調達する人間もいる。だいたい主犯格は一人か二人で、他はアルバイト感覚で雇われているパターンが多いのだが、小遣い稼ぎの軽い気持ちでいると痛い目に遭う。三上は、その辺りの事情は分かっているのかもしれない。

「室木、署に回ってくれ」

「了解です」軽い調子で言って、室木が車のエンジンをかけた。

「ちょっと！」三上が声を張り上げる。

「お、話す気になったかな？」

「それは……」

「あー、あんた、まだ裸足だよな？　さすがに靴を履いてないと、動くのも面倒か……いったん家に戻って、靴を履いてくるか？　もちろん、俺たちがつき添わせてもらうけど」

三上がまた黙りこむ。よしよし——こいつはそんなに強くない。何度も揺さぶりをかければ、最終的には喋るだろう。ま、取り敢えずじっくりやるか。こっちにはまだ、たっぷり時間があるのだから。

第三部　混　乱

1

　これは、予想していたよりもえらいことになるで……島村は背中を冷や汗が伝うのを感じた。午前五時を期して指揮車を離れ、駅構内の視察を始めたのだが、封鎖された改札――中央口に、早くも客が押しかけ始めていたのだ。

「何でや！」「別に撃たれへんやろ」「さっさと動かせや！」

　朝からニュースが流れているはずなのに、遠慮なしに罵声が飛ぶ。駅員がしきりに頭を下げるものの、複数の客に一気に詰め寄られ、説明さえさせてもらえない。

　やはり、ＪＲ側だけでは対処しきれないようだ。大阪駅は複雑な立体構造で、改札だけで六か所もある……一つの改札に最低二人、機動隊員を張りつける必要があるだろう。できれば盾を持たせて。盾を持った機動隊員の存在は、普通の制服警官よりもはるかに現場を緊迫させる。いわば、一般の乗客に対する「抑止力」だ。

機動隊員たちが到着した。軽い駆け足で、完全に足並みが揃っている。その行進を見て、駅員に詰め寄っていた客が一斉に引いた。

隊員のうち二人が、改札の前に陣取る。南口や桜橋口の改札は小さいからまだ二人でいいが、中央口、御堂筋口は巨大なので、さらに人数が必要になるだろう。駅前で待機している機動隊員だけではとても足りない……島村は、同行している今川にさらなる増員を要請した。

「とにかく、動員可能な人数を全部集めたい」

「フル出動は危険ではありますがね」今川がぼそりとつぶやく。「バックアップ用の余剰人員は絶対に必要ですよ」

「機動隊の運用については俺は何とも言えんが、少なくとも現状で足りないのは間違いないやろ」島村も譲らなかった。

「……可能な限りの増員は、すぐに手配します」

結局折れた今川が島村に背を向け、電話で話し始めた。ぼそぼそと小声で喋っているので、内容までは聞き取れない。

客は次第に増えてきている。まだ人波ができるほどではないが、時間の問題かもしれない。日本人というのは、実に朝早くから働く……今、駅の改札周辺にいる人は、ＪＲの職員と警察官を除けば、ほとんどサラリーマンのように見える。大阪にはＪＲ、私鉄、地下鉄が網のように張り巡らされているから、仮に大阪駅を中心にJRが停まってしまっても、目的地に行けなくなることはないと思うが……ぎりぎりで仕事をセッティングしていた人は、間違いなく遅刻するだろう。

申し訳ない、という気持ちが湧き上がる。長年宮仕えをしてきて、電車通勤ばかりだった島村の感覚では、日本の電車は遅れず止まらず、常にきちんと走っているものだ。だからこそ、故障や人身事故、自然災害などでの遅れに、異常に苛立つ人がいるのも分かる。

これまで島村が経験した最大の鉄道被害と言えば、阪神・淡路大震災だったが、あの時は鉄道会社を非難する人間はほぼいなかったと思う。何しろ未曽有の災害であり、JRの場合、事故後七十四日間で全線が開通した時には「奇跡」と称賛されたぐらいなのだ。

しかし今回は事情が違う。客が増えてくるにつれ、次第に現場は殺気立つだろう。果たして機動隊員を大量動員しても抑えきれるかどうか。

それでも、警察としてはやるしかない。乗客から不満をぶつけられ、非難の矢面に立つようになっても、やり抜くしかないのだ。

高速バスターミナルに停めたままの指揮車に戻ると、梅田署の警備課長、増島が電話で話していた。困惑の表情を浮かべ、ひたすら「はあ、はあ」と繰り返している。島村の顔を見ると、ほっと溜息を漏らした。送話口を右手で押さえ、「署からです」と告げる。

「何か揉《も》めとるんか?」

「生安の福元課長なんですが……JR側が強硬になっているそうです」

「強硬? そんなはずないやろ」

JR西日本側のカウンターパート、緊急対策室の春日は、話の分かりそうな男だった。協力も約束してくれた。その態度がいきなり翻るとは思えないが……。

「電話、替われ」

増島が受話器を差し出した。島村は身を翻して壁の通信機器ラックの前に立ち、受話器を耳に押し当てた。

「島村だ」

「ああ、署長、どうもすみません」福元が小声で申し訳なさそうに言った。話しにくそうだ……近くにJRの関係者がいるのかもしれない。

「何があった?」

「JR側が、早急な運行再開——開始ですかね、それを言い出してきたんです」

「具体的には?」

「午前七時を目途です」

「無理や」島村は切り捨てた。「あと二時間もないやないか。その間に犯人が動くかどうか……」

「言葉は柔らかいんですが、ＪＲ側は警察の動きに対して批判的です」

「そいつはおかしい」春日とは、意思が統一できていると思っていた。ＪＲの中で、何か大きな変化があったのだろうか。

「どうしましょうか。こちらとしては、譲歩できませんよね？」

「残念だが、現段階ではその通りだ。とにかく、ＪＲ側のカウンターパートと直接話してみるわ」

電話を切り、すぐに春日の携帯に電話をかける。数時間前に話した時と比べ、やたらと声が疲れていた。

「先ほど部下から話を聞いたんですが、ＪＲさんでは午前七時からの運行開始を希望されているとか」

「ええ、まあ……そういうことです」先ほどと違い、春日の口調は歯切れが悪かった。

「今、話しにくいですか？」社内のどこかで缶詰めになり、役員たちから責めたてられているのでは、と島村は想像した。

「そう、ですね」

「どこか、話しやすい場所へ移動できませんか？」

「かけ直します」

電話を切ると、増島が心配そうな視線を向けてきた。思わず「大丈夫や」と言ってしまったが、根拠はない。むしろ不安は募る一方だった。

すぐに折り返しの電話があった。島村はテーブルにつき、一つ息を吐いてから電話に出た。

「申し訳ありません」春日の声には、先ほどと打って変わって芯があった。

「ざっくばらんに話して大丈夫ですね？」

「ええ」

「急に方針が変わったようですが、何かあったんですか？」

「役員の総意と言いますか……大阪駅の方から報告があって、現在でもかなり混乱している状況ですよね？」

「そうですが、これはまだ序の口ですよ」軽い口調で言ってしまってから、まずいと思った。これからまだまだ混乱が大きくなると脅してどうする？　慌てて咳払いし、言葉を継ぐ。「現段階では秩序は保たれています。機動隊の配置も終わりましたし、問題はありませんよ」

「そうですか……」春日は納得がいかない様子だった。「私は直接現場を見ていないので、何とも言えませんが……とにかく、駅の状態を知って、役員たちが一刻も早く運行を始めるべきだと言い出したんです」

「言い出したのは、役員のどなたなんですか」島村は突っこんだ。「まだ安心できる状況ではないんですよ。必要なら私が、強硬派の方を説得します」

「いや、それは……役員の総意、ということです。トップもそれで了解しています」

クソ、日本流の曖昧な意思決定プロセスか。誰かがそれとなくほのめかしただけで、全員が雪崩を打ったように同意してしまう。島村は呼吸を整え、一気に言葉を吐き出した。

「乗客の利便性より安全性を考えて下さい。何か大きな事故が起きてからでは遅いんですよ。経済的損失が大きくなるのを恐れるのは分かりますが、駅の利用者が負傷、最悪死亡するようなことがあれば、経済的損失以上の大きな問題——重大な信頼の喪失を招きます。それを取り返すのにどれほどの努力と年月が必要かは、春日さんにもご理解いただけると思いますがね」

「それはもちろん、分かっています。しかし私も、中間管理職に過ぎないんですよ」春日が無念そうに言った。

「緊急対策室は、組織の壁を越えて命令を下せるんじゃないんですか」この部署の存在を知った時に、ＪＲも危機管理についてなかなかよく考えている、と感心したのを思い出す。しかし、現実の危機に際してはこんなものか……軽い失望感を抱くと同時に、春日の立場にも同情する。

「あくまで、組織の中では一部署ですからね。役員会の決定を覆せるまでの力はありません」

「申し訳ないですが、我々現場レベルで遣《や》り合っている暇はないと思います。私としては、捜査にも集中しなければならない」

「それはもちろんですが……情けない話ですが、私の方では役員会の決定を覆せる力はないんです」

「分かりました」島村は即断した。自分が現場を離れる訳にはいかない。こういう時は、使える最大の力を利用するしかない。「こちらは、然《しか》るべき立場の人間を立てて、そちらと相談させます。あなたは板挟みになるかもしれませんが、そこは耐えて下さい」

「……分かりました」

「現段階では、駅の封鎖は完全で、トラブルが起きる要素はありません。それにこれからは、駅に近づく人は増えないと思いますよ。今回の一件が本格的にニュースで流れますからね。駅が封鎖されているのが分かれば、敢えてここに近づくような人はいないでしょう。もしも野次馬が集まるようなら、警察の方で排除しますから、混乱は最低限で済みます」

「そこはお任せします……私の方は、どうしたらいいですか？」

「待機でお願いします。すぐに、府警の然るべき立場の人間から連絡を入れさせますから」

電話を切り、すぐに刑事部長の村本に連絡を入れる。キャリアの上司に頼みごとをするのはさすがに気が引けるが、今は非常時だ。ＪＲ側がごねていることを説明し、説得を頼みこむ。

「分かった」村本は即答した。「こっちに任せろ。ＪＲ側とトラブルを起こすわけにはいかない。綿密な協力体制をキープしておくべきだ」

「強硬に命令することもできますが……」

「そんな下手な交渉はしない。ここは本部長に出てもらう」

「いや、まさか……」府警本部長が直接現場に乗り出すなど、想像もできない。実際、そんなことはまずあり得ないのだ。

「本部長も、この件に関しては憂慮しておられる。必要なことがあったら、いつでも乗り出すと明言されているから」

「いいんですか？」

「ここで上手くやれば、大阪府警本部長としてのいい実績になるだろう」

「……異動なんですか？」

「まあ、そろそろだ。とにかく島村署長は、外部の問題は気にせずに現場に集中してくれ。そちらに余計な話が行ってしまうのは申し訳ないが」

「とんでもないです」

「状況が変わったら連絡する」

「お願いします」

電話を切り、スマートフォンをテーブルに置く。増島がすっと近づいて来た。

「大丈夫ですか？」

「どうも大丈夫とは言えんなあ」島村は両手で顔を擦った。「とうとう本部長まで出動だ」

「まさか」増島が目を見開く。

「ＪＲ側を説得しなくてはいけない。一気に向こうを納得させるためには、トップが交渉に行った方がええ……ということやろな」

「それは分かりますが、異例ですよ」

「それだけ非常時ということや……おい、ちょっと待て」

打ち上げ花火のような音が聞こえた。増島と顔を見合わせ、「今のは何や」とつぶやく。しかし次の瞬間には立ち上がり、指揮車を出て行こうとした。増島が腕を摑んで引き止める。

「爆発やで！」島村は増島の手を振り解こうとした。

「分かってます。動かないで下さい」

「この際、危険などと言っとれん！」

「指揮官は動いたら駄目です。とにかくここにいて下さい」

増島の言うことにも一理ある。指揮官が一々敏感に反応して動いたら、現場にも動揺が伝わってしまう。島村は意識して、ゆっくりと椅子に腰を下ろした。無線が混乱している——増島がすぐに指示を飛ばした。

「各局、発信停止！　爆発の状況が確認できた者のみ報告すること！」

島村は腕時計に視線を落とし、秒針を見つめた。一回り——一分が経過する前に、報告が入った。

「四階の階段で爆発！」

「時空の広場の下か？」増島が無線に向かって怒鳴る。

「その通り——現在消火中」

被害はどれほどか、と島村はじりじりした。あの辺りには人はいないはずだが……二分が過ぎたところで、再度報告が入った。

「消火完了。消防の出動は必要ありません」

「怪我人は！」増島が訊ねる。

「現在、怪我人は認められません」

　ほっとして、島村はゆっくりと息を吐いた。不幸中の幸い——いや、犯人にいいようにあしらわれてしまっている。奴ら、好き勝手やってくれるな。

　それから十五分ほどの間に、四階の動きは慌ただしくなった。まず爆対が現場に入って、他に爆弾がないかどうかチェックを始める。それが終わったところで、鑑識が現場を調べ始めた。そのタイミングで、島村は現場に向かった。やはり見ておかないと……。

　爆発の規模はそれほど大きくはなかった。爆弾は階段裏にしかけられていたのだが、階段そのものが崩落するほどの爆発力はなかったようだ。ただし炎が上がり、黒焦げになった階段の裏側を見るとぞっとする。ただの脅しではなかったわけだ。

「クソ、冗談やないで」島村は吐き捨て、増島に指示した。「駅構内のチェックの精度を上げろ。それと、ホテルの方ももう一度チェックや。あそこには宿泊客がいる」

「分かりました」

　増島がうなずき、駆け出す。島村は拳を胃にねじこんだ。こんなプレッシャーに負けたらいかん。絶対に反撃のチャンスを摑まんと。

　一通り現場を見て、指示を与えてから指揮車に戻る。すぐに現場の映像を中継するモニターに視線を集中させると、ほぼ静止画のようだった画面に突然動きが出た。慌てて立ち上がり、モニターの前に移動して顔を近づけた。

人質の二人がいない。そしてシャッターが大きく開いている。犯人は人質を解放したのか？　いや、そんなことはあり得ない。

「おい、今、何があった？」島村は大声を張り上げた。

「人質がカフェの中に引っ張りこまれました！」誰かが叫ぶように答える。

「何やて？」島村は増島と顔を見合わせた。「あんた、観てたか？」

「すみません、見逃しました」

「これ、巻き戻せるか？」

「もちろんです」

増島が、モニターに接続されているパソコンを操作した。モニターの一つの画像が停止する。静止画がごちゃごちゃと動き、モニター上の時間表示が二分ほど遡った。

「この辺からだと思いますが」

島村は無言でモニターを凝視した。三分の一ほど開いていたシャッターが大きく開き、犯人二人が出てくる。すぐに人質二人の腕を摑んで立たせ、カフェの中に引きずりこんだ。音声はないが、女性の人質が大きく口を開け、悲鳴を上げたのが分かった。四人が中に入ると、またシャッターが下がる。

「現場に行く」島村は言い残して立ち上がり、また指揮車を出た。クソ、爆発したり人質がいなくなったり、てんやわんやや。

エスカレーターを駆け上がって時空の広場へ向かう。現場は騒然としていた。誰かが言葉を発するわけではないが、ピリピリした空気が島村の緊張感を加速させる。横の位置からはカフェの正面が見えないので、通路を伝ってキャットウォークへ向かう。いつの間に移動していたのか、今川がそこにいた。緊張しきった表情で、片膝をついたまま、盾の隙間から現場を監視している。

「今川」

声をかけると、今川が針でも刺されたようにぴくりと体を震わせ、こちらを向いた。島村の顔を見ても、まったく表情を緩めない。

「いったいどうしたんや」島村は彼の傍らで同じように膝立ちの姿勢を作った。

「まったく分からんです」今川の声には困惑が混じる。「犯人が突然、人質を中へ引っ張りこんだんですわ」

「人質は無事なのか？」

「おそらく……」今川が自信なげに言った。「少なくとも、銃声は聞こえませんでした」

「偵察が必要やな」爆発のどさくさに紛れたのだろうか、と島村は想像した。

「そうですが、危険ですよ。部下にリスクは負わせられません」

「しかし、ここから見ているのでは限界がある。何とか接近して、中の様子を確認したい」

「私の部下は出せませんよ」今川は頑《かたく》なだった。

「だったらこのまま、次の動きを待つのか？　冗談やないで」

「自分が行きます」

　突然の宣言に、島村は声がした方を振り向いた。若い機動隊員が、決然とした表情で島村を見ている。

「君は？」

「一機の松宮《まつみや》です」

　それほど背は高くないが、がっしりした体形。ヘルメットの下の目は涼し気で、まだ幼ささえ感じさせた。

「駄目だ」今川が拒否する。「君らを危険に晒すわけにはいかん」

「大丈夫です。サイドからアプローチすれば、犯人が飛び出してきても十分対応できます。それに、今は外に人質がいないわけですから、応戦しても人質に被害が及ぶ可能性は低いと思います」

「それはそうだが……」

「行かせて下さい」膝立ちの姿勢のまま、松宮が頭を下げる。「このまま長い時間、同じような状況が続いたら、犯人側がどういう行動に出るか、予測できません」

「それは、君が心配することやない」今川がぴしりと言った。「判断するのは我々だ」

「では、ご決断をお願いします」松宮がまた頭を下げる。

「警備課を預かる人間として、それはできない」今川が拒絶する。

「分かった。行け」島村は話に割って入った。

「署長……」今川が呆れたように島村の顔を見た。「機動隊に対する指揮命令権限は、私にあります」

「普段はな。今ここで全権を任されているのは俺やで」

「ファイバースコープを、現場のできるだけ近くに設置します。それで内部の様子を観察できるはずですから」松宮はまだやる気満々だった。

「ええ作戦や……警備課長、現状を打破するためには、思い切った手に出るのも方法やで。部下を信頼しろ。機動隊の猛者連中なら、無事に仕事を終えて、ちゃんと帰ってくる。そうやろ？」島村は松宮に話を振った。

「もちろんです」松宮があっさり宣言した。「自分も死ぬつもりはありません」

「分かった、分かった」とうとう今川が引いた。「ただし、二人で行け。たっぷり時間をかけろ。そして危ないと思ったらいつでも引き返せ」

「了解です……では、準備します」

一礼して、松宮がその場を去っていった。見送る今川が、深々と溜息を漏らす。

「なかなか見どころのある若い隊員やないか」

「何かあっても、責任は取れませんよ」

「あんたに責任を取ってくれとは言わん。万が一何かあったら、俺の首を差し出せばええ」

「やめて下さいよ。最初から失敗を念頭に置いたら、やっていけないでしょう」

「結構、結構。常に前向きでな。成功のイメージを持つのが大事やで」

「そんな、自己啓発本みたいなことを言われても」今川がぶつぶつと文句を言った。

十分後、松宮がカフェの横に姿を現した。分厚い盾で防御は完璧。指示通り、もう一人の機動隊員を連れている。島村は、無線のイヤフォンを耳に突っこんだ。

「開始します」

松宮の声が耳に飛びこむ。同時に、こちらに向けてさっと手を挙げるのが見えた。盾の陰に隠れている島村は手を振り返すわけにはいかなかったが、「頼むで」と無線に向かって短く言い、全てを託した。

二人の機動隊員は、大胆にカフェに近づいていく。二人が持っている盾なら、近距離から銃撃されても何とか防ぎ切れるはずだ。カフェまでは十数メートルしかないから、あっという間に正面まで近づけるはず……真横から接近しているから、中に籠もった犯人には気づかれないだろう。

静けさの中、二人のブーツが床を打つ音が聞こえる。ほどなく、金の時計台の位置にまで到着。あとはカフェの正面に回りこみ、シャッターの隙間にファイバースコープを押しこめば完了だ。作戦行動の難易度はそれほど高くない……それでも緊張感が高まり、島村が自分の鼓動を意識し始めた瞬間、シャッターの隙間から、犯人が一人、這うようにして外へ飛び出した。手にはライフル銃。すぐに、ごく至近距離――三メートルほどだ――にいる機動隊員二人に向かって発砲する。銃声が木霊《こだま》し、島村は思わず首をすくめた。それでも、現場の様子はしっかり目に焼きつける。

松宮たちは素早く反応し、盾の陰に隠れた。びし、と鋭い音がしたのは、銃弾が盾を直撃した音だろうか。二発、三発……島村は無線に向かって、「撤収！」と叫んだ。しかし、銃弾を浴びせられている状況では、身動きすら取れない。クソ、このままではまずい。一人でカフェの前に姿を現した犯人に向けて、発砲の指示を出すか――こちらが一方的に撃たれている状況なら、緊急避難として撃ち返しても問題にはならない。

島村はすぐに、松宮の胆力に驚かされることになった。

わずかに体をずらし、盾の右側から右腕を突き出すと、躊躇せずに発砲する。一撃。犯人が、足元をすくわれたように前のめりに倒れこむ。

「確保や、確保！」島村は無線に向かって叫び、同時にカフェの横で待機していた他の機動隊員たちが飛び出しかけた。

しかし次の瞬間には、カフェの中から別の犯人が飛び出して、ライフルを乱射し始めた。動き始めた機動隊員たちがぴたりと止まり、盾の陰に身を隠す。

続いて三人目の犯人が出てきた。こちらは銃は持っておらず、撃たれた犯人に素早く近づくと、腕を引っ張って強引に立たせた。どうやら右足を撃たれたようで、左足一本で立ち上がると、仲間の肩を借りて、何とかカフェの方へ戻っていく。シャッターの前で体を横に投げ出すように倒れると、中から人の腕が出てくるのが見えた。その腕に引っ張られて、撃たれた犯人がシャッターの向こうへ消えていく。まるで誰かが合図したかのように、ライフルを構えた犯人は、松宮たちに銃口を向けたまま、後ずさっていった。

全員がカフェの中に閉じ籠もる。シャッターは、ぎりぎり床近くまで下げられ、島村のいる位置からは、中の様子がまったく見えなくなった。

「クソ！」島村は、歯を食いしばった。無線に向かって「撤収だ！　すぐに撤収しろ！」ともう一度叫ぶと、拳を握り締めた。横に控えた今川は呆然としたまま、口が半分開いている。

「被害の確認や！」島村が叫ぶと、今川が弾かれたように動き出した。

松宮たちが安全なところまで退避したのを確認して、島村は大きく息を吐いた。まだ鼓動が落ち着かない。作戦失敗……しかし、一つだけ新たな情報が手に入った。最初に飛び出し、撃たれた男。バックアップに出てきて銃を乱射した男。撃たれた男を救助した男。そして、最後にシャッターの向こうから手を出して、負傷者を引っ張りこんだ男。

犯人は、最低四人はいると考えられる。

2

「女？」銃撃戦の騒動が一段落して指揮車に戻った瞬間、島村は増島から教えられた。

「犯人グループに女がいる、言うんか」

「確証はないですよ」言いながら、増島がモニターを確認するよう島村に進言した。

「ただ、怪我人を引っ張りこんだこの腕……男にしては華奢《きやしや》やないですか」

画面を凝視する。言われてみれば確かに、そんな感じもする。一瞬、手首と腕の一部が見えるだけなのだが、男にしては明らかに細く、白かった。

「この映像、拡大できるか？」

「ちょっと待って下さい」

立ったまま増島がパソコンを操作し、動画から切り取った画像をすぐに拡大して見せた。画質が粗く、これだけでは何とも言えない。

「もっと解像度を上げられんか？」

「それは、科捜研の専門家じゃないと無理です。このノートパソコンでやれることには限りがありますよ」

「分かった。切り取った写真を科捜研にメールしてやってくれ」

「ここからいきなりですか？　鑑識を飛ばしていいんですか？」増島が目を見開く。

「構わん。俺の息子が昨夜から引っ張り出されて待機してる。親から息子へメールしても、何も問題ないやろ。俺のメールアドレスを使え」

「分かりました」

「非常時やで」島村は増島に釘を刺した。「面倒臭い手続きは、今日だけは忘れてくれ」

島村は啓介に電話して、事情を説明した。啓介は、手続きがどうのこうのとは一切言わず、大至急で写真の処理を始める、と言ってくれた。

「お前な、少しは抵抗したらどうや」素直過ぎて逆に不安になってくる。

「オヤジのやり方を見てたら、これが普通や思うわ。今までずいぶん横紙破りをしてきたんやろ？　あちこちでそういう話を聞くで」

そんなことはない、と否定しようとしたができなかった。実際、様々な局面で勝手に動き、上司に反発し、トラブルは絶えなかった。それがよく、府警の所轄でもトップの梅田署の署長になれたものよ……警察というのは、意外に「緩い」組織なのかもしれない、と島村はこの歳になって考え始めていた。

松宮たちが戻ってきて、島村に挨拶した——挨拶というか、まず謝罪だった。

「申し訳ありません。途中で犯人に気づかれたと思います」

「君、怪我はないんか」

「はい、盾のお陰で無事です」

「ちょっと見せてみろ」

無言で松宮が盾の表面を島村に見せる。銃弾が一発食いこんでおり、ぎりぎりで何とか防ぎきった感じだ。もう少し近かったら、あるいは角度が違っていたら、銃弾は盾を貫通し、松宮は重傷を負っていたかもしれない。

「とにかく、無事でよかった」

「ご心配おかけして、申し訳ありません」松宮が頭を下げる。完全に自分の落ち度だと考えている様子だった。

「失敗したら、全部、上の責任や。君が気にすることはない。そんなことより、さっきの一件で手がかりが出てきたかもしれん。前向きに考えようや」

「了解しました……失礼します」

松宮は衝撃を受けた様子でもなかった。若いのに肝《きも》が据わっとる――大したもんや、と感心した。しかし、ほっとしてばかりはいられない。スマートフォンが鳴った。刑事部長の村本……今の一件について説明を求めているに違いない。それこそ、現場責任者の仕事だ、と島村は覚悟を決めた。

村本は、島村が想像していたよりも怒っていた。

「今のは無謀な作戦だった」いきなり否定的な言葉から入る。

「全て私の責任です」余計な言い訳は避け、島村はまず自分の非を認めた。

「怪我人が出なかったのは幸いだが……怪我人と言えば、犯人の怪我の具合はどうだ？」

「はっきりしませんが、致命傷ではないと思います。自分で立ち上がって逃げましたから」そこでふと思いついた。「部長、ここは強行突入のチャンスかと思います。犯人側の戦力が低下している今、勝機はあります」

「まだ早い」

「しかし、いつまでもこのままにしておくわけにはいきませんよ。ＪＲの方はどうなんですか？」

「本部長が頭を下げて説き伏せた」

島村は一瞬、言葉を呑む。「要請」ではなかったのか……いかに非常時とはいえ、府警の本部長が誰かに頭を下げる様子など、想像もできない。

「本当に頭を下げたんですか？」島村は思わず訊ねてしまった。

「ああ。俺は現場を見ていた――もちろん俺も、一緒に頭を下げたが。ありがたがるわけにはいかないが、四階の爆発でＪＲ側も慎重になったようだ。とにかくこれで、ＪＲ

側に対してはある程度の時間稼ぎができたと思う。だからこそ、慎重を期してくれ。焦る気持ちは分かるが、怪我人が出たら意味がない。とにかく現段階では、爆弾の捜索を優先してくれ」

クソ、やはり本部に詰めている連中は理解していない……時間稼ぎをすれば、そのうち犯人が焦れて投降するとでも思っているのだろう。しかし、カフェの占拠が始まってから、既に六時間近くになる。一人きりだったらとても耐えられまいが、向こうは三人、あるいは四人グループなのだ。一人よりもずっと強いわけで、ただあそこに籠もり続けるだけなら、まだ何時間でも耐えられるだろう。果たして、どれだけ籠城の準備をしているかは分からないが……いや、あそこなら少なくとも食べ物には困らないのではないだろうか。何しろカフェなのだ、冷蔵庫を漁れば何か見つかるだろう。

「一つ、新規の情報があります」

「何だ」村本は不機嫌なままだった。

「犯人の、少なくとも一人は女性かもしれません」

「何だと？」村本の声が上ずる。「どういうことだ」

確証はありませんが、と前置きしながら島村は続けた。説明を終えると、村本は一言「分かった」と言って電話を切った。この情報をあまり重視していないようだった。

間髪入れず、スマートフォンが鳴る。啓介だ。

「えらく早いな」思わず腕時計を見る。増島に写真を送るように指示してから、五分ぐらいしか経っていないのではないだろうか。

「すぐ見られるかな」

「ちょっと待て」

島村は移動し、パソコンの画面を覗きこんだ。電話での会話で察したのか、増島がメールを開き、添付ファイルを表示させる。こんな短時間でこんなに画像を鮮明にできるものか……島村は内心驚いていた。先ほどは解像度の低い、粗い写真だったのに、今は非常にくっきりしている。外へ向けてぬっと伸びた白い腕もはっきりと見えた。ただし、シャッターの内側は暗いので、この腕の主の顔はぼやけている。

「見えた？」

「ああ。確かにこの腕は女っぽいな」

「取り敢えずは、これぐらいが精一杯やな。ただ、俺も女だと思う」

「なんでや」

「髪の毛がちょっと見えてる。少し長いよな？」

確かに……他の犯人は、姿を見せる時には必ず目出し帽を被っているが、この犯人は中にいたので脱いでいたようだ。顔が床に横向きになり、少し長めの髪が垂れている。

もちろん、長髪の男もいるだろうが、腕の細さ、白さと合わせて考えると、この人物が女性である可能性は高い。

「とにかく、専門家に写真の処理をしてもらうわ。本当は元の映像があると、もう少し処理がしやすいんやけど」

「それは何とかしよう。しかし、これ以上鮮明にできるんか？」

「だから、オリジナルの映像があれば。何か分かったら連絡するわ」

「頼むで。映像はできるだけ早くそっちへ送るようにする」

通話を終え、島村は増島に、映像そのものを切り取って送るように指示した。増島は渋い表情……「相当重いですから、メールでは難しいですよ」と言った。

「そこを何とかしてくれ。ＩＴ関係は、俺よりあんたの方がよほど詳しいやろ」

「分かりました」

今川が戻って来たので、島村は犯人グループに女性がいる可能性について伝えた。

「うーん……」今川が腕組みをする。この説を買っていないのは明らかだった。「こういう立て籠もり事件で、女性が関与するケースは、過去にほとんどなかったですよ」

「これまでなかったからと言って、絶対にないとは言いきれんで」

「しかし、女性が何時間もあんな場所に籠もり続けるのは、物理的に不可能じゃないですかね。それに、女性がいても役に立たないでしょう。基本的には力仕事ですし」

「まあ……せやけど、実際にいる可能性が高いんやで」

「こいつは、犯人を逮捕してみないと何とも言えませんな」

「女性が犯人グループに入っているとして、目的は何やと思う?」

「まったく分かりませんな」今川が肩をすくめる。

「あんたの想像力も、大したことはないなあ」

「警察官が想像なんかしてたら、仕事にならんでしょう」むっとして今川が言い返す。

「刑事は、想像力がないと犯人にたどり着けんで」

「警備部は事情が違うんですよ」

「おいおい……」島村は溜息をついた。「こいつはまったく無益な会話やで。それより、作戦を考えんと」

「私は突入の線を押します——署長に同意します」

「そうだな……それしかないやろな」島村の考えもはっきりとそちらに傾いている。あとは危険な銃撃戦を避け、怪我人を出さないための方法を考え出すことだ。

「乱暴な方法しかないかもしれません」今川がぽつりと言った。

「怪我人が出ない限り、乱暴とは言わんよ……どういうアイディアだ?」

「要は、犯人を外へ誘《おび》き出せばいいんです。例えば、スタングレネードを使うとか……」

「安全なんか？」島村は思わず眉間に皺を寄せた。

スタングレネードは手榴弾《しゅりゅうだん》の一種だが、殺傷を目的としてはいない。基本的には爆音と閃光《せんこう》で、犯人を短時間無力化する。ただし、爆音と閃光はかなり強力で、心臓病の人に対しては使用禁止、というルールがある。ショック死を恐れてのことだが、カフェの中にいる犯人と人質の健康状態までは分からない。

「それは……百パーセント安全とは言えませんな」今川も一歩引いた。

「犯人はともかく、人質が危害を受ける可能性があるようでは使えんぞ」

「後は煙ですかね。燻《いぶ》り出すんです」

「そう言えば、煙だけ出る手榴弾があるはずやな」

「確かあれは、アメリカ軍の装備ですよ」

「自衛隊が持っていてもおかしくないがな。あるいは、警視庁辺りなら持っとるんやないか？　どこか融通してくれるところがないか、確認だけはしておいた方がええな」

「問い合わせてみましょう。せやけど、あれも百パーセント安全ではないと思いますよ。結構熱が出ますし、煙で窒息する可能性もあります。むしろ、外で焚《た》き火《び》でもした方が安全確実やないですか？」

「その煙を、どうやってカフェの中に送りこむ？　でかい団扇《うちわ》で煽《あお》ぐか？」

「機動隊に、大きな送風機があります。あれで何とか」

「その送風機は、正面に設置せんといかんやろ？　そうしたらそうしたで、またリスクが生じるし、煙を十分送りこめるかどうか分からんで」

島村は顎を撫でた。ざらりとした髭の感触が鬱陶しい。使える武器はまだ他にもあるはずだが、今はこの作戦を押していくのがベストに思える。犯人が、十億円と逃走用のヘリを用意するタイムリミットに設定したのは、午前十一時——あと五時間ほどしかない。タイムリミットが過ぎた後で、犯人がどんな行動に出るかはまったく予測できない。依然として残りの爆弾の手がかりがまったくないのも心配だ……十一時までには、何としても決着をつけないと。

「何発か撃ちこむ手はあるかな」島村は言った。

「それやったら、空砲でもええかもしれません。要は、相手を誘い出して……こういうことですな」

今川が、テーブルの上に見取り図を広げた。カフェの正面に向けて矢印を何本か書き入れ、次いで左右に小さく丸を描く。

「正面から銃を撃ちこんで犯人を挑発する。その前に、カフェの両サイドに人員を配して、犯人が出てきた時点で取り押さえる、いう感じです」

「ああ」島村は腕組みをした。「問題は、犯人側から、カフェの両サイドの様子も見えているらしいことや。どんな方法を使っているかは分からんが、両サイドに人を配し始めたら、すぐに気づかれるやろう。かといって、もっと遠く——現在の位置や上階で待機していたら、出てきた犯人を抑えきれん」

「背後はどうでしょうか。P4から突入する方法はないですかね」

「カフェの裏側か……犯人の裏をかく、いうことやな」

実際に自分で見た現場の様子を思い出し、見取り図と照合する。カフェの背後の部分と、広場の端にあるガラス壁——その間隔は五メートルほどしかないのではないだろうか。

「背後にいる監視班に連絡を取って、カフェの裏の様子を確認してくれ」島村は今川に指示した。「もしかしたら犯人は、壁に覗き穴を開けとるかもしれん。それでこちらを逆に監視している可能性もあるで」

今川が電話している間に、島村はもう一度見取り図を睨んだ。他にカフェにアプローチできる場所はないか……ふいに気づいて上を見上げる。鉄骨を組み合わせた大天井……カフェの真上から懸垂降下できないか？

いや、それは無理だろう。大天井からカフェまでは、二十メートルほどもあるし、しかも天井部分には安定して待機できる場所などない。いくらＳＡＴの連中でも、あの鉄骨にぶら下がる格好で何時間も待ち続けるのは難しいだろう。それに、懸垂降下中に撃たれたら、逃げようがない。

クソ……ふいに嫌な予感が頭の中で渦巻く。予感だけで、具体的なものではないのだが、思わずぞくりとするほどだった。その予感を頭の中で突き詰めようと思っていたところで、今川が通話を終える。

「見た限りでは、覗き穴のようなものはなさそうです。ただ、やはり不安ではありますね」今川が正直に打ち明けた。「六十メートル先から完全に監視するのは不可能です」

「そうだな……となると、完全ではないが、サウスゲート側に第二の拠点を作るしかない」

「ああ」今川がうなずいた。「そっちなら、ステージを使えますね」

カフェの正面に向かって左——サウスゲート側に、イベントで使う臨時のステージが設営中だった。一部が白い布で覆われ、カフェからは死角になっているはずである。

「あそこへ人と資材を送りこんで、待機させる……カフェまでの距離は十五メートルほどやないか？」

「そうですな」

「こちらが期待しているよりも遠いが、やらんよりはましやろ」

「検討します」

「ああ」そこで唐突に、先ほどの予感が具体化した。「犯人なんやが」

「ええ」

「自衛官か警察官――ＯＢかもしれんが、そういう人間だとは考えられんやろか？　銃の扱いに慣れてる人間、という前提や」

「確かにそうですね」

「仮にＯＢでも、ある程度は動向を摑めるで。その線から犯人の割り出しをする手はあるんちゃうか」

「顔を見ていないからはっきりしませんが、たぶん犯人は若いですよね？」

「ああ。若いうちに辞めて――辞めさせられて、警察に恨みを持っとるアホな奴とかな。自衛隊の方のチェックは難しいかもしれんが、警察の方ならできるやろ」

「府警とは限りませんけどね」

「全国にお触れを出したらええんや」島村は言って立ち上がった。

「署長、どちらへ？」

「府警本部。今の制圧計画を、上の連中に納得させんとな。ここで何かあったら、あんた、頼むで」

3

寝たのか？

たぶん、少しは寝たんだろうな。寝起き特有のぼんやりした感覚がある。下倉は布団をはねのけた。まずい……胸にあるのは、明日の大会に対する不安だけだ。

射撃に必要なのは、何よりもまず平常心である。心の乱れは射撃の乱れに通じる。それを避けるためには規則正しい生活を送る必要があり、下倉は宿直勤務の時以外は、毎日午後十一時就寝、午前六時起床のルールを自分に課していた。こういうのを守るのが難しいという人もいるが、慣れてしまえば何ということもない。トレーニングも、大会の日程に合わせてきちんと計画を立てている。

それが昨日から今日にかけて、初めて乱れた。そもそもこんな状況で大会に出られるだろうか、と心配になる。

壁の時計を見ると、七時になるところだった。試合を明日に控え、今日、これからどうするべきか……何もなければ、今日の夕方、勤務時間が終わるのを待って新幹線で静岡まで移動し、明日の試合に備えることになっていた。しかし、事態がどう推移するか分からないから、あくまで「待機」になる。それならもう一眠りしたいところだが、中途半端な睡眠は、体のリズムに一番悪影響を与えるのだ。海外の試合でいつも下倉を悩ませる時差ボケのようになってしまう。

思い切って起きてしまおう。

同居人がいないリビングルームに足を踏み入れる。今日も暑い一日になりそうで、室温も既にぐっと上がっていた。そうか、寝る前にカーテンを閉め忘れていた……朝日が強く射しこみ、部屋を暖めているのだった。

冷蔵庫を開けて、オレンジジュースを取り出す。取り敢えず喉を潤し、胃袋を刺激してやるつもりだった。

テレビをつける。各局とも、朝のワイドショーの時間帯……NHKに合わせると、先ほどまで下倉がいた現場の様子が映し出されていた。まさか、マスコミの連中を現場に入れたんじゃないだろうな。どきりとしたが、すぐに静止画だと気づく。

被害者二人の画像が出た。ああ、まだ身元が分かっていないから、情報拡散のためにマスコミに提供したのか……それにしてもあれは、奇妙な光景だった。下倉が現場に呼ばれた時には、人質二人は既にすっかり観念したようにぐったりしていた。しかし、あんなものなのだろうか。体の自由を奪われ、命の危険を感じている時には、もっと激しいパニックに陥るものだとばかり思っていた。少なくとも声を上げるとか、暴れるとか。二人は長期戦を想定して、体力温存に努めているのかもしれないが、そんなに冷静になれるものなのか。

アナウンサーの声に耳を傾ける。

「——現在、人質になった二人は、犯人によってシャッターの内側に入れられています。繰り返します。JR大阪駅の時空の広場にあるカフェに、複数の犯人が侵入し、人質二人を取って立て籠もっています。これまでに数回の発砲があり、警察側に負傷者が出ています。また、犯人の一人も負傷している模様です」

クソ、何とかしないと。

警察という巨大組織の中では、自分はパーツの一つに過ぎず、できることには限りがあると分かっていたが、どうにももどかしい。一気に解決へ持っていけるような上手いアイディアはないだろうか……下倉は、自分の限界を知っている。銃の腕を任されて現場へ呼ばれただけ。巡査長という立場では、特捜本部の方針に口を挟めるわけもない。そもそも、上手いアイディアがあるわけでもないし。

オレンジジュースを飲み干し、食堂へ向かう。一階下にある食堂には毎日お世話になっているので、厨房のスタッフともすっかり顔馴染みだ。

この時間は、普段だと朝食をかきこむ若い署員でごった返している。しかし今日に限っては下倉以外に誰もおらず、事態の異常さが浮き出ていた。

一方、厨房の中は混乱していた。どうやら、現場へ差し入れる食事の用意をしているらしい。今朝は、朝飯にはありつけないかな……諦めて踵を返そうとした途端、声をかけられた。

「下倉君、飯かい？」

「ああ……はい」

カウンターの向こうから、寮の厨房を担当する西井《にしい》が顔を覗かせた。五十歳ぐらい、大柄ででっぷりとしていて、見るからに美味い飯を作りそうなタイプだ。

「今日は、普通の朝飯はないで」

「……ですよね」

「代わりにスペシャルや。食べていき」

「大丈夫なんですか？　現場の食事を作ってるんですよね？」

「今、一段落したところや。あんたは、いつも通りの時間に食わんとまずいやろ」

「すみません」

下倉はトレイを取ってきて、磨きこまれた銀色のカウンターに置いた。西井が料理の皿を載せる。

「朝からトンカツですか」思わず顔をしかめた。

「こういう時は、気合いとスタミナが大事やで」

下倉としてはちょっと……朝は、消化とエネルギー摂取を考慮して、炭水化物中心。昼はたんぱく質を多めに取り——と、体作りのために計画的に食べているので、朝からトンカツは考えられない。小ぶりなカツだが、胃にもたれそうだ。

大盛りのどんぶり飯に味噌汁《みそしる》。たっぷりのホウレンソウのお浸しもついてきた。

普段より重くなったトレイを持って、下倉は誰もいないテーブルについた。本当に一仕事終えたらしい西井が、プラスティック製の湯呑茶碗を持ってぶらぶらとやって来る。下倉の前に座ると、ぐるぐると首を回し、「ああ」と疲れた声を出した。

「しかし今回は、えらいことになったなあ」

「まったくです」

「あんたは蚊帳《かや》の外かい？」

「二時間ぐらい前まで現場にいました。休むように言われて、戻ってきたんですよ」

「あらら、明日の大会、大丈夫かい？」

「どうでしょうね」下倉は薄い笑いを浮かべた。他人に「大丈夫か」と問われると、急に自信がなくなってくる。

トンカツにたっぷりソースをかけ、一口齧《かじ》る。小さいと思っていたが結構分厚く、脂も多かった。スタミナという点では期待できるだろうが、やっぱり胃もたれしそうやなあ……飯を頬張り、味噌汁を飲み、というリズムで食事を続ける。とにかくゆっくり噛んで、胃に負担をかけないこと。実は下倉は、慢性胃炎の持病を抱えている。のたうち回るほど痛くなるわけではないが、試合の前などにチクチクと……医者に言わせると「神経性のもの」。診断を聞いて、俺はそんなにデリケートやないで、ちゃんと調べてや、と苛立ったものだが、試合時の過度の集中が、胃に負担をかけているのは間違いないだろう。だから、朝からトンカツを食べるのは、明らかに間違いなのだが。

「もう、発生から七時間ぐらい経つんやね」お茶を啜《すす》ってから、西井が言った。

「そうですね」

「何でまあ、日本の警察はこんなに弱気なんやろ。アメリカの警察やったら、とっくに犯人を射殺して、はい、お終《しま》いってな具合やろ」

「アメリカと日本は違いますよ。今回は人質もいますし」

「さっき、人質の顔がテレビで出たんやけど、まだ身元も分からんそうやないか。おかしな話やな」

「大阪の人じゃないかもしれませんね。何しろ大阪駅ですから、全国各地から人が集まってくる……東京の人かもしれないし、北海道の観光客かもしれない」

「そうやな。しかし、親御さんが気づいたらびっくりするで」

「そうですよね」

　適当に話を合わせているうちに、少しずつ気持ちが解れてきた。西井はいつも一言多い——というかお喋りな男なのだが、人の心を自然に和《なご》ませる力を持っている。声質のせいか、喋り方のせいか……今は特に、彼との無駄話が救いになった。

「あんた、一発撃って決着をつけたらどうや？　あんたならできるやろ」

「いやあ、どうですかね」

「試合と実戦は違う、いうことかね」

「人命がかかってますからね。動かない標的を狙うのとは、重みが違いますよ。それに、撃ち合いになったらまずいでしょう」

「せやけど、あんたの一発で犯人を倒したら、一躍ヒーローやで。警察官募集のポスター以来の衝撃や」

「ああいうのは、もう勘弁して欲しいですよ」下倉は苦笑した。上司に命じられたから仕方なく撮影に協力しただけで、自分にとってはまったく意味のないことだった。ポスターを作るなら、タレントでも使った方がよほど見栄えがいい。ポスターを見た昔の友だちから散々からかわれて、恥ずかしい思いをしただけだった——いや、今でもからかわれる。

「もしもし？」西井が下倉の顔の前で手を振った。「あんた、どっかよその世界へ行ってへんか？」

「ああ、すみません」謝ることじゃないと思いながら、つい言ってしまう。

「あんた、時々想像の世界へ行くよな」

「そんなこと、ないですよ。そう見えるとしたら、試合の様子をシミュレーションしている時だけです」

今はそんな時ではないだろうが。シミュレートしなければならないことがあるとすれば、現場で犯人を撃ち倒す方法だ。

4

署長になると、府警本部に足を踏み入れる機会は意外に少なくなる。梅田署は、府警本部に一番近い所轄と言っていいのだが、署長の何よりの役目は、一国一城の主として、自分の管内を守ることだ。だから本当は、一瞬たりとも現場を空けてはいけない。敢えて府警本部へ向かったのは、強い意思を表明するためである。全ての人の利益のためには、一刻も早い突入が必要だ――。

府警本部は大阪城の西側、大阪府の行政の中心地にある。二〇〇七年に竣工したモダンなデザインの庁舎は、馬場町《ばんばちよう》交差点に面した東南の角部分が円筒形に抉《えぐ》れている――カーテンウォールと呼ぶらしい――のが特徴だ。とかく実務的、素っ気なくなりがちな警察庁舎としては、なかなか冒険したデザインと言えるだろう。

上町筋から地下の駐車場に入る時、一瞬胸が詰まるような感覚を抱いた。三十五年に及ぶ警察官生活の中で、一番長い時間を過ごしたのが、旧庁舎も含めたこの府警本部なのだ。四十代後半になってからは警務部など管理部門での勤務が多くなり、副署長一か所、署長二か所と所轄勤務も延べ六年に及んだ。そして最後の職場は警察学校。つまり俺は、もう府警本部に戻ることなく、退職するわけや……もちろん、警察官の仕事は様々だし、警察学校の校長というのは、ノンキャリアの警察官にとってはたどり着ける頂点の一つである。

それでも何となく寂しい。

事前に通告していたので、会議室が用意されていた。この会議室も、何度か使ったことがあったはず……大阪城公園を見下ろせるので、退屈な会議の時など、外を眺めて時間潰しができる部屋だ。

広い会議室に揃っているのは、本部長を筆頭に、刑事部長、警備部長、地域部長ら幹部ばかり。実務メンバーとしては、当然、島村が一番下の立場になる。五十八歳にしてなお下っ端の気分を味わうことがあるもんやな、と少しだけ不思議な気分になった。何とか対等に話ができそうなのは、刑事部と警備部の両参事官という、実務畑のトップのみ。

「よろしいですか?」

島村は刑事部長の村本に声をかけた。村本は非常に不機嫌で、表情が歪んでいる。本部長に目配せしてから、「始めてくれ」と無愛想な声で言った。

「現場の状況については、逐一報告させていただいている通りです。犯人側は、午前十一時という時間を切って十億円を要求していますが、これは当然、受け入れられるものではありませんよね？」JR側も、真面目に検討してはいないんですよね？」

誰に答えを求めるわけでもなく、島村は訊ねた。返事がないことで確認は完了したと判断し、話を進める。

「十一時までに要求が入れられない場合、犯人側がどんな手に出てくるかは分かりません。人質の身の安全も心配ですし、爆弾の件も引っかかっています。ここは勝負をかけるタイミングです」

本部長が渋い表情を浮かべる。普段はあまり表情を変えない人なので、精一杯の不機嫌の表明と言っていい。

「今まで、かなり無理をしてきたと思うが」本部長が指摘する。「実際、警察官が一人負傷している。先ほども派手にライフル銃を発砲された。爆発もあった。軽視できる状況ではない」

「これまでのミスについては、この場で謝罪します」島村はさっと頭を下げた。「本部長にも、JRの説得に当たっていただき、大変感謝しています……しかし、どうですか？　JR側は十億を出す気はないでしょうし、一刻も早く各路線の運行を開始したいと思っているはずです。しかし現段階では、犯人側の新たな動きはなく、人質もさらに危機的状況に陥っているのは間違いありません。我々警察官は、リスクは覚悟していますが、一般人、それに何十万人もの鉄道利用者に、これ以上迷惑をかけるわけにはいかないと思います」

「それは分かっている」本部長がすぐに応じたが、単に言葉に反応しただけ、という感じだった。

「本部長、ここは是非ご決断をお願いします。現在、突入作戦を策定中です」

「私は、部下が負傷するのを望まない」

「それは私も同じです」

「それに、突入は人質をさらに危険な状態に晒す可能性が高い。許可できない」

「本部長、時間切れを待っていては何も解決しませんよ。ここは思い切ったご決断を」

島村はテーブルに身を乗り出し、本部長に迫った。しかし本部長は腕組みをしたまま、渋い表情を崩さない。

「本部長……間もなく異動されるかと思います。次は本庁で、刑事部長にご就任でしょうか」

「島村署長、それはこの場では関係ない！」

村本が鋭い声を発したが、島村は無視して続けた。

「このまま持久戦を続けても、その先には何も見えてきません。思い切った手に出ることで、道は開けるはずです。失敗することを恐れていたら、プラスの結果は出ませんよ。ただ待ち続けて最悪の結果を招いてしまったことは、これまでにも何度もあったではないですか。警察も変わるべきです。過去のやり方に囚《とら》われるのではなく――」

島村の一世一代の演説は、誰かのスマートフォンの呼び出し音で遮られた。刑事部長――「ちょっと待て」と言って右手を上げ、島村を制すると、スマートフォンを摑んで立ち上がる。島村に背中を向けて話し出した。

「ああ、村本だ――ああ……そうか、分かった。その線をすぐに押してくれ。いや、島村署長はここにいる。こちらできちんと説明しておく」電話を切り、素早く腰を下ろす。両手を組み合わせてテーブルの上に身を乗り出し、島村を凝視した。「秦捜査一課長からだ。犯人が使ったと見られる携帯電話の持ち主を割り出したそうだ」

「プリペイド携帯ですね？」当然、足がつきそうな普通の電話は使っていないだろうと思った。

「ああ。その契約者が判明して、今、捜査一課で身柄を確保しに向かっている。大阪駅の現場以外でも、捜査はきちんと進んでいるんだ。あなた一人が全責任を負う必要はないんだぞ、島村署長」

島村は黙ってうなずいた。捜査一課では、現場で特殊班が体を張っているが、他の係ものんびりしているわけではない。当然、犯人グループの割り出しに全力を注いでいるのだ。

自分は、そんな単純なことさえ忘れていた。

「島村署長の熱意は、最大限評価する。警察官の鑑《かがみ》だ」本部長が重々しい口調で言った。「しかし署長、ここは一つ冷静になってくれないか。犯人を割り出せれば、解決の糸口は見えてくるはずだ。手がかりを一つ摑んでいるんだから、もう少し待とう。十一時までにはまだ間がある。焦るな」

返す言葉もない。自分は現場に固執し過ぎて、外で走り回っている仲間たちの頑張りを頭に入れていなかった。

「……分かりました。大変失礼しました」

「結構だ」本部長がうなずく。「では、今後も慎重に対策を進めてくれ」

「十時半まで待ちます」島村は最後のチャンスというように声を張り上げた。「その時点で捜査に進展がなければ、突入の準備を進めます」

「島村署長、うちの部下をもう少し信用してくれないかな」村本が文句を言った。

「もちろん信用しています。府警の捜査一課の力はよく分かっていますよ……私も捜査一課ＯＢですから。ただ、現場を預かる身としては、現場での解決も考えなければならない、ということです。それだけは了承して下さい」

「とにかく……時間はまだある」自分に言い聞かせるように本部長が言った。「こういう時は焦りは禁物だ。拙速な行動は、失敗につながりかねない」

「了解しています。ただ、突入計画を既に検討していますから、現段階での状況を説明させていただけますか」

島村は、頭にあった考えをまとめながら話した。話しているうちに、早期解決にはやはりこの手しかない、と考えが固まってくる。上が何と言おうと、これぱかりは譲れない。

しばらく押し引きが続いたが、結局、午前十時半をもって突入するか否か判断する、と本部長の言質《げんち》を得た。島村としてはそれまでに、計画の細部を詰めるだけだ。これで散会になった。全員が納得したわけではないが、取り敢えずは仕方がない。島村は壁の時計を見上げた。午前七時半。あと三時間でどこまでできるだろう？

部長たちは、どこか余所余所《よそよそ》しい態度だった。手柄を焦りやがって、とでも思っているのだろうが、それは違う。島村が心配しているのは、人質の安全、大阪駅の解放……そして自分に時間がないことだ。このまま明日になってしまえば、現場の指揮権を手放さざるを得ない。それだけは避けたかった。

現場へ戻る車に乗った途端、島村はスマートフォンを取り出し、今川に連絡を入れた。今川は当然、警備部長の指揮下にあり、警備部長が突入に「ノー」の判断を下せば、それに従わざるを得ない。しかしそうであっても、こちらとしてはしっかり準備を整えておかねばならないのだ。

「島村だ」

「どうでした?」今川が心配そうに言った。

「上の連中はあくまで慎重論だ。しかし、犯人につながりそうな手がかりも出てきたぞ」プリペイド携帯の件、それに今後の計画を説明した。「とはいえ、タイムリミットの十一時までに犯人が割り出せるとは限らない。十時半の段階で、突入の可否を決断することにした。それで、だ……どこかでスタングレネードが調達できないか、本格的に調べてくれへんか?」

5

三上優人は、微妙に扱いにくい男だった。

所轄へ入り、取調室で対峙したものの、態度が一定しない。不貞腐《ふてくさ》れて黙りこんだかと思えば、激昂《げきこう》して「ふざけるな!」と大声を張り上げる。神谷が一喝すると、今度はしょげてうなだれ、黙りこんでしまう。

「あのなあ」神谷は呆れて、テーブルを見詰める三上に声をかけた。「俺は眠いんだよ。あんたもそうじゃないか? あんな時間に叩き起こされて、睡眠も中途半端だろう? さっさと終わらせて、改めて朝寝といこうぜ」

無言。神谷は、椅子の背に左手だけを引っかけ、体を捻った。お前はアホか、というメッセージを送ると同時に、この姿勢で少しストレッチするつもりだった。夜中に叩き起こされるのには慣れているが、最近さすがにそういうのがきつくなっていて、体が強張っている。

神谷は、テーブルに置いたプリペイド携帯を手に取った。

「こいつはいかにも怪しいんだよなあ。公園のゴミ箱に捨ててあった……犯罪に使われる携帯が、よくそんな風に雑に捨てられるんだよ。そして、そのゴミ箱の近くには死体があった。後頭部が陥没するぐらいの一撃を受けて、しかも背中から一刺し」

神谷は右の拳をぐっと差し出した。三上がびくりと反応して身を引く。椅子が床を引っかき、鋭い音を立てた。

ノックの音が響き、また三上の肩が上下する。取調室のドアが開き、所轄の若い刑事が顔を覗かせた。神谷は立ち上がって取調室を出たが、ドアは開けたままにしておいた。

「どうした」

「両親と連絡が取れました」

「ああ」免許証の情報はあったので、本籍地は割れていた。そこから両親にたどり着いたのだろう。「実家は千葉だったたな」

「ええ、茂原《もばら》です」

「そりゃまた遠いな」房総半島のど真ん中、山の中にある街、という印象だった。「両親とは電話で話したのか？」

「ええ。何も知らないと言ってますが」

「あー、そりゃそうだろうな。犯罪行為をわざわざ親に告げる馬鹿はいない」

「どうします？」

「両親の反応はどうだった？　慌ててたか？」

「そりゃもう」若い刑事が真剣な表情でうなずいた。「あり得ないと言ってました」

「親馬鹿かね」神谷は鼻を鳴らした。

「いや、優等生らしいですよ。地元の進学校から大学へ進んで」

大学の名前を聞いた瞬間、神谷は皮肉に思った。誰でも名前を知っている一流大学で、ここの学生が逮捕されたら、他の大学の場合に比べて見出しが一段大きくなるだろう。三上本人もそういうことは分かっていて、何とか必死に逃げようとしているのではないか。

取調室に戻り、乱暴に椅子を引いて座る。三上は明らかに警戒している様子で、テーブルと自分の腹との間に、三十センチほど隙間を空けていた。

「まあまあ、そう緊張しないで——あんた、来年は就活だね。どうする？　あんたの大学だったら、名前だけで採ってくれる会社もあるだろう。ただねえ……ここでミソをつけたら、就職どころじゃなくなるぜ」神谷は脅しにかかった。「逮捕されたら、その後は勾留が続いて裁判があって——実刑判決を受けなくても、就活では完全に出遅れるだろうね。こんなつまらない話で、人生が滅茶苦茶《めちゃくちゃ》になってもいいのか？」

「それは……」三上がのろのろと顔を上げた。追いこまれたと自覚したのか、目が泳いでいる。

「あのな、俺たちは何も、あんたの人生を破滅させようなんて思ってないんだ。あんたが何をやったか話してくれれば、相談にも乗る。不利にならないように、何ができるか、一緒に考えようじゃないか……こういう言い方をするのは、警察的にはよろしくないいんだが、あんたは大したことはしてないんだろう？　さっさと話して肩の荷を下ろせよ。俺もさっきから、肩が凝ってしょうがないんだ」

神谷はぐるぐると右肩を回して見せた。観念したように、三上が目を細め、ぽかりと口を開ける。やがて口を一文字に引き締めると、わずかに開いた隙間から息を吐き出した。口笛のような音が漏れる。

「で？」

神谷はぐっと身を乗り出した。三上の肩が落ち、口がほんの少し開く。

さて、ここから本番だ。

「マジかよ」

神谷はその名前を聞いて、思わずつぶやいてしまった。三上は事情が分からないようで、不思議そうに目を細めている。

「あんた、本当に伏見史郎《ふしみしろう》を知らないのか」

「いや……誰ですか」

肝心の情報を吐き出してしまうと、三上の口調は丁寧になっていた。少しでも警察の心象をよくし、さっさと帰らせてもらおうと思っているのだろう。そう簡単にはいかないが。

「闇が深い男だよ」

「え？」

「本当に知らないのか？」

「知りません」

「分かった……ええと、室木君？」

立ち会いの席についていた室木が、「はい」と呑気な声を上げる。

「三上君にお茶をお出しして。よく喋ったから、喉が渇いただろう。それと、サンダルか何か用意できないかな？　ずっと裸足っていうのは可哀想《かわいそう》だぜ」結局、三上は家に戻れなかったから、今も靴を履いていないのだ。

「分かりました」

三上の相手を室木に任せ、神谷は刑事課へ行って光岡に状況を報告した。

「マジであの伏見史郎か？」光岡が目を見開く。

「伏見史郎という名前の人間が、世の中に何人いると思う？」

うなずく光岡の顔からは血の気が引いている。恐怖ではなく、これから始まる厄介な状況を不安に思っている……伏見の背後に広がる得体の知れない闇の大きさは、警察も把握できていない。

「指紋はどうだ？」

「今、照合作業を進めている。それで確定できるだろう」

「三上を無理矢理叩く必要はなかったなあ」神谷は後頭部を二度、平手で叩いた。「どうせ指紋で割れたんだから。前途有望な青年を追いこむのは、心が痛むね」

「前途有望なのか？」

「こんなことがなければな……しかし三上は、伏見が何者か、分かっていない様子だったぞ」

「伏見は、また何か企んでいたんだろうか」

「どうかな……その辺についてはもう少し叩いてみるけど、期待するなよ。俺の感触では、三上は単なるアルバイトだ。伏見に頼まれてプリペイド携帯を契約しただけだと思うぜ」

「決めつけない方がいい」光岡が警告する。「もしかしたら、伏見は何か大きな計画を立てていたのかもしれない。三上も、その計画に本格的に参加していた可能性がある」

「冗談じゃない」神谷は急いで否定した。「大きな計画って何だよ。奴は一度失敗している。ああいう失敗は、何度も繰り返すもんじゃないだろうが」

「もしかしたら、とてつもない馬鹿かもしれん」

「それは否定できないが……とにかく、もうちょっと三上を叩いてみる。何か新しい情報があったら、入れてくれ」

「分かった」光岡が真剣な表情でうなずき、神谷を送り出した。

さて……取調室へ戻る廊下で、神谷はワイシャツの袖をまくった。肘が露わになるぐらいまで——神谷は真夏でも、半袖シャツは好まない。

「それで、と」神谷はわざと呑気な声を出して、三上の前の椅子に座った。「繰り返しになるけど、あんた、本当に伏見という人間を知らないのか?」

「知りませんよ」

知らない方が幸せということもある……いずれは知ることになるだろうが。その衝撃は、三上に一人で受け止めてもらうしかない。

「どういうきっかけで伏見と知り合ったんだ?」

「池袋で声をかけられて……」

「ナンパされたわけか」

三上が一瞬、神谷を睨んだ。しかしすぐに目を伏せてしまう。

「いつ?」神谷は構わず質問を続けた。

「一週間前に」

「どういう話だったんだ?」

「プリペイド携帯を手に入れたいって……二台」

「二台?」三上は携帯を一つも持っていなかった。一つは公園のゴミ箱に捨てられていたのだが、もう一つはどうしたのだろう。「それであんた、二台手に入れたのか?」

「ええ……ただし、別の販売店で。キャリアも別で」

「それでいくら貰った?」

「五万円……あと、実費です」

「なるほど。伏見は、普通に名乗ったんだな? 連絡先も教えてもらったのか?」

「携帯と、メアドと」

「一週間前に声をかけられて……実際にプリペイド携帯を買って渡したのは、いつだ?」

「次の日です」

「どうやって? あんたから連絡したのか?」

「向こうから電話があって、もう一度池袋で落ち合いました。その時に、謝礼ということで、五万円貰いました」

「大学生で五万円はでかいよな」神谷はうなずいた。「気楽なバイトだったわけだ……それで、伏見はプリペイド携帯を何に使うか、言ってたか？」

「いえ。ただ、手に入れたい、と」

「それ以来、会ってない？」

「会ってないです」

「電話で話したのは、プリペイド携帯を渡す話をした時だけか？」

「そうです」

「伏見の携帯の番号は分かるか？」

「スマートフォンに入ってますけど……」

「今は持ってないんだよな？」三上は財布もスマートフォンも持たずに、慌てて家から逃げ出したのだ。「よし、一回家へ帰ろうか。伏見の携帯の番号を確認させてくれ」

「一回？」三上がはっと顔を上げた。「まだ終わらないんですか？」

「君ねえ、事態を甘く見たら大怪我するよ。これは始まりに過ぎないんだ……君は、とんでもない男の手先になっていたんだよ。伏見については、後でじっくり説明してやる」三上には理解不能かもしれないが。

6

捜査一課の動きの早さには驚かされる。指揮車に戻った島村は、早くも一課長の秦から連絡を受けた。

「プリペイド携帯を契約した男を確保しましたよ」

「何者や」

「倉本伸介《くらもとしんすけ》……二十歳の大学生です」

「言い分は？」

「二万円のバイト代で頼まれて、プリペイド携帯を購入した、と」

「相手の名前は？」

「それは聞いてないそうです」

「何や、肝心の情報がないわけか」

「仕方ないでしょう」秦がむっとした口調で言い返した。「ミナミで声をかけられて、すぐ側にあった携帯電話の販売店で購入して、バイト代と引き換えに渡してそれで終わり、だそうですから」

「おいおい、いくら何でも軽過ぎるんちゃうか？」

「最近の若い連中は、そんなもんですよ」

「いや、あんたのところの事情聴取の話や」島村が嚙みついた。「もっと徹底して叩いたらどうや。この倉本という男は、大学生のバイトやなくて、犯人グループの一員かもしれんぞ」

「もちろん、引き続き、叩きますよ」秦が気を取り直したように言った。

「多少乱暴にしても構わんから、情報を引っ張り出してくれ……この件は、まだ特殊班に使わせるわけにはいかんな」

「そうですね。本当にバイトだとしたら、名前を出しても影響はないでしょうし、念のために奥の手として残しておいた方がいい」

「タイムリミットまであまり時間がない。頼むで」

「お任せ下さい」

島村は電話を切り、両手で顔を擦った。昨夜から顔も洗っていない。疲れが顔に貼りついているようだった。

今川がすっと近づいてきて、声をかけた。

「スタングレネード紛《まが》い……煙を噴き出すやつなら用意できるようです」

「自衛隊の装備品か？」

「うちの機動隊にありました」

「何や、機動隊にはそんなもん、ない言うてたやないか。アメリカ製か？」

「いや、手製です」

「おいおい」島村は体を捻り、今川と正面から向き合った。「何で機動隊がそんなもん、作っとるんや。武器製造工場でもあるんか」

「私も把握していなかったんですが、三年ほど前に極左のアジトにガサ入れした時、出てきたそうです。実際に作って実験もしたそうです。分解調査する中で、構造が意外に簡単なことが分かって、実際に作って実験もしたそうです。その時の設計図が残っていまして……要は発煙筒を改造したもので、手持ちの材料でも、すぐに準備できるそうです。発煙量は大したことはありませんが、犯人を驚かすには十分でしょう」

「煙の毒性は？」

「しばらく目が痛むかもしれませんが、重大な後遺症が残ることはありません」

「よし、すぐに準備してくれ。燻り出し作戦は進める」

「しかし……」今川が急に言い淀んだ。「上はあくまで、強硬策に反対しているんですよね？　ここで命令に逆らって、構わないんですか？」

「あんたの気持ちはよう分かるよ」島村はうなずいた。「あんたの直属の上司は警備部長やからな。部長から『駄目だ』と言われれば引くしかないやろ。しかし、いざという時のために準備を進めるのも駄目なんか？　万が一に備えるのは、警察の基本やないか」

「実際使うかどうかは……」

「この段階では何とも言えん。十時半に作戦を決行するかどうか、決めることになってるんや。何もしないまま、人質を見殺しにするわけにはいかんやろ」

「それはまあ……そうですね」

「目の前で人が殺されたらどうなると思う？　あんたも俺も、この先の人生は、ずっと寝覚めが悪いままやで。俺は、そういう老後を過ごすのは、絶対に嫌やからな。やらずに後悔するより、やって後悔する方がええ」

「島村さん……そんなに強引やったんですか？」

「俺には時間がないんや」島村は語気を強めた。「本来なら今頃、警察学校の方で引き継ぎをしているところやで？　この現場での俺の指揮権は、今夜の午前零時でなくなる。そんな時間まで、長引かせてたまるか」

「……分かりました」言ってから、今川が唇を嚙み締める。

こいつもぎりぎりの戦いやな……島村は同情した。俺の言い分も、警備部長が安全策を取りたがるのも、どちらも理解できるはずだ。そして二つの意見に挟まれ、今川は身動きが取れなくなってしまっている。

しかし準備だけは進めねばならない。もちろん、それまでに捜査一課の精鋭が犯人にたどり着き、捜査は新たな局面に突入するかもしれない。

仲間の仕事を信じつつ、しかし万が一に備える。

警察の基本の基本だ。

広報課長から電話がかかってきた。最初から渋い声で、事態が上手く動いていないことが分かる。

「今のところ、情報提供はほとんどないですわ」

「そうか」

「二件ほど、『息子に似ている』という情報がありまして、すぐに一課に調べてもらったんですが、人違いですな」

「……どういうことやと思う？　これだけの事件やで？　世間の注目を浴びていないわけがない。あれだけはっきり顔も出てるんやから、もっと反応があってもおかしくないと思うがなあ」

「理由は分かりませんが、もしかしたら大阪在住の人じゃないかもしれませんね」

その可能性は考えられる。仮に北海道からの旅行者だったら、そちらにいる家族や友人が大阪のニュースに気づくかどうか……どれだけ大きな事件・事故でも、発生場所とそうでない場所とではマスコミの扱いに温度差が出る。例えば——十五年ほど前、島村が東京出張中に読んだ大阪の誘拐事件は、社会面の漫画横で四段見出しだった。子どもが誘拐され、無事に救出された事件にしては扱いが小さいな、と思いながら、翌日大阪へ帰って新聞を見て、ひっくり返りそうになった。一面の横幅一杯に見出しが横断していたのだ。大阪の新聞は事件報道が好きと言っても、この扱いの差は何だろう、と呆然としたものである。

「とにかく、この件については待ち、ですね」

「マスコミに、もう少しプッシュできないんか？　扱いが小さいと、気づく人も少ないやろ」

「いや、テレビのニュースでは最大限の扱いでしたよ。新聞では夕刊に載るでしょうから、それからまた反響が出てくるんじゃないですか」

「おいおい、この事件を夕方まで引っ張る気か」島村は思わず声を荒らげた。タイムリミットの十一時を示す時計が頭に浮かぶ。「冗談やないで。ネットニュースの方でも何とかしてくれ。今は、新聞やテレビよりも、そっちを観る人も多いやろ」

「できるだけやってみます」

「俺は全然チェックしてないんだが、ネットの方はどうなんや。ＳＮＳなんかで情報は拡散してないんか？」

「ＪＲに対する不満ばかりですよ……駅の方は大丈夫なんですか？」

「あまり大丈夫やないな」

島村は、駅の改札を警備する機動隊員たちからも順次報告を受けていた。改札は封鎖、商業施設も今日は全面休業になっているのに、駅に詰めかけて来る人の数は減らない。減らないどころか、時間が経つに連れて増え、今や駅の構内は人で溢れているという。せっかちと言うべきか、事件が解決して運行が開始されるのを駅で待つつもりなのだろう。島村としては、関係者以外の人間は全て排除したかった。人が増え過ぎると、今度はそれがパニックを呼び、思わぬ事故も起きかねない。

電話を切り、駅の対策を今川と検討する。パニックを懸念する島村に対して、今川は楽観的だった。

「心配ありません。限界がありますから」

「限界？」

「駅に入れる人には、限界があるでしょう。それを上回るほど、人は集まらないものですよ。それに今は、朝の通勤時間で、一番人が多い時間帯です。あと一時間ほどすると、諦めて他の路線に回るか、引き返す人が増えて、混雑は解消されるはずです」

「改札だけやなくて、駅自体を全面封鎖したいところやが、無理か……」

「うちの機動隊だけでは、とても人数が足りません。近隣の所轄から制服組を動員しても無理でしょう。それこそ、他県警の機動隊にも応援を頼みたいところですが、時間を考えると難しいですね」

「警視庁の機動隊なら、喜んで飛んできそうやが」

警察は都道府県単位で運用されるものだが、警視庁だけは少し特殊だ。特に機動隊は、「全国展開部隊」の性格を持っており、サミットなどの大規模警備では、場所がどこであろうが、警備の主役になる。

「要請には応えてくれると思いますが、大阪まで五時間かかりますよ」

「まさかな……いくら何でも、五時間後までには解決したいわ」

「そうありたいですね」

今川が素っ気なく言った。どうもこの男の精神状態の針は、悲観的な方へ振れがちである。慎重なのは当然としても、失敗前提で話を進める傾向があるのだ。こういう人間はしっかり指導してやる必要があるのだが、今川ももう五十歳である。今から性格は変えられないだろう。

「とにかく、もう少し状況を見てもいいかと思いますよ。実際、大きなトラブルは起きていないんですから」

「そうかねえ」島村は、御堂筋口に設置されたカメラから送られてくる映像に目をやった。これがトラブルではないのか……改札の前には人が押しかけ、何か叫んでいる人もいる。小さい画面なのではっきり確認はできないが、爆発寸前の形相、といった人もいた。大阪人は気が短いから、この状態から暴動になってもおかしくはない……改札を固める機動隊員に詰め寄っている人もいた。盾を床について置いた機動隊員は、微動だにしていない。こういう態度は、機動隊員になるとすぐに教えこまれることだ。どんなに罵声を浴びせられても、絶対に反応しない。向こうが手を出してくれば押し返さねばならないが、言葉の攻撃に対しては徹底して無視。機動隊員は時に「地蔵」にならねばならない。

「俺は、心配で吐きそうや」

「大袈裟ですよ」今川が笑った。「島村さんが、そんな小心者のわけ、ないでしょう」

「そう見えるか？　だったら俺の演技も大したもんやな。内心ではびくびくしっ放しや」

「立派なポーカーフェイスです」

「構内の機動隊員の配置は問題ないか？　少なくとも、もう少し増員すべきやないか」

「まあ……人数はいくらいてもいいですよね」

「分かった。取り敢えず、近隣の署に応援を求めよう。機動隊に比べて装備は劣るかもしれんが、制服がたくさんいるだけで、普通の人は一歩引くはずや」

島村は電話を取り上げ、隣接署の署長に次々と電話を入れ始めた。こういう場合は、一々本部を通さず、トップ同士で話をつけてしまうに限る。どうせ、依頼された方は本部に報告を上げるし、島村は現場の全権を委任されているのだから、文句が出ることもないだろう。文句を言う方が間違っている。

どこの署長も、すぐに前向きに反応した。中には「遅いですわ」と笑いながら言う署長もいたぐらいである。「とっくに準備して、話が来るのを待ってました」という署もあった。何とも頼もしい。

満足して要請を終えると、今川が心配そうな表情を浮かべているのに気づく。

「どうした？　指揮命令系統のことなら心配ないで。現場では、機動隊の指示に従うようにきちんと言っておいた。こういう時やから、現場の判断で配置もどんどん変えてもらってええし」

「いや、それは心配していないんですけど……あまりにも大阪駅に戦力が集中してしまうのはどうなんですかね」

「あんたも心配性やな。そこまで心配する必要はないやろ。どこの所轄でも、応援を出す言うても全署員やないで。ごく一部や。梅田署も、非常用の最低限の人員は確保してる」

「しかし、手薄になるところがあるのは間違いないですよね」

「それはそうやが、こういう時は、悪い連中は大人しくしてるもんやで。普段よりも走り回ってるパトカーが多いんやから、自分でその網に飛びこむようなアホな真似はせんやろ」

「だといいんですけど、不安ですわ」

「まあまあ、そこまで心配してたらきりがない。俺らは、突入の作戦をしっかり考えんと。諸々の手配、よろしく頼むで」


島村は、本部には報告せずに突入の準備を進めた。発煙グレネードの手配は今川に任せ、自身は新しい前線基地の準備を指示する。

サウスゲート側に設置されたステージは、一部が白い布で覆われてテントのようになっている。上から鉄骨の枠組みが見えている。ここでイベントをやる時は、そこに照明などを設置するのだろう。

この白いテント部分が格好の目隠しになっているのだが、それでも安心はできない。機動隊員には、匍匐前進で接近するように命じて、慎重に盾などを運びこんだ。

ただしここは、突入の際には必ずしも絶好のポジションとはいえない。少し距離がある上に、カフェとの間にはテーブルと椅子がずらりと並んでいるのだ。重い装備の機動隊員が、狭いテーブルの隙間を縫って素早く接近するのはかなり難しい。一方で、カフェの正面側から接近すると、犯人と正面から対峙することになりかねない。

百パーセントの作戦はない。

しかし、できる範囲でベストを尽くすしかないのだ。

「あとは、このまま待機で頼む」島村は、機動隊の小隊長に指示した。

「了解しました——作戦については、後でもう一度打ち合わせしたいのですが」

「十時半」島村は腕時計を見た。「その時点で新たな動きがなければ、作戦を最終決定する」

「分かりました」ヘルメットの下で、小隊長の表情が強張った。

「ま、あんたらなら上手くやってくれるやろ。信頼してるからな。実際に突入するのはSATの連中になるが、バックアップも大事やで。気を抜かずに頼む」

小隊長が無言でうなずく。島村は彼の肩を一つ叩いて、その場を立ち去った。問題はSATの連中か……警察の中でも、SATというのは極めて特殊な部隊である。現場では決して顔が見えないようにしているし、自分がSAT隊員であることを家族にさえ知らせないという。テロ対策などがあるので、自分自身、さらに周辺にも危害が及ばないようにするためだ。

とはいえ、実際に現場に投入される機会はほとんどなく、多くの隊員が修羅場を一度も経験することなく卒業していく。今回のような現場は、普段の訓練から想定しているのだろうか。

また、捜査一課特殊班との協働についても考えねばならない。特殊班の面々は、現場へ到着してからずっと、散発的に説得を試みているが、現在までまったく効果を上げていない。連中にすれば、プライドをへし折られたような思いだろう。そして突入となれば、十分な装備を持って訓練も積んでいるSATに主役を譲り渡すことになる。

これは、早めにケアしておく必要があるな。

島村は遠回りをして、ノースゲート側の待機場所へ出た。ノースゲートの待機場所へは、時空の広場を歩けばわずか百メートルほどなのだが、一階下へ降りてコンコースを抜けねばならないのでえらく時間がかかる。俺をこれだけ歩かせてるんやから、お前ら、後で痛い目に遭わせたるで……島村は心の中でぶつぶつと犯人に対して文句を言った。

特殊班の現場指揮を執る宮島を摑まえ、階段を踊り場まで下りた。ほんの数メートル引いただけなのに、カフェ、それに盾の壁が見えなくなって、ずいぶん気持ちが楽になる。

「聞いたか？　捜査一課が、今回使われたプリペイド携帯の契約者を割り出したそうやで」

「聞きました」

宮島の顔には疲労の色が濃い。あちこち歩き回っている島村と違い、一か所で、同じ姿勢でずっと正座しているようなものなのだ。ひたすら待ち続けるのは、なかなかしんどい。宮島は元々彫りの深い精悍な顔立ちの男なのだが、こういうタイプの男が疲れると、のっぺりした顔の人よりも疲労感が強く浮き上がるものだ。

「どうも、我々が想像しているよりも、犯人グループは大人数のようやな――」

「そうですね」

「しかし、さすが捜査一課や。いざという時には頼りになるわ……」そこで声を潜める。「ところで、十一時を期して、ＳＡＴによる突入を検討している」

宮島がさっと顔を上げた。一瞬、島村を睨みつける。が、その厳しい感情は己に向けられたものだとすぐに分かった。

「すみません。特殊班として結果が出せませんで」

「いや、それはしょうがない。これまでの常識が通用しそうにない相手やからな」

「確かにそうですね。十億の要求も、真面目なものとは思えません。その後、何も言ってこないのも不自然です」

「そう……だから、こっちも最終手段を考えざるを得ない。上層部は、あくまで時間稼ぎで向こうが折れるのを待つつもりなんやが、そういう手が通用するのは、要求が現実的で、タイムリミットに焦ってる犯人に対してだけや」

「そうですね」

「せやから、十一時を待って、ＳＡＴに突入させようと考えている」島村は計画を説明した。今のところは穴だらけ……しかし現段階では仕方がない。十時半になったら、関係者全員を集めて打ち合わせをする。その際に問題点を洗い出し、作戦を細部まで詰めるつもりだった。

「分かりました」

「あんたらが結果を出せなかったから、というわけやないで」島村ははっきりと否定した。「いつまでもこの騒ぎを長引かせる気はない、ということや。上層部は、犯人を甘く見ている。ここで犯人と直接対峙している我々は、現実に即して対応せなあかん」

「突入はSATに任せます——しかし、我々に手伝えることがあったら、何でも言うて下さい。特殊班がこういう現場で何もできずに引き上げたら、孫の代まで恥ですわ。それこそ、陽動作戦——囮《おとり》でも何でも構いません」

「もちろん、特殊班の力は借りるつもりや。ただ、これまでの常識が通用しない犯人やから、困ったことになっとるわけで……あんたの感覚では、犯人は何を狙っとる？」

「さっぱり分かりませんな。ただ、金ではないと思います……この犯人は、どこかおかしいんですよ」

「それは——こんなことをする奴は基本的におかしいやろ」

「いや、そういう意味ではなくて……緻密なのか雑なのか、よく分からないんです。これだけ周到な用意をしてるのは、緻密に計画を立てて準備してきた証拠なんですが……」

「ライフル銃や銃弾を揃えるだけでも大変やったろうな」島村はうなずいた。「爆弾となると、もっとハードルが高い」

「ところが、要求には現実味がない。十億の現金を簡単に用意できるわけがないことぐらい、これだけの犯行を考える犯人ならすぐに分かるでしょう」

「十億と言えば、重さ百キロになるしな」

「それは、予め用意させたトランクに分散して詰めさせるような方法で解決するかもしれません。ただ、ここから堂々と出ていって、車までたどり着けると思っているなら、本物のアホですよ。人質は連れていけるかもしれませんが、晒し者になったまま、何百メートルも歩くことになる――無傷で済むわけがありません」

「せやな。一回外へ出てしまえば、狙撃で対処することもできる」

「――というのも、自分の想像でしかないですが。とにかく、訳が分からん犯人ですわ」

「一回も会話が成立してないわけやからな」

「ええ。例の電話――梅田署へかかってきた電話の番号には何度もかけているんですが、無視されています」

「まったく、訳が分からんな」島村は首を横に振った。説得の専門家であっても、コミュニケーションを拒否する人間が相手では、腕の振るいようがない。

「とにかく、突入の際に何かできることがあったら声をかけて下さい」宮島はまったくへこたれていなかった。

「作戦会議で決めようや。もちろん、それまでにあんたらが説得に成功することを祈るよ」

「これからまた声をかけてみようかと思っているんですが」

「ああ。ここで聞かせてもらうわ」

うなずき、宮島が身軽に階段を駆け上がった。精神的にはだいぶダメージを受けているようだが、体力的にはまったく問題ないようだ。

島村は階段の下、踊り場のところで待機していた。すぐに、トラメガで拡大された説得担当の菅原の声が響き始める。

「府警捜査一課だ。どうだ？　そろそろ一度こちらと話をしてみないか？　要求についても、詳細を詰める必要がある。金の受け渡し方法について、話し合おうじゃないか――」

沈黙。無反応。しかし菅原は声の調子を変えずに続ける。

「怪我人の具合はどうだ？　こちらには治療キットの準備もある。救急車を呼んでもいい。放置しておくと、命に関わるぞ」

平坦な口調で、力が入っていない。最終局面で事件解決を取り上げられると思って、菅原も気合いを削がれたのだろうか……いや、そんなはずはないと信じたかった。

警察は個人ではなく組織を優先する。大きな事件に際して、一人でできることには限りがあるからだ。誰が一番手柄を立てたにしても、結果的には「警察が」解決したことになる——そういう考えを叩きこまれているから、個人名が外に出るのを嫌う警察官も少なくない。

それでも、重大な局面では誰もが中心になって働きたがる——これもまた、警察官の本能なのだ。

7

「そうか、こいつはあくまでアルバイト——そういう結論やな」島村は溜息が出そうになるのを堪《こら》え、電話の向こうの捜査一課長、秦に言った。

「徹底して叩いたんですが、まず間違いないですわ。金に釣られて、軽い気持ちでその場で引き受けた……最近の大学生はホンマにアホですな。こういうことが犯罪につながる、いうのが想像もできない」

「大学生がアホなのは、昔から変わらんよ」慰めになっていないだろうな、と思いながら島村は言った。「まだ放してないやろな?」

「ええ。まだしばらくは叩きますわ。何か出てくるとは限りませんが……ただし、別の手がかりが出てきました」

「何やて?」

「犯人の顔です」

「一課長……」島村は今度こそ、大きく溜息をついた。「あんたな、そういういい知らせは先に教えてくれんか? たまにはほっとしたいわ」

「失礼しました」秦の声は少しだけ明るかった。薄皮を剝ぐようにまどろっこしいが、少しずつ犯人に近づいているのは間違いない。

「で? どういうことや」

「携帯ショップとその周辺の店で、防犯カメラの映像を確認したんです。その結果、携帯を購入した倉本伸介と二度に渡って接触した男が確認できました」

「よし。顔ははっきり映っとるんやな?」

「いや、馬鹿でかいサングラス——ハリウッドセレブがかけるようなサングラスをかけていたので、顔の半分は見えてません」

「街中で、男がそんなサングラスをかけとったら、目立ってしょうがないやろ」それもまた、一つの手がかりになるかもしれない。目立つ特徴があれば、他の防犯カメラの映像を追跡していくことで、特定が可能なのだ。

「ミナミやったら、そういうサングラスをかけた男も、掃いて捨てるほどおりますわ……今、画像照合システムにかけてます」

「その他の特徴は？」

「腕――左腕に痣《あざ》がありますな。かなり大きな痣ですが、むき出しにしているということは、怪我やなくて生まれつきのものかもしれません」

「痣、か……」島村はふと、どこかで見たはずだと思い出した。そう、立て籠もっている犯人グループ。何度か、現場の監視用カメラに映像が残っているのだが、そのうち一人の腕に痣があったような気がする。島村はその推測を秦に告げた。

「それは我々も気づいてましたわ。1号、ですね」

警察側では、犯人を1号から4号と名づけていた。1号が一番背が高い。2号は髪が長く、目出し帽から後ろ髪がはみ出している。3号は小柄だが上半身ががっしりしている――先ほど足を撃たれた人間だ。そして、まだはっきりと全身を確認できていない4号。この4号が女ではないか、という啓介の推理は、ずっと島村の頭に引っかかっていた。こういう粗暴な犯人グループの中に女性がいる意味は何だろう。

例えば誘拐犯が、子どもを狙って犯行を起こす場合、女性が一人いると上手くいく、という話を聞いたことがある。子どもを怖がらせず、人質として安全に拉致し続けるには、女性がいた方がいいというのだ。そう言えば何年か前、福岡で起きた女児誘拐事件

——二重誘拐とよぶべきか——の時にも、犯行グループには女性が入っていたのではなかったか。

一瞬、現場の緊張した雰囲気を忘れる。あの時、福岡県警で捜査を担当していた皆川《みながわ》も、神奈川県警を調べる特命班で一緒だった若手だ——今はもう、若手ではなく中堅と呼ぶべき年齢だが。十歳も若い嫁さんをもらって、あの誘拐事件が起きた時には子どもが生まれたばかりだったなあ。毎年の年賀状に子どもの写真を載せる子煩悩な父親になったのだが、あの子は今年、何歳になっただろう……。

首を振り、意識を事件に戻す。

「その防犯カメラの映像、こちらでも見られるか？」

「切り取った画像がいいでしょう。メールしておきますよ」

「頼むわ。いや、もちろん、そっちの判断を信頼してないわけやないで」

「分かってますよ」秦が軽く笑った。「何でも首を突っこみたがるのは、警察官の普遍的な習性ですわな」

電話を切り、今川に今の情報を伝える。久しぶりに、彼の明るい表情を見ることになった。

「ええ情報やないですか。犯人の正体につながるかもしれません」

「ああ。分かったら、特殊班に呼びかけてもらうのも手やな。それで向こうがどんな反応を示すか……まさか、正体がばれたからと言って投降はしないだろうが、もう少し動きが出るんやないか？　とにかく今の状態だと暖簾《のれん》に腕押しで、特殊班も攻め手がなくて困ってるんや」

「照合には時間がかかる可能性もありますけどね……それこそ、周辺にまで手を広げる必要もあるでしょう」

「そこは我々が心配してもしょうがない。他県警が、どこまで自分のことのように考えてくれるか、や」

「待ちますか」

「ああ、待ちやな」

「署長、コーヒー？　コーヒー、飲みます？」

「コーヒー？　コーヒーの用意なんかないやろ」

「さっき、遠藤副署長から届いたんですよ」

今川がテーブルを指さす。テークアウト用の容器が大量に置いてあった。

「さすが、遠藤やな」島村はすかさずカップを手に取った。保温カップのせいか、蓋を取って口をつけるとまだ熱い。

「いい参謀ですな」島村が一口飲むのを見て、今川もカップを取り上げる。

しばらく二人で、無言でコーヒーを啜る。指揮車は人の出入りが多いが、島村は顔を合わせる度に、「コーヒー、持って行ってや」と声をかけた。ほぼ徹夜で頑張っている人間ばかりなので、コーヒーはあっという間に売り切れてしまった。

「生き返りますな」今川がカップから口を外し、溜息をつく。

「輸血、みたいなもんやな。あんた、ちゃんと飯は食ったんか」

「ご心配なく……というか、飯を食う気になれませんよ」

「だらしないなあ。いついかなる時でも、きちんと飯を食うのは、警察官の基本やないか」警察学校でも、まず生徒たちに教えようと思っていたことだ。

「それは分かってますけどねえ」今川が胃の辺りを撫でた。

スマートフォンが鳴る。取り上げると、まさに今話題になっていた遠藤だった。

「コーヒー、ご馳走さん」

「いえいえ……こんな話をしてる場合やないかもしれませんが、昼飯を用意しています。独身寮の食堂に頼んで、弁当にしていますけど、どうしますかね」

「交代でそちらへ帰った時に食べてもらおう。現場では配れないよ」

「そうしますか……現場、どないな具合ですか？」

「士気旺盛や。心配するな」

「署長がおられれば大丈夫でしょうな……それと先ほど、交通部の萩沼参事官が署に来られましたよ」

「何だって？」予想外の動きだった。

「視察と言いますか――そう、視察ですね。様子を見に来られました」

「こんな時に申し訳ないなあ。本当なら、今日の午後に引き継ぎの予定やったんや」

「午後までには終わるかもしれないやないですか」

「そうあって欲しいな」

「萩沼参事官、もう帰られましたけど、何かあったらいつでも手を貸す、言うてくれましたわ」

「萩沼に面倒な後始末を押しつけるつもりはない」島村はぴしりと言った。「この件には、俺がきっちり片をつけたるわ。萩沼には、まっさらな状態で署の指揮を任せたい」

「それがベストですな」

「署の方、頼むで」

「お任せ下さい」

「今のところ、他にはどうや？」

「平穏ですわ。ワルどもも、今回のトラブルが収まるまでは大人しくしてるつもりやないですか？」

よし。島村は頰を膨らませ、ぷっと息を吐いた。兵站部門もしっかり機能している。

本番はこれからだと気合いを入れ直したところで無線の連絡が入る。

「ホテルで爆発物を発見です！」

島村は立ち上がった。クソ、冗談やないで。何でこんなことに……。

結果的に、この情報は「誤報」だった。宿泊客がチェックアウトした部屋の掃除を始めたところ、ボロボロのバッグが浴室で見つかった。ホテル側から警察にすぐに連絡が入り、爆対が出動――ホテルの廊下に処理用のロボットを持ちこみ、チェックしたところ、中には下着類しか入っていないことが分かった。報告を受けて島村はほっとしたものの、全身に嫌な汗をかいていた。ホテルは通常営業しているのだが、こうなったら予約を全てキャンセルして封鎖すべきではないか？　犯人が客を装って爆弾をしかける可能性も否定できない。

「宿泊客と連絡が取れましたわ」今川が呑気な口調で言った。「捨てていったものだそうです」

「何や、それ」島村はつい不機嫌に応じてしまった。

「古い下着を捨てていくつもりが、ゴミ箱に入れ忘れただけだと」

「何とか逮捕できんか。こんな騒ぎを起こしやがって……」

「署長、冗談言うてる場合やないですよ」今川が忠告した。

「ああ、分かってる……しかし、まずいな。皆、神経質になってる。この分やと、本格的なパニックになるで。爆弾の捜索の方、どないなってる?」
「今のところはまだ……そもそも犯人の言い分を信用していいかどうかも分かりませ
ん」
「しかし、一発は爆発してるんやで。念には念を入れんと」
「そうですな。捜索班のネジを巻いておきます」
島村は無言でうなずく。パニックが広がる——しかし、一番パニックに陥りそうなの
は俺やないか。落ち着け、と島村は胸の中で何度も繰り返した。

十時半。結局、倉本伸介にプリペイド携帯を買わせた人物の正体は分からなかったも
のの、島村は現場にいた関係者を全員指揮車に呼び寄せた。
「今回の作戦行動の肝は、発煙式のグレネード——手榴弾や」
その物騒な物体は今、テーブルに置かれている。長さ二十センチほどの鉄パイプで、
端から導火線が五センチほど出ている。パッと見た目は、ダイナマイトのようだ。本当
に煙が出るだけで済むのだろうかと考えるとぞっとする。二本が用意されていた。
「十時五十五分を期して、先発隊二人が突入。できるだけカフェに接近して、シャッタ
ーの隙間からこの手榴弾を放りこむ。犯人を燻り出したところで、ノースゲート側のP
1で待機しているSATが突撃。他の機動隊員はこれをバックアップして、犯人確保、

人質の救出を急ぐ――シンプルな作戦や。了解やな？」

おう、と声が上がる。完全武装のＳＡＴの連中がいるだけで、指揮車の中は戦車のようになる――ここが一種の戦場だと強く意識させられる。

「署長、上のゴーサインがまだですよ」今川が釘を刺した。

「分かってる」判断を仰ぐためにスマートフォンに手を伸ばしたところで、指揮車の電話が鳴った。署の警備課長、増島が電話を取り上げ、「はい」と低い声で応答した後、いきなり背筋をぴしりと伸ばした。

「はい、すぐに代わります」送話口を手で押さえ――手はかすかに震えていた――島村に向かって「本部長です」と告げた。

トップ中のトップから直接電話がかかってくるとはなあ……島村は、自分も緊張するのを感じながら、席を立った。人で一杯の指揮車の中を、身をよじるように移動して受話器を受け取る。

「島村です」

「確認だが」本部長は挨拶もなしにいきなり本題を切り出した。「その発煙手榴弾だが、安全性は確保できているのか？」

「機動隊の方で、ここ何年か実験を繰り返して、安全性は確認できているそうです。煙は激しく出ますが、有害ではありません――後で目薬が必要になるぐらいですな」

「分かった。突入するSAT隊員には影響はないか?」

「全員、ガスマスクを装着しています。この程度の煙ならば完全に防御できます」

「爆弾にも十分注意しろ。一度爆発しているんだから——」

「そうさせないように迅速に進めます」島村は本部長の言葉を遮った。

「——承知した。決行は?」

「十時五十五分をもって突入します」

「現場からの中継映像はこちらでも確認しているが、逐一状況は報告してくれ」

「了解しています」

電話を切り、一つ息を吐いた。よし……本部長が電話をかけてきたのは意外だったが、これでトップの許可は得られた。後は間違いなく実行するのみ。

本部長からゴーサインが出たことを、その場にいた全員に告げる。車内の温度が、一気に五度ほど上がったように感じる。島村は額の汗を手の甲で拭いながら、名状しがたい満足感を胸に抱いていた。警察一家としての一体感——退職まで二年を残して、こんな大きな現場に立ち会えるのは、警察官として幸運なのかもしれない。この件を上手く処理できれば、まさに花道……残り二年、警察学校長としての仕事は、単なる余韻になるかもしれない。

「では全員、担務を確実にこなしてくれ。私はここで、全体の動きを確認している」

もう一度、おう、という大きな声が上がった。そしてあっという間に、指揮車が空っぽになる。残っているのは、島村の他には二、三人。増島が緊張した表情を浮かべて近づいてきた。

「いよいよですな。私も現場へ行きます」

「頼むぞ」

「では――」

また電話が鳴った。島村は増島に「行け」と合図して、自分で受話器を取った。

「遠藤です」声は切迫していた。

「どうした？　これから作戦実行や」

「犯人から電話がかかってきました」

「犯人から電話？」

島村が声を張り上げると、指揮車のステップに足をかけていた増島が振り返る。慌てて車内に戻り、島村の脇に立った。

「そちらにも音声を回します」

「録音はしてるか？」

「当然です」

「よし、頼む」

状況を察したのか、増島が電話の近くにある何かのボタンを操作した。すぐに、音声がスピーカーから流れ出す。

『間もなく十一時だ。十億円は用意できたか?』

『それはまだ……用意できていない』

応対しているのは署の刑事課長だ、とすぐに分かった。犯人は、梅田署を交渉相手と決めてかかっているわけか……。

『準備できないということか?』犯人の声は落ち着いていた。タイムリミットまであと十五分。そろそろ焦りが出てきてもおかしくない時間帯だが。

『調整している』

『出せるのか、出せないのか、どちらだ?』

『調整している』

『分かった』

犯人があっさり引いたので、島村は拍子抜けした。どういうつもりだ? これからどういう手に出る?

『十一時までは待つ。しかし、そこまでだ。それまでに明確な回答がなければ、その時点で人質を一人、殺す』

『待て――』

『こちらからは以上だ』

電話が切れた。増島が心配そうに、「署長……」と呼びかける。

「予定に変更はない」島村は宣言した。「人質の命がさらに危険な状態になっているのは間違いない。この作戦は、絶対に成功させるんや」

第四部　膠《こう》着《ちゃく》

1

島村は、指揮車に残るよう、増島に命じた。

「しかし、担当署の警備課長として、現場に出ないとまずいですよ」増島が抵抗する。

「それは分かっとる。しかしすまんが、あんたには電話番をしてもらわんと困るんや。今の犯人からの電話について、ここにも連絡が殺到するやろ。俺は一々、それに応対できん」

「……分かりました」渋い表情ながら、増島が命令を受け入れた。

人手を確保した上で、島村は署に電話をかけて刑事課長を呼び出した。

「今の電話、間違いなく犯人からのものか？」

「一回目の電話の番号と同じでした」

「特に声は変えてないようやな」慎重な犯人なら、ボイスチェンジャーぐらいは使いそうなものだが。

「そうですね。取り敢えず、音声データは解析に回しますが……奇妙ですね」

「あんたもそう思ったか？」

「ええ。犯人、全然焦ってませんよね。金が取れないことも織りこみ済みのような」

「ということは、別の目的がある……何なのか、想像つくか？」

「いや、まったくつきませんわ」

「俺もや」島村は認めた。

「突入はどうするんですか」

「予定通り。この電話に影響を受けることはない」島村は言い切った。

「分かりました。こちらもバックアップしますので」

「頼むで」

通話を終えてスマートフォンをテーブルに置くと、鳴り出した指揮車の電話を増島が摑んだところだった。一つ溜息をついて、話し出す。

「はい、現場指揮車です。ええ、署長は……」

増島がちらりとこちらを見たので、島村は思い切り首を横に振った。

「いや、時空の広場に移動中です。はい。署長の電話の方にかけていただければ。いえ、そういうわけでは……」

まだ続く増島の言い訳を無視して、島村はデスクについた。スマートフォンはマナーモードに。今やるべきは、上司と話すことではない。複数のモニターに順次目を通して、現場の状況を把握する。頻繁にかかってくる電話に増島が難儀しているのも、次第に気にかからなくなってきた。島村は腕時計を外し、デスクの左側に裏返して置いた。時間は、モニター画面だけで確認するようにする。その方が視線を動かさずに済むのだ。

作戦決行時刻——十時五十五分。

予定通りにＳＡＴが動き出した。カフェを正面から捉えるＰ３のモニターが、一番詳しく状況を伝えてくれる……カフェの左手から、数人の機動隊員が一番頑丈な盾を持って前進を始めた。カフェの左横、五メートルほどのところまで進んで盾で簡便な壁を作る。数時間前に銃撃を受けた時と同じ場所——そう考えると、島村は鼓動が速くなるのを感じた。

すぐに、完全武装のＳＡＴ隊員が、盾に忍び寄る。あの重い装備で中腰の姿勢ながら、猫のように素早い動き……彼らの運動能力にはまったく感服させられる。一旦、盾の壁に身を隠した二人のＳＡＴ隊員は、周囲を見回した後ですぐに飛び出した。

二人が同時に、アンダースローで発煙グレネードを投じた。シャッターに届く前に、早くも白煙が上がり始める。これは計算通りなのか、あるいは早いのか……今川は、「煙は約三十秒間吹き出し続ける」と言っていた。

手製のグレネードはシャッターの方へ向かって床を滑っていく。よし——シャッターは三分の一ほど開いているだけだが、横幅は広い。この角度なら、間違いなくカフェの中に入りこんで、犯人を燻り出せるはずだ。

突然、シャッターが閉まった。

島村は思わず立ち上がったが、立ったままだとモニターをしっかり見られないことに気づき、慌ててまた腰を下ろした。

シャッターは完全に下りてしまい、激しく立ち上がる白煙がカフェを隠した。

別の角度から現場を映すモニターでも確認したが、やはりグレネードはシャッターに阻止されたようだ。犯人に気づかれた？　あの角度から接近されたら、すぐには気づくはずもなく、このように素早い対応はできなかったはずなのに。

まさか……島村の胸を、一瞬嫌な予感が走った。情報が漏れている？　無線の傍受はまず不可能だから、そこから犯人が情報を得たとは思えない。

警察の中に、犯人と通じている人間がいるとは考えられないか？

駄目だ、こんなことを考えていては。

「作戦中止！」無線の声が響き渡る。今川だ、とすぐに分かった。

これでいい——これしかない。閉じてしまったシャッターをこじ開けてまで中に突入するのは、リスクが高過ぎる。

巻き直しだ。しかし……犯人が指定してきた十一時までは、あと三分しかない。

「撤収！　撤収！」

今川の指示で、カフェの前まで来ていたSAT隊員が盾の位置まで引き下がる。しかし一人の隊員が、途中で足を止めた。島村は思わず立ち上がった。おい、何をしてる？そんなところで立ち止まったら、犯人の的になってしまう。

隊員は、カフェの左端に出ているメニューの看板に突進した。あんなに近寄ったら本当に危ない……隊員の姿が、現場を白く染める煙の中に隠れた。

「クソ！」

島村が声を上げると、いつの間にか後ろに立っていた増島が舌打ちした。

「何やってるんですか、あいつ」

「分からん」

白煙は、今が最大に吹き出している状態のようで、画面はほとんど真っ白になっていた。SAT隊員の姿は、揺らめく小さな影のようにしか見えない。だがすぐに、左手の方に退避したのが分かった。

別角度のモニターを見ると、一度盾の陰に退避した隊員は、すぐに左手の階段、P1の方へ退いた。それに続き、壁になる盾を守っていた二人の機動隊員が、後ずさる格好で避難する。

いったい何があったんだ……島村は訳が分からず、呆然と口を開けるしかなかった。

十一時。機動隊の撤収は素早く完了して、カフェの周囲には人気がなくなった。グレネードから吹き出した煙はまだ薄っすらと漂っていたが、カフェが見えないわけではない。

「銃声！」

無線からの報告で、島村は思わず眉を潜めた。無線を取り上げ、「確認！」と怒鳴る。しばらく——ほんの数秒だったが——無言が続いた後、誰かが「カフェ内で銃声一発。被害不明！」と叫んだ。

クソ、犯人は事前の通告通りに人質を殺したのか？　それなら警察としては大失態だ。日本の警察は、人質に危害が加えられるのを何より嫌う。絶対に避けねばならないことだった。

「状況を詳しく報告しろ！」島村はまた無線に向かって怒鳴った。

「現在精査中」

無線の向こうで話しているのは今川だった。案外冷静で、こういう状況ではそれが頼もしい。

「まずいな」島村は振り返り、背後に立つ増島に話しかけた。

「まずいですね」増島が同意する。

「もしも本当に撃ったなら、犯人側から接触があるはずや」

「そうですね。嫌な言い方ですが、死体を抱えたままでは、動きようがないでしょう。要求を通すための材料がなくなるんですから」

「いや……待て。銃声は一発だったな？」

「そう報告がありましたね」

「ということは、一人を撃っただけか？　もう一人を、まだ人質として残している？」

「ああ……」増島の顔が瞬時に蒼褪《あおざ》める。「つまり、連中はまだ、これを続けるつもりなんですな」

「ふざけるな！」島村は立ち上がり、デスクの足を蹴飛ばした。爪先に重い痛みが走り、思わず顔をしかめる。

「署長、落ち着いて下さい」

「これが落ち着いていられるか！」

「P1から指揮車」

今川の声が無線から流れ出す。島村は痛みをこらえたまま、無線を取り上げて返事をした。

「指揮車からP1。報告を頼む」

「十時五十八分、カフェ内から銃声が一発だけ聞こえました。ただし、悲鳴等は確認できていません」

「犯人に呼びかけろ。特殊班に任せるんや」

「了解しました」

背後で、指揮車の電話が鳴る。増島が飛びつき、応答した。すぐに「署長！」と叫ぶ。

「何や」

「また犯人からです」

「スピーカーに切り替えてくれ」

すぐに、犯人のものらしい声がスピーカーから飛び出してきた。

『約束の時間に返答がなかったので、予定通り人質を一人射殺した』

『待て！本当に撃ったのか！』応対している刑事課長の声も慌てている。向こうでも現場の無線は聞いているはずだが、状況を完全に把握できているわけではあるまい。

『人質はもう一人いる。もう一度チャンスを与える。午後三時までに、十億円と逃走用のヘリを用意しろ。それができなければ、もう一人の人質も殺し、他の爆弾も爆発させる』

『待て、待て！』

刑事課長の声に、さらに緊迫感が増した。それはそうだろう。島村も、握りしめた手に汗をかくのを感じた。犯人は材料を出し惜しみしているのだろうか……。

『そこにご遺体があるなら、こちらで引き取らせてくれ。そのままにしておくわけにはいかんだろう』

『必要ない。以上だ』

犯人がいきなり電話を切り、刑事課長が「もしもし！」と呼びかける声だけが虚しく残る。

「意味が分からない」増島がぽつりとつぶやいた。

「今さらそれを言うな」島村は釘を刺した。「この件は、最初から分からんことばかりやないか」

スマートフォンを取り上げ、副署長の遠藤に電話をかける。

「今、話していて大丈夫か？　記者連中、まだその辺でうろついてるか？」

「今は大丈夫です。皆現場に行ってますよ。現場というか、できるだけ駅の近くにいようとしているだけでしょうがね」

「記者の本能やな……今の電話のことやけど、これで三回目やな？」

「そうなりますな」

「こちらの作戦は失敗した。直後に犯人が、人質を射殺したようや」

「……そうですか」遠藤の声が沈みこむ。「残念です」

「ただ、俺は何かおかしいと思ってるけどな。犯人が人質を射殺した証拠は、まったくない。銃声が一発、そして犯人がそう言うとるだけや。死体を見るまで、俺は信じない」

「それは分かりますが……」

「刑事課長にも、人質が死んだという前提では動かないように言っておいてくれ。犯人は、我々を騙そうとしているだけかもしれん」

「密室の中の話ですからな」

「まさに、な。よろしく頼むで。十一時を過ぎたから、記者連中もうるさくなるやろ。何を書かれても仕方ないが、捜査の邪魔だけはさせせんでくれよ」

「分かりました。そこは食い止めますわ」

「頼むで」

さて、ここからが厳しい時間帯だ。本部に詰める上層部は、作戦を立案し、最終的にゴーサインを出した島村の責任を追及してくるだろう。しかし、査問を受けているような暇はない。向こうから何か言ってくる前に、こちらから連絡して釈明しておくか……しかし、躊躇しているのを見とったように、電話がかかってきた。刑事部長だった。

「犯人から、人質を射殺したという電話が入ったそうだが」声が緊迫している。

「電話があったのは事実です」

「射殺は事実ではないのか？」

「まだ確認できていません……ただ、犯人側が嘘をついている可能性もあります」

「そうだな」刑事部長があっさり同意した。「確認が取れない以上、実際に人質が殺されたかどうかは分からない。その後、犯人側の動きは？」

「締め切りを三時まで延長してきました」

「それはおかしいな……」

「ええ。本当に人質を射殺したら、そこまで落ち着いて条件の変更は言い出せないと思います。故に、ブラフの可能性は否定できません」

「その通りだ。いずれにせよ、こちらには時間の猶予ができた。作戦を練り直そう」

「今回は、どういうわけか犯人に直前で察知されたようです。詰めが甘かったと思います」

「その報告と分析は後でいい。とにかく、次の作戦だ」

「分かりました」

くどくど言われずに助かった。刑事部長も、この段階で査問などと言い出すのは時間の無駄だと分かっているのだろう。ほっとして、島村は増島にうなずきかけた。

「お説教は短かったようですね」

「ああ」島村は両手で顔を擦った。「しかしこれで、ゼロから巻き直しやな。まだまだしんどい状況は続くで」

「カメラ？」

島村は、指揮車のテーブルに置かれた小さなカメラに視線を向けた。

「カフェの左端にメニューの看板があるんですが……」

カメラを持って来たＳＡＴ隊員が報告する。指揮車の中にケミカルな異臭が漂っているのは、彼らが発煙グレネードの白煙を浴びたからだろう。

「それは見えていたが」

「そこに隠すような格好で、カメラが設置してあったんです。ケーブルで繋がっていたので、引き抜いてきました」

「つまり犯人グループは、カフェの中に籠もったまま、カメラで周辺を監視していたわけか」

「そうだと推測されます」隊員の口調はあくまで硬かった。

こういうものがあって当然と考えておくべきだった。シャッターは、下の三分の一ほどが空いていたが、あそこからずっと外の様子を見ているのは不可能だろう。

「ああ、これですね」パソコンを操作していた増島が、島村に画面を示す。

見ると、目の前に置いてあるカメラと同じものが、画面に映し出されていた。思い切り拡大されているので画質は粗いが、何とか分かる。

「百八十度の広角を映し出せるカメラです。これをカフェの正面に置けば、前と左右はカバーできるでしょう」

「SATの接近にいち早く気づいて、シャッターを閉めたわけか」島村は少しだけほっとした。警察の内部に裏切り者がいたわけではない……。

「そのようですね。気がつかなかったのはこちらのミスです。しかしこれで、我々は連中の『目』を奪ったことになるんじゃないですか」

「その通りや」島村はSAT隊員に視線を向けてうなずいた。「ようやってくれた。これで、今後の作戦が立てやすくなる」

隊員がすっと敬礼して去っていった。こいつらはまだまだ大丈夫——立て籠もりがさらに長引いても、十分対応可能だろう。心配なのは爆弾だけだ。捜索班も、何時間も同じ作業を続けて疲れきっているだろう。疑心暗鬼からパニックにならないよう、島村は祈った。

隊員が出ていったタイミングで、現場を預かる幹部連中が続々と戻ってきた。一様に表情は暗い。突入作戦が失敗した直後に、犯人から「人質射殺」の一報が入ったのだから、今は敗北を噛み締めるしかないだろう。しかし島村は、敢えて明るい声で鼓舞した。

「犯人が実際に人質を射殺したかどうかは分からんで。単なるブラフの可能性もある。

いずれにせよ、こっちには四時間近く猶予ができたんや。新しい、より完全な作戦を練って、次のタイミングに備えよう」

おう、と声は上がったものの、気合いは入っていない。気勢を削がれるとはこのことや、と島村も凹《へこ》んだ。しかし敢えて、さらに声を張り上げる。

「まだまだこれからやで！　最後には俺たちが勝つ。知恵を絞って汗をかこう。まだまだ手はあるはずや！」

2

自室で昼のニュースを観ながら、下倉はすぐに着替え始めた。突入作戦は失敗か……次の作戦では、自分の出番があるかもしれない。待機と言われても、そのまま呑気に昼寝をする気にはなれなかった。

一階に降り、地域課長に挨拶する。

「お前、待機って言われとったやないか」地域課長はすぐに厳しい口調で忠告した。

「すみません」下倉はさっと頭を下げた。「それは分かってるんですが、いても立ってもいられないんです。何かできることがあったら、手伝わせて下さい。現場にも――」

「それはあかん」地域課長がすぐに否定した。「お前は現場に出さないよう、上から命令を受けている」

「上って誰ですか」署長かもしれない、と下倉は想像した。あるいは教養課長か。

「誰でもええやろ。とにかく、上で待機してろ。夕方には静岡へ移動やろ？」

「それやったら、今日はただの非番ですよ」確かに非番の一日のようだ。泊まり勤務明けの日……。

「この際、シフトはどうでもええがな。お前は試合のことを第一に考えろ。それが、府警の看板としての役目やで」

自分が「看板」だということはよく分かっている。そういう役目を果たす人間がいるメリットも理解していた。しかしそれは、警察本来の業務とは関係ない……やはり警察官は、自分の仕事をきちんと果たし、市民の安全を守ることで評価されるべきではないか。

「とにかく、お前は待機だ。ここで雑用をしている必要はない」

「しかし……」下倉はなおも抵抗した。

「これは命令や」とうとう、地域課長が決定的な一言を告げた。「命令」という言葉に逆らえる警察官はいない。

下倉は、立ち上がらないことで抵抗の意思を示し続けたが、地域課長には通じていないようだった。

「あのな、お前がここでごねてると、俺が署長に怒られるんや。俺の顔を潰さんように——そう考えてくれんかな」

「……分かりました」

ここまで言われては仕方がない。しかし、最後に「何かあったら呼んで下さい」と言い残すのを忘れなかった。

「何かあっても呼ばんよ。試合の準備をしろ」

下倉は、頭に入っている東海道新幹線の時刻表を思い出しながら続ける。

「静岡に停まる最終の『こだま』が出るのは九時過ぎなんです」

「おいおい、それまでこの状態が続く言うんか?」地域課長が両手を広げた。「まだ九時間もあるで。そんなに長く続いたら……」

地域課長がぱたんと手を下ろす。何を言いたいのかは想像できた。あと九時間も膠着状態が続いたら、警察も犯人も参ってしまう。そんな状態になったら、何が起きるか分からないではないか。

結局、地域課の自席に座っていたのは五分ほどだった。寮に戻るために歩き出したものの、我ながら力がでない……試合で負けた時の感じによく似ている。この状況で「負けた」話は、あまりにも縁起が悪いが。

「下倉さん」

エレベーターのところで声をかけられた。振り返ると、顔見知り――というほどではないが、一度取材を受けたことのある東日《とうにち》の記者が立っていた。府警の採用ポスターに出た時のことだった……当時警察回りだったはずのこの記者は、今は何をしているのだろう。自分と同年代のはずだが。

「どうも」無視するわけにもいかず、軽く頭を下げたが、これは失敗だったかもしれないと悔いた。この状況で、新聞記者と話すのはまずいのではないか……慌てて上行きのボタンを押す。

「えらい事件ですな」こちらは名前も覚えていないのだが、記者は気軽に話しかけてきた。

「自分は何も分かりませんよ」

「そう、無闇《むやみ》に煙幕を張らんでも」記者が苦笑する。

「明日、試合なので」

「ああ、そうなんですか……それも府警の大事な宣伝ですな」

確かに宣伝なのだが、外部の人間に言われると、かちんとくる。言い返そうかと思ったが、ちょうど目の前でエレベーターの扉が開いた。急いで乗りこみ、関係者だけが入るためのＩＣカードをセンサーに当てた。記者に一礼して、「閉じる」ボタンを連打する。

ようやく扉が閉まり、ほっとした。署の一階でうろうろしてると危ないな。ポスターに出た時や大きな大会で好成績を挙げた時などにマスコミの取材を受けているから、下倉は府警の中では、ある意味本部長以上の有名人なのだ。こちらが覚えていなくても、記者というのは、一度会った人間は必ず覚えているはず……。

エレベーターの中で一人きり。壁に背中を預け、溜息をついた。

こんなことでいいのだろうか。

考えろ、考えろ……この事件で、自分が果たせる役目は何なのだろう。

3

昼のニュースで、神谷は大阪府警の突入作戦が失敗したことを知った。島村の立案かどうかは分からないが、今頃は歯ぎしりしているだろう……しかしあの男の性格からして、決して凹んではいないはずだ。島村は一見とぼけているように見えて、実は竹のような男である。どんな強風でもあっさり受け流すしなやかさがある――しかも諦めが悪い。

「三上優人に飯を食わせましたよ」室木が刑事課にぶらりと入ってきて、告げた。

「様子はどうだ？」神谷はテレビの画面に目を向けたまま訊ねた。

「ペロリと平らげた、という感じですか？　新聞風に言えば」

「最近は、そんな風に書く新聞なんてないぜ」

「ですかね……大阪の方、どうなりました？」

「突入作戦が失敗した。犯人は人質を一人殺した、と言っている」

「げっ」室木が目を剝《む》く。「大失態じゃないですか。大阪府警はレベルが低いなあ」

「人のことを言ってる場合か？」神谷はぴしりと釘を刺した。「さっさと犯人を逮捕しないと、俺たちも批判を受けるんだぞ」

「へいへい」室木が呑気な口調で言った。

「おい、家宅捜索《ガサ》の準備ができたぞ」

刑事課長の光岡が声を張り上げ、それを機に神谷は立ち上がった。今回のガサは、被害者・伏見の部屋が対象になる。

警察的には極めて重要な「警戒対象」であり、そういう人間が殺されたために、この事件はまったく新しい局面を迎えることになる。単なる殺人事件ではなく、何かもっと大きな裏があるのではないか……被害者の身元が確認できた後、神谷は伏見の経歴について改めて調べてみた。

五年前に伏見を逮捕したのは大阪府警だったが、情報は警視庁にも——特に公安にはかなり残っている。公安部は、大阪府警の逮捕を受けて、慌ててデータを揃えたようだ。

まあ、公安が出遅れるのも仕方がない、と神谷は少しだけ同情していた。公安は、どんなに地下に隠れていても、相手が「組織」なら監視は得意だ。極左や右翼に関しては、長年の調査と観察で、全容をほぼ丸裸にしていると言っていいだろう。しかし、個人、あるいはごく少人数で活動している人間に対しては弱い。

伏見がまさに、そういうタイプと見られていた。どこの団体にも属さないテロリスト。しかし最終的に、彼がテロを決行するつもりだったかどうかは分からず、伏見本人も本音を語らなかった。結局、凶器準備集合罪で執行猶予つきの判決を受けただけ。以来、警視庁の公安も動向には注目していたようだが、具体的な計画や動きは摑めていなかったらしい。裁判が確定した後で東京に移り住んでいたようだが、何もしていない人間を突《つっ》き回すわけにはいかない。

テロの計画者。

そう推測された男が殺された。何か裏があると考えるのが自然である。

「伏見がテロリストだったたって、マジなんですか」室木が耳を掻きながら訊ねる。

「本人は否定した。しかし、押収された武器の量と種類を考えると、銀行強盗のためじゃないのは明らかだった」

「日本でテロを起こして、何のメリットがあるんですかね」

「極左の事件をテロだと考えれば、日本でだっていくらでもテロはあったよ」

「それって、要するに自己アピールだけじゃないんですか？」室木が白けたような口調で言った。「ちゃんと活動してるって、世間に対して宣伝するためだけに」

「そうかもしれないけど、実際に被害が出てるんだぜ……その話は、今はいいよ。俺たちが注目しなきゃいけないのは、この事件のことだけだ」

「テロリストを始末するのは、正義の味方の警察や軍って決まってるんですけどね」

「馬鹿なこと言うな。とにかく、ガサをかければ何か分かるはずだ」

「はいはい」

こいつはまったく……苛々しながら、神谷は刑事課を出た。どんな組織でも、仕事を牽引していく「できる」人間は二割しかいないという。六割はそれに従って何とかやっている人間、残る二割は足を引っ張る人間だ。

今回神谷は、足を引っ張る二割の人間と組まされてしまったわけだ。所轄の上司として、毎日この男と顔を合わさざるを得ない光岡の苦労を思うと、心底同情する。


伏見の自宅は、下赤塚駅から歩いて十分ほどの住宅街にあった。縦に細長い、典型的なワンルームマンション。つまり伏見は、自宅から歩いていける場所にある公園で殺されたことになる。

あんな時間に……散歩するのに適した時間帯ではない。

「しょぼいマンションですねえ」室木が鼻を鳴らす。

「そうかい？」

「四十にもなって、こういう小さいマンションで地味に暮らしてるってのは、どうなんですかね」

「独身だったらこんなもんだぜ」

「神谷さんは？　家族は何人いるんですか？」

「いや」まったくうるさい男だ――黙らせる方法を早く見つけようと思いながら、神谷はつい言ってしまった。「今は一人だ」

「今は？　バツイチですか？」

馬鹿にしたように言った瞬間、パシっと甲高い音がして、室木が一瞬前屈みになった。背後に立った光岡が怖い顔をしている。室木の後頭部を叩いたようだ。

「現場で余計なことを喋ってるんじゃない。さっさと行け！」

低い声で脅しつけると、室木がぶつぶつ言いながらマンションのホールに入っていった。

「申し訳ないな。奴はいつも一言多いんだ」光岡が情けない表情で言った。

「ああいう馬鹿はどこにでもいるよ。お前も大変だな」

「正直、手を焼いてる」光岡が舌打ちした。

「まあ、放っておけばいいんじゃないか？　ああいう奴は絶対に本部へ上がれない。所轄をぐるぐる回って、雑用をしながら警察官人生を終えるんだ」

「きついな」光岡が苦笑する。

「事実だ……そういう奴、何人もいるだろう」

「まあ、そうだな。何であんな奴が、警察学校の厳しいチェックをすり抜けちまうのか、さっぱり分からんよ」光岡が力なく首を横に振った。

「あー、まあ、無事に警察学校を終えた時点で、力を使い果たして駄目になる奴もいるんだろう。別にいいんだよ。駄目な奴はさっさと辞めてもらった方が、警察全体としてはロスが少ない」

一瞬、光岡が黙りこむ。ちらりと顔を見ると、何か言いたそうな表情を浮かべていた。

「何だよ」

「いや……お前は挫折しなかったな、と思ってさ」

「俺は、駄目な奴じゃないからさ」鼻を鳴らしてから、神谷はさっさと歩き出した。以前捜査一課に在籍していた時に暴力沙汰を起こし、大島の警察署に飛ばされていたのは挫折だったのかどうか——今でも総括できていなかった。

明日から大阪府警の警察学校長になる島村には、若い警察官をきちんと育ててもらいたかった。あの人なら大丈夫だろうが……いや、それは今大阪府警を震撼させている事件が無事に解決すればの話だが。下手を打ったら、異動の予定さえ吹っ飛ぶ可能性がある。

さて、気を取り直して被害者宅のチェックだ。外から見た通りの狭いワンルームマンションに一歩足を踏み入れた瞬間、神谷はここが単なる住居ではないと悟った。事務所だ。事務所ではなくとも、仕事場なのは間違いない。

八畳ほどの部屋の左側にデスク。部屋の中央には折り畳み式のテーブルが二つ、くっつけて置かれており、ノートパソコンが三台置いてあった。右側には金属製のラックがあって、雑多な書類が積み重ねられている。全部をチェックするには、相当時間がかかりそうだ。

ここに伏見が住んでいたことを示すのは、窓際に折り畳まれて置かれた布団のみだ。

「一人じゃないな」神谷はぽつりとつぶやいた。

「ああ。ここには何人か詰めていた感じがする」光岡が同調した。「奴は、ここで仕事をしていたんだろうか」

「何の仕事か、分からないが」

「何が言いたい？」

光岡の語気が鋭くなった。怒っているのではなく、内心の不安が表れているのだと神谷には分かった。この男は昔から心配性で、何か心配事がある時は、だいたい怒った態度を見せる。単なる強がりなのだ。

「奴が今何をしているかは、公安部も把握していない、という話だったよな？」神谷は逆に聞き返した。

「ああ」

「これだけ見ると、普通にビジネス——何の仕事かは知らないけど——をしている感じだけど、何しろ前科《まえ》が前科だ。何を企んでいたかは分からないぜ」

「よせよ」光岡が顔をしかめる。「心配するのは分かるけど、伏見は今回は被害者なんだぜ？　何を企んでいたにしても、もう何もできない」

「まあな」

「しかし、ここを調べるにはかなり時間がかかりそうだな。パソコンから始めるか？」

「ああ——起動は難しいと思うが」

普通は、起動時にパスワードが必要な設定にしてあるはずだ。専門家に任せても、パスワードの分析には何日もかかる。あまり当てにはできない……となると、ラックに置かれた書類がポイントか。ただし、これを全て精査するにも時間がかかるだろう。

神谷は一度部屋を出て、捜索に立ち会ってくれた不動産会社の社員、村西《むらにし》に話を聴いた。

「ここは、家として契約していたんですか？」

「基本的には、このマンションは全て住居契約ですよ」

「事務所として使うことはできるんですか？」

「それは、まあ」村西の口調は歯切れが悪い。「特に問題がなければ、どういう使い方をされてもこちらは何も言えませんけどね。いちいち調べているわけではないし」

「問題というのは？」

「原状回復できないほどに改装したり、騒音問題などで隣近所からクレームが来たりするようだと、こちらとしても一言言わないといけないんですが……」

「そういうのはなかった？」

「特にないですね」

「いつから借りているんですか？」

「一年前です」

「後で、細かい情報を教えて下さい。連絡先の電話番号とか、保証人の名前とか……以前に住んでいたところも分かりますよね？」

「それは、書類に残っています。会社に連絡すれば、すぐに調べられますよ」

「じゃあ、申し訳ないですが、チェックしてもらえますか」

村西に頼んだ後、神谷は一階に降りて、日勤の管理人に面会した。六十絡みの管理人は、住人が殺されたというので困惑気味だったが、神谷の質問にはよく答えてくれた。

「普段、伏見さんとはよく会いましたか?」

「いえ、そんなに頻繁には……」

「大抵、朝とか夕方に見ますよね? 出勤の時とか」

「出勤というか、あの部屋で、自分で仕事をされてたんじゃないですか?」

「どうしてそう思います?」

「昼間に、あの部屋を訪ねてくる人が何人かいて……いつも同じ人たちばかりでしたから。伏見さんのところで一緒に仕事をしていたんじゃないでしょうか。部下とか」

「会社、なんですかね」

「それは分かりませんけど……」

「ここへいつも来る人は、どんな感じでした?」

管理人は必死に思い出して、人物像を描いてくれた。一人は五十歳ぐらいの、がっちりした体格の男。もう一人は三十歳——もしかしたらまだ二十代の小柄な男。二人ともいつもスーツ姿で、合鍵を持っていたらしく、自由に出入りしていた。

「合鍵——伏見さんのところへ出入りしていたことは確認できたんですか?」

「オートロックですので、管理室には出入りの記録が残るんです。一応、住人ではない人が出入りした時はチェックするようにしていました」

「問題はないんですか?」

「まあ……なかったと言っていいでしょうね」

管理人がうつむく。本当はまずい――住人以外の人間が何人も出入りしていたら、セキュリティ上問題があるはずだ。それに、何か犯罪の臭いを嗅ぎ取るのが普通ではないだろうか。昔だったら極左のアジト、今なら振り込め詐欺グループが使っているとか。

しかしこれだけでは、管理人の責任を問えるわけではない。

「特にトラブルはなかったんですね？」神谷は念押しした。

「ないですね」今度は管理人ははっきりと言い切った。

「伏見さんと話したことはありますか？」

「挨拶ぐらいは」

「どんな感じの人でした？　あなたの個人的な感想でいいんですけど」

「普通の人でしたよ」

これでは何の感想にもなっていない。実際には伏見は、「普通の人」ではないのだが、そういう雰囲気は表に出なかったのだろうか。神谷も、伏見と直接対峙したことはないから、何とも言えないのだが。

「夜中に外へ出たりすることは……それは分かりませんか」

「ええ。私、ここの仕事は夕方五時までですから」

「分かりました……何か思い出したら教えて下さい」

「しかし、うちのマンションの住人が殺されるなんて、ねえ」管理人が溜息をつく。

「大変ですよね。でも、マンション側には何の落ち度もないですから」神谷は思わず慰めた。

管理人と話し終えて、伏見の部屋がある三階へ戻ると、村西が待ち構えていた。

「いろいろ分かりましたよ」

「すみませんねえ」神谷は手帳を広げた。

村西はまず、伏見の連絡先——携帯電話の番号だった——と、この部屋を借りる前に住んでいた住所、それに保証人の名前を教えてくれた。前住所は北区、保証人は……名前を見る限り、親兄弟ではなさそうだった。安田清《やすだきよし》という名前。住所も電話番号も記載されているから、架空の人物とは思えない。

「この安田さんというのがどういう人か、分かりますか？」

「すみません、そこまでは……私が契約を担当したわけでもないので」

「そうですか」まあ、いい。連絡先も住所も分かっているから、これから訪ねてみればいい。マンション契約の保証人になるぐらいだから、伏見とかなり親しい間柄なのは想像できる。今もつき合いがあるなら、伏見の交友関係が分かるかもしれない。神谷は、まだ伏見の部屋にいた光岡を呼び出し、相談した。

「今のところ、強盗か通り魔の可能性が高いよな」現場の状況からの判断である。この見方を覆す材料は、今のところない。

「そうだな。人目につかない場所だし、伏見が財布も携帯電話も持っていなかったのも、いかにもそれっぽい。犯人に奪われたんだろう」

「ところで、伏見の携帯の番号が割れたぜ——三上のスマホに残っていたのとは別の番号だな」

おそらく三上への連絡に関しては、別のプリペイド携帯を使っていたのだろう。神谷が告げた番号を、光岡が素早くメモする。犯人は、この携帯電話、それに二台あったはずのプリペイド携帯のうち一台を奪って逃げた可能性がある。

「電話を調べて、位置を絞りこめるかもしれない」

「電源を入れてるような間抜けな犯人ならな……もう、捨てたんじゃないか」

「まあ、調べてみるよ」光岡がうなずいた。多少、表情が穏やかになっているのは、少しずつだが捜査が進展しているせいかもしれない。

「それと、伏見がこの部屋を借りた時の保証人が分かった」

「名前は？」

「安田清。住所も電話番号も割れているから、これから訪ねてみるよ。捜査には直接関係ないかもしれないが、念のためだ」

「そうだな。伏見が危険人物なのは間違いないし……最近も、何か企んでいた可能性は否定できないからな」

「何なんですか？　伏見って、そんなに危険な人間なんですか？」

突然、室木が二人の会話に割りこんできた。神谷が露骨に舌打ちをしても、気づく気配もない。仕事ができないだけではなく、鈍い男でもあるようだ。鈍いから仕事ができないのかもしれないが。

「何でもないよ」

神谷は光岡に目配せした。この間抜けは置いていくぞ――光岡が苦笑しながらうなずいた。

間抜けな男を相棒にするぐらいなら、一人で苦労する方がましだ。

4

シャッターは固く閉ざされたままだった。こちらからは内部を観察できないが、犯人グループも「目」を失ったはず――これで立場は五分五分になった、と島村は前向きに考えることにした。

その状況を利用して、島村は再び「前線基地」の設置を命じた。ノースゲートのＰ１、サウスゲートのＰ２それぞれのポイントから機動隊員がカフェに接近し、盾を使った前線基地を設置――犯人側の反応はまったくない。外部の状況が見えなくなっている、と判断することにした。

島村はさらに一歩進めて、カフェの中を直接監視する方法を検討し始めた。これにはファイバースコープが役に立つはず……本来工業用の検査などに使う、長さ五メートルほどのものが既に用意されている。シャッターは完全には閉まり切らず、下にわずかな隙間が空いているから、そこからファイバースコープを挿入できるはずだ。それで中の様子を見て、まずは死体の有無を確認したい。先ほどの「人質を殺した」というのが単なるブラフなら、こちらが取るべき作戦も変わってくる。

「慎重に行け」ＳＡＴ隊員が動き出す前、島村はそれだけ無線で指示した。相手はプロだ。島村のような素人が余計な指示を与える必要はない。

先ほども感じたのだが、ＳＡＴの隊員たちは慎重というよりむしろ大胆だ。つまり、島村の指示を無視しているわけだが……これが彼らのやり方なのだろう。二人一組になり、重い盾を持ったまま中腰で接近を試みる。島村の感覚では「小走り」のスピードだった。カフェまで二メートルの位置に来ると、今度は一転してゆっくりと盾を下ろす。「音」による情報を与えないためだ。すぐにファイバースコープを繰り出した。黒く硬い紐のようなもので、床を這う様子を見ているうちに、島村は去年呑んだ胃カメラを思い出していた。最初は一気に前に出し、シャッターに近づいたところでスピードを落とす。先端部分が隙間に入りこむまで、やけに時間がかかったようだ。無事に中に入ったところで、SAT隊員が素早く後退する。盾は残したままで、これも前線拠点として使えるだろう。

「見えんなあ」別のモニターに目をやった島村はつぶやいた。犯人は、ほぼぼんやりした暗闇の中で待機しているわけで、ほとんど影としてしか映らない。シャッターの隙間から入る光は、ほとんど助けになっていなかった。

「少し動かしてくれ」島村は指示した。

カメラは確かに動いたものの、やはり犯人の姿までは捉えられない。何かが動いた――しかし、暗い中で黒いものが動いただけなので、果たしてそれが人間かどうかも確認できなかった。

「しばらくこのままにしておきますか？」指揮車に戻ってきた今川が言った。

「そうしよう。しかし、妙やな」

「何がですか？」

「犯人も、こんな暗闇の中にいる必要はないやろ。カフェの中の照明をつければいいだけの話やないか」

「監視を警戒しているのかもしれません。顔を見られたくないとか」

「確かにこの暑い時に、ずっと目出し帽を被っていたら、顔がかぶれそうやな」島村は頰を掻いた。奴らは暗闇の中で目出し帽を脱ぎ、ひたすらじっと待機しているのか。

意味が分からない。こんな作戦が上手くいくと、本気で考えているのだろうか。

十分ほど、島村は画面を見続けたが、とうとう目が悲鳴をあげた。何しろ暗いだけのぼんやりした画面で、時折人影らしきものが動くだけなのだ。

「あのファイバースコープ、当然ライトはついてるやろ？」今川に確認する。

「LEDライトが先端についています」

「フラッシュのように使えるか？」

「可能ですが……」今川が目を見開く。「監視しているのが一発でバレますよ。それに、ライトが照らす範囲はそんなに広くありません。もともと、排水管や狭い場所を覗くためのものですから」

「かまわん。この状態でカメラを突っこんでいても、暗闇の中を手探りするのと同じや」

「分かりました」今川が無線を手にし、指示する。最後に「十分注意すること」とつけ加えた。

「いきなりライトが光ったら、犯人側が何をしでかすか分かりませんからね」今川は島村の指示を納得していないようだった。

「理想的なんは、連中がショックで心臓麻痺《まひ》を起こすことやな。そうしたら、こちらに犠牲を出さんと逮捕できる」

「……変な期待はやめましょう」

今川に諌《いさ》められ、島村は咳払いしてから黙りこんだ。

少し経った後、画面がいきなり明るくなった。すぐに元通り暗くなり——別のモニターで、いきなりシャッターが開くのが見えた。三分の一ほど開くと、膝立ちしている犯人の姿が目に入る。やはり目出し帽は被っていた——手にはライフル銃。一発、二発……相当離れた場所にある指揮車にも、発射音は届いた。

島村はすぐに「応射するな！」と無線に向けて怒鳴った。シャッターが開いているから、人質を撃ってしまう恐れがある。

幸い、怒りの反撃はすぐに終わった。犯人はシャッターを閉め、再び閉じこもってしまったのだ。

「被害は！」今川が無線に向かって叫ぶ。

「確認中……」現場からの声が途絶える。

「心配ないやろ」島村は自分を勇気づけるように言った。「当てずっぽうに撃っただけや」

「それはそうでしょうが……」今川は不満そうだった。

「それより、今出て来たの、2号やないか？」

「そうですね」今川が、映像を巻き戻して確認する。「確かに髪が長いですわ。暑苦しい男ですな」

「逮捕したら、まず床屋に強制連行して髪を切らせよう」

緊張した状況では、むしろ冗談が飛び出しがちになる。今川が薄い笑みを浮かべたのを見て、島村はまた一つ咳払いした。

「今の映像、どうや？」

「今一つですね……」渋い声で言って、今川がシャッターの内側を撮影した映像を巻き戻し、停止した。

「暗いな」

「元々、こういう場所を広範囲に明るく照らすものではないですからね。しかし……どうですか？　死体はなさそうですよ」

「そのようやな」

手前は強い光で飛んでいるが、その光はスペースの奥までは届いていない。手前に黒いTシャツの男が二人……一人は2号だろう。目出し帽は被っており、顔は見えないものの、髪の毛がはみ出している。その横に立っている小柄な男は3号か。二人とも手にはライフル銃。姿がはっきり見えているのは二人だけで、あとはやはり影のようになっている。

倒れている人間はいないようだ。逆に、座りこんでいる二人の姿がぼんやりと見える。2号と3号の黒いシャツではなく、もう少し明るい服——一人はスーツ姿に見えた。さらにシルエットの大きさの違いから、一人は女性ではないかと思われた。

「人質、無事やないか？」

「その可能性はありますね」今川の声はわずかに弾んでいた。

「もしかしたら、この女性らしい影——」島村はボールペンでモニターを指した。「4号かもしれんで」

「一人だけ、黒じゃない服を着ますかね？　はっきりしませんが、ピンクに見えますよ……やはり人質じゃないでしょうか」

「よし、科捜研だ。画像をもう少し鮮明にして、解析してもらおう」

島村はまた啓介に電話をかけた。指揮命令系統からすると滅茶苦茶だが、この方が話の通りが早い。今までどこからも文句が出ていないから、科捜研でも非常事態として了承してくれているのだろう。

「悪いが、また写真の解析を頼むわ」

「今度は何？」

「犯人が写っている」

「それはでかい手がかりやね……写真って、映像からの切り取り？」

「ああ」

「それやったら、またオリジナルの映像をお願いします。その方が処理がしやすいから」

「分かった」

「それよりオヤジ、大丈夫か？」

「何がや」島村は少しむっとして言った。

「お袋が心配して電話してきたで。大丈夫やって言っておいたけどな」

「もちろん大丈夫や」

「電話ぐらいしてやれよ」啓介が心配そうに言った。「こんな現場、今までにないやろ？　お袋が心配するのも当然やないか」

「無理や」島村は即座に断言した。「電話してる暇なんか、あるかい。お前が言っといてくれ」

「そういうの、今時流行《はや》らんと思うけどなあ」

「流行るも流行らんもない」島村はぴしゃりと言葉を叩きつけた。「こんな非常時に、家のことなんか心配してられるか」

「そうやって今まで、引っ越しも何もかも、全部お袋に任せてきたわけや」

「それがうちの夫婦のやり方や」

「はいはい」呆れたように啓介が溜息をつく。

「映像、よろしく頼むわ」電話を切って、思わず舌打ちしてしまう。

「息子さんですか？」映像の送信用意をしながら、今川が訊ねる。

「ああ。大学院なんか出ると、理屈っぽくなっていかんわ。だいたい、阪大の大学院まで行って、警察で技官いうのはどうなのかね」

「いいじゃないですか、優秀な人材が警察に来てくれた方が」

「優秀ねえ……」確かに自分とは頭の出来が違う感じではあるが。あれはきっと、女房に似たのだ。

「被害、確認できませんでした」無線が鳴り響く。誰が喋っているか分からないが、ほっとしたような声だった。

島村は今川と顔を見合わせ、右手で二度、胸を撫でおろしてみせた。今川もわずかに表情を緩ませる。怪我人がいなかったことで、取り敢えずはよしとしよう。それに内部の撮影に成功したのは大きな前進だ。

さて、今のうちに腹ごしらえしておくか……署から届いた弁当を開けると、一面が茶色——でかいトンカツが飯の上に載っている。こんな、胃の負担になりそうなものを……まあ、受験と同じで「勝つ」まじないみたいなもんやな。

脂っこいトンカツを無理矢理詰めこみ、一息ついたところで電話が鳴った。刑事部長だった。

「ちょっと梅田署まで来てもらえるか」

「何事ですか」そう度々現場を抜けるようでは、指揮官の義務は果たせない。

「いや、次のタイムリミットの三時に向けて、詳細に打ち合わせしておきたい。今川警備課長も一緒に頼む」

「分かりました。こちらからも報告することがあります」

「いい知らせか？」

「前進はしています」

「結構だ。詳しいことは署の方で……三十分後でよろしいか？」

島村は腕時計を確認した。十二時半。一時から始まる会議が長引かなければ、次のタイムリミットである三時までには戻れる。新たな作戦を立てる時間が必要だった。嫌な予感がする。タイムリミットが迫っているのに、わざわざ自分を呼び出す意味は何なのだろう。

解任、という言葉が唐突に頭に浮かんだ。

島村は十二時五十分に署に着いた。途中で一瞬迷った末、裏から入って二階の会議室へ向かう。署長室で話そうと思っていたのだが、副署長席付近に報道陣が集まっているので、摑まると厄介なことになる、と遠藤から忠告を受けていたのだ。

同席したのは村本刑事部長の他に、警備部長、そして次期署長の萩沼。二人の部長は険しい表情で、萩沼はどこか居心地悪そうにしている。

席につくなり、島村は先ほどの偵察について報告を始めた。向こうから何か言われる前に、こちらで言うべきことは言ってしまおう。

「先ほど、ファイバースコープでカフェ内の偵察を行いました」

「発砲はその時か？」刑事部長が語気鋭く訊ねる。

「人的被害はありません」その一言で、島村は追及を打ち切りにかかった。「偵察の結果、犯人側が人質を殺したというのは嘘だった可能性が高くなっています」

「どういうことだ？」刑事部長の顔色が変わった——怒りから困惑へ。

「犯人ではない男女二人——人質と見られる人物二人の撮影に成功しました。現在、科捜研で写真の解析を行っています。もうしばらくしたら、より分かりやすい写真ができると思います」

「犯人が何故嘘をついたか、だな」刑事部長が腕組みをした。

「それは分かりません。実際に人を殺すまでの覚悟ができていないだけかもしれません」

「こうなると、他に爆弾があるかどうかも疑わしい。十億の要求も本気かどうか……引っこみがつかなくなってしまっただけではないか？」

「可能性はあります」島村は認めた。ただし爆弾については「ない」ものとはできない。

「三時に向けての作戦は？」

「現在策定中です。犯人の一人だけでも身元が確認できれば、それを元に説得材料にできると思いますが……」

「身元については、鋭意捜査中だ。ところで島村署長、明日から警察学校の方へ移る準備は進んでいますか？」

「それは……まあ、行くだけですから」唐突に来たな、と島村は警戒した。

「こちらの署の引き継ぎもまだだそうだが」

これは……解任。刑事部長は、柔らかい手で俺を下ろしに来たのだ、と判断した。異動は、絶対に変更できない。それを理由にすれば、指揮官を交代させることは可能だ。

「ここまで何度か失敗があったことは認めます」島村は少し走り気味に言った。「しかし私は、この事件の対策を最後までやり抜くつもりです」

「とはいえ、他の業務も滞りなく進めなくてはならない。どうかな？　ここは私が現場に詰めて、直接指揮を執ることにするというのは。島村署長は、今日中に萩沼参事官への引き継ぎを済ませてもらえないだろうか」

「申し訳ありませんが、それは現段階での最優先事項ではないと思います。だいたい、今回の異動では、梅田署は課長クラスは一人も動きません。シームレスに仕事は続けられますし、萩沼参事官は、新署長としてそこに乗ってもらえば、業務に支障は出ません」

「しかし、島村署長の異動に差し障る」

「もしも私の失敗を理由に、指揮官を交代するなら、はっきりそう言って下さい。責任なら取ります」

「そういうことを言っているんじゃない」刑事部長の顔が見る間に強張った。「より現実に即して体制を立て直すだけだ。このまま事件が解決せずに明日になったら、萩沼参事官が明日から苦労することになる」

「もちろん、明日までには解決します」

「どうやって」

嫌な沈黙が流れる。このやりとりは、間違いなく袋小路に入っていくだろう。一応「打診」の形ではあるものの、上層部の意思は既に固まっているはずだ。こうやって話をしたことで、「一方的に下ろしたのではない」というアリバイを作っているに過ぎない。警察は組織中の組織だが、面子《メンツ》にもこだわる。

「時間はあります」

「JRをいつまでも抑えておけるわけではない。乗客からの苦情が殺到して、その処理だけでも大変なことになっているようだ」

「ＪＲには申し訳ないと思いますが、リスクを冒すわけにはいきません」

「島村署長……」刑事部長が溜息をついた。「我々は組織の中で動いている。誰が指揮を執っても同じ力が発揮できる――それが組織というものだろう」

「最後までやらせて下さい」島村は立ち上がって頭を下げた。たっぷり五秒、同じ姿勢を保持した後、勢いよく顔を上げる。「中途半端な状態で放り出したくはありません」

「しかし、あなたのタイムリミットは今日までだ」

「ですから、本日いや、明日午前零時までには必ず解決します」

またも沈黙……島村はゆっくり腰を下ろす。それと入れ替わりになるように、横に座る今川が立ち上がった。

「私からもお願いします！」深々と一礼。「島村署長はここまで指揮を執ってきて、現場の状況を一番よく把握しています」

島村は思わず今川の袖を引こうと思った。あんた、直属の上司の警備部長も同席してるんやで。こんな席で意見したら、次の異動では地獄行きや。

「それはそうだが……」刑事部長が渋い表情を浮かべ、隣に座る警備部長に視線を向ける。「府警としては、他の業務もシームレスに進めていかなくてはいけない。そこは分かってもらえると思うが、警備課長」

「承知しています」今川が目礼する。「ただ、現場の立場で言わせていただければ、途中で指揮官が交代するのは大変なマイナスです。これは通常の、警察側のペースで進められる警備計画とは訳が違います。刻一刻状況は変わりますし、犯人の出方も読めません。こういう状況での指揮官の交代は、非常にリスキーかと思いますが」

警備部長が、刑事部長と顔を見合わせる。今川がもう一度、深く頭を下げた。

「どうか、お願いします。現場の人間は全員、島村署長の元で一致団結して解決を目指しています。この状態を最後まで続けさせて下さい」

「まあ……現場の声は無視できないな。士気に関わることでもあるからな」刑事部長が渋々認めた。「分かった。当面、現在の体制で対策を進める。一刻も早い解決を目指そう」

淡々とした公式見解。しかしこれで命脈は保てた、と島村はほっとした。

その後は、指揮官交代の話などなかったかのように、淡々と事務的な話が続いた。島村としては、犯人が使ったプリペイド携帯を倉本伸介に買わせた人間の存在が気になる。現在立て籠もっている実行犯の一人である可能性が高い。

「照合作業は続けているから、もう少し待ってくれ」この件になると、刑事部長は腰が引け気味になる。

「とにかく、犯人の名前が一人でも分かれば、現場で手の打ちようがあります。名前を出した時に犯人がどう反応するか――私の感覚では、今のところ犯人はまったく焦っていません。発砲する時でさえ、冷静な感じなんです」島村は指摘した。

「分からんな」刑事部長が首を横に振る。

「どうも、全体にアルバイト感覚というか……犯人グループは、立て籠もっている人間だけではないと思います。相当な人数がいるはずですが、それなら全体をコントロールしている人間が必ずどこかにいます――しかしその影も見えていません」

「黒幕――指揮官、か」刑事部長がぽつりと言った。

「指揮官を割り出せれば、一番早く解決できるはずです――」

マナーモードにしてテーブルに置いておいたスマートフォンが振動する。画面を見ると、啓介からのメールだった。素早く操作して確認すると、先ほど送った映像をより鮮明にしたものを送ってくれたのだと分かる。

「ちょっとお待ち下さい……科捜研からです」島村はスマートフォンを取り上げ、画像を画面一杯に広げた。横に座る今川が画面を覗きこむ。

「署長、これは……」

「犯人の素顔や」返答する声がかすれる。ついにリアルな犯人の姿にたどり着いたのか。

スマートフォンの小さい画面なのではっきりとは分からないが、先ほど見た映像が、より鮮明な写真になって処理されたものだ。目出し帽を被っている2号と3号の輪郭はよりくっきりし、何より人質二人の無事が確認できる。男性の方は両足をだらしなく投げ出し、前方をぼんやりと見つめている。横に座る女性は足を折り畳んで、うなだれているものの、薄く目を開けているのが確認できた。

「人質は無事です」

島村はまず刑事部長に報告した。二人の部長が立ち上がり、テーブルを回りこんで島村の背後に立つ。島村は、座りこんだ人質を指差した。そして、さらに重要な情報。

「左側に目出し帽の人間が二人いますよね？　我々が2号、3号と呼んでいる犯人です。3号は、こちらの応射で負傷した人間……その右脇、画面の中央付近にもう一人の男がいるのがお分かりですか？」画面を指差しながら、島村は振り返った。「この人物は我々が1号と呼んでいる男です。服装は間違いなく1号のもので、目出し帽は被っていません」

「中にいるから、目出し帽を脱いだわけか……」刑事部長が納得したように言った。

「辛うじて、ですが、顔も見られる明るさです。倉本伸介に見せて確認したらどうでしょう。防犯カメラの映像とも照合できます」

「よし。一歩前進だ」

刑事部長の機嫌は、急激に回復していた。まったく、現金なもんやな……内心呆れたが、島村は同意の印にうなずいた。一歩前進は間違いない。できるだけ大きな一歩であって欲しかった。

梅田署を出て歩き始めてすぐに、島村は今川に礼を言った。

「助かったわ……刑事部長、俺を解任したがってたな」

「異動だからというのは理に適ってますけど、今言わんでもええですよね。試合の途中で、オーナーの一言で監督の首をすげ替えるようなもんですよ。そんなことしたら、甲子園はブーイングで崩壊しますよ」

「阪神なら、そういうこともありそうやから怖いけどなあ」

「……とにかく、途中で監督交代は絶対に避けたいんです。それに――」今川が声をひそめる。「刑事部長と、あの狭い指揮車でずっと一緒かと思うと、息が詰まりますわ」

「なかなか厳しい人やからな」島村はうなずきながら言った。

「下手打って、キャリアの人の経歴に傷をつけたら申し訳ないですしね」

「ああ。無事に警察庁へ戻ってもらうのが俺らの仕事……って、何言うとるねん。そもそも失敗する前提で話すアホがおるかい。慎重なんとネガティブなんは全然違うで」

「性格ですよ、性格。この歳になって、性格は直りませんわ」

「今からでも性根を叩き直すことはできるで。警察学校に入り直すか？」

軽口を叩きながら歩いているうちに、少しだけ気が楽になる。取り敢えず命脈もつながったわけだし……。

「まあ、礼を言うよ。俺は何としても、この事件を無事に解決したいんや」

「その気持ちは、現場にいる全員に共通してますよ」

胸にぽっと灯りが灯るようだった。気持ちは一つ。誰一人として折れていない。事件解決に向けて、これほど心強い状況はなかった。

地下街は避けたかった。駅が封鎖されているせいか、人が溢れて、普段よりもずっと混んでいる——場所によっては、朝の通勤ラッシュの車内並みの混雑になっているのだ。時間が経てば駅の混雑はある程度解消すると言っていたのは誰だったか……思い出したら、突っこんでやろう。この混乱は、簡単には収まりそうにない。ところが梅田署の前、阪急前交差点は、歩いて渡れないのだ。交通量が多いので、横断歩道がないのはともかく、歩道橋すらない。これは都市設計のミスに加えて道路行政の怠慢やで……頭の中で文句を言いながら、島村は地下街へ潜った。人混みを縫うように歩き、途中で地上に出て、何とか指揮車にたどり着く。梅田署から、時空の広場の上にかかる大屋根は見えているのに、十分ほどもかかってしまった。

狭い指揮車だが、もう十時間以上もここに詰めているので、何となく安心できる場所——我が家のようになっている。

あとどれだけここにいることになるのだろうと考えると、一瞬疲れを覚えたが、それを吹き飛ばす情報が、それからわずか十分の間に入ってきた。

倉本伸介にプリペイド携帯の購入を依頼したのは、やはり1号だった。ここで初めて、犯人の具体的な情報が得られた。そしてさらに五分後、1号の名前が割れた。

三木智史《みきさとし》。免許証の写真との照会で割り出し、住所も判明した。この情報を島村たちが受けた時には、捜査一課の強行班と所轄の連中が、既に確認に向かっていた。

「これで上手く転がり出すぞ」島村は思わず揉み手をした。

「三木という男が主犯格とは限りませんよ」今川が釘を刺した。

「分かってる。リーダーは今頃、どこか安全なところに隠れて、指示を飛ばしてるんやろな」

「指揮官はそれが普通ですよ」

「ということは、現場の近くに詰めている俺は、本物の指揮官とは言えないわな」

指揮命令系統のレイヤー……自分より上の立場の人間がいるのは間違いない。今のところ、こちらの判断を覆すような命令が出ていないことが救いだったが。

5

三木は枚方《ひらかた》市に住んでいた。京阪本線の光善寺駅近く。そちらまで足を運ぶわけにはいかない島村は、ストリートビューで現地の様子を確認した。

「まったく普通のアパートやな」

一戸建てが建ち並ぶ中で、三木の家は二階建ての小さなアパートだった。そこの二〇一号室。道路に面したベランダのシャッターは閉まっていて、中の様子はまったく窺《うかが》えない。部屋数は十六、それに対して、アパート前の駐車スペースは十台分だった。三木は車を持っているかどうか……。

情報は次々に入ってきた。三木は自宅には不在。実家は奈良で、このアパートで一人暮らしをしているらしい。実家とは連絡が取れ、捜査員が両親に話を聴くために急行している。三木は軽自動車を所有していたが、現在、その車はアパートの駐車スペースには見当たらない——。

「1号が三木である可能性は高いでしょうね」今川はあくまで慎重だった。

「顔写真が二種類ある」島村はVサインを作った。「携帯ショップ近くの防犯カメラに映った映像、そして先ほどファイバースコープで撮影した映像。どちらの写真についても、倉本伸介は自分に声をかけてきた人間だ、と断定している」

倉本は逮捕されたわけではないが——現段階では容疑を特定するのが難しい——警察には協力的だった。自分がヤバいことをしたのはしっかり意識しているようで、さっさと恭順の意を示しておこうと決めたのだろう。倉本というのは、馬鹿な人間ではないようだ。

そして免許証の写真照会システムでも、顔写真が一致している。もちろん機械任せにはせず、人間の目でも確認済みだ。二重のチェックで間違いが起きる確率は低い。

「そもそも何をしている人間なんですかね」今川が手帳に視線を落とした。「二十五歳……普通なら働いている年齢ですが」

「その辺は、おいおい分かってくるやろ」島村は心配していなかった――むしろ期待している。捜査には、こういう分水嶺があるものだ。意識するしないにかかわらず、重大なポイントを超え、一気に弾みがつくタイミング。自分たちは今、そこにいるのだと確信する。

「実家、奈良のどこですか？」

「大和郡山」

「それなら、近いもんですね。車で一時間ぐらいでしょう」

「サイレンを鳴らせば四十五分や……ここは一つ、腹を決めんといかんな」

「と言いますと？」

「両親を、説得に使うかどうか」

「どうですかね……」今川が顎を撫でる。いつの間にか、顔の下半分が青くなっている。本来は、一日に二回、髭を剃らねばならないタイプだろう。「こういう事件で、親の説得が上手くいったケースはほとんどないでしょう」

「まあな」島村は顔を歪めた。「ただ、これまでの立て籠もり事件とは状況が違う。だいぶ時間が経っているから、犯人側にも絶対に焦りはあるはずや。そこへ両親の説得があれば、揺さぶりにはなる……」

「やってみますか」

「やらずに後悔するよりは、だな」島村はうなずいた。

捜査一課長の秦から連絡が入った。口調がきびきびしている。

「奈良で両親を確保しました」

「どんな具合や」

「仰天してたそうですわ」

「そらそやろ。で、三木に関する新しい情報は？」

「出身は大和郡山、地元の高校を出て、大阪の大学に進学……ただし、二年の時に中退していいます。その後はバイト生活で食いつないでいたそうです」

「その割には、軽とはいえ車も持ってるわけや」

「割のいいバイト——夜の商売もしていたそうですな。これまで、ミナミの店を何軒か、渡り歩いたようですね」

「黒服か？」

「おそらくそうでしょう。両親も、落ち着かない生活からはそろそろ抜け出して欲しい、と言っていたようですが、本人は腰が定まらんようですな」

「しかし、そんな話をよく両親が知っとるな。そういうこと、普通は恥ずかしくて親には言えんだろう」

「父親も水商売をしてるんですよ。同業者みたいなものですから、話もできるんでしょう」

「両親は、まともに話はできそうか？　現場で説得させようと思ってるんやが……」

「いや……お勧めできるタイプやないですね。少なくとも父親の方は」

「母親は？」

「それもどうですかね」秦が渋い反応を示す。「あれですわ、昔の言葉で言えば、トッポい両親、いう感じだそうです。説得役として上手く機能するかどうかは保証できませんん」

「それでも、使えるものは使おう。今、こっちへ向かってるんやな？」

「もうパトに乗せましたよ。一時間もかからないで梅田署に着くと思います」

「直接ここへ連れて来てくれんか？　俺が説得役を頼んでみるわ」

「分かりました」

「刑事は何人同行してる？」

「六人。車は二台出してます」

「えらいお大臣やな」こういう場合に「お大臣」という言葉は変かもしれないが……。

「誰か、下話《したばなし》だけでもしておくように頼んでくれんか？　いきなりここで頼まれたら、両親も反応しようがないやろ」

「分かりました。やんわり言うように指示しておきますわ。本格的には、署長にお任せしてよろしいんですね？」

「ああ」

　電話を切って腕時計を確認する。一時四十五分……三時、いや、二時半には三木の両親は到着するだろう。何としても上手く頼みこんで、説得に当たってもらわないと。しかし、「トッポい」というのが気になる。気障《きざ》っぽく、かつ不良っぽい——最近はまったく聞かなくなったが、島村が駆け出しの頃は、若者の間では結構ポピュラーな言葉だったと思う。二十五歳の男の両親だったら、年齢は五十代前半ぐらいか。その年齢の人が若い頃と言えば、ヤンキー文化全盛期だろう。そして今も呑み屋を経営しているという……自分が一番苦手なタイプかもしれない。

　五十代でこれはないわ、と島村は呆れた。三木の父親は、金髪のリーゼントだったのだ。ネクタイなしのスーツ姿。ワイシャツの袖にはカフスボタン。顔つきは……若い頃にナンバーワンホストとして鳴らしたのが、皺が増えて経営サイドに回った感じだろうか。母親がまた、紫のベースに巨大なオウムが描かれたブラウス、それほど細くない太腿を大胆に露出したミニスカートにピンヒールという、年齢をまったく無視した格好である。強い柑橘系のコロンの匂いが漂ったが、どちらのものかは分からない。二人が去ったら、指揮車の窓を全開にして空気を入れ替えよう、と島村は思った。

「三木恭三《きょうぞう》さんですね」島村はまず、父親をターゲットに絞りこんだ。

「そうです」

「お仕事は？」

「大和郡山で、店を三軒ばかりやってますわ」

「飲食店ですか？」

「有り体に言えば呑み屋です。一軒がスナック――これが一番古い店で、今はガールズバーと居酒屋もやってます」

「なるほど」

島村が軽く相槌《あいづち》を打つと、父親が露骨に不満そうな表情を浮かべる。ローカルな実業家としてそれなりに成功しているのに、感心してもらえないのが不満なようだった。

「早速ですが、息子さんが時空の広場のカフェに立て籠もっていると思われます。説得していただけませんか？」

「まったく、アホな話や」父親が吐き捨てる。「下手打ちやがって」

「いや、この場合、下手を打ったという言い方はちょっと……」島村は父親を諌めた。

「何のつもりか分からんが、金が欲しいなら、こんなことせんでも何とでもなるでしょう。だいたい、十億て何ですか。常識で考えれば、そんな金が出ないことぐらい、分かるでしょう。智史も、水商売をやってるんやから、金の計算ぐらいはできるはずや」

「どうしてこんなことになったんですか？」

「知らんわ」不機嫌に吐き捨てた直後、三木が慌てて「よく分からんです」と言い直した。

「息子さん、いろいろ苦労されているようですが。大学を辞めたりとか」

「ああ、あれは、行ってもしょうがない大学でしたからな」三木が鼻を鳴らす。「いわゆるFラン、いうやつですよ。Fラン、分かります？」

「まあ……」島村は言葉を濁した。Fランキング——いわゆる低偏差値の大学を揶揄《やゆ》して指す言葉だ。

「卒業しても、まともな就職先もないような大学ですからな。それやったら、さっさと辞めて自分で商売を始めた方が賢いですわ。で、結局私と同じ道へ」

「ミナミですか？」

「そう——あちこちで。なかなか、いい店には出会えんもんでね。人に使われてる限り、水商売は駄目ですわ。やっぱり、自分で店を持つようにならんとね。金のことなんか、何とでもなる。いい加減しっかりしろ、と口を酸っぱくして言っておったんですが」

「しかし、そこそこ儲《もう》けていたんじゃないですか？　車も持っているぐらいだし」

「俺があいつの歳の頃には、もうベンツに乗ってましたわ」

このオヤジは……島村は額を揉みたくなった。事態の深刻さをまったく理解していない。

「金の問題で困っていたわけじゃないんですか？」

「確かに、いつもピーピー言うてましたよ。情けない話や」

「それが原因で、今回の事件を起こしたのでは？」島村は一気に突っこんだ。

「それは……どうですやろ」三木が言い淀む。「あいつもそこまでアホやないと思いますが」

「誰かに誘われた可能性もあります。そういう、悪い仲間がいるんですか？」

「いるかもしれんし、いないかもしれん……夜の街で働いてたら、いろんな人間に会いますからな。しかし、あいつが銃を持って立て籠もりとはね。まだ信じられんわ」

「そうですか？」

「気の弱い男なんですわ。こんなことをするはずないんやけどね。何かの間違いとちゃうんですか？」

「写真はご覧になりました？」

「ああ、まあ……確かに息子やけどね」

「何よりの証拠なんです。ですので、これ以上罪を重ねないように、説得をお願いできませんか？　銃を捨てて投降してもらいたいんです」

「しかし、あれですか？　銃を持っとるんでしょう？　そこへ私が出ていかんといかんのですか？」三木の顔から血の気が引いた。

「それは心配しないで下さい。安全に声をかけてもらう手を考えてあります」

「だったら……まあ」三木が妻と視線を交わした。三木よりも蒼《あお》い顔をした妻は、素早くうなずいた。夫よりもはるかに強烈なダメージを受けているらしい。

「すぐやるんですか？」三木が訊ねる。

「できるだけ早く」島村は左手を持ち上げて腕時計を見た。「準備は進めていますので、三時には可能です」

「それは……時間はないですな」

三木も左手首を覗きこむ。金のロレックス……分かりやすい金の使い方だ。

「申し訳ないです」島村はさっと頭を下げた。「時間がないのは仕方のないことです。もうずいぶん長引いていますし……お願いできますか？」

「ま、あいつが俺の言うことを聞くかどうかは分からんが、やってみましょう」

「助かります」

「じゃあ、その前にちょっとトイレに……この辺に、トイレなんかあるんですか？　駅には入れんでしょう」

「案内させます」

島村は、伝令役として待機していた梅田署の若い外勤警察官に目配せした。すぐに了解した若い警察官が、指揮車のドアを開けて父親を誘導する。

相手が母親の洋子《ようこ》だけになったところで、島村はさらに話を進めた。ちょうどいいタイミングだ……服は派手だが、性格は地味め——夫が一緒だと遠慮してあまり話したがらないようだ。

「心配ですな」

「ええ……」

「本当に、こんなことをする息子さんではないんですか？」

「まさか。気の弱い子ですよ」洋子がはっと顔を上げる。「子どもの頃も、喧嘩するといつも一方的にやられて帰ってくるだけで。中学校の時は、いじめられて、一年近く登校拒否やったぐらいですから」

「どこかで変わったんですかね」

「今もそんなに変わってないと思いますけど……」

「やはりお金には困ってたんですか？　仕事が上手く行ってなかったとか」

「それも分からないです」洋子が、両手をきつく握り合わせた。「最近は、あまり話もしていなかったので」

「ご主人もですか？」

「ええ」

「まあ……離れて暮らしてる親子はそんなものですよね」自分も、啓介とはあまり話さなくなっている。この事件に関しては、あくまで「仕事」として話をしている。「それより、ご主人はあまりショックを受けていない様子ですが」

「状況がよく分かっていないのかもしれません。まだ冗談だと思ってるのかもしれないし」

「そうですか……奥さんが話した方がよくないですか？　男の子は、母親の言うことの方をよく聞くでしょう」

「いや、でも……あの子、本当の子じゃないんです」

「ご主人の連れ子ですか？」これは初めて聞く情報だった。

「あの子が八歳の時に再婚して……もういろいろなことが分かる年齢でしたから、居心地が悪かったんだと思います。別に仲が悪いわけじゃなかったけど、今でも距離はあるんですよ」

「ご主人とは、そういうことはないですか？」

「主人にとっては実の子ですから」

となると、やはり父親に説得させる方がいいだろう。より距離が近い人間の方が、心に訴えかけることができるはずだ。

五分ほどして、三木がトイレから戻って来た。先ほどまでと打って変わって、顔色が悪い。

「体調、よくないんですか？」島村は思わず訊ねた。

「いや、あの……本当にえらいことなんですな」

「えらいことですよ」島村は鸚鵡《おうむ》返しに言った。「何しろ、大阪駅が丸々封鎖されて、始発から電車が一本も動いてないんですから」

「あいつ、とんでもないことを……」

三木が唇を嚙む。駅の混乱ぶりを見て、初めて事態の重大さに気づいたようだった。

6

安田清の家は、世田谷――小田急線の経堂《きようどう》駅にほど近い住宅街にあった。住所的には「赤堤《あかつつみ》」。都内に住む人間以外にはあまり知られていない地名だが、世田谷区内でも有数の高級住宅地である。

　室木を無視して一人で来てしまった神谷は、結果的に楽な気持ちで車を降りた。一人の時は、コンビでやる時よりも強い集中力が必要になるが、それでも室木と一緒にいるよりはましである。

　歩き出そうとした瞬間、スマートフォンが鳴った。室木が文句でも言ってきたのかと思ったが、光岡だった。声が弾んでいる。

「犯人らしき人間が分かったぞ」

「防犯カメラか？」神谷はとっさに訊ねた。本来の「防犯」の目的だけでなく、犯罪が発生した後に、重要な証拠を記録する役割も果たしてくれるので、警察としてはありがたいアイテムだ。さらに最近は、ドライブレコーダーの存在も無視できない。車の運転者が意識せずに、思わぬ現場を録画していることもあるのだ。ただし、固定された防犯カメラと違い、情報として簡単には把握できないのが問題である。

「ああ。犯行時刻前に、公園近くの防犯カメラに犯人らしい人物が映っているのが分かった」

「どんな感じだ？」

「中年の男だな。顔もはっきり映っている。雰囲気では四十歳から五十歳ぐらい……かなりがっしりした体格だ。何か荷物を抱えて、前屈みで急いでいる」

「その荷物が、伏見から奪ったものかな」

「可能性は高い。自分の荷物だったら、何も隠すように抱えなくてもいいだろう。もちろん、ヤバいブツを運んでいる時は別だが」光岡が、かすかに勝ち誇るように言った。

「あとは身元につながれば、万全だな」

「その件なんだが、お前もこっちに戻って、犯人割り出しの方に手を貸してくれないか？　伏見のことを調べるのも大事だが、まずは犯人を見つけ出すのが先決だろう」

「それは分かってるが、俺はちょっと伏見のことが気になるんでね……警察的には大物だろう？」

「警察というか、公安的には、な」

「そいつが何かやろうとしていたみたいじゃないか。奴の部屋、完全に仕事場の雰囲気だよな？　しかも複数の人間が出入りしていた。いかにも怪しい」

「何だよ、お前、一人でテロでも阻止するつもりか？」揶揄するように光岡が言った。

「テロかどうかは分からない。そもそも伏見本人が死んでるんだから、どんな計画を立てていたにしても、発動しないだろう」

「だったら、犯人の方を——」

「あー、もう安田の家まで来てるんだ。取り敢えず、話だけでも聴いてくる」

「おい——」

すがる光岡を無視して、神谷は電話を切った。

何故、こんなことになっているのだろう。

普段の神谷なら、まず犯人を追って一直線に動く。被害者の周辺を調べるのは、その後、あるいは犯人に結びつく材料となる場合だ。しかし今回は、犯人そのものよりも、被害者の伏見という人間が気にかかっている。何か目論んでいたのではないか……確かに伏見は「大物」である。しかし今は公安の網からも外れているはずで、具体的に何かの嫌疑がかかっているわけではない。

勘、としか言いようがない。

伏見の裏には、何か大きな黒いものがある。


安田清の家は、かなり大きな一戸建ての家が並ぶ住宅地の中で、他の家とまったく遜色ない大きさだった。まだ新築の雰囲気が残る、堂々とした二階建て。一階のカーポートには、レンジローバーが停まっていた。都内で使うには大き過ぎるのだが、この手の馬鹿でかい車を好む人間は少なくない。

インタフォンを鳴らすと、すぐに反応があった。よく響く、中年の男の声。平日の午後に在宅中ということは、家で仕事をしているのだろうか……名乗ると、「ちょっとお待ち下さい」と丁寧な返事があった。

ドアが開く。玄関に立っていたのは、五十歳ぐらいのがっしりした体格の男だった。半袖のポロシャツにジーンズ姿で、仕事をしていた感じではない。普通に自宅でくつろいでいたのだろうか。低い音量で、クラシックの曲が流れていた。神谷は音楽にはまったく詳しくないので、「クラシック」というくくりでしか理解できなかったが。

「警察の人が何のご用ですか」

「殺人事件の捜査の関係で、お話を伺いたいんです。安田清さんですね？」

「殺人事件？　それは穏やかじゃないですな」安田の眉がくっと上がる。

「殺人事件は全部、穏やかじゃないですよ」

「私は人殺しなんかしていませんが」

微妙な空気が流れる。冗談なのか本気なのか、神谷はにわかには判断できなかった。どうにもやりにくいタイプ……黙っていると、安田が「まあ、どうぞ」と家に入るように勧めた。

長い廊下を歩いてリビングルームに入った瞬間、神谷は顔をしかめた。南に向かって窓が広く開けて、ブラインドが降りている。九月のこの時期、ブラインドを上げていたら、陽光で茹《ゆだ》ってしまうだろう。漂う香ばしい香り……葉巻だ、と気づく。

クラシック音楽の出どころは、今時あまり見ない、立派なオーディオシステムだった。安田がリモコンを取り上げ、ボリュームを下げる。それからソファに座るよう、神谷に促した。自分もすぐに、向かいのゆったりしたソファに腰かけ、足を組む。灰皿に置いてあった葉巻を取り上げ、ゆっくりと回すようにしながら火を点ける。すぐに強い香りが流れ出し、煙が室内を汚染した。俺の狭い部屋だったら、すぐに真っ白になってしまうだろうな、と神谷は皮肉に考えた。

「お仕事している時間じゃないんですか？」

「仕事？　今は働いてませんよ」

「そうなんですか？」

「もう引退です。二年前に辞めましたよ」

「そんなお歳には見えませんが」五十歳くらいに見えるだけで、実際は六十を超えているとか？　最近は見た目が若い人が増えているから、六十歳と言われても驚かないようにしよう、と神谷は決めた。

「五十五です」

予想の中間か、と神谷はうなずいた。それにしても、五十五歳で引退というのはあまりにも早い——神谷は素直にその疑問を口にした。

「まあ、人それぞれでしょう。稼ぐ必要がなくなれば、仕事をする意味はないと思いますよ」

「宮仕えの身には、羨ましい話ですねえ」

「私の力じゃありません。主に、親の力ですよ。利益を生み出す会社があれば……権力を取るか、金を取るかです」

「ご家族が、会社を残してくれたんですか」

「極めて収益性の高い会社をね。私は経営には興味がなかったですから、ある程度やったらさっさと譲り渡しました。これまで十分儲けましたしね。おかげで東京に引っ越せたし」

「仕事はどこで――会社はどこにあったんですか？」

「浦和です。うちの親も、何もあんなところに本社を置かなくてもよかったのにねえ。私は東京生まれだったのに、仕事をしている時はずっと埼玉に住んでいました」

「東京からでも十分通えるじゃないですか。親御さんはそうしていたんじゃないんですか？」

「親はね……ただ私は、仕事をしている間はそれなりに熱心に働いていましたから。通勤に時間がかかるなんて、完全に無駄でしょう？　会社から徒歩一分のマンションに住んでいたんです」

「会社そのものを東京へ移せばよかったじゃないですか」

「それはなかなか面倒でね……そんなことにエネルギーを吸い取られるのは馬鹿馬鹿しい」

「そうですか」金持ち然とした物言いに少しむっとして、素っ気ない対応になってしまった。

「あなた、運がいいですよ」葉巻の煙の向こうで、安田が言った。「私、この家にはいないことが多いんです」

「別荘でもあるんですか」

「別荘というか、別宅です。最近はハワイにいることが多いですね」

「あ、そうですか……」クソ。神谷はこういう金持ちが大嫌いだ。黙っていればいいのに、自分の懐が温かいことをこれ見よがしにアピールする人間。「伏見史郎さんをご存じですか」

「ええ」安田があっさり認めた。

「伏見さんが殺されました」

「何と」安田が目を細める。「殺された？　どういうことですか」

「今日未明なんですが、自宅近くの公園で何者かに襲われて殺されたんです――その自宅なんですが、家を借りる時、あなたが保証人になっていますよね？」

「ああ、彼は東京には知り合いが少ないからね。ちょっと手を貸しました」

「あなたは知り合いなんですか」

「そうですよ」またも簡単に認める。

「伏見さんは、元々大阪の人です。東京には特に足場がなかった――それに、知り合いだというなら、どういう人かご存じでしょう？」

「テロリスト――ではないね。それは、警察も立証できなかった」

「あれだけ武器を溜めこんでいたんですから、実際には間違いなくテロリストでしょう。大阪府警が詰め切れなかっただけじゃないですか」

「同じ警察なのに、批判的なんですね」安田が皮肉っぽく言った。

「失敗を批判しないで、何を批判するんですか……それよりあなた、伏見さんがテロリストだということをどうして知っているんですか」

そもそも「テロリスト」を肩書き、あるいは職業と言っていいものだろうか。大阪府警も、武器を押収した事実は公表したものの、その裏にある彼の「意図」についてはマスコミにも流さなかった。それに伏見は、その件については完全に供述を拒否しており、本当に革命を起こそうと考えていたかどうかは分からなかった。

ライフル銃が二十丁、入手先不明の手榴弾十発、それに多数の刃物類――個人が持つような武器ではないが、これだけで国を揺るがすテロを起こせるわけでもない。神谷はこの話を聞いた時、六〇年代から七〇年代にかけての極左の活動を思い浮かべた。今の感覚ではほとんど場当たり的としか言いようのない動きで、連中は本気で革命が起こせると思っていたのだろうか……伏見が本当は何をしようとしていたかは、誰にも分からなかった。絶対にいると見られていた共犯者も割り出せなかった。

それ故マスコミの扱いも、それほど大きくならなかった。「意図」がはっきりしない以上、伏見はただ「多くの違法な武器を集めていた男」でしかない。「テロリスト」であることを警察は証明できなかった。

「彼とは古い知り合いでね」淀みなく安田が言った。「伏見君が伊丹《いたみ》の陸自第三師団にいた頃、私は大阪で働いていたんですよ」

「それは、親御さんから譲り受けた会社で、ですか」

「譲り受けたといっても、それは後々の話でね。最初は普通に社員として働いていたんですよ。それで大阪の出先へ行かされた——もう二十五年近く前ですけどね。要するに修業ですよ」

「その頃の伏見は、まだ駆け出しの自衛官だったと思いますが」

「二十歳——高校を卒業して、第三師団に配属されて……そう、まさに自衛官になったばかりの頃だったかな」

「そういう若い自衛官と知り合う機会があったんですか?」

「仕事で、じゃないですよ。私は商社マンだし、向こうは公務員だ。呑み屋で知り合っただけです」

「あまりピンときませんね」会社を継ぐことが決まっている商社マンと、まだ給料も安い自衛官。呑みに行く店も、まったく違うはずだ。

そう指摘すると、安田が鼻を鳴らす。

「彼の父親が何者か、知ってますか」

「……いえ」あくまで府警の獲物。東京にいる身としては、曖昧な噂を聞いているだけだった。

「神戸に戦前から住んでいた中国人の一家でね。伏見の父親が、日本人女性と結婚して日本国籍を取得した」

「その息子が自衛官ですか？」神谷は首を傾げた。

「何かおかしいかな？」安田が目を細める。「日本国籍の両親から生まれた日本人が自衛官になる。何の問題もないでしょう」

「それで、あなたと何か関係が？」

「伏見の父親は、日本国籍を取得した後も、それまでの人脈を生かして中国との貿易の仕事をしていたんです。なかなか有能な人で、商売も繁盛していました。うちは商社だから、中国とのパイプを作るのに、ずいぶん助けてもらったんですよ」

「つまり最初は、伏見の父親と深い関係にあったんですか？」

「伏見本人を通じて知り合ったんですけどね。呑み屋の人脈というのも、馬鹿にできないものです」

つまり……伏見は、ある種の「お坊っちゃん」だったようで、金を持っていたのは間違いないだろう。自衛官の給料では縁がない、高級な店に出入りできたのかもしれない。そこで安田と知り合った——推理をぶつけると、安田は簡単に認めた。

「あなたが考えている通りですよ。最初に会ったのは……確か、ミナミにあった『茉莉《まり》花《か》』という店だったかな。二十歳そこその若造が出入りする店じゃなかったから、伏見は妙に目立っていてね。どんな奴だろうと思って声をかけてみたら、なかなか面白い経歴の持ち主だったわけです」

「そういうお坊っちゃんが、どうして自衛官のような泥臭い仕事を始めたんですかね。二十五年前というと、バブルが弾けて間もなく——いや、彼が自衛官を目指した頃は、まだバブル時代でしょう。金を儲ける仕事を選んでもおかしくなかったと思いますが」

「そこがまた、彼の人生の面白いところでね」安田が、葉巻の灰を灰皿に落とした。「親父さんが結婚した相手というのが、公務員一家の娘だったんだ。父親は大阪府の職員、母親は教員、お祖父さんが大阪市議会議員を長く務めた——伏見は、表向きの仕事に関しては、母親の一家の影響を受けたんでしょうな。というより、堅実な道を歩くように、母親から散々言われていたらしい」

「本人の希望とは違ったんですか？」

「本当は、父親の方の道へ行きたかったみたいだね。本人も、中国には興味を持っていたみたいだし」

「ビジネスパートナーとして、ですか」

訳が分からない。中国関係のビジネスの道へ進もうとしていた若者が、母親に懇願されて安定した公務員の道を進む。しかしやがてその道から外れ、大量の武器を自宅に隠し持っていた容疑で逮捕された——府警は、伏見の人生をどこまで明るみに出していたのだろう。

「ま、人生それぞれということで」安田が話をまとめにかかった。「呑み屋でのほんの些細《ささい》な接触から知り合いになって、彼の父親とはいい仕事をして、それ以来、伏見本人ともたまに個人的に会う——そういう仲です。ちなみに私は、彼を殺していない。アリバイも証明できますよ」

「そんなことは一言も言っていませんが」いったい何を警戒しているのだろう、と神谷は訝《いぶか》った。「しかし、アリバイがあるというならお聞きしますよ」

安田が声を上げて笑い、「本気かね」と言った。

神谷はむっとして、身を乗り出した。思い切り睨みつけてやったが、間に大きなテーブルがあるせいで、怒りの波動も彼のところには届かないようだった。

「こっちは殺人事件の捜査で来ているんだ。冗談を言ってる場合じゃない」神谷は凄《すご》んだ。

「だったらさっさと、必要なことを聞いて下さい。私は何でも答えますよ」

「あなたが殺したんですか」

「ノー」安田がゆっくりと首を横に振る。「一番分かりやすいアリバイの話をしましょうか。私は今朝、フランクフルトから帰って来たばかりなんだ。全日空に確認してもらえば、事件が発生した時にはフライト中だったことが分かると思う。入管なら、より確実に確認できるだろう」

「分かりました……ところで、どうして驚かないんですか？」

「私が？　どうして」

「知り合いが殺されたら、もう少しショックを受けるものですよ」

「彼は、もうとっくに死んでいたんじゃないかな」

「どういう意味ですか？」

「前回の事件——警察がきちんとまとめきれなかった事件は、彼に大変なダメージを与えたんだ」

「罪を犯したんだから、ダメージを受けるのは当然でしょう」

「あの段階で、彼は精神的には死んだも同然だった。革命家は、一度挫折すると立ち直れない。だから今さら……ということだな」

「彼とは、一年前にも会うか話をしているか……保証人になったんだから、当然相談はありましたよね」

「ああ」またもあっさりと安田が認める。

「どうして引き受けたんですか？　古いつき合いだということは分かりましたが、前科のある人間の保証人になるには、勇気がいるでしょう」

「マンションを借りる保証人だよ？　大したリスクではない」

「ああいう人間と関係があることを人に知られるだけでも、マイナスではないですか？」

「私が今でも仕事をしているならね」馬鹿にしたように安田が言った。「会社のトップなら、世間の評判を常に気にしなくてはならない。危ないことには絶対に手を出さない用心深さも必要だろう。しかし私は、もう仕事を引退した身だからね。何も気にする必要はないんだ」

あんたはアメリカ人か、と神谷は心の中で突っこんだ。必死で起業して大儲けし、その会社をある程度育てたところで、さらに大きい会社に売り渡し、巨額の売却益を懐に入れた後は悠々自適の毎日——それが理想だとどこかで聞いたことがある。

馬鹿馬鹿しい。人は働いていてこそ、まともな精神状態を保てるのだ。

「伏見さんは、何をしていたんですか」気を取り直して神谷は訊ねた。

「さあ、ねえ」

「出所して以来、働いていたんですか？」

「その辺も知らない。私は、始終彼の面倒を見ていたわけではないからね。まあ、貧乏していた感じではなかったよ。保証人になってくれとは頼まれたが、金を貸してくれとは言われなかった」

「殺される理由、何か思いつきますか？」

「そう言われても、ねえ」安田が静かに首を横に振った。「私は警察じゃないんでね。そういうのを調べるのは、あなたたちの仕事ではないんですか？」

「ですから、こうやって調べているんですよ——あなたのような関係者に話を聴いて」

「私は、あまりいい関係者ではないね」安田が立ち上がった。「あなたも忙しいでしょう。これ以上私に話を聴いても、何も出てきませんよ」

帰れ、ということか。

いいだろう。帰ってやる。しかし神谷は、まだこの男に食い下がるつもりでいた。どうもおかしい……簡単に話し過ぎる。

秘密を持っている時、人は二つのタイプに分かれるものだ。ひたすら沈黙する人間。逆にひたすら喋り続けながら肝心なポイントは外し、訊ねる相手が「十分話を聞いた」と勘違いするのを待つ人間。安田は明らかに後者だ。絶対に何かを——伏見に関する情報を隠している。

何か、突っこむための材料が欲しい。そのヒントは、安田の会社があった「浦和」にあるのではないか？

家を辞去すると、神谷はすぐにスマートフォンを取り出した。

7

呼びかけは、あくまで三木の両親の安全を確保した上で行うことにした。カフェの左サイドにスピーカーを設置。両親は指揮車に入ったまま、マイクで話す。顔こそ見せないものの、両親の声を聞いたら、三木はどんな反応を示すだろうか。

午後三時。犯人グループが二度目の「締め切り」に設定した時間ちょうどに、島村はゴーサインを出した。

「お願いします」

緊張した面持ちの父親がマイクを握る。突然、固めた拳でマイクの先端を突いたが、「コンコン」と増幅された音は、指揮車の中には届かない。ただし、無線のヘッドセットをしていた島村の耳には、現場から「スピーカー、問題ありません」という報告が入った。

「大丈夫です。ちゃんと聞こえています。話して下さい」

しかし、父親はすぐには話し出さない。見ると、手が震えている。すっと息を吸い、吐くと同時に言葉を発した。島村と話していた時よりもずいぶん甲高い声。

「智史！　聞こえてるか？　俺や」

言葉を切る。会話ではない、一方的な「呼びかけ」は意外に難しい。ひたすらこちらの想《おも》いを伝えても、反応がなければ続けにくいものだ。しかし父親は、必死に訴えかけた。

「智史、本当にその中におるんか？　おるんやったら、顔ぐらい見せてくれ。話をしようや」

一気に喋って息を継ぐ。ちらりと島村の顔を見たので、島村は力強くうなずいて先を促した。ええ調子やで……もうちょっと頑張ってや。

「智史、ええか？　こんなアホなことを続けてたら、後で絶対後悔するで。今ならまだ間に合う。早く出てこい。俺と話し合おう。母さんも待ってる」

最後の方は涙混じりになって声がかすれた。ろくでもない父親だと思っていたが、やはりこういう非常事態には、息子を本気で心配しているのか。

父親の呼びかけはなおも続いた。次第に苦しげになってきて、言葉が途切れ途切れになる。それでも何とか話し続けたが、ついに大きく溜息をついてマイクを置いてしまった。

「あきまへんわ……」視線は、カフェを映し出すモニターに注がれている。先ほどからまったく動きはなく、シャッターも閉ざされたままだった。

しかし、犯人から何の連絡もないのはおかしいのではないか？　三時と期限を切ってきたなら、ここで次の動きに出るはずだ――人質を殺すとか、乱射を始めるとか。しかし現場はまったく静かなままだった。

島村は意を決して指揮車の電話を取り上げ、犯人が使っていると見られる番号にかけた。出ないだろう……予想に反して、相手が反応した。これまで署に三回電話してきたのと同じ人物かどうかは、はっきりしない。電話が録音状態になっているのを確認してから、スピーカーフォンに切り替える。

「三木智史はそこにいるか？　君が三木か？」

「答える必要はない」

「お父さんがわざわざ奈良から来てくれたんだ。返事するのが礼儀やないか」

「必要ない」冷静な声……しかしわずかに揺らぎが感じられた。犯人を動揺させるのに成功したのか？

「三時を過ぎた。こちらではまだ用意が整わない。どうするつもりだ？」

「予定通り、人質を殺す」

「本当に殺すのか？　十一時の段階では、本当に誰か殺したのか？」

沈黙。痛いところを突いた、と島村は確信した。ただしこれは、賭けだ。悪戯に犯人を刺激すると、人質が本当に危なくなるかもしれない。

「繰り返す。こちらはまだ、十億円の用意ができていない。そちらで新しい条件はあるか？　その辺りについて、一度きちんと話し合うべきだと思うが、どうだろうか。外へ出てきてくれるとありがたい」

「……話が違う」

「何やて？」

「話が違う！」突然、犯人が声を張り上げた。これまで一度も見せたことのない、感情の揺れだった。

「違うって、どういうことや」混乱しているのは島村の方だった。いったい何を言っとるんや……。

「話が違うんだ！」

叫ぶように言って、犯人が電話を切ってしまった。島村は思わず、今川と顔を見合わせた。

「何や、今の」

「誰かと勘違いしてたんと違いますか？」今川が首を捻る。「約束を破られたようなことを言うてましたな……まあ、我々も約束は守っていませんが」

「そもそも、十億出すという約束はしていない」島村はぴしゃりと言った。それから、まだ呆然としている三木の父親に顔を向け、「今のは間違いなく息子さんでしたか？」と訊ねた。

「たぶん……やっぱり息子が犯人やったんですね」

「分かりました。確認していただいて助かりました。大変ご面倒をおかけして……」

島村が丁寧に頭を下げると、座っていた夫婦が慌てて立ち上がる。

「あの、お役に立てなくて申し訳ないんですが、どこかこの近くにいてもええでしょうか？」

「我々は構いませんが……何か考えておられるんですか？」

「また話しかけられますかね？　今度はもう少し、言葉をまとめてきますから」

「ありがたいですが、精神的にはきついですよ」

「いや……そうですけど、息子ですから」

「助かります。宿を用意しましょうか？」

「それぐらい、自分たちで何とかしますわ」

肩を落として指揮車を出ていく夫婦を見送って、島村は溜息をついた。

「悪いことしたなあ」

「しかし、やっておくべきことでしたよ」今川が慰める。「犯人を動揺させることには成功したんです。これは確実な一歩ですよ」

「ああ……」スマートフォンが鳴る。梅田署の刑事課長からだった。

「どうした?」

「こんな時に申し訳ないんですが、銀行強盗です」

第五部　別　件

1

一瞬迷ったが、島村は指揮車を離れないことにした。銀行強盗は重大犯罪だが、犯人のうち一人は既に身柄を確保されているという。それなら、事件は半分解決したも同然だ……しかし安心はできない。逆に、嫌な予感が胸に漂った。

一報によると、襲撃されたのは、曽根崎一丁目にあるメガバンクの支店だった。閉店間際の午後二時五十八分、目出し帽で顔を隠した三人組が銀行に押し入り、カウンターについていた行員に銃を突きつけて現金を要求したのだという。行員が警察直通の通報ボタンを押して直ちに通報が入り、行員がゆっくりと金を数えているうちに、急行した梅田署員が一人を確保した。その際、犯人が二発発砲し、行員一人が軽傷を負った。三人組のうち二人は素早く脱出し、国道一号線沿いに停めてあった車に乗って逃走した。

「まったく、冗談やないで」島村は額の汗を手の甲で拭った。「このクソ忙しい時に、何を考えとるんや」

「何も考えていないから、こんな事件を起こすんでしょう」今川が冷たい口調で言い切った。「署長、署に戻らないでいいですか？　あるいは現場の視察は？」

「かまわん。犯人を一人逮捕してるんやから、残りの二人も時間の問題やろ。こんなん、事件のうちに入らんわ」

「しかし、行員が一人怪我してるんですよ。これはまずいでしょう。重大事件です」

「ああ……それは確かに」怪我人の有無は大きい。捜査は刑事課に任せきりにして大丈夫だろうが、やはり一度現場を見ておく必要はある、と思い直した。ここから事件が起きた銀行までは、それほど遠くないのだ。

一応、刑事部長に連絡を入れる。刑事部長は戸惑っていたが、現場視察に関してはゴーサインを出した。

「駅の方の動きは？」

「完全に止まっています。犯人の様子が少しおかしい……動揺している感じなんですが、新しい動きはないですね」

「動揺、というのは？」

島村は、先ほど電話で話した内容を報告した。話しているうちに、自分の中でも疑問が膨らんでくる。

「話が違う、というのは……何とでも解釈できる台詞だ」刑事部長が指摘する。

「仰る通りです。我々が彼らの要求を無視したことに対する批判とも取れますが、そもそもこちらはまったく約束をしていません」

「向こうは約束だと勘違いした可能性があるが」

「ええ……とにかく、犯人を動揺させたのは間違いありません。三木の両親は、いつでも説得を再開すると言ってくれていますので、時間をおいてまた試してみます。揺さぶれば、必ず次の動きが生じますよ」

「分かった。強盗事件の方はよろしく頼む……しかし、妙だな」

「何がですか？」

「誘拐と銀行強盗は、絶滅寸前の犯罪だ」

確かに……誘拐に関しては、昔から「一番割に合わない犯罪」と言われているが、最近はその傾向に拍車がかかっている。通信機器の発達により、犯人の居場所を割り出すことが容易になっているし、街頭に増えている防犯カメラも、乱暴な犯行を抑止している。銀行強盗も同様だ。セキュリティ技術の発達で、「狙いにくい」ターゲットになってしまっているはずである。今、金融関係で狙われやすいのは、警備が甘い消費者金融だ。

何なのだろう。銃を持って銀行を襲い、無事に逃げ切れると考えていたら、この犯人はアホだ。もしかしたら、日本の防犯環境がよく分かっていない外国人の犯行かもしれない、と島村は思った。

署からパトカーを回してもらい、銀行に急ぐ。国道一号では車が普通に流れていたが、ビルの一階に入った銀行の支店の出入り口にはブルーシートがかけられ、野次馬が集まっている。交通整理も間に合わず、渋滞が生じていた。市の中心部で起きた犯行ということで、マスコミの動きも早く、テレビカメラも何台か……まったく、警察にとってもマスコミにとっても踏んだり蹴ったりの一日やな、と島村は溜息をついた。

国道沿いに並んだ捜査車両の隙間に何とかパトカーが停まると、島村はすぐに飛び出した。午後三時過ぎの陽光がきつい。歩道との境にある植えこみを無理やり飛び越し、銀行に向かう。しかしそこで、顔見知りの記者に捕まった。東日の水谷《みずたに》と言ったか……毎日のように梅田署に顔を出す警察《サツ》回りで、とにかく腰の軽い男である。しつこいが、警察的には「要注意人物」ではない。いつも質問が微妙に的を外れているのだ。

「署長、様子は……」

「ああ、すまん。俺も今来たばかりなんや。詳しいことは副署長に聞いてや」

「怪我人は？」

「いるらしい、とは聞いてるが、確認はしていない」

島村はふと立ち止まり、水谷の顔をまじまじと見た。まだ二十代のはずだが、髪には白髪が何本か混じっている。寝不足と酒のせいだろうか……まあ、寝不足はお互い様だ。

「あんた、駅の方にいたんやないのか」

「署に詰めてました」

「ああ、それでこんなに早いんやね」

「目の前で緊急出動したら、どんなアホでも気づきますよ」水谷はニヤリと笑った。

「とにかく、捜査はまだ始まったばかりや。詳しいことは副署長に、な」遠藤に押しつける、二度目の発言。あの男も、既に仕事の許容量をオーバーしているはずだが、ここは踏ん張ってもらうしかない。

　水谷を振り切り、ブルーシートの中に入る。すぐに刑事課長の姿を見つけ、詳しく事情を聞いた。と言っても、第一報以上の情報は出てこなかったが。状況が分かっていないのではなく、「浅い」。警察は既に、情報は完全把握しているのだ。

「犯人の人定は？」

「まだ分かりませんね。所持品もまったくありません」

「外国人やないんか？」

「見た目、日本人だとは思いますけどね……後で映像と音声を確認しますが、行員の証言だと、『金を出せ』という発音も日本人らしかったと」

「なるほど。車は？」

「ナンバーは割れています。防犯カメラにしっかり映っていました」

「何と、まあ」島村は両手を軽く広げてみせた。「そいつら、本気で金が欲しかったんか？　完全にアホやないか。今時、中学生でも、もう少しきちんと準備するやろ」

「中学生は銀行強盗はしないと思いますが……一応、ナンバーを隠そうとした形跡はあります。ただ、急発進したせいで、プレートを隠していた金属板が落ちたようですね。レンタカーでした」

「だったら、残りの犯人にたどり着くのも時間の問題やな」

「ただ、ちょっと人手が足りないのが……」刑事課長が周囲を見回した。

彼が心配する通りで、いつもの事件現場に比して人が少ない。普通はもう、鑑識課員が大量に出動して現場を十平方センチメートル単位で調べ、私服の刑事が関係者への聞き込みを進めているはずだが、島村に馴染みのそういう光景はまだ出現していない。まず現場を封鎖――ブルーシートを張るだけで精一杯だったのだろう。

「人手については、俺からも本部に頭を下げるわ。ただ、捜査一課もてんてこ舞いやからな……大阪駅の事件の関連捜査で、ほぼフル稼働や」

「承知してます。まあ、多少時間がかかっても何とかしますよ。その分、署の守りが薄くなりますが」

「それは心配するな」島村は刑事課長にうなずきかけた。「まずはこっちをしっかり片づけてくれ……で、怪我人は？」

「窓口にいた女性行員一人です。全治三日、いうところですかね」

「全治三日？　そんな怪我、ないやろ」

「銃弾が腕をかすっただけで、出血も少ないし、怪我も小さいようです。絆創膏《ばんそうこう》でも貼っておけばええレベルですわ。若いから、治りも早いはずですよ。私だったら全治二週間でしょうが」

「俺やったら一か月やな。重傷や」刑事課長はまだ四十代、島村とは十歳ほど年齢が違う。四十代と五十代、体力的にはさほど差があるわけではないが、怪我や病気からの回復には大きな差が出る。

「支店長に挨拶だけしておくわ。そろそろ大阪駅に戻らんと」

「そうですね。ご紹介しましょうか？」

「いや、分かるわ。ここの支店長、一度署に挨拶に来てくれてるからな」管内の大きな企業の社長らとは、ほとんど顔見知りだ。着任時に挨拶回りをしたし、支店長などが交代する時は、向こうから挨拶にも来る。警察署長は地域の「顔」でもあるのだ。「あんたは自分の仕事をこなしてくれ」

うなずく刑事課長をその場に残し、島村はカウンターに近づいて、近くにいた行員に、支店長に会わせてくれるように頼んだ。まだ二十代にしか見えない若い男性行員は、強盗のショックから早くも抜け出したようで、きびきびとした足取りで支店長を呼びに行った。支店長は、カウンター奥の事務スペースで電話をしていたが、呼ばれるとすぐに受話器を置き、島村の方へやって来た。申し訳なさそうに、島村に向かって頭を下げる。

「どうも……すみません、今回はとんだご迷惑をおかけして」カウンターから出てくると、もう一度素早く、しかし深く頭を下げた。やはり銀行員というのは、お辞儀の仕方も様になっている。

「いや、大事なくてよかったですよ」島村は笑みを浮かべた。「怪我された行員の方、どうですか?」

「まだ病院で手当を受けてますが、さっき連絡が入りまして、ごく軽傷だそうです」

「それは不幸中の幸いです」

「明日から普通に仕事に出る、と言っているぐらいですから」

「頼もしいですね……しばらく捜査でご迷惑をおかけしますが、よろしくお願いします」

「こちらこそ……いや、こちらこそというのも変ですが、今、大阪駅の件でお忙しいでしょう」

「変な言い方ですが、ハロウィーンとクリスマスが一緒に来たようなもんですよ」我ながら下手な冗談や、と反省する。ここは「盆と正月」でよかったんちゃうか?

「こういう状態ですから、非常通報ボタンは押したんですけど、警察の人が来るかどうか、心配でした」

「申し訳ない。確かに人手は足りない状態です」

「でも結果的には、被害は最小で済みましたので……どうも、ご面倒をおかけしまして」

「とんでもない。できるだけ早く業務が再開できるように、迅速に捜査を進めます」

一礼して、島村は銀行を出た。実際今回は、レスポンスタイムがだいぶ悪かった。大阪の場合、一一〇番通報があってから警察官が臨場するまでの時間は六分弱のはずだが、今回は十分かかっている。しかも一一〇番ではなく、所轄に直接連絡が行く通報システムを使っての時間である。通信指令室を介さずにこの時間ということは、やはり出遅れは否定できない。

銀行を出ようとしたところで、島村は一瞬立ち止まった。水谷に見つかってしまったということは、自分が現場に来ていることは記者たちに知れ渡っているだろう。ここで記者連中の相手をして時間を無駄にすることはできない。誰かガードが欲しいな……近くにいた制服警官を摑まえ、パトカーまで行く手助けを頼む。

用心している時には肩透かしを食うもので、結局誰にも声をかけられず、パトカーに戻ることができた。そういえば、知っている顔はほとんど見なかった。緊急事態が進行中なので、普段梅田署を回っていない記者たちが、応援で来ているのかもしれない。ということは、向こうもこちらの顔は知らないはずだ。

「駅に戻ってくれ」運転席に座った制服警官に声をかける。

短いドライブの間、島村の思考はあちこちに飛んだ。何かが引っかかっている——今、誰かと交わした会話だ。

「そうか」思わず声を上げてしまった。支店長が言った一言「警察の人が来るかどうか、心配でした」。犯人は、この状況を利用したのではないか？　警察の戦力が大阪駅に集中して、手薄になっているのに気づき、急遽《きゆうきよ》、銀行強盗を計画した可能性がある。犯行が雑だったのは、慌てて計画を立てたからかもしれない。いや、そもそも計画らしい計画もなかったのではないか……とはいえ、犯人は銃を用意している。これは既に手元にあったものなのだろうか。

どうもおかしい。ずれている。

「すまん、駅へ行く前に署に寄ってくれんか」指示を出し直し、シートに背中を預けて目を閉じた。署までの数分でも眠れるのではないかと思ったが、無理……窓を開けて、風を車内に導きいれた。今日も暑い一日。真夏を思わせる熱風が車内に吹きこんできて、島村は顔を歪めた。まったく、このクソ暑い天気はいつまで続くのか。

大阪駅の事件が解決した瞬間、熱波がすっと引いて爽やかな秋の空気が流れ出す——

島村は妙な想像をしていた。

署へ戻ると、島村はまた裏口から入った。自分の署なのにこそこそしているのは馬鹿馬鹿しいが、記者連中に掴まって質問攻めにされるのは面倒臭い。一階の警務課付近を上手くパスして二階へ上がり、刑事課に顔を出した。残っているのは二人だけ……まさに総動員体制だ。

「強盗事件の犯人を取り調べているのは誰や」

「それが、まだ調べてないんです」年長の方の刑事が、面目なさそうに言った。「なにぶん、人手が足りないんです。今、留置手続きをしていますが」

「まずいなあ」何だったら俺が直接調べてみるか。署長が犯人に話を聴いてはいけない、という決まりはないのだし。しかしこの件は、捜査の本筋とは直接関係ない。「動機」に触れる部分ではあるが、慌てて突っこむ必要もない。だいたい、「大阪駅事件で警察の人手が足りなくなっているからそこを狙った」などという供述が得られ、それが万一外へ漏れたりしたら、「配備のミスだ」と批判を浴びかねない。

島村は、副署長席に電話をかけた。遠藤の声もさすがに疲れている。

「すまん、今二階の刑事課におるんやが、ちょっと来られるか」

「何とかします」

簡単には離れられない状態――記者連中に摑まっているのだろうと想像した。席を立つとむしろ怪しまれる。まあ、遠藤のことだから、何か上手い言い訳を作って脱出してくるだろう。

遠藤は、三分も経たないうちに二階へ上がって来た。何となく薄汚れた感じ……疲れは隠せないが、他人から見たら、自分も同じようなものだろう。

「いやいや、記者連中、半笑いですわ」遠藤がいきなりこぼした。

「笑う話やないやろ」

「ここにいるだけで、どんどん事件が飛びこんでくる、いうてね……まったく、冗談やないですわ」

「今、銀行の現場から戻ってきた」

「はい」遠藤の表情がすぐに引き締まる。

「犯人の調べはまだ始まっておらんけど、どうする？　人手は足りないんやろ？」

「そうなんですよ」遠藤の顔が歪む。

「本部へ応援を頼むことにして……一つ、確認してもらいたいことがあるんや」

大阪駅事件との関係。島村の推理に、遠藤は一々うなずく。

「ありそうな話ですわな」

「その辺を重点的に叩くように、取り調べ担当に伝えてくれんか」

「分かりました」

「俺はちょっと、人の手配をする……本部に頼みこむわ」

捜査一課長の秦に電話を入れる。秦も状況は把握していたが、やはり困っていた。捜査一課もフル稼働状態で、人手が足りないのだ。

「所轄の方で何とかしてもらえませんか？　いつまでも容疑者を放置しておくわけにはいかないでしょう」

「それはそうやけど、今は大阪駅の現場で人手を取られてるから、どうしようもない。何とかならんか？　発砲を伴う銀行強盗事件やから、本来なら本部からも捜査の手が入るレベルやで」

「手はないわけではないですが……」

「それなら頼むよ」島村は秦の言葉にしがみついた。

「最終兵器にご登場願うしかありませんね」

「まさか、内《うち》さんか？」島村は眉を顰《ひそ》めた。

「そう、内さんです」

「病気の方はどうなんや？」

「実は、一昨日から復帰してるんですよ。内さんのような人には、仕事をしてもらうのが一番のリハビリになると思います」

「確かに内さんなら、何とかしてくれそうやけどな……」一番頼りになる人間だが、無理はさせたくない。

「署長、確か同期でしたよね」

「そう、落としの内さんとは親友や」

内山《うちやま》は捜査一課一筋のベテラン刑事で、特に取り調べのエキスパートとして、府警内では「人間国宝」と呼ばれている。その手法は縦横無尽。容疑者の素性を素早く見抜き、厳しくも優しくも出られる。容疑者の心にぐっと刺さる取り調べができる男なのだ。しかし二年前からがん闘病中で、入退院を繰り返しながら何とか仕事を続けている状態だった。今回も、手術を終えて復帰したばかり……無理はさせられないが、緊急を要するこういう取り調べでは、内山に任せるしかないだろう。

「分かった。内さんには俺からも電話しておく」

「いや、署長にお願いするような話ではないですよ」秦の口調が強張る。

「同期やで？　それだけで十分、電話する理由になるやろ」

取り敢えず、すがってみよう。事情を話せば、きちんと対応してくれる人間なのだ。

電話を切り、すぐにかけ直す。内山の番号はスマートフォンの電話帳に入っていた。

すぐに電話に出た内山が意外に元気そうだったので、ほっとする。

「内さん、島村や」

「ああ。シマさんか……えらいことになっとるな」

「まったくや。そういう状況で、ぜひあんたの手を借りたい。後で一課長から直接指示があると思うが、あんたでないとできんことなんや」

島村は素早く事情を説明した。全部話し終わらないうちに、内山が「分かった」と了解する。

「まだ終わってないで」

「シマさんは、昔から説明が長いのが弱点やな。唯一の弱点と言うてもええけど……とにかく分かった。そいつを落として、動機をきっちり解明すればええんやな？」

「そういうことや。すまんが……あんた、体は大丈夫なんか？」

「大丈夫なわけないやろ」内山が笑い飛ばす。「手術して、何とか生きてる状態やで」

「無理せんでもええのに。奥さん、心配してるやろ」

「そらそうやけど、あとたった二年やないか」内山がまた笑う。「俺はあと二年、思い残すことなく仕事ができれば、それでええ。その後のことは心配しなくて済むように、ちゃんと準備しとるがな」

言葉に詰まった。内山はもう、自分が死んだ後のことを想定しているのだろうか……。家族のためとはいえ、自分だったらとてもそんなことはできない。それこそ、自分の体のことだけで精一杯になってしまうだろう。

「ま、こういうのは俺のミスでもあるけどな」

「ミス？」島村は首を傾げた。

「ちゃんとした取調官を育ててこなかったことや。考えてみれば俺は、後輩を何人も潰してしもうたなあ……それは、自分の仕事を取られたなかったからや。今になって考えたら、完全なエゴやね。だから残りの二年は、後輩を育てるのに使う——だけど今回は、俺がしっかり落としてやるわ」

「すまん」

「謝ることやないやろ。梅田署長に謝らせたとなったら、俺にまた新しい伝説ができてしまうやないか」

豪快に笑って内山が電話を切った。これで一安心——内山の体調面は心配だが、絶対に何とかしてくれるだろう。

壁の時計を見上げる。持ち場に戻らなくては。午後四時。締め切りの三時を一時間も過ぎているのに、犯人側から一切接触がないのが不気味でならない。

2

桜内省吾《さくらうちしょうご》は、ここ何年か、ツキに見放されていた。埼玉県警捜査一課在籍時に、警察庁の特命班に招集されて神奈川県警の不正を暴いた——そこまではよかったのだが、その後、埼玉県に新設されたＮＥＳＵ（夜間緊急警備班）に配属されて、昼夜が逆転したような仕事につく羽目になった。そこでの年季奉公が明けて捜査一課に戻ったものの、体調不良……慢性時差ボケ状態でダメージを受けたらしい。その結果、捜査一課からほぼ内勤の捜査共助課へ横滑りしていた。本人は骨の髄から刑事というタイプで、この異動は不本意だったようだが、リハビリは必要である。規則正しい生活になって、何とか体調は戻りつつあるようだった。

桜内は、あの特命班のメンバーの中で、神谷が現在、一番多く顔を合わせている相手である。何しろ東京の隣県で、神谷が住んでいる板橋区からはアクセスもいいので、会うのも簡単だ。ただしこのところ、桜内は体調を考慮して酒を絶っているので、ただ食事をするだけの味気ない会合になることが多い。

「今、大丈夫か？」

「ちょっと待って下さい」

桜内は、廊下へ出ようとしているのだろう。自席で、スマートフォンで話すのは結構後ろめたいものだ。

「——お待たせしました」

「体調はどうだ？」最近、第一声はこればかりだな、と神谷は苦笑した。初めて会った時、桜内は肉体的にも精神的にもタフで、病気などには縁のないタイプに見えたのだが。

「ぼちぼちです。来年の春には、何とか捜査一課に戻れそうですよ」

「あんたは仕事し過ぎなんだよ。もうちょっと気を抜いて、楽にやればいいのに」

「神谷さんに言われたくないですね……これ、無駄な会話ですよ」

「ああ、すまん」神谷はすぐに謝った。「実はこっちの事件の関係で、埼玉県内の会社の名前が出てきたんだ」

「説明して下さい」

神谷は手早く説明したつもりだが、どうしても回りくどくなってしまう。被害者がマンションを契約する際の保証人で、以前経営していた会社の本社が浦和市内にある、そこを調べて欲しい——面倒な依頼だろうと思ったが、桜内はすぐに了解してくれた。

「分かりました」

「この会社に何か問題がないか、知りたいんだが——」

「ある程度は分かってますよ」

「どういうことだ？」

「こっちの捜査網に引っかかっている会社ですから」

「マジか」神谷は思わず目を見開いた。時に、こういう幸運に恵まれることがある。

「担当は？」

「生活安全特捜隊。うちの県警の独自組織で、生活安全企画課の下にぶら下がっています」

「となると、会社ぐるみの詐欺か何かなのか？　商社だって聞いてるけど」

「商社っていうのは、何でもやりますからね。その仕事の一つで、黒い噂があるみたいですよ。俺は専門じゃないんでよく知りませんが、電話一本かければ、ある程度は分かります」

「頼む、どうにも気になるんだ」

「ちょっと時間を貰えますか？」

「もちろん」

電話を切り、神谷は覆面パトカーのハンドルを握った。光岡はさっさと帰ってきて欲しいようだが、防犯カメラの映像を延々と見続ける作業など、絶対に我慢できない。もちろん必要な捜査ではあるのだが、自分がやる必要はないだろう、と神谷は傲慢に考えた。

電話一本でと言った割に、なかなか連絡がこない。午後四時、今日はスタートが早かったので、一日のエネルギーが尽きかけている。そう言えば、昼飯を食べたかどうかも覚えていない。両手で思い切り顔を擦り、それから胃の辺りに拳をねじこんでみる。空腹感はまったくなかった。

三十分ほど経った頃、桜内からコールバックがあった。

「どうも、お待たせしまして」声が弾んでいる。「ちょっと詳しく調べていたら、時間がかかってしまいました」

「大丈夫だ」

「今、張り込みでもしてるんですか？」

「ああ」

「じゃあ、かいつまんで話します。詳細は後でメールしますから」

桜内の説明は分かりやすかった。ある種の詐欺事件——それに安田の会社が絡んでいた疑いがある。いや、正確には「あった」。安田が社長在籍時の話だが、捜査の手が伸びるのを察知したように安田は経営権を手放し、公式に会社との縁を切った。それをきっかけに、警察の捜査もストップしてしまったという。ただし生活安全特捜隊では現在も情報収集は進めている。依然として尻尾は摑めていないというのだが。

「あー……ええと、この件をブラフに使ってもいいかな」

「ご冗談でしょう？」桜内は本気で心配しているようだった。「捜査は実質的にストップしているといっても、まだうちのターゲットではあるんですよ。変な話が流れて、証拠隠滅でもされたらえらいことです」

「情報が流れたぐらいで潰れる捜査なんか、そもそも詰めが甘いんだよ——とにかく、君から話が出たことは絶対に秘密にする」

「そういう問題じゃないんですが……」桜内がぶつぶつと文句を言ったが、最終的には折れた。神谷がこういう乱暴なやり方を好み、それなりに結果を出してきたことは、彼も承知しているのである。もちろん彼にすれば、警視庁が何をやっても埼玉県警が責任を問われることはない、という計算もあるだろう。

「いやあ、助かるよ」神谷は素直に礼を言った。

「この情報をどうするつもりなんですか？　ブラフっていうのは……」

「気取った金持ちの仮面を引っ剝がしてやるのさ。そういうの、君も好きだろう？」

「嫌いじゃないですが……」桜内が苦笑する。「怪我しない程度にして下さいよ」

「心配するな。こういうことには慣れてる」

通話を終えた瞬間、光岡から電話がかかってきた。もしかしたら何か動きがあったのかもしれないが、単に「さっさと引き上げてこい」と言う命令である可能性の方が高い。少し考えて、無視することにした。

車を少し後退させ、監視に入る。ハンドルを両手で抱え、背中を丸めてひたすら対象を監視し続ける捜査には慣れているが、一人というのはなかなかきつい。

夕方近く……街行く人は少ない。世田谷も、場所によっては下町のような猥雑《わいざつ》さが溢れる街もあるのだが、ここはやはり高級住宅地である。建ち並ぶ家は皆でかいし、ガレージに収まった車は、基本的に外車ばかり。まあ、東京にはこういう街もあるわけだ……目を細め、安田の家の監視を続ける。こういう時、あまりにも視線を集中し過ぎると、むしろ大事なことを見逃したりするものだ。若い頃に教わった通り、視界を広く取るよう意識する。こうしておけば、片隅で何かが動いた時にも察知できる。

ふと、凜のことが頭を過《よ》ぎる。これからどうしたらいいのか……東京と北海道に離れていて、しかも互いに仕事を辞める予定はまったくない。それは彼女からはっきり言われていて——凜には、北海道警で一生をかけてやり遂げる仕事があるのだ——覆すのは不可能だと分かっている。彼女はとにかく意思が強いというか、言い出したら聞かない。もちろん神谷も刑事を辞めるつもりはないし、二人の将来の話はすぐに行き詰まりになる。だいたい、頻繁に会えるわけでもない……これで果たして、つき合っていると言えるのだろうか、神谷は最近疑問に思っている。彼女は自分よりずっと若い。北海道で、誰かいい人——彼女に対して従順な気の弱い男——でも摑まえて、幸せに暮らす手もあるのではないか。

答えの出ない無駄な自問自答は、新たな動きによってあっさりカットされた。安田の家のガレージが開いたのだ。先ほどはきちんとチェックしていなかったが、もう一台車があったのだろう。こちらへ向かってくるとまずいと見ていたら、安田が運転する車は、ガレージから出ると、神谷に尻を向ける格好で一度停まった。と、すぐに上品なえんじ色のルーフが折り畳まれてオープンになる。ポルシェ911カブリオレ……分かりやすい金持ちか、と神谷は鼻を鳴らした。走りを楽しむ時はポルシェ、荷物や人が多い時はレンジローバー。車好きの金持ちの、極めて類型的な車選びだ。

ルーフが開くと、安田がすぐに車を出した。もちろん、あのソフトトップは開ける前提で存在しているのだが、安田は正気だろうか、と神谷は首を捻った。今日の予想最高気温は三十度。じりじりとアスファルトを焦がす陽射《ひざ》しは九月にもかかわらず真夏並みで、こんな日に屋根を開けて走るのは自殺行為だ。日本で、快適にオープンカーに乗れる季節は、五月と十月だけである。神谷は思わず、額に浮いた汗を掌《てのひら》で拭った。

「さて……高飛びか？」一人つぶやき、神谷はシフトレバーを「D」に入れた。安田がどこまで警戒しているかは分からないが、取り敢えず尾行は続けよう。

安田の運転する車は、一度赤堤通りに出てから、いかにも世田谷らしい細い路地に入っていく。レンジローバーだったら、角を曲がるだけで切り返ししなければならないような道だ。ポルシェはそれほど大きくはないので、何とかクリアしていく。北へ向かっているということは、甲州街道へ出るつもりなのか——予想は当たった。甲州街道へ出ると、下り方向へ。永福のインターチェンジから首都高へ乗った。さて、どこまで行くつもりだろう。ガレージから車に乗って出てきたので、安田が荷物を持っているかどうか分からないのが痛い。大荷物を抱えていれば、高飛びだろうと見当がつくのだが……手ぶらなら、比較的近所に行くだけだろう。

それにしても、なかなかタフな男だ。本当に今朝、フランクフルトから帰って来たとすると、夜間のフライトである。大して眠れていないはずで、神谷だったら絶対に車など運転しない。

首都高に入ると、安田は一気にスピードを上げた。さすがポルシェというべきか、ハンドリングも確かなものである。二車線を上手く使い、そこそこ混み合う道路で他の車を縫うようにしてどんどんスピードを上げていく。覆面パトカーもスカイラインで、動力性能はそこそこなのだが、さすがにポルシェ相手だと分が悪い。古くからのスカイラインファンは、六〇年代のレースで、スカイラインがポルシェを抜いたという伝説を持ち出すかもしれないが、実はあれはほんの一周だ。

気づくと、こちらのスカイラインのスピードメーターが百キロを超えている。つまり、安田は明らかなスピード違反であり、それを理由に身柄を引っ張ってもいいのだが、あまりにも露骨な別件逮捕はまずい。

もう一度話をする。そこで桜内からもらった情報をぶつけて揺さぶる——これしかない。

首都高は、高井戸までは「東京の高速道路」という感じである。ビルの間を高架が縫うように走っていて、これができた当時に初めて利用した人は、間違いなく「未来」をイメージしただろう。それが今、道路は古び、非常に走りにくい高速になってしまっている。

高井戸を過ぎると、急に郊外の雰囲気が強くなった。この辺りは調布か、三鷹か……高い建物がなくなり、道路も真《ま》っ直《す》ぐになって走りやすい。上り車線は渋滞していたが、下りはそこそこ空《す》いており、安田は百二十キロにまでスピードを上げた。それでもポルシェは音《ね》を上げるどころか、その性能の三割も出していないのではないだろうか。もちろんスカイラインもまったく問題なく走っている。

幸い、安田は調布で高速を降りた。また甲州街道に入り、そのまま西へ進む。味の素スタジアムを超えたところで、突然左折。旧甲州街道に出て、また左折した。迷っている様子は一切なく、通い慣れた道のようだった。

安田が、一軒の家の前でポルシェを停める。神谷は追い越し、たまたま右側にあったコイン式の駐車場に車を乗り入れた。中で方向転換して、頭を道路に向けて停める……そのまましばらく待っていると、ポルシェが停まった家のガレージのシャッターが自動で開く。またもでかい家……ここも安田の別宅だろうか、と神谷は首を捻った。社長を降りてまで東京に家を持ちたかった男が、二十三区からかなり離れたところにもう一つの家を持つのもおかしな話だ。

ポルシェがガレージの中に消えると、神谷は車を降りた。電柱で住所を確認すると、府中市白糸台《しらいとだい》——最寄駅は西武多摩川線の白糸台か、京王線の武蔵野台だろう。神谷は少しだけ危険を冒すことにした。家に近づき、住人の名前を確認する。「長原《ながはら》」。所轄に問い合わせれば、住人の正体は確認できるはずだ。

瓦屋根の純和風の邸宅で、かなり広い庭の植木は、綺麗に整備されている。ガレージだけが後から増築されたのか、まだ真新しい。ポルシェどころか、レンジローバーが二台並んで入れそうな横幅があった。

神谷は車に戻り、スマートフォンを取り出した。まずはこの家の住人について確認だ。少しずつ、安田の交友関係が分かってくる。そこに伏見がどうはまるか……神谷の関心は、伏見を殺した犯人そのものではなく、そちらにあった。

3

騒がしい……署の上階にある寮にいても、下の気配は何となく感じられる。下倉は必ずやっておかねばならない作業——遠征の準備に取りかかったものの、いつものようにスムーズにはいかなかった。

駄目だ、集中できない。

荷物をまとめるのを諦めて立ち上がった。制服姿のままだったので、そのまま下へ降りる。先ほど銀行強盗事件があったことはニュースで知っていたので——テレビはつけっ放しだった――さらに騒がしくなっているだろうと想像はしていたのだが、想像以上だった。

一階は人で溢れている。応援の警察官、報道陣……下倉はうつむいて人の視線を避けながら、何とか地域課の自席にたどり着いた。課長は立ったまま、誰かと大声で話している。受話器を置くと、下倉を見つけ、「ああ、ちょうどよかった」と安堵の声を上げる。「ちょっと大阪駅まで行ってくれ。水を届けないと――いや、何でお前がここにおるんや」

「忙しいかと思いまして、お手伝いを」ここでノリツッコミかよ、と思いながら下倉は遠慮がちに言った。

「あかん。お前はここに来るな」

「遠征の準備は終わりました。後は移動するだけですから、それまで手伝います」

「試合の前に、こんな騒動はまずいやろ」

「あの……生意気を言いますが、試合では平常心が大事なんです。こういう騒々しいのが、警察の平時じゃないですか」

地域課長が黙りこむ。実際、誰でもいいから人手が欲しい状況だろう。下倉は、課長席の横に置いてある段ボール箱に目をつけた。

「これですか？」

　返事を待たずに、段ボール箱を取り上げる。たぶん五百ミリリットルのペットボトル二十本入り――これだけで十キロだ。ただし、下倉の感覚としては決して重くない。

「他にありますか？」

「もう一箱あるんだが」

「二箱なら楽勝でいけますよ」

「いやいや、こんなことで怪我したらつまらんだろう」

「水を運ぶだけで怪我するわけないじゃないですか」下倉は苦笑したが、課長は引かなかった。もう一人、若い課員を呼んで同行させる。

「すぐに戻って来ますから。仕事、いくらでもありますよね」

「それはそうやけど……」課長はまだ渋い口調だった。

　何か言いたそうな課長を無視して、下倉はさっさと署を出た。自分より一年下の坂木《さかき》も遅れずについて来る。坂木は柔道三段の猛者で、体も大きい。首がまったくないように見えるのは、重量級の選手の特徴だ。

　地下街に入ると、普段より多い人出に圧倒される。

「すごいな」下倉は思わず声を上げてしまった。

「駅へ入れない人たちで溢れてるみたいですね」坂木が応じる。

「まだ、封鎖されたままなんだ……」

「えらいことですよねえ」

まったく、いつまで続くのだろう。一刻も早く解決して、安心して試合に出かけたいのに。しかし自分ができることは限られていて、ただ苛立ちが募るだけだった。

地下街を抜け、バスターミナルの横に出ると、急に人気が少なくなって、下倉はほっとした。バスは普通に運行されていて、JRを利用できない人が流れてきているので、普段よりは人が多いのだが、地下街の比ではない。そこで、バスを誘導している麻奈美に気づいた。バスが走り出すと、近くに停めたミニパトに戻ってくる。下倉を見て、疲れた笑みを浮かべた。

「お前、まだいたんか」驚いて訊ねる。いったい何時間、連続勤務しているのだろう。

「人手が足りないからしょうがないのよ……もうすぐ交代するけど、民間だったらブラック企業って言われるところよね」さすがに麻奈美の顔にも疲れが見える。

「無理するなよ」

「こういう時に無理しないでどうするのよ……」麻奈美が、下倉の持った箱を見た。

「あんたこそ、こんなことしててええの？　試合に差し障るわよ」

「これも仕事だから……じゃあな。無理するなよ」下倉は繰り返した。麻奈美の疲れが気になる。

「それはこっちの台詞」麻奈美は本当に心配そうだった。「試合、出られないんじゃない？」

「仕事ならしょうがないさ……最終の新幹線までに解決すれば、静岡まで行くよ」

「間に合わなかったら、パトで飛ばしていったら？」

「まさか……」

「それぐらいしてもらってもいいんじゃないの？　こんなことして疲れてる場合じゃないでしょうし」

そう言う麻奈美の声も、やはり疲れていた。過重労働を強いられているのは、梅田署員だけではないのだと実感する。これは府警全体の問題だ。

地下街を歩いている時はほとんど口を開かなかった坂木が、急に話し出す。

「下倉さん、犯人を狙撃してすぐに終わらせるっていうのはどうですかね」

「そう簡単にはいかないよ。殺さずに無力化するだけっていうのは、難しいんだ。動いている相手の腕や足を狙うのは、動かない標的を狙うのとは全然違う。それに撃ち合いになったらヤバい」

「ですかねえ」

「無理できないよ。だいたい、犯人はシャッターの奥に隠れているんだから。まず、どうやってシャッターを開けさせるかが問題や」

「威嚇射撃とか？」

「そんなことしたら、絶対に開けないだろうな」

「打つ手なし、ですか……」

「上は何か考えてるよ」

「だけど今のところ、ことごとく上手く行ってないんですよね」

「やめろよ。上層部批判はご法度だぜ」

坂木が黙りこむ。基本的には体育会系の分かりやすい性格の男なのだが、思ったことを何も考えずに口にしてしまう癖がある。

指揮車に水を運びこみ、すぐに戻ろうとすると、島村署長に引き止められた。

「お前、何してるんだ。地域課長に言われたのか？」

「いえ、自分から申し出ました」まずいな……ぴしりと背筋を伸ばしたまま、島村と対峙する。

「何考えてる？　明日は試合だろうが。こんなことをしとる場合じゃないだろう」

「トレーニングです」

苦し紛れに言うと、島村の怒りに火が点いた。

「トレーニング？　アホぬかすな！」

「十キロの重りを持って歩いていると、なかなかいいトレーニングになります」下倉はあくまで言い張った。

「アホか、お前は！　いいから大人しくしてろ。遠征の準備は済んだのか？」

「とっくに終わってます」実際には中途半端で放り出してしまったのだが……その気になれば五分で終わるのだ。忘れ物さえなければ、パッキングなどどうでもいい。

「とにかく、お前は作戦行動に参加する必要はない。試合に備えていろ」

「お願いします」下倉は頭を下げた。「静岡行きの最終までには、まだ時間があります。それまでは普通に仕事をさせて下さい。皆が動き回っている時に、一人で大人しくしているのは我慢できません」

「自分の仕事を考えろ！」島村が吠《ほ》えた。

「自分は、梅田署地域課勤務の巡査長です」

島村が黙りこむ。口を真一文字に引き結び、目を細めて下倉を睨んだ。しかしほどなく息を吐き、背中をわずかに丸めてしまう。

「お前のような部下を持ったことがええのか悪いのか、俺には判断できんわ……分かった。とにかく、危険なことはするな。それと、時間やと思ったら静岡へ向かえ。見送りはしてやれんがな」

「ありがとうございます」下倉はすっと頭を下げた。これで置いてけぼりにされる恐怖は消えた。

「後は、俺が教養課長に頭を下げておけばいいだけの話だ」

「すみません……」反射的に謝り、また頭を下げる。

「構わん。人に謝るのも署長の仕事やから――ええ気分ではないがな」

4

捜査一課特殊班による説得は、断続的に続けられていた。しかし、依然として反応はなし……電話を利用した説得も試みられたが、犯人は電話に出ない。

午後五時。二度目の締め切り設定から二時間が過ぎたのに、犯人側の動きは止まっている。取り敢えず無理な要求が続かなくなったことで島村はほっとしていたものの、安心はできなかった。

「意味が分かりませんな」

今川が愚痴をこぼす。この台詞を何度聞いただろう――自分は何度つぶやいただろう。

「次の手を考えないといけませんよ」

「分かってる」

午後六時――結局、大阪駅は終日封鎖されたままになりそうだ。今から再開すると、むしろ混乱の度合いが激しくなりそうな気がする。今日はこのまま封鎖を続け、明朝に運転再開、という方が、混乱は少なくて済むのではないだろうか。当然、最終的に判断するのはＪＲだが。

「三木の周辺捜査が進んでいないのも痛いな」島村はつい、捜査一課を批判する言葉を無意識のうちに吐いてしまった。

「そうですね」今川も同調する。「一人身元が分かれば、後は芋づる式で全員割れると思ってたんですが……期待し過ぎましたね」

「ああ」

スマートフォンが鳴る。捜査一課長の秦だった。すぐに取り上げ、耳に当てる。

「今、そちらに向かっているんですが、指揮車で話はできますか？」

「ああ。今はぶらぶらしているだけや」つい自嘲気味になってしまう。

「強盗の件も含めて、報告することがいくつかあります」

「分かった」強盗か……すっかり忘れていた。内山に任せておけば大丈夫、と考えていたせいもある。

「上手く行けば、突破口になるかもしれません」

「突破口？」

「そうです。とにかく、詳細はそちらで説明します」

突破口——この言葉も、今回の捜査で何度聞《つい》いただろう。結局一度たりとも、突破口が開けたことはなかったのだが。好機は潰え、可能性は消え、事件発生から既に十八時間。どう考えても、警察学校で教えられるケースやないなあ……失敗例としてなら、いくらでも話すことがありそうだが。

「分かった。待っとるで」

「五分で行きます」

突破口という言葉に刺激されたのか、今川が目を輝かせている。島村は「期待したらあかんで」と釘を刺したが、今川の表情は緩んだままだった。

「わざわざここへ来てまで話すというのは、何かいい話があったからですよ」

「珍らしく楽天的やなあ」

「そうじゃないと、こういう状況ではやっていけんでしょう」

「そんな楽天的なところ、半分ほど分けて欲しいわ。三分の一でもええで」

軽いやり取りをしているうちに、秦が到着した。内山も一緒だった。

「ああ、内さん」

思わず笑みを浮かべて会釈する。内山は堅苦しい表情を浮かべたまま、丁寧に頭を下げた。非公式に話している時は「同期」だが、仕事の場では階級の違いは絶対に越えられない。警視正の島村に対し、内山は警部補なのだ。

「内さんが、とんでもない話を引き出してくれました」

秦が言った――自慢しているのではなく、緊張した様子である。島村は内山に視線を向け、無言でうなずいた。

「内さん、取り調べの件、直接話してもらえますか」秦より階級は下なのだが、内山は捜査一課で最年長のベテラン、しかも高い評価を得ている刑事だ。一課長でもないがしろには扱えない。こういう人材がいる時、その課は強くなる。全体にぴしっと締まった感じになるのだ。

「先ほどの銀行強盗で逮捕された人間——小森祐介《こもりゆうすけ》、二十九歳なんですが、立て籠もり犯と知り合いだと言うてます」

「何やて？」

島村は思わず立ち上がった。内山は驚いた様子もなく、静かにうなずく。「まああ」と低い声で言うと、傍らの椅子を引いてゆっくりと座った。それに釣られるように、島村ももう一度腰を下ろす。

「まだ完全自供とは言えませんがね……もしかしたら、取り引き材料に使えるとでも思ってるんちゃいますか？　だとしたら完全なアホですが」内山が鼻を鳴らす。

「その小森というのは何者や？」

「自称、フリーターです。今、他の刑事が自宅の家宅捜索をしてますから、もう少しすると詳しいことが分かるでしょう」

「突然言い出したんか？」

「ええ」

「犯人グループは、おそらく四人や。今のところ、名前が分かっているのは三木という男だけ……小森が知っているというのは誰や？」

「中島康孝《なかじまやすたか》という男ですが、この名前は割れてませんな？」内山が確認した。

「こっちのデータにはない。写真は……」

「そちらで撮影した写真は見せましたが、なにぶん三木以外の二人は目出し帽を被ってますからな。それでも、間違いない、言うてましたが」

今川が素早く、ファイバースコープで撮影し、科捜研が修正した写真をテーブルに置く。

「こいつですわ」内山が写真を指さした。

「2号か」島村は腕組みをして写真を覗きこんだ。

「ああ、2号と呼んでるんですな」

「すぐに確認しよう」

「まず、住所から」

内山が手帳を取り出し、挟んであったメモを差し出した。島村はさっと一礼して受け取る。これはありがたい……大事に使わねばならない情報だ。

「もう、自宅に確認へ走ってますわ」秦が告げる。「免許証で住所は確認できました」

「ありがたい」

「これで一歩前進、になるといいんですがね」

「まったくや……内さん、小森は中島とどういうつき合いなんや？」

「それはまだ喋ってませんわ。とにかく、中島という知り合いが立て籠もり事件を起こしている、と……明らかに、事前に計画を知っていた感じですから、もう少し叩いて吐かせますよ。なに、そんなに時間はかからんでしょう。ちょろい男ですわ」

「ちょろい割に、銀行強盗とはずいぶん大胆なことをするな。銃まで用意して……一課長、銃は押収されていないんやな？」

「逃走した人間が持って逃げたようです」

「その車は？」

「残念ですが、まだ発見には至っていません。全力で捜索中です」

「結構や。引き続き頼むで」中島という名前を、呼びかけの材料として使ってみるか。犯人四人のうち、二人の身元が割れたとなれば、もう逃げ切れないと諦めるかもしれない。無事に投降してくれるのが一番なのだが。

二人が去った後、島村は今の考えを今川に打ち明けた。

「やってみましょう」今川が即座に同意する。「半分は身元が割れたんですから、かなり動揺するはずです」

「よし。特殊班にこの情報を伝えよう」

今川が無線を取り上げ、Ｐ１でずっと張り続けている特殊班の宮島に連絡した。そのまま、モニターの画面に注目する。特殊班の菅原が、間髪入れずにトラメガで話しかけ始めた。

「中島康孝はいるか？　そこに籠もっているのは中島康孝か？」

沈黙。島村は今川と顔を見合わせた。「さすがに、すぐには反応せんでしょうな」と今川がつぶやく。

数秒の沈黙の後、説得が続く。

「こちらでは、話し合う準備はできている。要求があるなら話を聞こう。中島康孝、三木智史、取り敢えず出て来て話をしないか？」

いきなりシャッターが開く。三分の一ほどだが、銃口がはっきりと見えた。島村は思わず無線を引っ摑み、「警戒！」と叫んだ。「銃だ！」と続けて無線を握り締める。モニターの中で、発砲の光がぱっと輝く。一発、二発……突然、正面からカフェを捉えていたモニターがブラックアウトした。

「どうした！」島村は慌てて叫んだ。無線が一斉に喋り出し、混乱する。島村は「一斉停止！」と命じた。一呼吸おいて、「Ｐ１から順次報告！」と告げる。そう言いながら、他のモニターで現場の様子を見守り続けた。

「シャッター、閉じました」今川が静かに告げた。間髪入れず、次々と報告が入り始める。

「P3の監視カメラが破壊されました」

「撃たれたのか？」

「そのようです」

報告は続いたが、他には被害はなし。島村は無線を放りだして立ち上がり「上を見て来る」と告げた。制服警官一人を護衛役に、階段を駆け上がる。盾の陰に隠れて通路を渡り、キャットウォークのP3へ——機動隊員たちが、現場の立て直しを急いでいた。

小型のカメラは粉々になっていた。部品の一部がその場に残っているだけで、後は吹き飛ばされてしまったのだろう。

「危ないところやったなあ」島村は思わず漏らし、額に浮かぶ汗を掌で拭った。監視カメラは盾と盾の隙間に設置され、指揮車などに鮮明な映像を送信していたのだが、銃弾の一発がまさにそこを打ち抜いたわけだ。……カフェからP3までは、六十メートルほどある。

「怪我人はいないか？」

機動隊員たちが無言でうなずく。被害がカメラ一個なら安いもんや……すぐに予備のカメラにつけ替えなくては。ここが、一番はっきりとカフェを監視できる場所なのだ。

立て直しを指示してから、島村はもう一度現場を確認した。盾と盾の隙間は、わずか十センチほど。もしもここに人がいたら、カメラと一緒に撃たれていたかもしれない。まさか、狙って撃ち抜いたわけではあるまい——それができるのは、下倉レベルの狙撃手だけだ。どうにも素人臭いやり方が目立つ犯人たちが、銃の訓練だけは積んできたとも思えない。

すぐに、予備のカメラが持ちこまれた。隊員たちがきびきびした動きでカメラを設置するのを、膝立ちの姿勢で見守っていると、後ろから声をかけられた。とっくに帰ったと思った内山だった。

「内さん、そんな格好で危ないで」

「平気や」内山がニヤリと笑った。「弾が怖くて、一課の刑事なんかやってられるか」

「無茶やなあ」

島村は自分の横に来るよう、内山を手招きした。内山がしゃがみこみ、「うう」と声を漏らした。

「どうした」

「最近、膝もようないんや」

「お互い、歳やな」

「あんたは何でもないやろ。元気そのものやないか」

いや、血圧やコレステロールの数値はよくない……しかし、健康談議をしている場合ではない。

「調べに戻ったかと思ってたで」

「外へ出たら銃声が聞こえたもんでね。現場を拝んでおこうと思ったんや」

「そんな呑気な話やないで」怪我でもされたらえらいことだ。内山は、府警にとって大事な財産である。たぶん、定年後も指導係として残って、後進の指導に当たるだろう――体調さえよければ。

「いやいや……さっきの強盗は、この事件に関係あるような気がせんか？」

「それは、知り合いが起こした事件やからな」

「というか、何らかの関係があるような……いや、具体的には何も分からんで。しかし、知り合い同士が同じ日に別の事件を起こすもんかねえ」

「内さん、何か分かってるなら教えてくれよ」

「何も言えんなあ」

内山は非常に慎重な男だ。中途半端な材料だったら報告する意味もないと、上に何も言わない時すらある――だからこそ、今回が異例なのだと分かる。供述を始めたばかりの段階で、島村に情報を提供したのだから。

「犯人は、相当焦ってるようやな」内山が指摘する。「今、どういう状況で発砲した？」

「特殊班が名前を出して呼びかけた瞬間やった」

「ははあ……当たりかな」

「そうかもしれん」島村はうなずいた。

「絶対に知られたくない本当の名前を呼ばれてパニックになった……そういう感じやないかな」

「しかし、三木の名前を呼んだ時には、こんなことにはならんかったで」

「つまり、三木より中島の方が重要人物か、あるいはキレやすい——どっちかやろな。これは重要なポイントやで。さて、俺はできるだけ早く完落ちさせるから、待っててや」

「頼むで」

内山がすっと頭を下げ、中腰のまま現場を去っていった。明らかに膝だけでなく腰も庇《かば》っている。下半身に痛みがある時、ああいう姿勢は辛《つら》いんだがなあ。たとえ腰が痛くても、病み上がりであっても、ここは踏ん張ってもらうしかない。内山は、島村にとって最終兵器なのだ。

5

九月の日暮れは遅い。夕方になってもまだ熱気は去らず、細く窓を開けたまま覆面パトカーに座り続ける神谷は、しきりに額の汗を拭う羽目になった。エンジンをかけてエアコンをつけてもいいのだが、ずっとアイドリングしたまま駐車していると怪しまれる。時折車から降りて体を伸ばしてやったが、暑さは車の中でも外でも同じだった。

午後七時。ようやく外が暗くなり始めた頃、神谷は外へ出た。今日はほとんど煙草を吸っていないな、ふいに思い出す。少し前までは、こんなことはなかった。どこへ行くにも煙草は手放せず、路上で吸える場所も頭の中の地図にインプットしていたのに。

安田が豪邸に姿を消してから、かなり時間が経った。まさか、今夜はこのままここに泊まるつもりじゃないだろうな……気になるが、自分まで一晩ここで過ごすことになったら面倒だ。

歩いて家の前を通り過ぎる。純和風建築で、戦前の建物といってもおかしくないデザインだが、全体にはまだ新しい感じだ。家主が、こういう和風建築を好んでいるのだろう。どういう趣味の人間なのか……ブロック塀や植木などで、一階部分は見えなかったが、二階の窓には灯りが灯っている。生活の気配がはっきりと感じられた。

一旦行き過ぎて、コイン式駐車場とは逆方向から家を監視し続ける。電柱の陰に身を隠した瞬間、ズボンのポケットに突っこんでおいたスマートフォンが振動した。どうせ光岡が文句を言ってきたのだろう――取り出して確認すると、予想した通り彼の携帯の番号が浮かんでいる。出るか、無視するか……出ることにした。ここでの張り込みも長引いており、自分は無駄なことをしているのではないかと不安になり始めている。

「お前、俺の電話を完全に無視してただろう」光岡が恨みがましく言った。「そんなやり方で、一課では文句を言われないのか？」

「俺なんか、一課では期待されてない――透明な存在だからな」

「そうか。ご苦労さん」

「ああ？」ふざけてるのか？　むっとして、神谷は低い声で言った。「何言ってるんだ」

「犯人を逮捕した」

「マジか？」本筋から外れた動きを敢えてしていることは自分でも理解していたが、これはひど過ぎる――一番美味しいところから、完全に離れてしまった。何があっても、殺人事件捜査のピークは犯人逮捕なのだ。

「こんなことで嘘つくかよ……防犯カメラは本当に役に立つな」

なるほど。街角に増える一方の防犯カメラは、犯罪抑止と同時に、犯行・犯人の記録でも役に立っている。

「それにしても早かったな」

「防犯カメラのいくつかの映像から絞り込んだ。前科者だよ。顔の照合で判明した」

「容疑は認めてるのか？」

「あっさり、な」

「何者だ？」

「三富創太《みとみそうた》、二十五歳。知ってるか？」

「いや、初めて聞く名前だ」三富、という苗字《みようじ》はあまり聞かない。何か事件でも起こしていれば、神谷の記憶にも残っているはずだ。

「傷害で、三年前に逮捕されている。執行猶予つきの判決を受けた」

「要するに粗暴犯なのか？」「傷害」の罪状でくくっても、内容は様々だ。喧嘩でたまたま相手を怪我させてしまうこともあるし、因縁をつけて一方的に殴りつける人間もいる。

「まあ、そうなんだろうな」光岡が認めた。「組対三課では、マル暴の近くにいる人間と判断している。正式な構成員ではないが」

「若手の期待の星じゃないか。最近の暴力団の構成員は、平均年齢が五十歳オーバーだって聞いてるぜ」

「馬鹿言ってる場合じゃない」

「ああ」

神谷は無意識に頭を下げ、早足で駐車場に向かって歩き出した。外で立ち話できる内容ではない。途中、ちらりと家を見たが、動きはなかった。

車に落ち着くと、すぐにエンジンをかけた。生ぬるい風がエアコンから吹き出してくる。これから下赤塚まで戻ることになるのか……さっさと犯人の面《つら》を拝みたいという気持ちよりも、面倒だという感覚が先に立つ。

「ところでお前、安田を追ってるんだよな」光岡が急に話を変えた。

「ああ」

「で、今どこにいるんだ？」

「調布」

「調布？」光岡が声を張り上げる。「奴の家はそこじゃないだろう」

「家から出たのを追って来たら、調布にたどり着いたんだ。どうやら知り合いの家にいるようだな」神谷は、表札で確認した「長原」という名前と住所を告げた。「だけど、安田がどうしたんだ？」

「この犯人――三富は、安田に命令されてやったと言っている」

「はあ？」今度は神谷が声を張り上げる番だった。確かに安田は、伏見と関係がある。その安田に伏見を殺す動機があるのか……。

「共犯というか、教唆だ。もちろん、この証言を一方的に信じるわけにはいかないが、調べる価値はある」

「少なくとも、安田が伏見と関係していたのは間違いないからな」

「どんな関係なんだ？」

神谷は、事情聴取の概要を説明した。光岡は納得いかない様子で、「うむ」とか「いや」とか微妙に否定的な相槌を打つだけだった。話し終えた時の結論は「何だかよく分からん」。

「とにかく、引っ張って話を聴けばいいんだな？　すぐにそっちへ移送するか？」

「馬鹿言うな。お前一人じゃ無理だよ」

何が無理だ……安田一人ぐらい抑えられなくてどうする。いざとなったら手錠で自由を奪ってしまえばいいのだ。そう言ってみたものの、光岡は納得しなかった。

「ちょっと待機しててくれ。うちからすぐに人を出す」

「おいおい、板橋の外れから調布まで、どれぐらいかかると思う？」

「一時間もかからないよ。たかだか三十キロか四十キロぐらいだぜ？」

「その一時間のうちに何かあったらどうするんだ」神谷は引かなかった。

「心配性だねえ」からかうように光岡が言った。

「心配も何も、そういうことを考えるのが普通だぜ」

「分かった。じゃあ、そっちの所轄に手を貸してもらおう。制服警官が一人いれば、十分だろう？」

「まあな……」余計な手助けだと思ったたし、連絡・手配しているうちに動きがあるかもしれない。だが、あまりにもいろいろなことを心配していると、それだけで遅れをとってしまう。何か動きがあったら、その時はその時だ。

電話を切り、車を出て家の前まで移動する。依然として灯りは灯ったままで、動きはない。何も起きそうになかった……しかしこれから応援を貰うのだと考えると、急に焦ってくる。今にも何かが起こりそうに思えてきた。

神谷は腕時計を見た。七時十二分。一一〇番通報を受けて動くわけではないので、所轄の反応は早くはないだろう。既に当直体制に入っていることもあり、動ける人間も少ないはずだ。しかし、あれこれ心配しても仕方がない。度々腕時計を確認しているうちに、少しずつ苛立ちが膨れ上がってくるのを意識する。

十分後、パトカーがサイレンを鳴らさずに到着した。馬鹿が……せめて覆面パトで来られなかったのか。白黒のパトカーは、走っているだけで目立つ。神谷は素早く右手を挙げた。気づいた制服警官がパトカーを神谷の目の前で停める。助手席の窓がすぐに下がった。

「一課の神谷だ」

「お疲れ様です」まだ若い制服警官は、明らかに緊張していた。

「目立つから、少し離れたところで待機してくれ。事情は聞いてるな？」

「はい。容疑者を確保するんですね？」

「容疑者かどうかは、まだ確定できないんだが……とにかく、上手く隠れていてくれ。状況が変わったら合図する」

「分かりました」

パトカーが、結構なスピードで走り去る。次の角を左折して姿を消した……しかし、ここからは見えない位置で上手く待機しているだろう。若いからといって、手ぬかりはないはずだ。

一人になり、また腕時計を見た。七時二十五分。光岡がこちらへ送りこんだ刑事たちが来るまでには、まだ間があるだろう。できれば、それまでは動きがない方がありがたい——応援の刑事たちが来たタイミングで、思い切ってインタフォンを鳴らしてみるつもりだった。

こういう時、時間の流れは妙に遅くなる。八時は永遠に訪れないような気がした。だが実際に八時を過ぎると、急に展開が早くなった。八時五分、覆面パトカーが一台走ってきて、神谷の前で停まった。窓が開いて顔を見せたのは、よりによって室木である。神谷が言葉を発する前に、いきなり欠伸《あくび》を咬《か》み殺す。こいつは……神谷は頭に血が昇るのを意識したが、何とか怒りを抑えた。

「出てきました？」呑気な口調で訊ねる。

「出てきたら、俺はここにはいないよ。これからインタフォンを鳴らすから、車をどこかに置いてきてくれ」

「へいへい」

窓が閉まりかけたところで、神谷は「待て！」と声を挙げた。

「どうしたんすか？」室木が呑気な声を上げる。

「本人がお出ましだ」

ガレージのシャッターがゆっくりと上がり始めている。中に入っているのは、安田のポルシェだけ。彼が運転席に座っているのが見えた。

神谷はさっと道路の真ん中に進み出て、右手を左右に大きく振った。先の交差点で待機していた制服警官二人が駆け出してくる。それを確認してからガレージの前に飛び出し、ポルシェの前で両腕を大きく広げた。動き始めた車が、ぎくしゃくとした動きで停まる。神谷に気づいた安田が、露骨に迷惑そうな表情を浮かべた。すぐに制服警官二人、それに室木と若い刑事、それに神谷の五人が車を取り囲む。神谷はドアに手をかけ、ゆっくりと開けた。

「またあなたですか……何の用ですか」呆れたように安田が言った。ハンドルを握ったまま、肩をすくめる。

「あー、ちょいと伺いたいことがありましてね。時間をいただけますか？　署まで来て貰うことになりますけど」

「私を犯人扱いするのか？」

「まあね」

「フランクフルトに行っていたことは確認してくれたんだろうな」安田が神谷を睨みつけて凄む。

「まだですけど、別にそれは嘘だとは思ってませんよ」

「だったら――」

「海外にいても、人は殺せるんですよねえ」

「はあ？」安田が目を見開く。「何を馬鹿なことを。オカルトか？」

「まさか」神谷は鼻で笑った。「人を使えばできる、という意味ですよ。あなたは、人を使うことには慣れているだろうし……元社長さん」

「いい加減にしてくれないかな」安田が平手でハンドルを乱暴に叩いた。「無礼過ぎる。これ以上変なことを言うと、訴えるぞ」

「ああ、なるほど。あなたにもそういう権利はありますからねえ」

「ふざけてるのか？　弁護士に連絡するぞ」

「どうぞ、どうぞ」神谷は右手をすっと前に差し出した。「その弁護士は、あなたの会社の詐欺事件にもかかわっているんですか？」

安田がすっと背筋を伸ばした。まだ強面《こわもて》の表情を保っているが、目は泳いでいる。意外に脆《もろ》いな、と神谷は見て取った。あと一押し、二押しで完全に崩れるだろう。

「弁護士に来てもらうのは構いませんが、まず署までご同行願えますかね。そこでゆっくり話を伺います」

「今さらあの件を……」

「あの件って何ですか？」神谷はとぼけて聴いた。

安田が目を見開く。ゆっくり顔を挙げて神谷を見たが、その視線は神谷を捉えてはいなかった。

多摩南署の取調室を借りて、安田の取り調べを始める。逮捕するだけの要件は揃っていないが、焦ることはない――神谷はまず、安田の会社が関与していたと疑われている詐欺事件の方から攻めることにした。どうも安田は、その件に関しては、未だに危険を感じている様子である。上手く逃げきったと安心してはいないのだろう。警察はまだしつこく事件を追っている、と怯《おび》えているに違いない。

「埼玉県警は、なかなか優秀でしてね」取調室で対峙すると、神谷は早々に切り出した。

「しかも大きい事件になると、刑事たちは張り切るものです。立件するまでは、しつこく迫ってきますよ。あなた、自分に捜査の手が迫っていることは感じていたんでしょう？」

「何のことか分からないな」安田は、とぼける作戦に出ることにしたようだ。

「あなたの会社は商社——今は中国と関係が深い商社ですよね」

「このご時世、中国を相手にしないと貿易の仕事はできない」

「なるほどねえ」神谷は顎を撫でた。金儲けのことばかり考えている人間の末路がどうなるか、これからゆっくり思い知ってもらおう。神谷は暗い快感を覚え始めていた。

「でも、実際にはないことを、ビジネスの材料にするのはどうなんですかね」

「は？」

「中国企業が今目をつけているのが、リゾート開発なんですってねえ。俺は全然知りませんけど、中国にも欧米人や日本人が喜びそうなリゾート地——あるいは候補はあるんでしょう？」

「中国は広いからね」いかにも常識だ、という感じで安田が言った。

「なるほどねえ。でも、実際にはないリゾート開発をネタに金を集めたら、詐欺になるんじゃないかなあ」

「リゾート開発に着手していたのは本当だ。地元の会社と合弁企業を作った」

「あー、面倒な話は飛ばしていいですかね？」神谷は敢えて、馬鹿にする口調で言った。

「そういう金儲けの話は、よく分からないんで。こっちは殺し専門ですからね」

殺し、という言葉に敏感に反応して、安田がびくりと身を震わせる。神谷はテーブルの上に身を乗り出し、低い声で脅しつけるように言った。

「そういう話が最初に出たのは八年前だった。出資金を集め始めたのが五年前ですね。でも、開発計画は一向に具体的にならず、出資した人たちからの突き上げを受ける格好で、あなたは二年前に社長を退いた――十分儲けたからリタイヤしたんじゃなくて、出資者からの追及や警察の捜査を逃れるためだったんじゃないですか？　会社を放り出してしまえば、あなたは責任から逃れられるかもしれない。会社の方では、責任者が辞めたから何も分からないと言い訳できる。クソみたいなウィンーウィンのやり方ですね」

「君、失礼過ぎるだろう」安田が抗議したが、形だけで、声に力はなかった。

「そりゃどうも、すみませんねえ。基本的に下品な人間なもんで」神谷はすっと頭を下げた。「でも、埼玉県警はまだ、この事件に興味を持って調べていますよ。だいたい、時効になってませんしね。立件する時には、あなたは厳しく調べられるでしょうねえ。埼玉県警は、俺みたいに優しい刑事ばかりじゃないですよ」

「今でも十分失礼だ」

「失礼？　本当は俺にビビってるんじゃないんですか？」神谷はニヤリと笑ってみせた。

「いい加減にしてくれ」

「はいはい。さて、と……」神谷は軽い口調で言って、話題を切り替えた。「正直、こんな話はどうでもいいんです。うちとは関係がない埼玉県警の話だし、俺は詐欺事件については専門外なんでね。ただ、埼玉県警から情報をもらったおかげで、あんたがどれだけクソ野郎なのか、分かりましたよ。金をダシに金を集める——詐欺は、騙される方が悪いって言う人もいますけど、そんなことは絶対にない。いずれ埼玉県警が、あんたを厳しく調べるでしょう。ただその前に、うちの事件できっちり話してもらわないとね。伏見さんの件です」

「濡れ衣だ」

「へえ」神谷は白けたように言って耳の後ろを掻いた。「実はですね、伏見さんを殺した犯人を逮捕したんですよ。最近は防犯カメラが増えましてねえ。そのお陰でスピード解決です。まあ、強盗か通り魔か……そんな線を想定していたんですけど、どうやら我々の読みは外れたらしい。犯人は、あなたに指示されてやった、と証言しています。要するに、あなたに金で雇われた殺し屋ですよ」

「馬鹿馬鹿しい。殺し屋なんか、日本にいるわけがないだろう」

「いやいや……あなたは何を想像しているんですか？　スナイパーとか？　実際には、強盗に見せかけて殺す方が、確実だし安全なんです。日本では、銃を用意するだけで大《おお》事《ごと》ですからね」

今日は俺にしては喋り過ぎだ——しかし言葉が止まらない。徐々に安田を追いこんでいる確信——暗い快感があった。

「少なくとも、伏見さんを殺した犯人が、あなたと知り合いなのは間違いない。まったく知らない人の名前を出して、詳細な説明をするわけがないですからね。よって警察では、あなたは犯人と知り合いであり、伏見さん殺しを命じた可能性が高いと判断しています」

「馬鹿な……」安田がつぶやく。

「何が馬鹿ですか？　古い知り合いを殺すような指示を出す人間など、いないと思っている？」

「知り合いかどうかは関係ない」

「どういう意味ですか？」

「私は、もっと大きな物を守っただけなんだ」

神谷は戸惑い、次の質問を呑みこんだ。どういう意味だ？　まるで伏見を殺したことで、大きな災厄を防いだような台詞ではないか。

「何を守ったんですか」

「この社会」

「すみませんが、ちょっと頭痛が……」神谷は右手を広げ、前頭部を揉んでみせた。

「そういう抽象的な話をされても困りますよ」

「ふざけてる場合か！」安田が声を張り上げる。「百パーセント上手くはいかなかったが、私は街を守ったんだ」

「意味が分かりません」神谷は素直に認めた。「最初から話してもらえますか？　時間はたっぷりあると思います」

「いや、ないな」

またも意味が分からない発言。もったいぶっているのか、本当に説明が難しいような複雑な話なのか。

「分かりました。話す気があるなら、いくらでも聞きます。急いで話したいなら、ペースを合わせますよ——全部話してくれる気になったんですか？」

「話を聞いたら、君たちは間違いなく私に感謝するだろうな」

何を言っている？　もしかしたら、タガが緩んでしまったのだろうか。これから延々と、ピントの外れた話を聞かされるかもしれないと思ったが、安田が話し始めると、神谷はすぐに引きこまれていた。

とんでもない話だ。

しかし、信じない理由もない——ただし、もう一枚裏がある、と神谷は読んだ。義《ぎ》侠心《きょうしん》だけで動く人間などいない。

6

いつの間にか、夜になっていた。結局、大阪駅は始発の時間からずっと動きを止めたまま……島村はかすかに胃の痛みを感じていた。もともと神経は太い方で、ストレスとは縁がないのだが、今回ばかりはそうもいかない。

梅田署の兵站部門はきっちり仕事をこなし、午後七時にはまた弁当が用意された。昼にトンカツを出したのはやり過ぎと思ったのか、今回は一人あたり握り飯三個である。侘《わび》しい夕食とも言えるが、非常時にはこれぐらい質素な方が気が引き締まっていい。これに味噌汁があれば完璧なのだが、この状況でそこまでの贅沢を望んだら罰が当たる。

弁当を運びこんで来た一人が下倉だった。まだ仕事をしているのか……島村は思わず、彼に新幹線の時刻を確認した。

「九時六分の『こだま』に乗れば、静岡に十一時二十三分に着きます。ぎりぎり八時半ぐらいまで仕事をしていても大丈夫です」下倉が平然とした顔で答える。

「宿は静岡市内なのか？」

「はい。駅前ですから、ロスは最低で済みます」

「そうは言うてもなあ……ほんま、適当にしとけよ」

「お気遣い、恐縮です」

頭を下げたものの、下倉の顔には不満が浮かんでいた。明らかに、ワールドカップに出るよりも警察の仕事を優先したがっている。

「一つだけ、よろしいでしょうか」下倉が緊張した口調で申し出た。

「何だ。何でも言ってみろ」

「もしもですが、あそこのキャットウォークよりも遠いところから狙撃すれば、犯人に気づかれずに制圧できるかもしれません」

「六十メートルでも難しい、言うたやないか」

「チャレンジです」

「しかし、そんな場所があるか？」

「それはないので……例えば、ヘリからとか。足場が安定しないから、難しいかもしれませんが」

「お前なら何とかできるかもしれんが――そもそも、狙撃できる位置まで、犯人に気づかれずにヘリの高度を下げるのが難しいやろ。それに、万が一ヘリが撃たれて墜落でもされたら、被害甚大やで」

「そうですよね……失礼しました」下倉が思い切り頭を下げる。「余計なことを言いました。申し訳ありません」

「いや、俺みたいに皺の少なくなった脳みそやと、ろくなアイディアが出てこん。何か考えついたら、いつでも手を上げてや。歓迎するで」

ほっとしたような表情を浮かべ、下倉が一礼して去っていった。

彼を見送ってしまうと、今のアイディアが急に気になってくる。長距離の狙撃――警察側のダメージは回避しながら犯人を制圧するにはいい方法かもしれない。島村は、駅周辺の地図を広げた。

ざっと見ていくうちに、あるポイントが気にかかった。カフェまで五百メートルほどあるが、間に障害物はない。果たしてこの距離で狙撃が可能かどうか……横で握り飯を頬張り始めた今川に確認する。

「狙撃の物理的な限界っていうのは、どれぐらいなんやろな」

「三キロ、という話がありますよ」口をもぐもぐさせながら今川が答える。

「三千メートル？　そんなにか？」思わず目を見開く。

「それは、さすがに極めて特殊なケースですけどね」今川が握り飯を呑みこんだ。「確か、戦場で記録されたものだと思います。特殊な銃、狙撃兵として特別な訓練を受けた人間によるものだったはずです」

「五百メートルは？」

「どうですかねえ」今川が首を傾げる。「一般的には、六百メートルを超えると、風や湿度の影響を受けて、当たりにくくなると言われています。弾丸自体は五キロぐらいは飛びますし、一キロ、二キロの距離なら、当たれば致命傷を与えられますけどね……五百メートルの狙撃だと、日本人の場合は練習する機会もないでしょう。ライフル競技では、ビッグボア《大口径》を使う場合でも三百メートルですし」

「なるほど」島村は地図に手を乗せた。親指を大阪駅に置き、小指をもう一つのポイントに合わせる。「これで五百メートル弱や」

「まさか……」今川が絶句した。首を伸ばすように地図を覗きこんで、もう一度「まさか」とつぶやく。

「何がまさか、なんや」いきなり否定され、島村はむっとして言った。

「距離も長いですし、そもそもそんなところから撃てるんですか?」

「そこは交渉次第やろ。こういう緊急時やから、頼みこめば何とかしてくれるんちゃうか?　問題は、銃やな。SATには、狙撃銃の用意もあるやろ?　それこそ、ビッグボアライフルも」

「ええ」

「実効射程距離はどれぐらいや?」

「メーカー側の説明だと、五百メートルの距離なら、人体程度の大きさの的には当てられると。海外では、七百メートル離れてビール瓶を撃ち抜いた、という話もありますよ。日本製の銃は、海外でも人気なんですわ。精度が高いんでしょうな」

「訓練は？」

「もちろんやってますが、そこまでの距離は……当然、実戦経験もありませんよ――」

「せやろな……」

やはり下倉だろうか。純粋に「腕」を考えれば、SAT隊員よりも下倉の方がはるかに上だ。ただし下倉が、普段使い慣れていない銃を手にして、本来の腕を発揮できるかどうかは分からない。それにSAT隊員を差し置いて下倉に狙撃を命じたら、反発が出るのは必至だろう。SAT隊員は、普段から苦しい訓練に耐えているわけで、プライドも高い。しかしいざとなったら――いざ、という時が来るのだろうか、と島村は懸念した。


犯人側の要求もなく、警察側の説得も中断した。その間、警察側では犯人グループに対する調査を猛スピードで進めていた。

内山の取り調べは停滞していた――何を考えているのか、最初はすらすらと立て籠もり犯との関係を喋っていた小森祐介が、一度取り調べが中断した後、急に口が重くなってしまったのだ。珍しく内山が苦戦中、という秦からの報告は、島村の心に暗い影を投げかけた。

一方、小森の供述で明らかになった立て籠もり犯の一人、中島康孝に関しては、着々と情報が集まっていた。箕面《みのお》市在住の大学生。出身は島根県で、同じ高校の同級生だった友人と部屋をシェアして暮らしていた。この友人は在宅していて、中島が立て籠もり事件を起こしているようだと告げると、腰も抜かさんばかりに驚いた。急行した刑事が、「そういう犯罪を起こすようなタイプではないのか」と訊ねると、「あの事件に関係しているとは思えなかった」という返事があったという。

つまり、何かやってもおかしくないタイプだが、立て籠もり犯とは思えなかった……この友人は所轄に同行を求められ、現在も厳しく事情聴取を受けている。同時に、部屋の家宅捜索も始まっていた。これまで既に、パソコンなどが押収されている。さらに、中島名義のスマートフォン——普段使っているらしいもの——も見つかった。どうやら犯行に際して、身元が分かるようなものは何も持っていかなかったらしい。

午後八時、中島の友人である高木直人《たかぎなおと》に対する事情聴取の、詳細な報告が入ってきた。事情聴取をそのまま文字起こししたもので、刑事たちが大至急でやったのだと分かる。文字起こしというか、話を聴きながら、別の人間が必死でキーボードを叩いたのだろう。パソコンには若干のアレルギーがあり、キーボードを打つ時は左右の人差し指を中心に使う島村から見れば魔法のような作業だが、今は完璧なブラインドタッチを身につけた刑事も少なくない。
島村は、パソコンの画面を覗きこんだ。いい加減疲れて目がチカチカしてきたが、ここは我慢やで……これまでのやり取りの中で、高木が重要な証言をしているかもしれないのだから。

刑事：中島は、立て籠もり事件を起こすようなことを言っていたか？
高木：そういう話を聞いたことはないが、最近様子がおかしかった。
刑：具体的には？
高：一か月ぐらい前、まだ夏休み中に、いいバイトを見つけたと言って、急にウキウキし始めた。割のいいバイトならこっちにも紹介してくれと頼んだが、断られた。
刑：どういうバイトかは分かっていたか？
高：それは聞いても教えてもらえなかった。ただ、しばらく準備をして一日だけのバイトで、金が入るのは一か月後になる、という話だった。
刑：バイト代はいくらぐらい？
高：よく分からないけど、来年の学費は全部自分で払えそうだ、と言っていた。
刑：自分で学費を払っていたのか？
高：払ってない……学費は親がかりだったけど、何かと金遣いの荒い男だった。

刑：どういう風に。
高：それはまあ、遊びとか……金回りのいい夜の店でバイトしてたんで、大学の方は休みがちだった。
刑：一か月前にバイトの話が入って――その後はどういう感じで？
高：毎日帰りが遅くなって、最近はほとんど朝帰りという感じだった。それに、新しいスマートフォンを契約したり、家にいる時はやたらと誰かとメールしていたり、明らかに変な感じだった。
刑：あなたに対する態度も変わった？
高：話をしたがらない……だけど、何だか自慢するような顔をしていた。大金を稼げると思っていたからだと思う。
刑：それで優越感を得ていたと？
高：たぶん……。
刑：昨日、一昨日の動きについて教えて欲しい。事件は、日付が今日に変わったタイミングで起きた。その前に何をしていたか、知っている限りで教えて欲しい。
高：最後に話したのは昨日の朝……あいつが朝帰りしてきて、その時に少しだけ話して。
刑：内容は？
高：大した話じゃない……毎日朝帰りできつくないか、とか。あいつは『昼間寝てるから大丈夫』と軽い調子で言っていた。僕はその後、大学へ行ったけど、あいつはそのまま寝てたかもしれない。
刑：その後は？
高：夕方帰ってきた時、アパートの前に車が停めてあって、中島が運転席に座っていた。すぐに車が発進したので、声をかける暇はなかった。
刑：車は持っているのか？
高：レンタカーだと思う。ナンバーで、レンタカーだということは分かったけど、それ以上は……それから後は、全然見てません。今日の夜になって、警察が来て初めて知って、びっくりして。

一か月も前から、入念に準備を積み重ねてきたのだろうか。そして本番当日、車で現場へ向かった——その車はどこだろう？　広い大阪で一台のレンタカーを見つけ出すのは至難の業だが、捜査一課長の秦は既に手を打っていた。まず、レンタカー会社に調べを入れて、中島康孝、ないし三木智史の名前で車を借りた人間がいないかをチェック。これがすぐに当たった。中島が、大阪モノレールの千里中央駅近くのレンタカー店で、車を一台借り出していたことが判明した。しかも、かなり大きな——八人乗りのミニバン。それだけ人数がいたのか、あるいは大荷物だったのか。

千里中央駅といえば、最初にドローンが衝突した太陽の塔のすぐ近くだ。千里中央駅から万博中央公園までは、直接距離で数キロしか離れていない。だが……中島が自分でドローンを使って襲撃したとは思えない。それでは時間にまったく余裕がなくなる。

となると、さらに多くの人間がこの犯行に絡んでいた可能性が高くなる。時空の広場に四人いるとすると……ドローンによる襲撃も、それぞれ一人でやっていたとは思えない。二人一組で八人。同じ犯行グループだとすると、間違いなく十人を超える大所帯だ。これだけの人間が集まって、それなりに効率的、かつ規律を持って動くのは大変だろう。それこそ機動隊、あるいは自衛隊経験者が統率していた可能性があるのではないか——そう考えるとぞっとした。島村はこれまで何度も警察関係者、あるいは警察ＯＢが絡んだ事件の捜査も経験してきたが、それらとはスケールが違う。

今川が、「うーん」と唸《うな》って腕組みをした。

「今の話から、何か読み取れることがあるか？」

「バイト、なんですかねえ」

「そういう風には言うとるな」

「しかし、バイトで、時空の広場を占拠しますかねえ。しかも銃を持って……逮捕されたら相当面倒なことになるのは、ちょっと想像すれば分かるでしょう。それとも、最近の若い連中は、そういうことも想像できないぐらい頭が悪いんですかね」

「頭が悪いから、こういう犯罪に巻きこまれるとも言えるで」島村は指摘した。「あるいは、確実に脱出できるような計画を提示されたか」

「まあ、そうですな」今川も同意した。「この感じだと、かなり大人数のバイトが雇われていたはずですよ」

「俺もそう思う。ドローンの件も一連の事件やとすると、犯人グループは軽く十人を超えるな」

「そうなんです」今川がうなずく。「それだけの大人数をまとめ上げるのは、やはり大変やと思いますがね。相当なリーダーシップを持った人間が計画を立てたんじゃないでしょうか。しかも高額の報酬を提示し、時空の広場からの脱出方法も、納得できる計画を用意した――そんな感じじゃないでしょうか」

同じようなことを考えていたか……島村は内心うなずいた。本当は、思考が同じ方を向いている時は危険なのだ。もしも二人とも間違っていたら、引き返すのが極めて難しいからだ。ただしこの件に関しては、自分たちの推測は間違っていないと思う。あるいは――。

「報酬が相当よければ、誰でも必死になるもんやないか？」

「ああ、それはありですな。百万だったらこんなことをするかどうか分からんけど、五百万だったら……どないです？」

「ありそうな話やな」島村はうなずいた。高木の証言によると、中島は「来年の学費は全部自分で払えそうだ」と言ったというが、それは百万円ぐらいだろうか……。「しかし、五百万で十人雇ったとして、報酬だけで五千万やで？　いくら何でも、費用対効果が悪過ぎる。資金源は何や？　だいたい、本当に十億手に入ると考えていたとしたら、首謀者は完全なアホやで」

「いや……」今川の顔に影が差した。

「どうした」

「ＪＲは、本当に払わないですかね」

「何が言いたい？」島村は、眉間に深い皺が寄るのを感じた。「まさか、犯人と裏交渉しているとか？」

「仮に犯人がＪＲと裏取り引きして、表向きの十億ではなく、実際には一億を要求していたらどうでしょう。一億ぐらいなら、現金で用意できるんじゃないでしょうか」

「それはあり得るな……しかし、もしもその裏取り引きが成立していたら、犯人はもう、時空の広場から撤収してるんやないか？」

「確かにそうですね」

「それに、どう考えても計画が杜撰《ずさん》やないか？　もしも一億だか十億だかを無事に奪取できても、その後で逃げられると本気で思てるんやろか。ヘリを用意するといっても、そこへ行くまでに、警察的にはいくらでも確保する手があるで」

「そうですねえ」今川がうなずく。「適当なことばかり言うてますけど、結局はよく分からん連中や、いうことです」

「おいおい、参謀役が弱気なこと言わんでくれよ。頼むで」

「すみません」反射的にだろうか、頭を下げて謝罪したものの、今川はまったく事件の裏が読めていないようだった。

　会話が途切れ、島村は腕組みをしてもう一度事情聴取のテープ起こしを読み直した。何か見逃しているのではないか……しかし、先ほど読んで頭に入ってきた以上の情報がある感じではない。

　まもなく、「第二報」が届いた。今度は高木直人への事情聴取の結果ではなく、島根にいる中島の両親に、地元県警が話を聴いた情報だった。両親は既に大阪へ向かっているというが、その前に慌てて事情聴取を行ったのだろう。

　こちらはごく短いものだったが、最近の中島の様子の変化がはっきりと読み取れた。中島は、一週間ほど前に実家に電話をかけてきたという。高校を卒業して大阪へ出たきり、ほとんど帰ってもこなかった息子から電話を受けた母親は驚いた。しかも突然、新しい車はいらないかと訊ねたのだという。確かに、中島の両親が使っている車は十年落ちで、相当ガタがきているのだが、息子がそんなことを言い出すのが意外で、「あんた、何かしたんか」と思わず聞き返してしまったという。それで怒った中島は電話を切ってしまったというが、母親は異変を感じ取っていた。いつも金に困り、電話してくるのは仕送りを頼む時だけだったので、変なことに手を出したにちがいないと思ったそうだ。

「実際、変なことに手を出したわけや」島村はつぶやいた。「しかし、車一台買うとなると、数百万になるで」

「中古の軽自動車なら、十万円で買えるのもありますけどね」

「この話だと、もっと景気のいい感じやないか。ベンツの新車をどーんと、みたいな」

「もしかしたら、本当に謝礼五百万のバイトだったんですかね。五百万なら気持ちも動くでしょう」今川が言った。

「しかし、その資金源が分からんな……そういえば、犯人は気になることを言うとったな。話が違う、と」

「ああ、言うてましたね」

「あれはどういう意味やったんかな。リーダーに裏切られたとか、そういう感じちゃうか？　計画が狂ったとか」

「そんな感じには取れますな」今川がうなずく。

「なあ……俺たちは、リーダーにはまったく近づいてないんかな。かすってもいない感じもするが」

「確かに」今川が渋い表情を浮かべる。「まだ、リーダーに直接結びつく人間を確保していませんからね。ドローンを飛ばした人間が一人も捕まっていないのも痛いですな」

「あれはヒットエンドランやったから、捕まえるのは難しいやろ。まだ時間がかかりそうや。しかし、どうしたもんかね」

手がない。少しずつ情報はあちこちから入ってくるだろうが、固まったこの状況を解きほぐすまではいかない。

「あと一歩や、あと一歩。決定的な突破口が欲しい……」島村は一人つぶやいた。

7

多摩南署の取調室で、神谷は安田を本格的に叩き始めた。本当は、安田がしばらく滞在していた長原という家にも刑事を派遣し、話を聴かなくてはならないのだが、人手が足りない――室木はぶらぶらしているのだが、この男に任せるわけにはいかなかった。

心配ではある。長原の家の前で、神谷たち数人の警察官が安田を取り囲んだのを、長原家の人間は確認していたのではないだろうか。あれだけの家だから、高解像度の監視カメラぐらい備えていそうだ。かなりざわついたから、外の気配がおかしいことに気づいて、様子を確認した可能性がある。長原の家のガレージには他に車がなかったが、逃げ出すのはそれほど難しくはないだろう。しかし今のところ、押さえる手はない。

「詐欺の件は、今は聴かないことにする」神谷は最初に宣言した。「それより、先ほどの話を確認させてくれ」

「何度同じ話をさせるつもりなんだ」安田が鼻を鳴らす。

「何度でも。さっきのは立ち話レベルだ。これは正式の事情聴取」

安田が溜息をつく。疲れたというより、呆れた様子だった。自分はどこかで道筋を踏み外してしまったのでは、と神谷は密かに恐れた。この男は常に人を馬鹿にしているが、あながちそうするだけの理由がないわけでもない……もしも先ほど得た証言が本当ならば。完全に勘違いではあるのだが。

「あー、伏見の計画を止めたのはあんた、ということでいいんだな？」

「止めたとは言えない。あの時点で計画は既に発動していて、引き戻すことはできなかったから。ただし、計画を頓挫させることはできたはずだ。実際、今は硬直状態に陥っているのでは？」

「どうかな」

「警察なら、そういう状況はよく分かっているんじゃないか？」不審げに、安田が目を細める。

「東京じゃなくて、大阪の話なんでね」神谷は肩をすくめた。

「無責任じゃないか？　あれだけの大事件なのに……」安田の顔が赤くなる。本気で怒っているようだ。

「ニュースで観た以上のことは分からない。向こうが大騒ぎになっているのは間違いないだろうが」

「長引き過ぎだな。もう二十時間も経つ」

「確かに」神谷は腕時計を確認した。「大阪府警のやることにケチをつける気はないけど、遅過ぎる。ただ、日本の警察は無茶はしない、ということは分かっていて欲しいですな」

「弱気だな」

「人質がいるのに、強引な手には出られない」

「人質がいれば、な」

「何が言いたい？」神谷は安田を睨みつけた。「人質は二人いる」

「……ということになっているな」

「まさか、人質もダミーだと？」

「あなたのダミーという言葉の使い方は——正確な意味からは外れている」馬鹿にしたように安田が言った。

「どうでもいいんだよ。要するに人質じゃなくて、犯人グループの人間なんだろう？」

神谷は乱暴に指摘した。

安田は何も言わなかったが、軽くうなずいた。

「あのねえ、あんたは事前にほとんど計画を知っていたようじゃないか。こいつはまずいぞ。組織犯罪処罰法に抵触する可能性がある」

「法律的なことは分からないな」

「だから、詐欺についても知らない、とでも言うのか？」

安田がいきなり立ち上がった。怒りで顔が真っ赤になり、両手をきつく握りしめている。

「人を馬鹿にするなら、帰らせてもらう」

「あんた、何か勘違いしてないか？」

「何だと？」

「協力してくれることには感謝するけど、あんたにも容疑がかかってるんだよ。そしてここは警察の取調室だ。もう少ししたら、あんたはここから留置場に移動する可能性が極めて高い。俺の心象を悪くしないためには、ここで大人しく協力しておいた方がいいんじゃないか？」

「脅すのか？」

「脅すも何も、俺はきちんと職責を果たそうとしているだけだ。あんたは大阪の事件の全容を知っている——あんたに話を聴くことは、すなわち犯罪捜査なんだよ。座れ！」

怒鳴りつけても、安田は立ったまま、神谷を見下ろすように睨みつけていたが、結局椅子に腰を下ろした。体から力が抜けている。

「あんたが威張るのも分かるよ。生まれながらに金があって、何不自由なく育って金儲けをして、早めのリタイヤで悠々自適——でもこれからは、いくら金があっても、使い道は弁護士費用ぐらいなんだぜ。せいぜい、いい弁護士を探すことだな」

「何を言ってるんだ」安田の目が泳ぐ。

「さっさと知っていることを全部話してくれないかな。そうしないと、取り敢えずあんたを最大の容疑で逮捕しなくちゃいけなくなる。殺人の教唆だ」

「そんなことはしていない」

「なあ」神谷はぐっと身を乗り出した。「あんたは、無闇に人を殺すようなタイプじゃないと思う。何故ならあんたは、詐欺師だからだ。詐欺師と殺人者は、メンタリティが全然違う。でも、絶対に殺さないとは言えない。もしも十分な理由があれば——あんたにはあんたなりの大義名分があったわけだし」

「多くの人を救おうとしただけだ」

あるいは、単に伏見の妨害をしたかっただけだ——いや、実際にはこの男と伏見の間には、何か重大なトラブルがあったに違いない。殺さなければならないほどの金銭的トラブル。もしも、大義名分のために伏見の計画を潰そうとしたなら、警察に駆けこめばいい。所詮は素人集団、警察は余裕を持って今回の犯罪を止められただろう。

「きちんと全部話してくれれば、それなりに配慮するよ」

「配慮とは?」

「たっぷり感謝させてもらう。警察としては感謝状を贈呈してもいいぐらいだ」

「感謝状を貰っても、私にはメリットがない」

「人から最後に感謝されたのはいつだ? いいもんだぜ。特に警察からの感謝状なんて、簡単には貰えない。いい経験だと思うがね」

「逮捕、起訴されたら、何の意味もない」

「まあねえ」神谷は腕組みをした。「ただ俺としては、殺人を教唆した人間を見逃すわけにはいかないんだ……なあ、腹を決めろよ。殺人を教唆して、逃げられるわけがない。何が起きているのか、きちんと説明してくれ」

「喋る、喋らないは俺の自由だ」

「まったくその通り」神谷は大きくうなずいた。「ただし、俺にはあんたを調べる権利も義務もあるんでね……俺には時間はいくらでもある。みっちりやろうか。だけど、今のうちに覚悟しておいてくれよ。あんたにはもう、逃げ場はないんだ」

安田が唇を噛み締め、うつむいた。ほどなくのろのろと顔を上げたが、目は虚ろで力がない。

「一つだけ、あんたの失敗を指摘させてもらおうかな」

「俺は失敗したのか？」探るように安田が訊ねる。

「ああ。誰かを使って人を殺す時には、プロを雇うべきだな。素人に頼むから、雇った人間の名前を簡単に白状するんだ。完璧を期すなら、絶対に相手を選ばないと駄目だ……さて、ここからが本題だ。あんた、伏見との間に何があったんだ？」

8

夜に入って、梅田署内には少しだけ、だらけた雰囲気が流れ始めた。大阪駅の膠着状態は依然として続き、昼間から殺気立っていた報道陣の数も減っている。駅の方へ詰めているのか、あるいは締め切り時間が近づいてきて、社へ戻っているのか。いずれにせよ、数時間前までのピリピリした空気はかすかに薄らいでいた。

八時過ぎ、地域課長が交代で夕飯を摂るように、と指示した。弱ったな……下倉は内心頭を抱えた。

下倉は、縁起をかつぐ方である。というより、ジンクスにこだわり過ぎて自縄自縛になっていると言っていい。特に試合前後には、やるべきことがあり過ぎて不安になるほどだ。自分で決めたことを、やり忘れているのではないか？　最近は、不安を解消するためにチェック用のメモをつけるようになっていた。

例えば、試合前日の夕飯は午後七時ちょうどに摂る。寮の食堂のときもあるし、遠征先のホテルのときもあるが、メニューには必ず豆腐料理を入れる。豆腐が好きなこともあるが、胃に負担をかけないためという実利的な理由もある。

就寝は十一時。起床六時。試合の日だけは、起床が一時間早まる。前日は必ずしも風呂に入らなくてもいいが、当日の朝は必ず湯船に湯を張り、入浴剤——これも銘柄は決まっている——を入れ、ゆっくり時間をかけて体を解す。真冬にこれをやっても絶対に湯冷めしないのは、たぶん気合いが入っているからだろう。

今日は、少なくとも食事のジンクス——時間もメニューも——は果たせなかった。それだけで、仮に明日試合に出られても、上手くいくはずがないと弱気になってくる。

「下倉、お前はもう引きあげろ。最終の新幹線に間に合わないぞ」地域課長が命じた。

「いえ、しかし——」

「いいから。自分にとって、府警にとって、何が一番大事なことか、よく考えろ」

仕事だ。

もちろん、射撃の選手として大会に出ることも仕事ではある。このまま大会で結果を出し続け、オリンピックに出られれば、府警にとってはいいアピールになる。

しかし……警察官本来の仕事をないがしろにしていいものだろうか。こんな大事件が自分の署の管内で起こっているのに、一人現場を離れていいものか。そもそも、これから新幹線に乗って出発しても、食事は駅弁になる。

「下倉」地域課長が再度声をかけてくる。

下倉は立ち上がって一礼したが、まだその場を動けなかった。

「いい加減にしろよ。署長だって、お前が試合に出ることを強く希望しておられるんだ」

「……分かりました」

気持ちは揺れ、定まらない。もしも試合に行くなら、もう出かけなければならない。新幹線のチケットも取っていないし。

寮へ戻ると、食堂がざわついているのが分かった。手が空いた人間が、慌てて食事を摂っているのだ。そのざわめきを横目で見ながら、自室に戻る。

制服姿のままダイニングテーブルに突っ伏して、同室の安岡《やすおか》がいびきをかいていた。

下倉はそっと肩を揺すって起こした。

「おい。こんなところで寝てると風邪ひくで」

「あ？　ああ」きょろきょろと周囲を見回しながら、安岡が顔を上げた。変な姿勢で寝たせいか、短い髪には寝癖がついている。ぼんやりした目で下倉を見ると「お前、まだいたのか」と驚いたように言った。

「今、出発するぎりぎりのタイミングなんや。どうしようか、迷ってる」

「馬鹿言ってないで、さっさと行けよ。後のことは俺らに任せろ」

頼もしい台詞は、いつもなら胸を熱くする。しかし今日ばかりは……「お前は用なしだ」「どうせ役にたたないんだから」と言われているようでむっとなった。自分でもひがみ根性だと分かっているのだが。

どうする？　本当に、もう決めなければ。制服から私服に着替えて、荷物を持って出ていくだけだから、時間はまったくかからない。必要なのは決断だけだ。

迷いが消えぬまま、下倉は窓辺に歩み寄った。扇町通りに面したこの窓からは、駅周辺のオフィスビルや商業ビルしか見えない。最初は、いかにも都会に住んでいる感じに胸が躍ったのだが、今は何とも思わない。ネオンのまぶしさも、無機質に見えるだけだ……その時ふと、ビルとビルの隙間から、ある建造物が見えているのに気づいた。

あそこだ。

下倉は自室へ戻り、本棚をひっくり返した。この署へ赴任した時に、一日も早く管内の地理を覚えようと自腹で買った住宅地図を引っ張り出す。そうだ……やはりここしかない。さらにスマートフォンでも確認し、距離が五百メートルもないことを確かめた。

これなら何とかなるのではないか。今夜も暑いが、晴れていて湿気は少ない。しかもほぼ無風状態であり、条件は悪くなかった。いや、本当に無風かどうかは分からないのだが……大阪駅周辺には高層ビルも多く、時に気まぐれなビル風が強く吹く。狙撃地点では無風でも、途中で風の影響を受ける可能性は否定できない。

それでもやってみる価値はある。やらないと突破口は開けないかもしれない。

もう一度リビングルームの窓に歩み寄り、外の光景を眺め渡す。ここからだと他のビルに邪魔されてはっきりとは見えないし、大阪駅との距離、位置関係もよく分からない。地図上では大丈夫そうに見えるが、実際には現場に行ってみないと分からないだろう。スマートフォンで検索し、まだ営業中なのを確認する。少し時間が必要だ。営業が終わる十一時まで待つべきではないだろうか。あそこで準備を進めても、犯人が気づくとは思えない。

一度、下見に行っておこうか。いろいろ面倒そうだが、そこはバッジの威力がモノを言うだろう。ただ、勝手には動けない。

「何やってるんだ」安岡が眠そうな声で訊ねる。

「お前、今日はこれからどうなってる？」

「しばらく休憩や。十二時からまた現場に詰めることになってる」

「それ、キャンセルさせてやるわ」

「ああ？」

「お前の交代時間になるまでには、全部解決する。今夜はゆっくり休めるよ」

「何言ってるんだ」安岡が不審げな表情を浮かべる。「お前一人で解決するつもりなのか？　何考えてるんだよ」

「いろいろ」

もちろん、ここで考えているだけでは何も動かないだろう。きちんと提案し、了承をもらわないと……まず、直接の上司である地域課長に話すことを考えた。こういう非常事態だから、地域課長は副署長に相談し、副署長は現場にいる署長と警備課長に報告し、署長たちはさらに本部の部長にお伺いをたてる——それぞれの段階でそれなりに時間を食ってしまうはずで、いつになったら実現するか分からない。一つだけ、時間を短縮できる方法があるとすれば、どこかの段階を飛ばすことだ。

署長に直接話をしよう。頭の中にあった曖昧なアイディアを、一度は話しているのだ。署長が少しでも真面目に検討してくれていたら、この話に乗ってくるかもしれない。あるいは「お前の作戦なんか聞けるか」と一蹴される恐れもあるが、その時はその時だ。言わないで後で悔やむよりも、言って怒られた方がよほどましだ。

「出かける」下倉は窓を離れた。

「新幹線か？」安岡は、まだ下倉が静岡へ行くと思っているのだ。

「俺には、やることがあるんだ。試合はまたある。出る――出て優勝するチャンスはある。でも、こんな事件に遭遇する機会なんて、一生に一度あるかないかだろう」

「ああ?」安岡が声を張り上げる。「現場って何だよ。新大阪へ行くんじゃないんか」

「違う。現場や」


署を飛び出し、下倉は地下街に駆けこんで、指揮車が待機する高速バスターミナルへ向かった。人混みを縫って――この時間でも地下街はまだ人で溢れている。酔っ払いがいるのには、半ば呆れてしまった。さすがに地下街までは危険は及ばないだろうが、この状況で酒を呑みたくなる人の気持ちが理解できない。そもそも、残り四個と思われる爆弾が見つかっていないのに、封鎖しないでいいのだろうか。

制服を着たままなので、どうにも走りにくい。しかしこれもトレーニングか……いきなり走り出さず、署長に直接電話をかければよかったのだと思い出したが、署長のスマートフォンの番号は知らない。それより何より、直接顔を出すことで、自分の本気度を署長に知って欲しかった。

もうこれしかない。

これ以外に、膠着し続けたこの状況を打破する手段はない。

第六部　狙　撃

1

「失礼します！」いきなりの大声。

大阪駅の見取り図と周辺の地図を改めて見直していた島村は、思わずびくりと身を震わせ、顔を上げた。指揮車に走りこんで来たのが誰か分かった瞬間、反射的に立ち上がる。

「お前、まだおったんか！　もう新幹線は最終やないか」頭に血が昇る。この男は……。

ステップの下で息を整えながら下倉が一礼し、「行かないことにしました」ときっぱりした口調で宣言した。

「その判断は間違ってる。後悔するぞ」

俺は何で部下を脅してるんだと思いながら、島村は下倉を睨んだ。下倉は目を逸らさず、真っ直ぐに見返してくる。お……これは普段見る目とは違う。もしかしたらこの男は、試合中にはこういう鋭い目つきになるのではないだろうか。

「署長、先ほどお話ししたことなんですが……」

「ああ？」

「計画、のようなものです」

「それがどうした」

「狙撃ポイントを見つけました」

島村は一瞬言葉を呑んだ。こいつは、遠征の準備もせずに、地図と睨めっこをしていたのか？　それとも実際に歩き回って、ポイントを探していたのか？

的外れな行動と言っていい。自分の仕事を勘違いしている……しかしいずれにせよ、これから出発しても、最終の新幹線には間に合わないだろう。こいつが本当に試合を捨てる覚悟を決めたなら、こっちも腹をくくらんと。

「署長、一応話を聞きませんか」今川が遠慮がちに切り出した。「普段なら、三段飛ばしのような進言は許されませんが、今は非常時ですし」

「……そうやな」島村はうなずいた。「まあ、元々俺は、若い連中の話は積極的に聞きたいタイプや——下倉、入れ」

「失礼します」

ステップのところで立ち止まっていた下倉が、指揮車の中に入る。ここへは何度も来ているのに、初めて足を踏み入れるように緊張していた。

「こっちや」

島村は、手招きして下倉をテーブルへ導いた。下倉が、駅周辺地図と、駅の見取り図を見下ろした。島村たちが散々書きこみをしたので、ごちゃごちゃして非常に読みにくくなってしまっている。しかし下倉は気にもならない様子で、すぐにポイントを見つけ出し、右手の人差し指——意外にほっそりしている——を突きつけた。

「ここです」

「ああ……」島村は内心驚いていた。俺が想定したのと同じ場所やないか。

「距離は、五百メートルほどかと思います」下倉が掌を広げ、狙撃ポイントを小指で押さえた。

「正確には四百七十三メートルや」

島村の言葉に、下倉が少し戸惑った表情を浮かべて顔を上げた。島村は、反射的にニヤリと笑ってしまった。

「あの……何か」下倉が自信なげにつぶやくように言った。

「実は俺らも、同じ結論に達してたんや。撃ち合いを避けるためには、接近戦やなくて長距離からの狙撃しかないからな、そして、狙撃ポイントはここしかない」

「はい」

「府警随一——いやいや、警察官としては日本一のスナイパーと意見が一致して、こんな嬉《うれ》しいことはないで」

「そんな……」

「最終的には、狙撃で犯人を無力化したい。しかし、時空の広場で撃ち合いになるのは絶対に避けないかん。封鎖しているから一般の利用者はおらんが、それでも危険過ぎる。遠距離から、一発必中で、犯人が気づかないうちに仕留めるのがベストなんや。そのためには……やはりお前の腕が必要や」

「はい」凛とした表情を浮かべたまま、下倉がうなずく。

「どや、やれるか？　さっきから警備課長と話していて、ライフル銃の性能等を考慮した結果、可能だ、という結論は出している」

「ただし、狙撃者が優秀——超優秀という前提です」今川が口を挟む。

「やれると思います」下倉がうなずく。自慢しているのではなく、単に事実を認めているだけの感じだった。

「SATの狙撃銃は、使ったことはないな？」今川が確認する。

「ええ」

「それでもやれるか？」

「やれます。ただし、もしも可能なら、練習させていただければ……一発二発、実際に撃ってみれば感覚は摑めます」

「分かった」

今川が島村の顔をさっと見た。許可を求めるような視線に対し、島村は素早くうなずいた。

「現地は、十一時まで営業中です。実行するなら、営業終了後がいいかと思います」下倉が提案する。

「そうだな。施設の管理者と交渉して……十一時過ぎ、もしかしたら午前零時が作戦決行のタイミングになる」今川が続ける。急にきびきび出したのは、府警本部の警備課長として最後の作戦に取り組めると思って、気合いが入ったからかもしれない。

「はい」

「よし、お膳立ては俺たちが全部やる。お前は銃に慣れるところから始めてくれ……しかし、練習はどうする？　ビッグボアは撃ったことがあるんか？」

「ありますが、十分慣れているとは言えません」

「練習が必要か……ライフル銃を撃てる場所というと、総合訓練センターぐらいやな」

今川が指摘した。

「はい、練習でよく行きます。ただあそこでも、射程距離五百メートルは無理です」

しかも遠い。訓練センターは大東市にあり、ここからだとサイレンを鳴らして車を飛ばしても、往復で一時間半はかかるだろう。計画実行を午前零時ジャストとして、残された時間は三時間半ほどしかない。こちらへ戻って来ての準備もあるから、実際には練習に費やす時間はほとんどないだろう。

「センターへは行かかん方がええな」島村は結論を出した。「時間の無駄や」

「分かりました。何とかします」下倉が真剣な表情でうなずく。

「では、下倉巡査長はここでしばらく待機。余計なことはせんでええから、集中力を高めてくれ。それとも、こういう煩い車内では集中できんかな?」

「大丈夫です。どこでも同じです」

「頼もしい限りやな」島村は薄く笑みを浮かべた。「それと……ありがとうな」

何を言われているのか分からない様子で、下倉がきょとんとした表情を浮かべる。

「普通やったら、遠慮してこういう提案はでけへんで。もちろん今は非常時やけど、お前が勇気を出して提案してくれたことが、署長としては何より嬉しいわ」

「……ありがとうございます」下倉がすっと頭を下げる。

「自分で提案したからには、きっちり成功させろよ。もちろん、お膳立ては俺たちがしっかりやる。せやけど、主役はお前や。お前がヘマしたら、また一からやり直し。そういうのは避けたいなあ」一流のアスリートにプレッシャーをかける必要もあるまいが、これは試合ではなく「実戦」である。試合とは別種の緊張感が必要になるはずだ。

「はい」

「よし、それなら始めよか」島村は手を打ち合わせた。

希望の光が見えた。しかし、乗り越えねばならない壁はまだいくつもある。

いきなり動きが活発になった。まず、狙撃ポイントとの交渉。電話では埒《らち》があかないので、ＳＡＴ隊員と捜査一課特殊班の刑事を一人、派遣することにした。実地調査も含め、交渉を担当させる。

さらに今川には、何とか犯人をおびき出す作戦を立てるよう命じた。方法は一つしかない。一度失敗しているとはいえ、発煙グレネードを使うのが一番効果的だろう。

「用意できるか？」

「大丈夫です。それほど複雑な構造ではないですから、間に合うでしょう」

「どうやってシャッターを開けさせるかも問題やが……」

「威嚇射撃しかないでしょうな」今川が渋い表情で言った。「何発か撃ちこんでシャッターを開けさせる——そこで発煙グレネードを投げこみます」

「時間勝負になるで」島村は指摘した。「奴らが、爆弾の起爆装置を握っている可能性もある。それを押させないためには、遅滞なく作戦を進める必要がある」

「分かりました。他に、仁義を通すべきところはないですかね？　ＪＲとか」

「言わん方がええな」島村は今川の提案を否定した。「部外者に話すと、どこから漏れるか分からん。解決してから報告すればええやろ」

「確かに……上にはどの時点で報告しますか？」

島村は腕時計を確認した。九時十五分……仮に定めた午前零時の決行まで三時間を切っている。しかしこの状態では、計画にまだ穴が多過ぎる。

「もう少し詰めてから報告しよう。ポイントは、シャッターを開けさせることができるかどうかかや」

「まず、そこをきっちり詰めましょう」

「頼むで……それから、府警に甲子園出場経験者はどれぐらいいる？」

「藪《やぶ》から棒に何ですか」今川が目を見開く。

「どや？　二十五歳以下……それこそ現役感バリバリの若い野球経験者。すぐ見つかるやろ」

「それはまあ、甲子園出場組なんて言うたら、優先的に採用しますしなあ……何を考えておられるんですか？」

島村は計画を話した。より安全に、確実に下倉の腕を使うための方策である。ただし、島村が望む人材がいても、この作戦の危険度は高い。今から人材を集めて、覚悟を決めてもらい、さらに事前には肩慣らしのキャッチボールも必要……今川は「何とかしましょう。念には念を入れ、ですな」

「それも含めて、計画の細部を詰めてくれんか」

「分かりました」

今川は早々に、ＳＡＴの隊長と相談を始めた。ＳＡＴは体を張ることも厭《いと》わないだろうが、危険はできるだけ避けたい。そのための方策は——自分が考えてもしょうがない。まずはプロのアイディアに任せよう。

電話が鳴る。ほぼ無意識に取り上げて通話ボタンを押し、耳に押し当てると、懐かしい声が耳に流れこんできた。懐かしい——この男と話すのはいつでも楽しいが、何もこのタイミングでなくても……こちらの状況が分かっていないはずはないし。

しかし島村が聞いたのは、予想もしていない話だった。

「全部ダミーですよ」相手は挨拶も抜きでいきなり切り出してきた。

「何やて？　おい、神谷君やろ？」

「あー、どうも。神谷です。とにかく、全部ダミーなんです。府警はコケにされてるだけなんですよ」

「どういうことや？」

2

完全に困惑させてしまったな、と神谷は悔いた。しかし、どうしようもない。一刻も早く全容を説明するためには、「ダミー」という言葉が一番適している。

神谷は多摩南署の裏、駐車場に出て、島村と電話で話していた。むっとした空気に包まれ、立っているだけでも汗が出てくる。煙草――吸うのは数時間ぶりだった――で意識が鮮明になった。

「この一件の黒幕は、伏見史郎です」

「伏見史郎って、元自衛官でテロリストか？　何年か前にうちで逮捕した？」電話の向こうで、島村の声が高くなる。

「さすが、すぐに分かりますね。大阪府警では有名人なんですね」

「せやけどあいつが何で……今何をしてるかも知らんで」島村の声には戸惑いがあった。

「東京にいたんです。殺されました」

「何やて？」島村が声を張り上げる。「殺されたって、いつの話や」

「今日の未明――午前二時か三時頃ですね。今は東京に家を借りているんですが、その近くの公園で襲われて殺されたんです」

「何や、テロリストの最期《さいご》は、通り魔に襲われておしまい、かいな。アホなことを考えとると、ろくな死に方をせんもんやな」

「最初は、我々も通り魔か強盗だと思ったんですが、違いました。ある人間の指示を受けた殺し屋にやられたんです」

「神谷君、悪いが何を言うとるのか……俺はそんなに頭がようないし、徹夜のハンデもあるんやで。分かりやすく説明してや」

「今、詳しく説明した方がいいですか？　時間がかかりますよ？　俺と呑気に話してる暇はないのでは？」

「こっちの事件に関係していることなら、きっちり聞かせてくれ……その前に、ちょっと待った」

島村が何かごそごそ言っているのが聞こえた。電話は取り次がないように、とでも指示しているのだろう。しばらく声が戻ってこない。呼びかけようかとも思ったが、そこまで焦る必要はないだろう。自分がもたらす情報は、今後の捜査に重要な影響をもたらすはずだが、現段階ではあまり問題にならないかもしれない。島村が気にしているのは、どうやって犯人を逮捕するか、だ。人質はどうでもいい——そもそも人質がいないことを、まず納得させせないと。

「すまん、お待たせした」

「移動したんですか？」

「近くの機動隊の車に移った。ここなら、でかい声を出しても誰にも迷惑をかけないんでな」

「分かりました」神谷はすっと息を吸った。長い話になる……事前にある程度、頭の中で整理はしていたのだが、会話しながら話すとなると、微調整していかねばなるまい。

「伏見の動機の話は後回しにさせて下さい。何しろ本人が死んでいるんだから、現段階では調べようもない。ただ、警察――府警に対する深い恨みが動機と見られます」

「しかし、逆恨みやないか」

「あー、そうかもしれませんけど、この件は後にしましょう。いずれにせよ伏見は、府警に対して復讐――恥をかかせようとして、今回の大規模な計画を立てたと思われます。これは、三重の事件になっているんです」

「最初のドローンによる襲撃が、警察の目を逸らすための作戦やったことは、何となく分かっているが……」

「大阪駅の占拠そのものもダミーですよ」

「何言うてるんや」

神谷は、煙草をペンキ缶に向かって弾き飛ばした。水に落ちた煙草がジュッと軽い音を立てる。

「そちらで、銀行強盗があったでしょう」

「今日の午後な……おい、まさか、犯人の本当の狙いはそれやったんか？」

「失敗したんですよね？」

「結果的に金は奪えなかった。犯人は一人確保している」

「まあ、当然の結果でしょうね。何しろ司令塔が死んでいたんですから、計画はぐだぐだになっていたんだと思いますよ」

「つまり……ドローンの襲撃は大阪駅占拠のダミー、大阪駅占拠は銀行強盗のダミーだったということか」

「それが三重の事件という意味です。警察の戦力を分散させるのが狙いですよ」

「ああ……確かに」島村が認めた。「ドローンの襲撃は四か所でほぼ同時に起きた。それで、大阪の中心部がぽっかり空洞になったようなもんや」

「大阪の中心部――つまり、大阪駅ですね」

「そうや。それで、大阪駅がこういう状況になって、機動隊や近隣所轄もここへ殺到した――それで警備が手薄になったところで、あの強盗事件や」

「おそらく、JRに対して十億を要求しているのも、単なるブラフでしょう。金銭的な成功――というか報酬は、銀行から奪った金で払う計画だったんじゃないですかね」

「しかし、失敗した」

「その原因は、指揮官がいなくなったからです」

この辺の話——安田の証言をどこまで信じていいものか、神谷はまだ判断しかねていた。あくまで一方的な言い分であり、裏の取りようがないのではないだろうか。殺人現場近くで確保された犯人は、金で雇われただけであり、安田の本音など知る由もないはずだ。

「いったい何があったんや……」

島村が呆然とつぶやく。状況をまったく把握できていない……自分も同じだ。安田から直接話を聴いた分、まだしっかり理解しているつもりだが、安田の言い分は全て嘘ではないかという疑念も残る。結果的に、伏見の計画を頓挫させたのは間違いないのだが……とはいえ、計画は「完全に頓挫」ではない。完全に成功した状況を百とするなら、七十ぐらいまでは行っているだろう。少なくとも、府警に恥をかかせて復讐するという意味では、ある程度は目標を達成している。

「伏見には、古い知り合いがいたんです。伏見の父親が、元々中国籍だったことはご存じですか？」

「ああ。しかし父親は日本人と結婚して日本国籍を取得したし、伏見本人は完全に日本人やで。しかも自衛隊にいたんやから」

そういう来歴の人間が、クーデターを計画していたのではと疑われたから、騒ぎは大きくなったのだ。神谷は、府警が凶器準備集合罪で立件したのは弱腰だったのでは、と考えている。本来は、内乱予備罪が適用されるべきだった。もっともこれは、「国家に対する犯罪」「究極の犯罪」であり、司法当局は適用に対して非常に慎重になる。伏見自身も、クーデターについては一言も話していなかったので、捜査当局も一番立件しやすい凶器準備集合罪の適用にとどめたのだろう。

「もちろん伏見本人は日本人ですが、父親には中国とのコネもあった。伏見が若い頃に知り合った、安田という商社の人間が、このコネを利用していたんです」

「違法行為か？」

「いや、本人の証言では、あくまでビジネスということですけどね。この辺はもう古い話で、裏の取りようもないでしょうが……とにかく、安田——後に社長になるんですが——は、何十年も前から伏見と知り合いだったんです」

「で？」島村が相槌を打ったが、助けてもらう必要もなかった。話しているうちに考えがまとまり、言葉から淀みが抜ける。

「それからつかず離れずのつき合いを続けてきて、伏見がこの前の事件で服役して出所した後、東京で部屋を借りる際には保証人になっています。それには特に思想的な意味はなく、ただ昔馴染みだったからちょっと手を貸した、というだけだったんですけどね」

「ところが伏見は、警察に強い恨みを抱いていた」

「だから大阪府警に恥をかかせて、最後は金も手に入れて……という筋書きを考えた」

「その元商社マンは、この事件に手を貸したんか？」

「いえ。ただし、パトロンにはなっていました」

「分からん話やな」

「安田本人は、埼玉県警のマークを受けていました。詐欺事件の首謀者ということなのですが……伏見は安田に対して、別の金儲けの話を持ちかけて金を出させました」

「それも詐欺か？」

「ええ。アフリカを舞台にした水ビジネスに引っかけて投資者を募る詐欺事件だったようです。安田はその準備のために、伏見に数百万円単位で金を融通していた。ところが伏見がやろうとしていたのは府警に対する復讐——安田にすれば、騙されたことになります。それに、社会を不安にさせるような犯罪は許されないから、伏見を始末した、というのが言い分なんですが……本人は憂国の士を気取ってますよ」

「しかし伏見は、よほど府警を恨んでたんやろうなあ」島村が呆れたように言った。

「せやけど、文句を言うのは筋違いやで。事件を起こせば警察は捜査する——当たり前の話やないか」

「ところが、理想に燃えるクーデター計画者としては、府警は自分の理想を邪魔した存在に過ぎなかった」

「今時、革命とかクーデターとか言われてもなあ」島村が溜息をついた。

「分かります。伏見がどういう経緯でクーデターを計画したかは、結局分からなかったんですよね？　クーデター計画に関しては、完全に否定したままだった」

「確か、そういう感じやったな。ま、何を考えるのも個人の自由やけど、それを実行に移すとなると話は別やね……さて、こういう構図と考えてええかな？　伏見のクーデター計画は事前に察知されて潰れ、刑務所行きになった。出所した伏見は、政治的な理念も忘れ、ただ府警に対する恨みだけを動機にして、とんでもない計画を立てた。そのスポンサーに利用された安田は、裏切られたと激怒して伏見を殺した」

「安田の自供によれば、です。安田は途中から不審に思って、伏見の仕事場に、自分の息のかかった人間を送りこんで情報を探っていたんです。伏見を殺したのもその男ですよ。管理人に顔写真を見せたら、出入りしていたことが確認できました」

「なるほど……そう言えば犯人が、『話が違う』言い出してたな。何のことか分からんかったんやけど、具体的な犯行の指示がなくなって戸惑ってる――そういうことだったんやないやろか」

「そうですね。首謀者が殺されたんだから、指示が出なくなったのは当然です」

「トップが一人だけいて、後はそれぞれバラバラ――伏見はそんな組織を作ったのかもしれんな。個別の作戦に対する指示は伏見が直接下していた」

「可能性はありますね。もしかしたら、犯行当日に初めて顔を合わせて、それでいきなり本番だったとか」

「あり得るな」島村が話を合わせる。

「とにかく今重要なのは、人質の二人も犯行グループの仲間らしい、ということです」

「それも安田が言うとることなんか？」島村が疑わしげに言った。

「ええ」

「本当に人質も仲間なのかどうかは分からんやないか」島村が念押しした。

「そうですね。安田がそこまで細部を摑んでいたかどうかは、やはり怪しいです」

「せやな……いずれにせよ、あまり無理はできんわ。もしも実際には一般人の人質やったとしたら、えらいことになるで。それにしても助かったわ。捜査共助課経由で回ってきたら、話が全然進まんところやった」

「一応、後で捜査共助課からも話が行くと思いますよ。記録に残ってないとまずいですからね」

「あんたもだいぶ、官僚主義の悪いところに染まってきたみたいやな」

相変わらず口が悪いことで……神谷は電話を切って、ほっと息を吐いた。まさか、板橋で起きた殺人事件が、大阪の三つの事件につながっているとは。

俺たちは、さほど苦労することはないだろう。安田は取り調べで、胸を張り続けている。自分はあくまで憂国の士。私怨でくだらない犯行に走った男を罰しただけだ――勝手にしろ、と思う。所詮は金の問題で揉めただけではないか。

今の情報が、島村にとってどれだけ役に立つだろう。話の端々から、彼が突入を計画しているのが読み取れる。後の――犯人を逮捕した後の捜査では役に立つかもしれないが、突入計画を左右するほどではないだろう。

「あ、ここにいたんすか」室木がぶらりとやってきた。口の端で煙草が揺れている。

「何か用か？」

「そろそろ安田を板橋に連れて来るようにって、課長が言ってきました」

「そうするか……おい、煙草を一本くれないか？」

「ああ……」

室木が箱から一本振り出したのを引き抜く。室木は渋い表情だった。それはそうか――煙草もどんどん値上がりして、今はこの一本が二十円以上するのだ。

「誰と話してたんですか？」

「何だよ、盗み聞きしてたのか」神谷は室木を睨んだ。

「聞こえちゃった、が正解ですよ」室木が自分の煙草に火を点《つ》けた。「捜査の秘密を、誰かにべらべら喋っていいんですか？」

「よくないな。普通なら誠だ」神谷は煙草を指で弾《はじ》いて灰を落とした。

「ヤバいじゃないですか」室木が目を見開く。

「今回はヤバくはないさ。相手は大阪府警の人間だよ」

「府警に知り合い、いるんですか」

「まあな」

「いいっすね。他の県警に知り合いがいるって、何だか格好いいな」

冗談じゃない。島村と知り合えたのは幸運だったが、そのきっかけはいかにも悪かった。あれほどやりにくかった仕事は他に経験していない。プラスマイナスでゼロ、という感じだろうか。

「別に、オッサンの知り合いがいても嬉しくない」

もっとも、あの特命班では凜に出会えたのだが。そう考えると、かなり大きなプラスになっている。

3

SATの標準装備品たる国産の狙撃銃はビッグボアライフルで、長さは一メートル強、重さは三・五キロほどある。下倉はこの銃を借り出して、一度署に戻った。実射練習はできなくても、イメージトレーニングぐらいはしておきたい。ビッグボアライフルには、このところご無沙汰しているのだ。

署の屋上へ上がり、周囲を見回す。梅田署は周囲を高層ビルに囲まれているので、あまり遠くを見渡せる感じではないのだが、阪急のビルの陰に、わずかに時空の広場の屋根が見える。もちろん、ここからは犯人が立て籠もっているカフェは見えないから、狙撃ポイントにはならないのだが。

狙撃銃をセットし、腹ばいになる。スコープも特製で、倍率は五十倍。覗きこんでみると、灯りで屋根が浮かび上がっている。このスコープはかなり高性能……「手に取るように」とまでは言えないが、五百メートル先のターゲットを捉えるのには十分だろう。実際の狙撃ポイントから駅への距離はさらに近く、途中に遮る物もないから、もう少し条件がよくなるはずだ。

引き金に指をかけ——その時突然、指先が強張ったように感じた。何だ？　試合中、時々こういう感覚に襲われることがある。緊張のあまりなのだが、それとも微妙に違う感じだった。人差し指を引き抜き、ゆっくりと手首をブラブラさせる。寒い時には手がかじかんで感覚が死んでしまうこともあるが、今日の外気温は、この時間でもまだ二十五度を超えている。

もう一度、引き金に指をかける。やはり強張る感じ——まさかイップスか、と恐怖に襲われた。野球やゴルフで有名になったイップスだが、射撃でも同じような症状が出ることもあるという。

俺は人を撃つんだ。

そう意識すると、じわじわと恐怖が襲ってくる。五百メートル弱の距離から、急所を外して撃つ――例えば肩を撃ち抜くようなことができるのだろうか。当てるので精一杯で、致命傷を負わせてしまう可能性も高い。

いかに犯人といえど、殺してしまっていいのか？　本当は無力化するだけで逮捕したいのだが、自分の腕でそこまでピンポイントな狙撃ができるだろうか。

できない。

しかし、自分以外の人間だったら、もっと難しいはずだ。

同じ姿勢をキープしたまま、スコープを覗き続ける。景色の揺れはない。気象条件が悪いと視界が一定しないこともあるのだが、今日は悪くないようだ。スコープから目を外して、腕時計を確認する。午後十時。決行の時刻ははっきり決まっているわけではないが、あと二時間ほどだろうか。自分がこうやってシミュレーションしている間にも、仲間たちが走り回って舞台を整えてくれているはずだ。

腹ばいの姿勢を解除し、コンクリート製の床の上であぐらをかく。硬くひんやりしたコンクリートの感覚を下半身に感じていると、次第に落ち着いてきた。そう言えば、人差し指の強張りもいつの間にか消えている。

左手首の腕時計をそっと撫でる。この時計は、一昨年の大きな大会で勝った記念に、自分へのご褒美で買ったものだった。方位計に温度計測機能、ストップウォッチにワールドタイム機能までついているが、完全にオーバースペックだ。ワールドカップで各地を転戦する時に、世界四十八都市の時刻を表示するワールドタイム機能だけは役に立っているが……今日はもしかしたら、温度計測機能が役に立つかもしれない。本当は、風速を測れる機能までついているといいのだが。

競技の現場では、手元で風速を測るノウハウがあるのだが、それは五十メートル先の的を狙うだけだから通用する手口だ。今回のように、五百メートル弱も先の的を狙う場合、手元の風速と的付近の風速は違うはずで、より細かい修正が必要になる。現場の風速を計測するのは、時空の広場で待機している仲間たちに任せるしかないが……不安ではあった。時空の広場の上には大屋根がかかっているために、一種の「風洞」のようになっている。それで風がどう吹くだろう。いや、むしろ自分にとっては有利に働くかもしれない。下倉がいた時には、横風——南北に吹く風はなかったと思う。むしろ東西に抜けていた感じだ。トンネルの中を吹く風が、進行方向に限られるのと同じ原理だろう。少なくとも左右にぶれる可能性は低くなる。となると、銃弾は加速するか抵抗を受けるだけ。少なくとも左右にぶれる可能性は低くなる。

スマートフォンが鳴る。見慣れぬ番号だったが、急いで出た。

「下倉です」

「島村や」

「お疲れ様です」下倉は緊張して硬い声で言った。署長自ら電話をかけてくるとは……。

「シミュレーションの方はどうや？」

「本番ではちょっと助けてもらう必要がありますが、何とかなると思います」何とかなります、と断言はできない。射撃で「絶対」はあり得ないのだ。ましてや今回、相手は動く的である。

「決行は概《おおむ》ね、十一時五十分頃と考えてくれ。お前は、十一時過ぎに狙撃ポイントに入ってくれんか？　現場でヘルプする人間も派遣しておく」

「分かりました」

「俺も狙撃ポイントへ行く予定や」

「署長が来られると緊張しますが」

「アホ、俺に見られたぐらいで緊張してどうする。試合に比べれば、大したことないやろが」

「しかし、狙うのは人です。相手の命を奪う可能性もあります」

「分かってる。しかし、心配するな。その辺については俺が全面的に責任を負う。俺らみたいな立場の人間は、責任を負うためだけに給料をもらってるんやからな。お前は、細かいことは気にせず狙撃に集中しろ」

「了解しました」

電話を切り、今かかってきた番号を呼び出す。島村の、個人用のスマートフォンの番号……一瞬躊躇《ためら》った後、下倉はその番号を登録した。自分たちはこれから、ぎりぎりの作戦を決行する。非日常的な現場を経験した後、署長との間に特別な絆《きずな》ができるのでは、と想像した。

この番号が、その絆の礎になるのでは、とふと想像した。

4

神谷から連絡があった後、事態は急に動き出した。ほどなく、捜査共助課からも正式に連絡が入る。さらなる情報が欲しいところだったが、神谷からの新しい取り調べ情報がここへ届くまでには、もう少し時間がかかるだろう。

しかし、事態は警察側に有利に動いている。

一番大きかったのは、犯人グループの名前が次々に割れたことである。これまで、立て籠もり犯のうち二人の名前は分かっていたが、驚くことに、人質役まで含めて、全て名前が判明した。

「何や、警視庁におんぶに抱っこ、いう感じですな」今川が皮肉を言った。

「情報はどこから出てもええやないか。最後に決めるのはこっちやで」

「そうですけど、釈然としないですね」

警視庁が逮捕した安田という人間は、当初予想されていたよりも、計画の実態を詳しく把握していた。彼から搾り取った情報は、伏見の部屋を調べることで補強されたようである。伏見は自宅をアジトとして使っており、様々な記録が残されていたのだ。これだけ大規模な犯行を計画していた人間にしては杜撰――せめてもう少し証拠を隠すことを考えるべきだと思ったが、伏見もあんな形で殺されるとは想像してもいなかったに違いない。無事に計画が成功したら、ゆっくり証拠隠滅、とでも考えていたのではないだろうか。

人生、何が起きるか分からんもんやなあ。俺だって、異動の前の日に、こんな事件に巻きこまれるとは思ってもいなかったわ。

「上も、余計な茶々を入れてこなくてよかったですな」今川がほっとしたように言った。

「こっちの言うことを受け入れるしかないやろ。失敗するか成功するかはともかく、人に押しつけられた作戦よりも自分で考えた作戦の方がええ」

「失敗する前提の話はやめていただきたいですな」今川の表情が強張る。

「こりゃ失礼」島村はひょいと頭を下げた。

「それとご要望通り、甲子園出場経験者を三人、集めました」

「そら頼もしいわ」

「所轄から二人、本部の交通部から一人です。今、緊急招集をかけてますから、間もなくこちらへ着くと思います」

「危険性があることは、十分説明してるやろな？」

「もちろんです。しかし、署長からも、もう一度きちんと言うてもらった方がええと思いますよ。現場責任者の一言の方が、効果があるでしょう」

「訓示は得意やないんやけどな」

「訓示が苦手な人が、署長になれるわけがないでしょう……ああ、話をしてたら来ましたで」

今川が、指揮車のドアに目を向ける。振り向くと、ちょうど三人が揃って到着したところだった。違和感……制服でも現場服でもなく、三人ともジャージ姿なのだ。いや、そういう指令だから当然か。そう思いながら、島村は思わず笑いそうになってしまった。銃を持った犯人が立て籠もる緊迫した現場に、ジャージ姿の三人が突然現れたら、違和感一杯やろな。野球のユニフォームでないだけましか……。

「ご苦労」

島村は笑みを抑えながら三人を出迎えた。全員、緊張しきった表情を浮かべて指揮車に入ってくる。まず、テーブルについて落ち着くように指示した。自分はそこから離れ、少し距離を置いて三人を観察する。今川によると、三人とも甲子園経験者だという。二人は投手、一人は外野手。全員二十代半ばだろうが、顔に見覚えはなかった。関西では、高校野球というのは特別なイベントで、さほど野球に詳しくない島村でも選手の顔を覚えてしまったりするのだが、この三人は記憶になかった。だいたい、もうスポーツ選手という感じではない。薄着なので筋肉がしっかりついているのは分かるが、まとっている雰囲気は完全に、警察官のそれだ。

緊張しきった三人の気持ちを解そうと、島村は野球の話から始めた。元ピッチャーの一人は、甲子園に二回出場して計三試合で投げた。打線の援護がなく、勝ったのは一試合だけだが、二十五イニングで四球がわずか三つという、典型的なコントロールピッチャーだ。もう一人は今も草野球で活躍していて、肩の調子も万全だという。外野手は、仙台育英との試合で、楽々セーフになりそうなライトへの犠牲フライを、「レーザービーム」で本塁憤死させた、と控えめにアピールした。

「結構、結構」島村は笑みを浮かべてうなずいてから、一転して厳しい表情に切り替えた。そうせざるを得なかった。この場に笑顔は似合わない。「当然知っていると思うが、犯人は銃を持っている。撃たれる危険性は考慮してくれ。もちろん、防弾チョッキを装着して安全性を高めることはできるが、それでも投げられるやろか」

「それは……実際に試してみないと分かりません」二十五イニング四球三つのピッチャーが答える。三人の中では最年長で、自然にリーダー格になっているようだ。

「それやったら、実際に試してみてくれるか。大阪駅の中でキャッチボールというのも、なかなか経験できんことやろ。それで一つ問題なんだが……防弾チョッキがあったら投げられないとなったら、生身で勝負してもらうしかないんや」

三人が、困惑した表情で顔を見合わせた。冗談だと思っているのだろうか。

それを言えば、この事件全体が壮大な冗談のようなものだ。ただし、伏見はある程度、目標を達成したと言っていいかもしれない。府警は散々引っ掻き回され、大阪駅は既に十数時間にわたって麻痺している。しかし彼は、この混乱ぶりを目の当たりにすることはできなかった——今のところ、痛み分けと言っていいだろう。しかしここからは、警察は一気に勝負に出る。伏見の計画を潰す。

「今のは冗談でも何でもないで。こっちに怪我人を出すわけにはいかんからな」

戸惑いながらも、三人は防弾チョッキを着用した。ジャージ姿だといかにも軽快そうだったのに、防弾チョッキを一枚着ただけで、動きが鈍くなっている。

「どうや」

「腕は何とか動きますが……」一人が右腕を振ってみせた。さすがに元甲子園球児——

よく振れている。指先がぴしりと鋭い音を立てるのが聞こえるほどだった。

「ええやないか」

「ただ、腕だけで投げるわけじゃないので……」

「そうなんか？」島村は助けを求めて今川を見た。

「野球は全身運動ですよ」今川がうなずく。

「ま、実際に投げるとどうなるか、やな。グローブとボールは持ってきてくれたか？」

三人が申し合わせたようにバッグを取り上げ、中からグローブを取り出した。しっかり使いこまれた感じで、いかにも頼もしい。

「よし、では肩慣らしのキャッチボールといこうか」

島村は三人を促して、指揮車の外へ出た。まだまだ暑い……ターミナルでは高速バスが停車中で、出発を待つ人たちの列もできている。この人たちの前でキャッチボールをするわけにはいかないので、島村は機動隊の車の裏に回るように指示した。

三人がボールを回し始める。ちょっと見ただけでも、腕前の確かさはよく分かった。ボールの伸びが違う。ただやはり、防弾チョッキのせいでコントロールが定まらないようで、ボールが相手の胸にぴたりと飛ばない。

「駄目か？」島村が訊ねると、困惑した六つの目が見返してきた。「いや、練習が基礎や。練習しない人間は勝てん。君らは、本番までにしっかりこの防弾チョッキに慣れておいてくれ」

指揮車へ戻ると、今川が電話で話していた。すぐに受話器を戻し、「刑事部長です」と告げた。

「何やて？」

「作戦を基本的に了承する、と。ただし、犯人に接近する三人には、防弾チョッキを必ず着用させるようにと指示がありました」

「やはりな……慣れてもらうしかないな」

そこへ、機動隊員二人が入ってきた。手にはビニール製の手提げ袋。今川が受け取って中を覗きこみ、「ご苦労さん」と労《ねぎら》った。

「新しいグレネードが届きましたわ」今川が手提げ袋を顔の高さに掲げてみせた。

「しかし、我々も過激派並みやな。手製のグレネードで攻撃とはね」島村が自嘲気味に言った。

「今回は特例措置ですよ。この件を報告書にどう書いたらいいか、悩みますわ」

「あんたはそれで給料を貰ってるんやから、頑張ってくれや……さて」島村は両手を叩き合わせた。「そろそろ、連中をもう一度揺さぶりに行くか」

「名前を出すんですね？」

「ついでに、黒幕が死んだことも含めて、事の真相を全部ぶちまけてやろうや。そうしたら連中は、諦めて投降するかもしれん」島村は今川が持った袋をちらりと見やった。

「そんな物騒なもん、使わんで済めばそれに越したことはない」

島村は時空の広場に上がり、P1で特殊班の面々と詳しく打ち合わせした。ポイントは二つ。人質も含めた犯人全員の名前、これは伏見の家で押収されたパソコンやスマートフォンのデータから、警視庁が割り出していた。正体が判明したところで、犯人側がどんな反応を示すか。もう一つは、黒幕である伏見の名前を出すことだった。

「暴走する可能性もあるがな」

「その際は、これで混乱させるしかないですな」特殊班係長の宮島が、グレネードを触った。本当はこれを使うのは危険——周囲の視界が完全に失われ、誰が誰を狙っているのかも分からなくなる恐れが強い。

「とにかくやってみよう」

「分かりました。署長は退避していて下さい」

「アホ言うな。ここは最大の山場やで。現場で直《じか》に見んでどないする」

「指揮官が怪我したら困るんですがね」

「自分の身ぐらい、自分で守れるわ」

島村は鼻を鳴らしたが、念のために一番軽量の盾を受け取った。至近距離で銃弾が直撃したら危ないが、ある程度距離があれば何とかなるだろう。当然、ヘルメットも着用。完全装備でキャットウォークのＰ３に移動し、一番大きく重い盾の背後に隠れる。やはり、正面から見ておきたい。

すぐに特殊班の菅原による呼びかけが始まった。まず、カフェの中に籠もっていると見られる五人の名前が次々に読み上げられる。

「全員の名前が分かっている。大人しく投降しなさい！」

反応なし。しかし呼びかけは淡々と続いた。

「君たちを雇った人間の名前も、伏見史郎と分かった。伏見史郎は、本日未明に、東京で殺されている。君たちには長い時間指示がなく、混乱して予定が狂ってしまったはずだ。もう諦めろ！　銀行強盗も失敗した。約束された金は絶対に手に入らない！」

島村は、双眼鏡を使ってカフェの前の様子を確認し続けた。手に汗をかき、双眼鏡が滑り落ちそうになる。慌てて、右手、左手と順番にズボンで拭った。息を凝らし、とにかく双眼鏡を動かさないように気をつけ、ひたすら目を見開く。

シャッターが少しだけ開いた。来た——話しかけるのが終わってから少し間が空いたのは、投降を決める相談をしていたからかもしれない。

目出し帽の男が一人、隙間から這うようにして出てきた。目出し帽からはみ出した髪の長さから見て２号——中島康孝だ。

「撃つな！」中島が叫ぶ。少し上ずった声が広場の大屋根に木霊し、拡散する。「撃たないでくれ！」

おいおい、一人だけか……他の四人はどうした。島村は双眼鏡をさらに強く目に押し当てた。突然、シャッターが一気に半分ほど開き、銃口が見える。発砲——中島が、後ろから体当たりでもされたように、前のめりに倒れこんだ。

まさか——仲間割れか？　島村は思わず立ち上がりかけ、すぐに思いとどまった。盾には、立った時に全身を隠すだけの高さはなく、頭が出てしまう。みすみす射線に入るミスは冒したくなかった。

もう一度双眼鏡を使って現場を確認する。今立ち上がった短い時間の間に、シャッターは閉じてしまった。

「今、連中は何発撃った？」島村は傍らに控えた機動隊員に訊ねた。

「三発やと思いますが……確認します」

手元のノートパソコンを操作し、映像を戻す。スロー再生すると、銃口が確かに三回火を噴いていた。

「しかし、仲間を撃つとはな……」双眼鏡の視界の中で、撃たれた中島はぴくりとも動かない。どこを撃たれたのだろう。血は見えないが……島村は無線に向かって怒鳴った。

「負傷の程度は？」

「確認中」返ってきた声は冷静だった。

「まずいな」

もう一度双眼鏡を覗きこみ、島村はつぶやいた。先ほどは確認できなかったが、グレーのタイルの上に黒い染みが広がり続けている。負傷したのは間違いないが、どこを撃たれたのか……上下黒い服に黒い目出し帽という格好なので、血が目立たないのだ。

「まったく動きません。取り敢えず、安全な場所へ退避させます」係長の宮島が暗い声で報告した。

「十分気をつけろ」

すぐに「救助隊」が出動した。盾を持った機動隊員が三人。完全武装で銃も抜いたSAT隊員が二人。そして機動隊員の中でも、特に大柄で屈強な男が二人――第一機動隊のラグビー部の選手かもしれない。連中なら、中島を軽々と担いで運び出せるだろう。

もう一度無線で注意を呼びかけるか……しかし島村は発信を控えた。プロ中のプロが、最大限神経を尖《とが》らせて事に当たろうとしている。自分が口出しをしたらかえって邪魔だ。

七人は、じりじりとカフェの前へ移動した。ライフル銃の射線に身を晒すことになる――動きは、中島が倒れた場所へ達した瞬間に一気に素早くなった。三人が盾で壁を作り、その両脇でSAT隊員が銃を構えて展開する。盾の背後では、巨漢の機動隊員が急いで中島に近づいた。一人は頭、一人は足を抱えて持ち上げると、すぐに動き出す。同時に盾が綺麗な壁になった状態で横に動き、SAT隊員はカフェに銃口を向けたまま退避した。

「完了」

無線からの静かな報告に、島村は思わずほっとした。

しかし、何ということや……いよいよ連中はパニック状態に陥ったようだ。カフェの中で何があったかは分からないが、名前が全てばれ、東京にいた首謀者が殺されたという事実は、内部分裂を誘発するに十分な材料だっただろう。投降を主張する犯人と、ここまで来て引き下がれないと頑なになる犯人……しかしこの事態は、残った犯人の立場をさらに悪化させた。これまでかけられた容疑は銃刀法違反、殺人未遂等――しかしここへ来て、殺人容疑が加わる可能性が高くなった。

「二発被弾！　心肺停止状態です」

無線で入ってきた報告で、島村は心臓を鷲摑《わしづか》みにされる衝撃を味わった。傍らに控えた機動隊員に「確認に行く」と声をかける。隊員がうなずいて護衛用の盾を持ち上げた。それに守られながら、キャットウォークから通路へ抜け、特殊班が待機しているP1まで移動する。

空気がひりひりしている。火薬の臭いが鼻を刺激し、今にもシャッターが開いて、犯人たちが見境なく乱射を始めるのではないか、という恐怖に襲われる。

ようやくP1までたどり着き、一息ついた。撃たれた犯人は、階段の途中に寝かされている。蘇生《そせい》措置は……されていない。既にそういう段階ではないということか。階段の下から、ずっと待機していた救急隊員がストレッチャーを持って駆け上がってくる。

「どんな具合や」島村は特殊班の宮島に訊ねた。

「無理ですね」宮島が首を横に振った。「後頭部に一発、背中にも一発当たっています」

「確率三分の二か」三発撃って二発当てる――なかなかの腕だ。

「あれだけ至近距離で撃ったら、当たらない方がおかしいですよ……それより署長、ここは突入のチャンスです。連中は動揺していますから、一気にシャッターをこじ開けて突入すれば、制圧できる可能性は高いと思います」

「あかん」島村は厳しい口調で言った。「逆に、動揺した連中は何をしでかすか分からん。君らを危険な目に遭わすわけにはいかん」

「しかし――」宮島がなおも反論した。

「我々は、一番安全な――犠牲者が出にくい作戦を考えたんや。今回はそれに従ってくれ」

島村は、ストレッチャーに乗せられた中島を見た。この男の人生……背景は、まだ完全には分かっていない。しかし、こんなことになると予想もしていなかったことだけは想像できる。ほんのバイト気分で参加した犯罪で、仲間に撃たれて死ぬことになるとは。

島村は、階段を下りてストレッチャーの近くに立った。目出し帽は脱がされている。初めて素顔を見て、島村は驚いた。まだ子どもやないか……最近はいつまで経っても顔が若い人が多いが、中島は本当に子どものようである。自分の行為がどんな結果を引き起こすか、想像すらできなかったのか。

もしかしたら伏見は、さらなる手を用意していたのかもしれない。もちろん彼にとって、中島たちは単なる「雇ったバイト」で、使い捨ての素材に過ぎなかっただろう。しかし、もしもこの苦境から上手く脱出させる手を隠していたら……それこそ、警察が大恥をかく結果が待っていたかもしれない。

もはや分かりようがないかもしれないが、伏見がどんな計画を立てていたかを知りたかった。「敵ながらあっぱれ」とは思いたくない。伏見は常軌を逸した考えの持ち主で、その動機も思考方法も自分たちとは絶対に相容《あいい》れないはずだ。それでも興味がある。経験したことのない事件、出会ったことのない犯人――そういう経験は、警察学校の生徒たちにも伝えていけるはずだ。

宮島が下りてくる。険しい表情で、狙撃で解決するという島村の案にまだ納得していない様子だった。

「今なら突入できますよ」

「あかん」

「しかし——」

「一度決めた命令を覆すには、重大な状況の変化が必要なんやで」島村は宮島の目を真っ直ぐ見た。

「今、変化したじゃないですか」

「いや、これは変化やなくて悪化や」

宮島が唇を引き結ぶ。禅問答のようなやり取りの中から、何とか自分に有利な状況を見つけ出そうとしているのだろう。しかし言葉は出てこない。

「犯人が一人死んだ。うちの署員も怪我してる。これ以上は……犠牲は最小限で抑えよう」

5

ここへは何度か来たことがあるな——こんな気持ちで来たことは一度もないけど。

下倉は嫌でも緊張せざるを得なかった。昔の楽しい想い出を頭の中に並べて気を楽にしようと思ったが、むしろ嫌な気分になるだけだった。学生時代、この観覧車に乗ってデートした娘《こ》とは、すぐに別れてしまったなあ。

大阪駅にほど近いファッションビルのＨＥＰ《ヘップ》　ＦＩＶＥ《ファイブ》は、下倉が小学生の頃に開業した。ファッションになど興味がなかった——今もそうだが——小学生の下倉を引きつけたのは、ビルと一体になった巨大な観覧車である。ゴンドラ五十二台、直径七十五メートル、最上部の高さは地上百メートルを軽く超える。なかなかの迫力なのだが、下倉はこのゴンドラに乗った瞬間、自分が高所恐怖症だと悟ったのだった。デートで見せた醜態は、女の子には最悪だっただろうな。

だから、件《くだん》の女の子に振られてからは一度も乗っていない。まさか、こんな形でまた乗るはめになるとは、思ってもいなかった。

下倉は指示通り、午後十一時過ぎに現場に到着し、何人もの人間に誘導されて観覧車の乗り場までやって来た。まるでＶＩＰ待遇……かえって落ち着かない。普段は観覧車を待つ人が列を作るようにガイドポールが置いてあるのだが、今は取り払われ、警察官で埋まっていた。島村もこの現場に来ると言っていたが、見当たらない。やはり大阪駅を離れられないのだろう。それはむしろいいことだ。署長がすぐ近くで見ていると意識したら、やはり緊張してしまう。

「下倉君」

背後から声をかけられて振り向くと、教養課長の村木真理子が立っていた。まだクールビズの季節だというのに、きちんとスーツを着ている。銀縁眼鏡の奥にある目は、ひどく充血して疲れが見えた。ちょうど下倉の母親ほどの年齢なのだが、今日は少し老けた感じがする。

　下倉は慌てて立ち上がり、課長と向き合って一礼した。

「今回はすみません」

「まあ……しょうがないわね。職務優先は、警察官としては当然だから。でも、惜しいわ。今回の大会は、上位入賞のチャンスやったのに。私は、島村署長にも散々お願いしたのよ」

「申し訳ありませんが……これは仕方ないです」

「分かってます。ただ、エントリーはまだ取り消していないから」

「無理でしょう」試合開始は明朝九時なのだ。この事件がいつ解決を見るかも分からないのだから、今は大会のことは考えずにこの現場に集中すべきだ。

「終わるまで終わらない――できるだけの手は打ったわ」

「課長、わざわざここまで……」

「当たり前でしょう」ようやく眼鏡の奥の目が細まり、顔に笑みが浮かぶ。「試合前の選手を督励するのも、教養課長の仕事なんやから」

「試合、ですか」

「これも試合と思って」課長の顔から笑みが消える。「任務やなくて試合。狙うのは、人間やなくて標的だと考えればいいわ」

「それは……」下倉は苦笑してしまった。「人間は人間ですよ」

その時急に空気が揺れ、ざわついた雰囲気が流れた。下倉も慌てて、無線のイヤフォンを耳に押しこむ。通信が混乱していて、何が起きたのか、状況が分からない。だがすぐに、「一発被弾！　心肺停止状態です」という切羽詰まった声が耳に飛びこんできた。

まさか、現場に詰めている仲間が撃たれたのでは……下倉は慌てて双眼鏡を目に押し当てたが、この場所では角度が悪いのか、時空の広場の様子はまったく見えない。

「何？」課長も心配そうに訊ねた。

「誰かが撃たれたようです。心肺停止状態です」心肺停止、と言う時に下倉の胸は痛んだ。

「警察官じゃないでしょうね」課長の顔が一気に蒼褪《あおざ》める。

「分かりません……」

不安なまま、数分が過ぎる。ようやく状況が分かってきた――犯人が仲間割れを起こしたようだ。逃げ出した一人を、カフェに残った犯人が背後から銃撃した。

「レベルが一段上がった――エスカレートしたわね」課長がぽつりと言った。「相手は平気で人を撃つような人間よ。君が排除せんと、また犠牲者が出るかもしれない。迷わず撃って」

下倉は黙ってうなずいた。これまで、かすかな躊躇《ためら》いがあったのは事実である。犯人は人を殺していないから、狙撃で命を奪ってはいけない。ただ無力化するだけ……それがどれほど難しいかは、何万回とスコープを覗き続けてきた下倉にはよく分かっている。しかし今、その重圧は少しだけ薄れていた。相手は人殺しになった。自分がここで撃たなければ、また犠牲者が出るかもしれない。

右手をぎゅっと握り、開く。人差し指の強張りは心配ない。これならやれる——経験したことのない長距離射撃だが、下倉の頭の中には、しっかりしたイメージが完成していた。

「準備してくれ」

SAT隊員に声をかけられ、下倉は無言でうなずいた。銃を手に、観覧車の入り口へ向かってゆっくりと歩き出す。

「下倉君、しっかり見守ってるからね」教養課長が声を上げる。

下倉は一瞬立ち止まって振り返り、さっと頭を下げたが、苦笑いを隠すのに苦労した。応援は……普通のスポーツならありがたいものなんだろうな。しかし射撃の場合は違う。声援は力にならず、ただ集中力を削ぐだけなのだ。射撃は自分との戦い。周囲の環境が自分に影響しないよう、ひたすら余計な情報を遮断する。

ゴンドラには、下倉とSAT隊員が一人、乗りこむ。四人乗りだが、SAT隊員がフル装備の上、持ちこむ機材も多いので、スペースの余裕はない。ゴンドラの四面は強化プラスティック製の窓になっているが、駅を向いている方の窓には、縦横五十センチほどの穴が開けられている。下倉はまず、狙撃銃をきっちりセットした。本当は、うつぶせの姿勢で撃つ伏射が一番コントロールしやすいのだが、この狭いスペースではどうしようもない。シートに砂袋を置いて、銃身を支える二脚を固定する。シート自体が柔らかいので今一つ不安だったが……銃のセットを終えると、射撃の姿勢を取ってみた。この条件では、次善の策として膝立ちにならざるを得ない。立ち姿勢で撃つよりは安定しているが、伏射に比べたらはるかに不安定。とにかく体の動きを最小限に抑えること――しかしそれを意識し過ぎると、狙いが危なくなる。

これは予想よりも条件が悪いなあ、と心配になってきた。

「どないや」

セッティングが終わると、ＳＡＴ隊員が訊ねる。

「百パーセントではないです」下倉は正直に打ち明けた。「ここは、安定性に欠けますね」

「やれるか？」

「やるしかありません」下倉は唾を呑んだ。何だか粘っこく、喉が張りつくよう……スポーツドリンクを持って来ているのだが、もっとさっぱりした水の方がよかったかもしれない。いや、なるべく水は摂《と》らないようにしないと。途中で尿意を感じたら、集中できなくなる。

「上げてええか？」

「お願いします」

ＳＡＴ隊員が無線に向かって静かに語りかける。直後、ゴンドラが動き出した。ああ、この感覚……高いところは本当に苦手なのだ。スコープを覗いている限りは大丈夫だと思うが。

下倉は膝立ちの姿勢を取り、スコープで駅の様子を確認した。最初のうちは角度が浅過ぎ、はっきりとは見えない。しかし次第に時空の広場の様子が分かってくる——ゴンドラが静かに停止した。

「この角度でどうや」ＳＡＴ隊員が訊ねる。狙撃ポイントである観覧車と時空の広場の角度は、事前に綿密に計算されていたのだ。

「いけそうです」

下倉はスコープを覗いたまま答えた。キャットウォークに陣取った機動隊員の背中、その動きも手に取るように見えた。その奥、カフェ正面のシャッターもしっかり確認できる。やや上から撃ち下ろす角度になるが、これが一番確実だろう。途中にあるガラス壁も上手く回避できそうだ。

「ＯＫです」スコープから顔を外し、下倉は報告した。途端に、ぞっとする。

窓に空けられた穴……風こそないものの、外気の気配に下倉は恐怖を感じていた。

「どうした」

緊張する下倉に気づいたのか、ＳＡＴ隊員が静かに声をかけてくる。

「高所恐怖症やったの、忘れてましたわ」

「心配するな。俺も同じや」

ゴーグルをかけているのではっきりとは分からないが、隊員がにやりと笑ったようだ。高所恐怖症の人間が二人揃っても、何の慰めにもならんけどなあ……。

下倉は、再びスコープを覗きこんだ。こうしている方が、高さを意識せずに済む。

それにしてもあいつら、えらい場所を占拠したもんやな——関西随一のターミナル駅らしく、線路が眼下に何本も走っている。ホームへ降りるエスカレーターなどもはっきり見えた。しかし当然、そこに人はいない。全体に照明も落とされ、時空の広場だけがくっきりと浮かび上がっていた。これは好都合……周りが明るいと、目が眩《くら》むような気がする。

時空の広場の上にかかる大屋根の巨大さも、ここから見ると改めて意識させられる。あの上から懸垂降下して、カフェの真上に降りるという手は……相当難しいやろな。いや、危険過ぎる。結局、ここから狙撃するのが、警察的には一番損害が出る可能性が低い、ということだ。

どうやら風は完全に凪《な》いでいる。下倉は無線に向かって喋った。

「Ｓポイントから P３」

「P３です。どうぞ」

「風速、風向を確認させて下さい」

「しばし待て」

「しばし」はわずか五秒だった。

「北東からの風、一メートル」

「Ｓポイント、了解」

やはりそうか……時空の広場には、横風は吹きこまないようだ。こちらから見てわずかな追い風。射撃には悪くない条件だ。

「気象条件はいい感じやな」ＳＡＴ隊員が言って、手元のタブレット端末にデータを打ちこむ。

「五分ごとに確認します」スコープを覗きこんだまま、下倉は言った。「風向きは頻繁に変わりますから、ぎりぎりまでその変化を見極めたいんです」

「分かった」

さて……これで準備は整った。後はリラックスして本番を待つだけ。下倉はスコープから目を外し、スポーツドリンクのボトルを口元まで持っていった。ほんの一口……と思ってやめておく。渇きは、それほど悪いものではないのだ。今までの経験から、ほんのわずかな「欠落」があった方が集中できるのは分かっている。一方、尿意は駄目だ。待とう。最終指示が出てからが自分の勝負だ。

下倉は頭の中でシミュレーションを始めた。スコープで現場を覗いた結果、狙撃の状況はずっと想像しやすくなっている。

撃てる。当たる。

失敗のイメージを、下倉は必死に排除し続けた。

6

午後十一時四十分。

北板橋署に設置された特捜本部に戻った神谷は、刑事課に勝手に入りこみ、テレビに見入っていた。どの局も通常の編成を変えて、大阪駅からの生中継を続けている。だいたい同じような映像……大阪駅を斜め上から見下ろす角度から撮られている。しかも全て、犯人グループが立て籠もっているカフェの裏側だ。状況はよく分からない。マスコミの連中は、駅の周辺で必死に撮影ポイントを探したのだろうが、こういうところしか見つからなかったのだろう。あるいは府警が、撮影ポイントを限定した可能性もある。

「何だ、まだいたのか」

光岡が刑事課に入ってきた。課長席にどかりと腰を下ろすと、両手で顔を擦る。完全にエネルギー切れの感じだった。

それを言えば俺も同じじか。

煙草……いや、煙草ではエネルギー補給はできない。取り敢えず何かで充填しておかないと。

「お前、夕飯は食ったのか？」

光岡が訊ねる。メシ、ねえ……そう言えば今日は、一度もちゃんとした食事をしていない。不思議なもので、事件を追いかけている時は空腹を忘れてしまうのだ。そしてポカリと時間が空いた時に、唐突にエネルギーが切れて動けなくなる。

「記憶がないな」

「ほらよ」

光岡が、自席に置いてあった包みを取り上げて持ってきた。受け取ると、海苔《のりま》巻きと稲荷寿司《いなりずし》である。甘味屋らしき店の名前が紙包装に印刷されていた。裏返して確認すると、下赤塚の駅に近い店らしい。

「特捜本部のメシとしては、なかなか渋いな」

「そう言うな。余ってるんだから、食ってくれ」

「いただくか……賞味期限はあと二十分だけど」

「お前がそんなことを気にするとは思わなかった」

「あー、俺は基本的にデリケートなんだよ」

神谷は乱暴に包みを破いて、稲荷寿司を口に放りこんだ。甘みがじわりと口に広がり、急に空腹を意識する。立て続けに三つ食べ、ペットボトルのお茶で流しこむと、ようやく一息ついた。

「いやあ、しかし早く解決してよかったよ」光岡が椅子を引っ張ってきて、神谷の横に座った。

「まあな」

「あまり嬉しそうじゃないな」

「これぐらいの事件が解決したからと言って、万歳するわけにはいかない」

「相変わらず厳しいねえ」

「だいたい、まだ解決もしてないんだから」神谷は、稲荷寿司の汁で濡れた指をテレビに向けた。画面はほぼ静止状態。音を絞っているので状況は分からないが、アナウンサーは繰り返し同じ話を伝えているだけだろう。

「これは大阪の話じゃないか」

「こっちにもつながってる。話が難しくなるのは、むしろこれからじゃないかな」

「勘弁してくれよ」懇願するように言って、光岡が胃の辺りを擦る。「こっちは、大阪の件では主役じゃないだろう」

「だから面倒臭いんだよ。府警から、やいのやいの言ってくるだろうな」

「それは面倒臭いなあ」

光岡がリモコンを取り上げ、テレビのボリュームを上げた。途端に、アナウンサーの緊迫した声が耳に飛びこんでくる。

「ここで、先ほど入ってきた情報ですが……十一時十五分頃、現場で何発か発砲があったということです。現場の岡本《おかもと》さん、状況を伝えてもらえますか？」

画面が切り替わる。どこかのビルの屋上……映っているのは、場所に貼りついている記者だろう。ネクタイなしのワイシャツ姿で疲れきって見えたが、話し出すと声には張りがあり、テンションは高い。事件の興奮で疲れが吹き飛ぶのは、警察官も記者も同じだ。

「現場です。府警の発表によりますと、午後十一時十五分頃、時空の広場で犯人が三発、発砲したとのことです。このうち二発が、逃げ出そうとした犯人の一人に当たり、現在、心肺停止状態ということです」

「岡本さん、撃たれたのは犯人で間違いないんですか？」右下のワイプ画面に映るアナウンサーが質問した。

「はい。状況が混乱しているんですが、どうやら犯人の一人がカフェから逃げ出そうとして、他の犯人に撃たれたようです。一般人、府警の警察官には被害はない、とのことです。撃たれた犯人の一人は、病院に緊急搬送されましたが、心肺停止状態ということです」

「やっちまったなあ」光岡が溜息をつき、ボリュームを下げた。「所詮は、寄せ集めのバイト軍団だ。ここまでよく粘ったけど、もうバラバラだろう。逃げ出そうとする人間と、あくまで立て籠もり続けようとする人間に分裂したんじゃないか？」

「そんなところだろうな」

「何だ、関心なさそうじゃないか」

「そういうわけじゃない……正直言って、俺は怖いんだよ」

「怖い？」光岡が声を上げて笑った。「お前に怖いものがあるなんて、意外だな」

「考えてみろよ」神谷は椅子を回して、光岡と正面から向き合った。「伏見は死んでいる。だけどそれから二十時間も、あいつの計画は稼働し続けてるんだぜ。いったいどんな魔法を使ったんだと思う？」

「確かにな」光岡が渋い表情を作った。「金で縛った……金しか考えられないよな。伏見がネットでバイトを集めてきたのは間違いないんだから」

この辺りの状況は、伏見の家の捜索で徐々に分かってきていた。闇サイトなどを利用して集めたメンバーは、二十人近くになるようだ。ドローンを使って警察を混乱させる班、時空の広場を占拠する班、そして銀行を狙う班。ドローンを使った人間たちは、まだ一人も逮捕されていない。名前は割れているのだが、府警もまだそこまで手が回らないようだ。銀行強盗を企てた三人のうち二人も、逃亡したままである。

「府警とは、今後も綿密に協力してやっていかないとな。その矢面に立つのはお前だよ」神谷は指摘した。

「本部じゃないのか。捜査共助課辺りが……」

「一々捜査共助課を通していたんじゃ、仕事は進まないよ。いつまでかかるか分からないぞ」

「お前、やってくれよ。この件には最初から関わっていたんだから」

「無理だな」神谷はあっさり言った。「俺は一課の人間だから。この殺人事件をきっちり片づけたら、また一課に戻って待機だ」

「楽なもんだよな、本部の捜査一課も」

こいつは何を言い出しやがるんだ……神谷は一瞬むっとしたが、所轄の刑事課長には自分とは違うややこしい仕事もあるはずだ、と思って自分を抑える。

殺しの捜査を仕上げたら終わり、と言ったものの、神谷はやはり引っかかっていた。

伏見という男には、非常に興味がある。前回、クーデターを計画していたというのも、単なる憶測ではない、という気がしてきていた。当時も、既に実行に向けて仲間を集めていたのかもしれない。カリスマ性があるのか、あるいは人をコントロールできる特別な能力を持っているのか。既に死んでしまった人間の全体像を描き出すのは難しいのだが、今回の事件に際して彼と接触していた人間は何人もいるはずだ。その辺りを解き明かせば、島村の役にも立つのではないか……いやいや、この件は間もなく島村の手を離れる。

あと十五分ほどで。

オッサン、いったいどうしているだろう。電話で話した時にはまだ前線で指揮を執っていたが、それが許されるのは午前零時までである。既に次期署長が待機していて、午前零時きっかりに交代するとか……過去に、実際にそういう事態があったと聞いたこともある。もしもそうなったら、後で島村にじっくり話を聞いてみよう。あのオッサンのことだから、話が長くなりそうだが。

さて、こっちは安全な場所でじっくり見物させてもらいますよ……安全で気楽な場所にいるはずなのに、神谷は両手にじっとりと汗をかいているのを意識した。

7

十一時四十五分――作戦決行まであと十分。

誰も何も言ってこないが、あと十五分で島村の指揮権は消滅する。何の打ち合わせもないまま、十二時を過ぎたらどうなるんやろな……まさか、すぐ近くで萩沼が待機しているとか。しかし、あいつには任せられん。交通畑が長いので、こういう現場では上手くやれんだろう。もっとも、自分がいい指揮を執れているかどうかは自分でも分かっていないが。

今川がすっと寄ってきた。

「あんたは指揮車にいてもらわんと困る。上からやいのやいの言ってくるのを上手くブロックしてや」

「冗談じゃないですよ。こんな肝心な時に現場にいなかったら、孫の代まで恥ですわ」

「孫の代ねえ……あんた、子どもは？」

「女の子が二人」

「もう大きいんやろ？」

「二人とも大学生です」

「そらあ、金がかかってしょうがないやろな」

「二人とも国立なんですけどね」

「お、そりゃ優秀やな。だけど今は、国立だってそんなに安ないやろ。それに女の子は、服だ何だで金がかかる」

「お陰で煙草をやめられて、酒の量も減りましたわ。娘らに脛《すね》を齧られてるお陰で、健康一直線ですよ」

「だったら娘さんに感謝せんとな」

「まあねえ」今川が渋い表情を浮かべた。

「しかし、こんな時にこういう場所でアホな会話を交わしとる俺たちは、何なんやろな」

「アホやないですかね」

「そして、あの中に籠もってる連中は、もっとアホやで」

「ですなあ」

　馬鹿話をしているうちに、少しだけ気が楽になってくる。今川は「軍師」としてはそれほど優秀ではなかったかもしれないが、ナンバー2としての役割は十分果たしてくれた。少なくとも俺を緊張させたり、追いこんだりはしなかったし、上層部に逆らってまでバックアップしてくれた。上からの文句も、直接は俺に伝えずに上手くカットしているようだ。それだけで十分やないか。この事件が無事に解決したら、美味い酒を奢《おご》ってやらんといかんなあ。しかし今回、奢ってやらんといかん人間がどれだけおるんやろう。

さて、本番前に確認しておかねばならないことがいくつかある。島村はスマートフォンを取り出し、一時間ほど前に厄介なお願いをした相手に、もう一度確認の電話をかけた。警視正にして梅田署長という立場ならば、大抵の警察官に命令を下せるとはいえ、これは業務命令ではない。あくまで私的なお願いだ。しかし相手は快く引き受けてくれ、既に待機しているという。本人も、相当疲れているはずだが。

こいつにも奢ってやらなあかんな。

よし。これで準備は完了だ。後はこの作戦にかかわる人間が自分の仕事をきちんとこなすこと、それに加えて運も必要だ。運だけはコントロールできないが……努力で、数値化できない曖昧な部分を固めることもできるはずだ。

十一時五十分。最終的に決定した決行時刻まであと五分だ。

「警備課長」横に控える今川に小声で話しかける。

「はい」

「残り五分やな」

「分かってます」今川がちらりと視線を上に向けた。階段の下で待機していても、時空の広場にそびえ立つ金時計はしっかり目に入る。

「事態がどうなっても、あと十分したら俺は現場を離れなあかん。その後は新署長が指揮を引き継ぐことになるが、必ずしもシームレスに、いうわけにはいかんやろ。せやから実質的には、この現場の指揮はあんたが執ってくれよ」

「そのつもりでした──ただ、あと十分で何とかしましょう」

「できると思うか？」

「意志あるところに道は通ず、ですよ」

「それ、誰の名言やったかな」

「リンカーンか誰かですが、誰でもよろしいですがな。古代エジプトの頃から言われてたんと違いますか」

「そうやな」島村はうなずき、無線を握った。手に汗をかいているのを意識する。ゆっくりと口元に近づけると、「作戦開始」と低い声で告げる。

まず、特殊班が動き出した。動き出したと言っても、最後通告──いわばセーフティーネットとしての呼びかけである。これで投降すればよし──その可能性は低そうだが──投降しなければ、作戦はいよいよ最終フェーズに入る。

特殊班が犯人全員の名前を呼びかけ、さらに撃たれた中島が心肺停止状態に陥っていると告げる。

「これ以上罪を重ねるな！　身の安全は約束するから、武器を捨てて出てきなさい！」

ずっと呼びかけを続けてきた特殊班・菅原の声はとうとうかすれてしまった。ああ、これも失敗や、と島村は悔いた。あいつにはのど飴《あめ》を差し入れてやるべきやったな。

「今から十数える」一瞬言葉が切れると、トラメガがハウリングを起こし、鋭い金属音が時空の広場の空気を切り裂いた。「その間に、シャッターを開けて出てきなさい。出てこない場合、強制的にシャッターを開けて排除する」

「排除」の意味を、犯人たちはしっかり理解するだろうか。島村は、彼らが自棄になって銃を乱射しながらこちらに突撃してくるのを恐れた。撃ち合いで活路を見出そうとしたら、相互に犠牲者が出る——犯人グループにも、これ以上の死者は出したくない。何としても残った全員を生け捕りにし、事件の全貌を明らかにしなければならないのだ。真相が闇に沈んでしまったら、それこそ伏見の勝ちではないか。あの世で、あいつに高笑いさせるわけにはいかない。

「十、九、八——」

カウントダウンが始まり、その場の空気が、一気に硬くなるのを島村は感じた。隣にいる今川は、ヘルメットを右手で抑えている。

「七、六、五——」

特殊班の宮島のカウントダウンは、実際の秒数経過よりも少しゆっくりしているようだった。犯人に、少しでも余裕を与えようというのか。

「四、三、二——」

島村は無線をきつく握り締めた。ここから先、自分が直接指示を出す場面はない。全て事前の計画通りに動くはずだ。しかし相手の出方によっては、新たな指示を出さざるを得ないだろう。島村は立ち上がった。時空の広場から二段下りただけの階段の途中なので、それで現場を見渡せる。今川が慌てた様子で袖を引いたが、島村はそれを振りほどき、最後の二段を上がった。ラストシーンは、他の警察官と同じ目線で確認したい。素早く気づいた機動隊員が、自分の盾を持ったまま近づいてきた。

「一、ゼロ！」

最後は、宮島は叫ぶように言った。

一瞬の間を置いて、一発の銃声が空気を切り裂く。

銃声と重なるように、金属を打つ甲高い音が聞こえた。続けざまにもう一発。島村の肉眼では確認できなかったが、六十メートル先のP3で控えるSAT隊員が、カフェに向けて発砲したのだ。警察側から先に発砲するのは初めて——あくまで威嚇射撃である。これは、一種の賭けだ。シャッターはそれなりに分厚く、何発銃弾を浴びせても破壊できるものではない。ひたすら籠もって耐え忍ぶ——いや、いつまでももつものではあるまい。シャッターの奥は、それほど深い造りではない。犯人たちは、ごく近い場所で銃弾がシャッターを打つ音を聞き続けることになる。貫通した銃弾で負傷する可能性もあるだろう。

三発目。銃声がしたと思った瞬間、カフェの左側にあるメニューの看板が粉々になって吹っ飛ぶ。四発目でガラスの割れる音が響いた。

さあ、どうする……撃ち方止め、の合図はない。まず四発だけ撃ちこんで様子を見ることが、予め決められていた。

機動隊員が盾で庇ってくれたが、島村は咄嗟に「いらん!」と怒鳴ってしまった。しかし機動隊員は、島村の前をどこうとしない。あくまで指揮官を守るつもりのようだった。こうなると、無理に指示するだけ時間の無駄だ。島村は機動隊員の肩に手をかけ、中腰の姿勢を取った。盾の上部から首だけ突き出して、状況を見守ることにする。

シャッターが開く。犯人側が自棄になったのか、力任せに一気に上まで——これで犯人の姿は完全にむき出しになったはずだ。先ほどとは違う銃声——今度はもっと甲高い。犯人側が撃ち返したのだと分かった。

正面のP3ポイントに向けて二発。さらに犯人はこちら——P1を向いた。一瞬、目出し帽を被った犯人と目が合った気がした。慌ててその場にしゃがみこんだ瞬間、すぐ近くで「ガツン」と強烈な音が響く。目の前の盾に当たったか……島村は思わず、機動隊員に「大丈夫か!」と声をかけた。

「大丈夫です」機動隊員の声は落ち着いていた。膝立ちの姿勢のまま、しっかり盾を保持している。かなり分厚く重いので、この距離から撃たれても、さほど衝撃はないのかもしれない。

「警察は撤収しろ！」犯人の生の叫び声。「警察がいなくなれば、俺たちは出る！」

「いいから出てこい！」

「撤収しろ！」

「出てこい！」

互いに感情むき出しの言い合い——犯人側が初めて焦りを見せた。その後で「閉まるぞ！」と誰かが叫ぶ。しかしまだ、現場に煙はない。クソ、上手くいかなかったか……計画では、銃弾を撃ちこまれて焦った犯人がシャッターを開けた瞬間、中に発煙グレネードを投げこむことになっていた。煙で広い場所に追い出し、下倉に狙わせる。しかし犯人は、まだ冷静さを保っていて、さらに粘るつもりのようだった。

島村は背筋を伸ばし、現場の全容を視界に入れた。犯人は外に出ていない。シャッターは閉まりつつあった。しかしそこで、サウスゲート側のP2に詰めていた機動隊員二人が無防備のまま飛び出す。カフェの前でバリケードになっていた椅子を摑んだ……あと一メートルでシャッターが閉まるという時、ボーリングでもするかのように、椅子をアンダーハンドで投げる。二つの椅子が同時に床を滑り、シャッターの隙間に挟まった。シャッターは、床まで五十センチほどを残して開いたままになった。

「今だ！」島村は思わず叫んだ。

しかし実際には、島村が叫ぶ前に次の動きが生じていた。SAT隊員二人がP1から飛び出し、発煙グレネードを下手投げでカフェに投げ入れる。短いパイプのようなグレネードが床を滑り、シャッターの中に入りこんだ。一瞬の間が空いた後、シャッターの隙間から猛然と白煙が噴き出してくる。

よし、多少危険なこともあったが、作戦は着々と進行している。シャッターの下に椅子を噛ませた機動隊員は、後で表彰対象や。

島村は、犯人が逃げ出してくるのを待っている。あの煙は無害だが、犯人がそれを知る由もない。カフェに火を点けられ、燃え出したと勘違いしてもおかしくない。

ほどなく、カフェの中から悲鳴が聞こえた。女性の声。間違いなく、人質役だろう。島村たちが「4号」と認定していた女性――負傷した犯人をカフェの中に引きずりこんだ腕――は最初に人質役をやっていた人物だったのだ。

隙間から最初に飛び出して来たのも女性だった。見覚えのある服装……間違いなく人質になっていた女性だ。すぐ銃声が響いたが、当たったわけではない。女性はP2――サウスゲートの方へ向かって走り出したが、煙を吸ったのか、大きく咳きこんで倒れこんでしまう。そこへ機動隊員が三人殺到し、両腕を摑んで引っ張り上げた。両側から支えられた格好で女性の足が浮く。どういうわけか靴は履いておらず、むき出しの足が妙に白く見えた。そのまま、サウスゲート側で盾が並んだ壁の向こうへ消える。

「一人確保！　無傷！」すぐに報告が無線で飛びこんでくる。これで、中にはあと三人しかいないはずだ。

その三人も、結局耐え切れずに飛び出してきた。二人は銃を持っているが、一人はスーツ姿で空手《からて》──人質役の男だと分かった。銃を持った二人がサウスゲート側を向いて銃を構えようとしたが、咳きこんでしまい、銃口はふらふらと頼りなく揺れるばかりだ。

ここから先が一番危険な時間帯だ。

サウスゲート側に待機していた元高校球児三人が飛び出す。防弾チョッキを着こんで動きにくそうだが、それでも何とか、カラーボールを投げつけた。一発、二発──次々と犯人に命中する。三人は悲鳴を上げ、その場にしゃがみこんだ。カラーボールが当たっても痛みがあるわけではないが、蛍光性のある液体で体が濡れるのは不快だろう。白煙が漂う中、三人は濃霧の中で迷ったハイカーのように頼りなくふらふらと揺れ動くだけだった。カラーボールによる攻撃は続く。頭に直撃を受けた男──3号だろうか──は、悲鳴を上げてその場にうずくまり、ライフル銃を手放してしまった。

スーツ姿の人質役の男は、目の高さに肘を上げて顔を庇いながら、こちらに向かって走って来た。「助けてくれ！」と悲鳴を上げ、足取りはふらついている。島村は前に陣取る機動隊員に「どいてやれ」と命じた。武器を持っている様子はないし、とにかく警察官が大量にいる中に飛び出せば、抑えるのは簡単だ。

「開けてやれ！」

島村が叫んで機動隊員が脇にどいた瞬間、島村は男と正面から向き合うことになった。薄いグレーのスーツはオレンジ色、黄色などの液体で濡れ、サイケデリックな模様になっている。顔面は蒼白《そうはく》で、今にも倒れそうだった。

よしよし、投降するならきちんと守ってやる——島村が身を引き、後ろで控える機動隊員たちに任せようとした瞬間、男が右手を背中に回し、ナイフを抜き取った。顔よりも高く掲げて、島村に襲いかかってくる。一度退避して——と思ったが体が動かない。硬直したままでいるうちに、男があっという間に迫ってきた。もう一歩踏み出し、手を振り下ろしたら、俺はあのナイフに切り裂かれる。

しかしその瞬間、男は横へ吹き飛ばされた。悲鳴を上げ、脇腹を抱えてのたうち回っている。そこへ機動隊員が殺到し、腕を捻《ね》じ曲げてナイフを取り上げた。男は数人の機動隊員の下敷きになり、悲鳴はくぐもって聞こえなくなる。

「確保！　確保！」興奮した声が響く。島村は「放してやれ」と言おうとしたが、喉が硬直したようで声が出ない。しかし機動隊員たちは、男をすぐに立たせた。ワイシャツは胸が破け、スーツの左袖も取れかけていた。

そこで島村は息を吹き返し、深呼吸した。それまで完全に息を止めていたことに改めて気づく。急に顔に血の気が戻ったようだった。傍らに控えた機動隊員の方を見やる。どうやら、突進して来る男の脇腹に、盾を叩きこんだようだ。一瞬の判断でよくやってくれた――礼を言おうとして唇を開きかけた瞬間、機動隊員が無言でうなずく。ヘルメットの下の目つきは厳しいままだ。署長、まだ終わってませんよ――。

その通り。島村は再び現場に目をやった。残る二人はその場にしゃがみこんでいる。一人はずっとライフル銃を持ったままで、もう一人も床に置いたライフル銃を再び手にした。まるでそれが最後の命綱であるかのように。

下倉、準備はええか？　俺たちはしっかり舞台をお膳立てしてやった。ここからはお前が主役やで。無線で呼びかけ、励ましてやろうかと思ったが、そんなことは不要だろう。今頃下倉は、集中力を極限まで高めているはずだ。あの男がそのためにどんな方法をとっているかは知らないが、一段落したら酒でも呑みながらじっくり聞き出してやろうか。

これでまた、奢る相手が増えた。リストは長くなる一方で、島村は女房に悪いなあ、と思い始めた。

作戦は最後の段階に突入した。それまで聞いたことのない大きな音――風の音が響き渡った。現場を覆った白い煙が、ノースゲート側に吹き流され始める。風の音がさらに高くなる。二台目の送風機が稼働したのだ。機動隊にはこんなものもあるのか、と驚いたのを覚えている。聞いたら、一台四十万円とか——元々何に使うものかは聞き忘れたが、こういう形で役に立つものか……煙はあっという間に薄れ始め、島村は犯人二人をはっきりと見た。苦しかったのか、二人とも目出し帽を取ってしまっている。汗をかいたのか、髪はべっとりと濡れ、顔には疲労の色が濃い。

だからと言って容赦はしない。

下倉、仕上げを頼んだで——。

8

「十一時五十五分をもって、予定通り決行」

無線から指示が飛ぶ。下倉は反射的に腕時計を見下ろした。十一時五十二分。三分前に正式通告かよ……下倉は、SAT隊員に現場の風を確認するように頼んだ。無線でP3に詰める機動隊員と話した隊員が「追い風〇・七メートル」と報告する。

「この条件はどうだ」心配そうに下倉に訊ねる。

「悪くないです。風の補正はほとんど考えなくていいです」

よし……「待て」だ。下倉は膝立ちの姿勢を取り、スコープを覗きこんだ。肩でしっかり銃を抑え、右手の人差し指は引き金へ。強張りはない。あとは気持ちの問題だ。

「二分前」ＳＡＴ隊員がカウントダウンしてくれた。ゼロになった瞬間に引き金を引くわけではないが、指針にはなる。

額に汗が滲む。ざわざわとした街の気配が、少しだけ感じられた。風が欲しいな、とふと思う。スコープを覗きこんでいる限り、高さを感じることはない。せっかくガラスが外されているのだから、ここで風が吹きこんだら結構気持ちいいのではないだろうか。

額の汗を拭う余裕もない。もしも汗が垂れて目に入ったら、全て台無しだ。手術中の外科医のように、ＳＡＴ隊員に「ハンカチ」と指示しようかと思ったが、さすがにそれは調子に乗り過ぎだろう。

気合いだ、気合い。汗なんか、気合いで止められる。

「一分前」

ふいに意識が鮮明になる。ああ……試合の時と同じだ。集中力が極限に達すると、突然視界が普段よりもクリアになる。伏射、立射、膝射《しっしゃ》の三姿勢で計百二十発を撃つ場合、競技時間が三時間にもなるので、この状態がずっと続いて心底げんなりする。目の疲れ、頭の疲れ——精神的なものだけでもなく、競技終了後には実際に体重が二キロほど減ることもあるぐらいだ。

しかし今日は、試合ではない。距離は普段の十倍近いし、自分の一撃には人命がかかっている。こんなことなら、国体やオリンピックの種目にはないビッグボアライフルもしっかり練習しておくべきだった。あれは、射程距離三百メートルで競うから、こういう狙撃の感覚に近い。

視界に映る景色が急に変わった。ちょうどカフェの正面――P3のポジションに陣取っていた機動隊員たちがすっと左右に開く。それでカフェが直接見えるようになった。

「ゼロ！」

SAT隊員のかけ声と同時に、下倉は現場の観察に集中した。人差し指にほんの少し力を入れれば、弾丸は発射される。

スコープの中で、こちらに背中を向けた機動隊員たちの姿は、予想よりも大きく見えた。これなら行ける……しかし、しばらく動きがない。最初に呼びかけだったな、と計画の手順を思い出す。いわば最後通告なのだが、これで犯人が投降すれば、自分は何もしなくて済む。できれば人は撃ちたくない。しかし――これで終わると思ったら駄目だ。ゆっくり呼吸しろ。体と心を平静に保て。人ではなく機械になるのだ。

しかし、平静を保つのは難しい。何しろ状況が刻々と変化し始めたのだ。

説得はすぐに終わっただろう。その後、かすかな銃声……これも予定通り、カフェのシャッターを狙っての威嚇射撃だった。これだけ都会の騒音が満ちている中で、五百メートル近く先の銃声が聞こえるものだろうか。あるいは……今の自分は、聴覚もそれだけ研ぎ澄まされているのかもしれない。

「シャッターが開いたぞ」横に陣取ったSAT隊員がつぶやく。こちらは最大七十五倍率のスポッティングスコープを使っているので、現場の様子は手に取るように見えているだろう。

下倉も同じ場面を見ていた。そこから、全体を俯瞰《ふかん》していても動きが把握できないぐらいの混乱が始まる。開いていたシャッターが再び閉まろうとした瞬間、誰かが椅子を投げこむ。その直後、隙間から煙が噴き出した。

「いぶり出しが始まったぞ」

SAT隊員が言った瞬間、シャッターの隙間から飛び出て来た女性が逃げ出した。それに続いて男が三人、飛び出てきた。そのうち一人、普通のスーツ姿の男が右に走っていく。人質——いや、人質役の犯人だ。投降する気になったようだが、何か一悶着《ひともんちやく》……警官隊の間に飛びこもうとした瞬間、横向きに吹っ飛ばされた。どうやら機動隊員に、盾で突き飛ばされたらしい。

「野郎、ナイフか何かで襲いかかろうとしたんだ」

SAT隊員がつぶやく。やはりスポッティングスコープの方が、よく見えているようだ。下倉の方は、状況把握に難儀している。距離が遠過ぎることはないのだが、白煙が薄らと漂って現場を見えにくくしているのだ。

誰も怪我していないだろうな……心配になったが、聞けなかった。言葉を発することができない。今の自分には会話も邪魔だ。

まだ現場は白煙に覆われていて——先ほどよりも視界はぼやけている——残った犯人二人の姿を追うのが難しくなっている。白煙の中に黒いTシャツの人間がいるから目立つはずなのに。

しかし次の瞬間、白い煙はあっという間に薄れ始めた。送風機だ……あんなものまで用意していたのか。煙が薄れると、今度はライフルを持った犯人二人がしっかり確認できた。投げつけられたカラーボールは鮮やかな蛍光色。やや暗い灰色の床の上で、二人の姿はくっきり見えた。

右！

わずかに銃口を動かしてスコープの十字を合わせる。迷いなく引き金を引いた。しゃがみこんでいた男がその場でへたへたと崩れ落ちる——もう一人。

左！

銃口をほんの少し左に動かす。膝立ちになった男が周囲を見回していた。完全に状況が見えていない。銃を持ち上げ、構えようとしたが、動きに迷いが見えた。どこを狙っていいか、分からないのだろう。

撃つ。男が後ろから引っ張られるように倒れ、取り落としたライフル銃が床を滑った。

下倉はそれまで、完全に息を殺していたのに気づき、ゆっくりと息を吐いた。今になって鼓動が高鳴り、頭がくらくらしている。引き金から指を離そうとしたが、固まってしまった。

「完璧だ……」

ＳＡＴ隊員が言って、下倉の肩を叩く。それで下倉は、ようやく呪縛から解かれたように銃から手を放した。依然として覗きこんでいるスコープの中では、両サイドから機動隊員が殺到し、犯人を確保する様子が見える。

「確保！　確保！」

無線の声が飛び交う。ついぞ聞いたことのない、甲高く、踊るような口調。下倉は思わずその場にしゃがみこんで、目を閉じた。今になって、手がぶるぶると震えている。人を撃ったのはこれが初めて――最後になって欲しい、と心から願った。同じ撃つにしても、動かない無機物の標的と人間ではまったく違っていた。あの二人、死んでないだろうな……急所を外してまで撃つような余裕も能力も自分にはなかった。

「生存確認！」

マジか？　下倉は目を見開き、またスコープに目を当てた。機動隊員たちが犯人を運び出すところ……手が動く。暴れているわけではないが、体が動くということは、確かに生きているのだ。

「一人は肩、一人は腰に当たったようだな」ＳＡＴ隊員が告げる。「わざと急所を外したのか?」

「そこまでできませんよ。まぐれです」

「まぐれでも何でも、大したもんやで。あんた、SATに来ないか?」

「それは……」実際、これまでにも誘われたことはある。SATでは、狙撃も大きな仕事の一つなのだ。しかしSATは普段から訓練が厳しく、機密保持も厳重である。あくまで競技中心でやっていこうと決めていたので、誘いは断ったのだが——今なら考えてもいいかもしれない。こんな風に、二発の銃弾で状況を打開できたのだから。この達成感は、試合でもついぞ得られなかったものだ。

「もちろん、SATにいても、こんなでかい現場に遭遇することは滅多にないし、俺も初めてやったけどな」

「ですね……」

　自分の前には様々な可能性がある。しかし今は、何も考えたくなかった。

　SAT隊員が無線で何か連絡し、すぐに観覧車が回り始めた。逆回転で戻るのではなく、本来の回り方でゆっくりと上がっていく。高度が上がるに連れて風が強く吹きこみ、下倉は汗をびっしょりかいているのを実感した。ふいに、自分が高いところにいるのを思い出し、落ち着かなくなってくる。

　スマートフォンが鳴った。電話の向こうで「ご苦労」と言ったのは島村だった。

「ああ……はい」間抜けな返事をするのが精一杯だった。

「犯人は二人とも生きている。重傷だが、命に別状はないやろ。お前はベストを尽くしてくれた」

「はい」

「下で、迎えが待ってるからな。コンディションは悪いだろうが、明日も頑張ってくれや」

「え？」

「俺はあと一分ほどで指揮権を失う。ご苦労さんやったな。後で美味い酒を奢るで。今の成功と、大会の勝利祝いや」

電話は一方的に切られた。

迎え……何のことだ？　ＳＡＴ隊員に訊ねてみたが、何も聞いていないという。

「君は今、英雄やからな。オープンカーでも用意してあるんちゃうか？　御堂筋をミナミまでパレードとか」

「署に帰るだけですよ」歩けばここから五分もかからない。しかし今日は、眠れないだろうな……試合の後によくあることだが、神経が昂《たかぶ》って眠気がやってこないのだ。三姿勢で百二十発撃った時など、その一発一発を思い出してしまうぐらいである。全て振り返るには、試合時間と同じだけかかる。前のことはさっさと忘れて次に向かう、ということが下倉にはできないのだ。

頂点を過ぎると、次第に恐怖感は薄れてきた。後は下りるだけ……と考えると、景色を見る余裕もできてくる。大阪駅に関しては、大屋根を上から見下ろす格好になるので、時空の広場が今どうなっているかはもう分からない。しかし、それ以外の光景はいつもながらの大阪——日付が変わろうとしている今、まだ働いている人もいるだろうが、街はそろそろ眠りにつこうとしている。

疲れたな……しゃがみこんだまま目を瞑《つむ》り、たった二発の発射を思い出す。たぶんこの二発については、ふとした瞬間に脳裏に蘇るだろう。死ぬまで。

観覧車が一周してスタート地点に戻る。ドアが開いた瞬間、下倉は意外な出迎えを受けた。拍手。狭いスペースに詰めかけた仲間たちが、一斉に手を叩いている。どの顔にも安堵の表情が浮かんでおり、下倉は一気に力が抜けるのを感じた。一歩を踏み出したが力が入らない。よし——気合いを入れて初めて、しっかり地面を踏みしめることができた。

「ようやった!」「本部長表彰や!」声が飛ぶ中、下倉はひょいと頭を下げた。そのまま視線を下に向け、ゆっくりと歩き出す。こういう出迎えなんか想定してもいなかったし、どうにも苦手なんだよな……。

その時、ふいに腕を引っ張られた。顔を上げると、よく見知った顔が目の前にある。

「沢田……」

「お疲れやったね」そういう麻奈美も疲れた笑みを浮かべている。それはそうだろう、たぶん、宿直明けで昼間もずっと交通整理に立ち続けていたのだから……今はどういうわけか、Tシャツにジーンズというラフな格好だった。制服姿の印象しかなかったので、何だか違和感がある。こういう格好をしていると、妙に若く見えるなあ、と思った。

「ああ……何でここに？」

「島村署長――」麻奈美が腕時計を見た。「署長じゃなくて、前署長の命令で」

「は？」

「命令じゃなくて、依頼かな。個人的に頼まれたのよ」

「どういうことだよ」

「いいから、いいから」

エレベーターに乗りこむと二人きりになり、上階の喧騒が嘘のように静かだった。

「何なんだよ、いったい。俺、これから報告しないといけないんだけど」

「それ、後でいいって」

「署長が言ってたのか？」

「そういうこと」

エレベーターを降りて外に出る。まったくいつも通りの雰囲気……先ほど観覧車の中で少し高い場所の空気に身を晒していたせいか、今はここの空気が生暖かく感じられる。

「それ」麻奈美が、道路に停められた車に向けて顎をしゃくった。現行モデルのプリウスだった。

「何？」

「借りてきたの。っていうか、押しつけられた感じ？」麻奈美がロックを解除する。

「乗って」

何が何だか……しかし下倉は、言われるままにプリウスの助手席に乗りこんだ。麻奈美も運転席に滑りこみ、すぐに車を出す。行先は……このまま真っ直ぐ進むと梅田署にたどり着く。

「人の車って、運転しにくいわね」

「誰の車なんだ？」

「島村署長の息子さん。今、科捜研にいるのよ」

「何でまた？」

「私、明日というか、今日非番なのよ。昨夜から働き過ぎで、ローテーションが崩れたから」

「だから？」進まない説明に少し苛つきながら、下倉は訊ねた。

「これからあなたを静岡まで送っていくように、署長に頼まれたの」

「はあ?」

「この仕事がきちんと終わったら——無事に済んだら、静岡まで行くようにって。徹夜になるかもしれないけど、試合には間に合うでしょう?」

「まさか」下倉はぽつりとつぶやいた。それは無理……試合前には十分な休養が必要なのだ。このまま静岡まで車で移動したら、到着はたぶん午前三時か四時になる。ほとんど寝ないまま試合に出るなど、考えられない。

「だいたい、何で署長がこんなことを?　沢田は島村署長と知り合いなのか?」

「ああ、個人的に……私、署長の息子さんと大学が同じなのよ。まあ、友だちね。というか、私の親友が息子さんと結婚したから」

「マジか」

「家に遊びに行ったこともあるし。署長はともかく、奥さんは気さくでいい人なのよ」

「何だよ、それ……」下倉は一気に体から力が抜けたように感じた。

「ちゃんとやってくるようにって、教養課長からも言われてるわよ」

「無理だって」下倉はつい弱音を吐いた。

「何言うてるの。非番なのにせっかく運転手を買って出た私の立場はどうなるわけ?」

「断ればよかったのに」

「そんなこと、できるわけないでしょ。下倉は今、府警のヒーローなんだから。とにかく私の仕事は、あなたを無事に試合会場まで送り届けること……応援はしないけどね」

「それは、別にいいよ……」

「あと、島村署長からメッセージを預かってるけど」

「何だって？」

「こういう仕事の後だからって、試合でみっともない結果に終わったら、ケツを蹴飛ばしてやる——以上」

そんなご無体な……苦笑してしまった。

とはいえ、署長の好意を無にするわけにはいかない。負けたら負けたで、その時に考えればいい。まず、最善を尽くすのが大事だ。今自分にできるベストの方策は——寝ることだろう。寮で荷物を取ってきたら、あとはひたすら車の中で寝るだけ。

麻奈美の運転が丁寧なことを祈るしかなかった。

どこかで爆発音が聞こえ、下倉は思わず首をすくめた。麻奈美が急ブレーキを踏み、下倉の肩と胸にシートベルトが食いこむ。

「今の……何？」麻奈美の声が震える。

「爆発や。犯人の仕かけた爆弾がまた爆発したんか？」下倉はスマートフォンを取り出した。クソ、冗談じゃない。静岡行きは取りやめや。

「現場に行こう」

「了解」

麻奈美がアクセルを思い切り踏みこむ。下倉の背中がシートに押しつけられた。悪夢はまだ終わらないのか？

9

さて、これで終わりやな。

島村は、スマートフォンを現場服の胸ポケットに落としこんだ。刑事部長への簡単な報告は完了。現場には既に次期署長——いや、既に署長になっている萩沼も顔を出し、指揮を引き継いだ。とはいえ、今夜萩沼にできるのは、後始末と部下への督励だけだろう。実質的には今川が仕切るので、取り敢えず新署長はここにいればいいだけだ——時空の広場を去ろうとした瞬間、「退避！」と誰かが叫ぶ。何だ？　何があった？　階段の途中で立ち止まった瞬間、爆発音が鳴り響く。思わずその場にしゃがみこむ。すぐに、上から何かが降ってきた……。

「署長！」今川が叫ぶ。

「平気——大丈夫や」答える声がかすれてしまう。唇が震えているのが自分でも分かった。「何があった？」

「カフェが！」

慎重に立ち上がる。恐る恐る首を伸ばすと、カフェの天井が吹き飛んでいるのが見えた。火の手が上がり、消火器を持った機動隊員数人が殺到する。クソ、待て——まだ何かあるかもしれない。しかし衝撃と恐怖で、島村は声を出せなかった。

「爆発物やと思います」今川が言った。

「自分たちが隠れたカフェにしかけたんか？」

「いや」今川が唇を舐めた。「もしかしたら、犯人連中も爆弾については知らなかったかもしれません。伏見が密かに荷物に紛れこませたとか」

「まさか……」機動隊員たちの活躍で、火の手が収まりつつあるのを見ながら島村はつぶやいた。「つまり、連中は何も知らずに殺されることになっていたのか？」

「考えてみれば、どんな手を使ってもここから無事に逃げられるはずがありませんわ。余計なことを喋らせないようにするためには、殺してしまうしかない——」

「あるいは、連中を排除した後、我々が調べている時にどかん……を狙ったのか」

「伏見……なんちゅう奴ですかね」

「よう気づいてくれたよ」島村は額の汗を拭った。鼓動はまだ落ち着かない。不用心にカフェの中を調べていたら、間違いなく吹き飛ばされていたのだ。

すぐに指示を飛ばさなければ——焦ったが、すぐに自分にはもうその権利も義務もないことに気づく。駆けつけるべきかもしれないが、かえって現場を混乱させてしまうだろう。ここは我慢だ。

「現場、見てきます」今川の声は緊張している。

「頼むわ。俺はもう、口出しはできん」

島村は署員の送りを断り、一人、梅田署へ歩き始めた。さて、まずは女房に何と言うかやな……しまったばかりのスマートフォンを取り出した瞬間、下倉から電話が入った。

「署長！」

「なんや」島村は意識して低い声で応じた。

「今、爆発が……これからそちらへ向かいます」

「アホ、何言うてるんや」島村は叱りつけた。「怪我人はおらん。犯人の最後っ屁《ぺ》みたいなもんや。お前の出る幕はないで。さっさと静岡へ行け」

「しかし……」

「俺はもう署長やない。お前に命令を下す権利もない。しかし、一つ言うておくわ。今のお前の仕事は大会に出場して勝つことや。自分の役目を果たせ！」

返事を待たずに電話を切った。下倉のことだから、現場に固執するかもしれない。もしも静岡へ向かわず、この現場に来るようなことがあったら――その時は怒鳴りつけてやろう。署長やなくて、警察官の先輩として言うてやる。

島村は肩を上下させ、改めて昌美の携帯に電話をかけた。

「大丈夫やった？」昌美の声は落ち着いている。それを聞いただけで、気持ちはぐっと楽になった。

「ああ、何とかな。引っ越しの方、準備はどうや？」

「一応、予定通り明日の午前中に業者さんが来るけど……あなたがいなくても大丈夫なように準備しておいたわ」

「すまんなあ」謝って、唐突に空腹に気づく。「謝りついでに申し訳ないけど、何か食べるもん、あるかな」

「もちろんよ。そう思って、お握りだけは用意しておいたから」

「さすが、大阪一の嫁や」

「どうせ嘘なら、日本一ぐらい言うてくれたらええのに」

「さすがにそれは言い過ぎやろ」

電話を切り、ふっと息を吐く。長かったなあ……二十数時間前に始まったこの騒動は、やっと収束した。いや、本当に収束したかどうかはともかくとして、自分の仕事は終わった。あとは切り替えて、明朝から新しい仕事やな。

その時、スマートフォンが鳴る。今夜はもう勘弁してや……と思いながら確認する。この電話に出ないわけにはいかない。

10

電話していいかどうか迷った末、神谷は結局島村に電話を入れた。テレビの画面で現場が大きく動いたのを確認し、犯人確保の一報を聞いてから二十分。自宅へ帰る気になれぬまま、神谷はスマートフォンをいじっていた。島村はこの時点では署長ではなくったものの、まだ現場で指揮を執っているかもしれない。さすがに、これだけの事件を中途で放り出すわけにはいかないだろう。取り敢えず「お疲れ様」だけ言っておくか。

しかし電話に出た島村は、意外なことを言い出した。

「ついさっき、お役御免になったばかりや」

「マジですか」

「大阪府警は規律に厳しいもんでな。午前零時で署長としての仕事はタイムリミットや」

「お疲れ様です。それだけ言いたくて」

「あんたにはすっかり助けてもらったなあ。やっぱり俺らは、ええチームや」

神谷としては苦笑するしかなかった。本当にいいチームだったかどうかは分からない。メンバーはその後、何かとややこしい事件に巻きこまれているのだし。

「爆弾はどうなったんですか？」

「ついさっき、カフェが爆発したわ」

神谷は唖然としたが、すぐに合点がいった。カフェを占拠していた連中も、伏見にとっては単なる「手駒」だ。爆殺して始末しようと考えていてもおかしくはない。だが、このタイミングで爆発したのはどうしてだろう。

「市民に被害が出なかったんだから、よしとせんとな」島村はそれほどショックを受けていない様子だった。「ま、何かあったらまたよろしく頼むわ」

「明日——今日から学校長でしょう？　あそこで事件が起きるわけないじゃないですか」

「それは分からんで。いやあ、久しぶりに熱い現場で、昔の感覚を思い出したわ。しかしあんたらは、明日以降も大変やろ。この事件の裏に何があったか、掘り出さなあかん」

「死人に口なしですけどね。捜査の主体は府警ですよ。ただ、こちらでもできることはありそうです。どうも伏見には、何人かの協力者がいたようなので」

「協力者というか、共犯やな」

「まず、そいつらを割り出してパクることですね。それで、計画の全体像は明らかになるはずです」

「ま、いずれにせよ俺は、高みの見物や。なあ、この件は、俺にとっては警察官人生の卒業試験のようなものやったと思う」

「ええ」

「無事に卒業できるかね」

「点数はつけられませんが——島村さんがベストを尽くしたのは間違いないですよ。だから俺が、合格にします。今は取り敢えずゆっくり休んで下さい」

「気力、体力ともに充実してるけどな——またゆっくり話そうや。これから女房の手伝いをして、引っ越しの準備をせんといかんから」島村はさっさと電話を切ってしまった。

神谷はもう一つ椅子を持ってきて、靴を脱ぎ、両足を投げ出した。今夜は、所轄の刑事課で眠らせてもらおう。犯人は逮捕されたとはいえ、明日も捜査は続く。家に帰るだけ時間の無駄で、明日も一刻も早く仕事に取りかかりたい。

ふと、自分も島村も、結局は同じタイプの人間なのだ、と意識する。

事件捜査に取りつかれた人間。それはたぶん、警察官を辞めるまで続く。島村と自分に関しては、それが長いか短いかの差に過ぎない。

解説

内片 輝

映像化したくなるには、理由がある。

1、堂場作品との出会い

私が監督としてドラマ化できた堂場作品は、今のところ四つ。素晴らしい原作に出会い、ドラマ化し、好評をいただいた幸運な映像作品です。

「棘《とげ》の街」（幻冬舎）……テレビ朝日系・土曜ワイド劇場（二〇一一）
「アナザーフェイス」（文春文庫）……テレビ朝日系・土曜ワイド劇場（二〇一二）
「アナザーフェイス2」（文春文庫）……テレビ朝日系・土曜ワイド劇場（二〇一三）
「検証捜査」（集英社文庫）……テレビ東京系・スペシャルドラマ（二〇一七）

実は「棘の街」よりさかのぼること三年の二〇〇八年、ドラマ化を狙ったものの成し得なかった堂場作品があるのです。開発に結構な時間をかけ、最終的に結実しなかった、苦い思い出のある企画書が、手元にまだ残っています。

「ドラマ企画書　雪虫―刑事・鳴沢了―」

刑事・鳴沢了。知らないファンはいない、堂場瞬一の人気シリーズですね。当時鳴沢了シリーズは十作品刊行されており、「雪虫」は映像化はされていませんでした。知り合いのプロデューサーから渡されたこの企画書が、私にとって初めての堂場作品との出会いでした。

今回の解説のために久しぶりに目を通したその企画書には、こう書かれています。

「主人公、鳴沢は二十九歳の刑事。刑事になるべくして生まれた男」

「事件のディテールに徹底的にこだわり、事件の全てを理解しようとする彼の言動は、捜査本部の首脳陣との軋轢《あつれき》を生む」

痺《しび》れましたね。従来の刑事モノの作品とはひと味違う主人公。こんな男の躍動する姿を映像作品として観《み》てみたい。それが初見の感想でした。そして……初めて「雪虫」の文庫本を手に取ったのです。鳴沢の生き様と言ったら……ファンの皆さんならわかりますね？　周囲とぶつかり、妥協や忖度《そんたく》とは程遠い生き方。でも最終的にはきっちりと成果を出す。大団円ではなく、傷を負ってしまうのもまたいい。

鳴沢シリーズは、仕事でくすぶっている会社員にとっては、禁断の書です。社内の人間関係がなんだ、上司がなんだ！　俺は俺のやり方で進むのだ！　と暴走意欲に駆られます。映画館でロッキーやジャッキー・チェン映画を観た後の男子のような状態、と言えば伝わりますか？　当時の私は、そんな気分のまま、勢いよく「鳴沢」の企画をテレビ局内の企画会議に提出しプレゼンしました。がしかし、その熱さは当時の上司にはお気に召さなかったらしく、あえなく企画はボツ。社会の現実も知り、また他の堂場作品の主人公にも改めて感化されつつ（「棘の街」の上條はもっと破滅的に危ないし、「アナザーフェイス」の大友は世渡り上手のひとたらし……対極です）、その後はオトナなプレゼンで企画立案し、「棘の街」「アナザーフェイス」「アナザーフェイス2」「検証捜査」をドラマ化、監督させていただくことができたのでした。

堂場作品によって人間性を育てられた監督、と言ってもいいのではないでしょうか。

2、時限捜査の「温度」と「湿度」

改めて監督として自分自身を振り返ってみると、映像化する際に、堂場作品のどの部分を魅力に感じているのでしょうか？

「時限捜査」を含む「捜査」シリーズは、「検証捜査」（集英社文庫、二〇一三）に端を発します。以下、作品を簡単にご紹介すると、

「検証捜査」……神奈川県警の不祥事を検証するため、脛《すね》に傷のある外部捜査員が集められる。警視庁の神谷悟郎、北海道警の保井凛、埼玉県警の桜内省吾、福岡県警の皆川慶一郎、大阪府警の島村保、そして警察庁の永井高志。いずれも一癖あるキャラクターが、主人公神谷を中心に難題に挑む。

（ちなみに私が撮った作品でのキャストを紹介すると、神谷＝仲村トオル、凛＝栗山千明、島村＝角野卓造が演じている。なんとも魅力的なキャスティングでしょ？）

「複合捜査」……桜内のいる埼玉県警が舞台。桜内はそんなに活躍しないので、別キャラの姉妹作品として楽しめる。

「共犯捜査」……福岡県警の皆川は新婚。そんな折、幼児の誘拐事件が連続して発生。福岡市内を舞台に、箱根駅伝出場選手だった皆川が体を張って捜査する。神谷、島村も皆川の捜査を遠方からサポートする。

「時限捜査」……「検証捜査」当時、大阪府警察本部の監察官だった島村は、大阪最大の警察署である梅田署の署長になっていた。署長としての勤務は明日一日を残すのみ。その夜……まさかの事件が起こる。

映像化する時に、大事なこと。一つはもちろんストーリー。もう一つは世界観。映像でいうと、ルックですね。どんな雰囲気の映像になるのか、暖かい？　寒々しい？　ざらついている？　暗い？　キラキラしている？　そんなイメージのヒントを探します。単純な言葉に言い換えると、それは「温度」と「湿度」の描写はあるか。その二つが魅力的に描かれている作品は、映像化されても魅力的なビジュアルになります。

「時限捜査」のメイン舞台は大阪。描写のほとんどは「キタ」と呼ばれる大阪の中心地で、それ以外にも北摂の（摂津の国の北側だから北・摂ですね）千里ニュータウン周辺（一九七〇年の大阪万博で有名な太陽の塔がある）、ＵＳＪ、日本一高い商業ビルであるあべのハルカスなどが舞台。「グリコ」「通天閣」は、実際に訪れてみればわかりますが、もはや「よくある大阪のイメージ」を逆輸入して作られたような観光地であって、逆に大阪らしくない場所です。ロケーションは、今の大阪の生活感を見事に切り取っています。リアルです。等身大です。

作品冒頭、

「なんでこんなとこに家を買ったかなあ、と村井基樹は後悔の溜息《ためいき》を漏らした。大阪モノレールの万博記念公園駅の周辺には、広大な公園や商業施設が広がっているせいで、家までは歩いて十五分ほどかかる。普段は、歩くのも健康にいいと思うようにしているが、酔って帰って来た日や夏はしんどい」

実際、万博公園のモノレール駅は、広大な万博公園の一帯のど真ん中に位置していて、ここからの帰宅は、少し汗ばむ距離を行かなくてはならないのです。酔った足にはひたすら遠い、公園周りの暗い道。

この描写で村井の体温、つまりは「温度」、そして汗ばむ「湿度」が示されているわけです。文字上のキャラクターに体温が宿った瞬間です！　場所の説明のように見えて、実は村井の「うんざり」な距離に対する体感が描かれているのです。遠くはないが、近くもない。だからうんざりする。バスやタクシーの距離じゃないんですね。村井のおでこに光る汗の玉が目に浮かぶようです。

話の中で何度も登場する梅田署と、立てこもり事件の現場、ＪＲ大阪駅をつなぐ地下道の描写も秀逸です。信号のある地上を歩くより、自分のスピードでセカセカ歩くことのできる地下道を選ぶのは大阪人の常識。梅田署のモデルになっている曽根崎署は、小説どおり梅田のど真ん中に位置していて、もし大阪駅で立てこもりが起これば、曽根崎警察の捜査員はパトカーで駆けつけるより早く、多くは地下道を走るはずなんです。そっちの方が早いからです。でも、ダッシュでたどり着くほど近くもない。ほら、もう想像できませんか。飲食店、店舗、地下鉄を乗り換える人たちでごった返している人混みをかき分け、防弾ベストをつけた重装備の捜査員たちや、島村が走っていく姿。彼らの鼓動と体温が伝わってきますよね？　捜査員たちに驚く酔客の酒臭さまで臭ってきそうです。

島村がしきりにシャワーを浴びたいと思っている件《くだり》も見逃せない。籠城がこんなに長時間になるならば、俺も無理して風呂に入っておけばよかった、という島村の心情吐露が、そのまま島村のむさ苦しさを伝えています。

「こいつは、夜に髭《ひげ》を剃《そ》るタイプなのだろう。風呂も終えて寝ようとしていた時に、呼び出されてきたか……こっちは風呂も入ってないんだぜ、と恨めしく思いながら（中略）今は人がのうのうと風呂に入っている場面を想像するだけでむかつく」のだ。

暑苦しいオッさんの、しかし真剣に事件に向かう姿。暑くてベタベタしている顔。ほら、モロに「温度」と「湿度」ですね！　これを感じることができる作品は、映像化して大概成功します。

3、堂場作品の「味」

堂場作品にはもう一つ「味」へのこだわりがあります。ファンならみんな知っている、食べ物描写ですね。映像でも文字でも、味と匂いというのは表現しにくいのですが、堂場作品にはそんな常識は通用しません。

送別会後の島村は、

「呑《の》んだ後にはコーヒーを一杯やりたくなる」

「熱くて濃いコーヒーが飲みたい」

らしいし、
臨場後の狭い指揮車両には、

「甘い缶コーヒー」

「コンビニの握り飯、サンドウィッチ」

が準備され、

「久々に食べた卵サンドは美味《うま》かった。卵サンドは、パンと卵の柔らかさがほぼ同等なのだと改めて気づく。何の抵抗もなく噛《か》み取れ、口の中ですっと解《ほぐ》れていく。疲れている時には、こういう食べ物が本当にありがたい」

「戦闘意欲を高めなければならない今は、どちらかというとカツサンドが欲しいなあ。値段は高いが、『梵《ぼん》』のカツサンドなら満点や」（今は銀座でも食べられるカツサンド「梵」は、大阪の新世界発祥です）

と食にこだわる。食べる、という生理的欲求を描くことは、その人間性を描くことに他なりません。

特別なカツサンドと同じくらい、コンビニのサンドウィッチにもこだわりを持ち、また美味いコーヒーの淹《い》れ方と同時に缶コーヒーの甘さにも言及する。あくまで推測なのですが、作中の舞台への取材と同様、堂場さんはこれらの食べ物も実際に食しているのではないでしょうか。こだわりの一品だけではなく、コンビニ食品もそれこそ手当たり次第に！

堂場作品の魅力は「温度」「湿度」「味」？　そんなのわかってたよ、それが心地いいから読んでんだよ、と思ったあなた。あなたならきっと私の映像作品も気に入ってくれるはずですよ。私もあなたと同じ、真性の堂場作品ファンですから。

（うちかた・あきら　ドラマ、映画監督）

本書は、集英社文庫のために書き下ろされた作品です。

この作品はフィクションであり、実在の個人・団体・事件などとは、一切関係ありません。

堂場瞬一の本

検証捜査

左遷中の神谷警部補に、連続殺人事件の外部捜査の指令が届く。神奈川県警の捜査ミスを追うチームが組織され、特命の検証捜査を開始。執念の追跡の果てに、驚愕の真相が！

集英社文庫

堂場瞬一の本

複合捜査

埼玉県内で凶悪事件が頻発。夜間緊急警備班の若林は、放火現場へ急行し初動捜査にあたる。翌日の殺人が、放火と関連があると睨んだ警備班は……。熱き刑事たちを描く警察小説。

集英社文庫

堂場瞬一の本

共犯捜査

福岡県警捜査一課の皆川慶一朗は、誘拐犯を追い詰め溺死させてしまう。だが共犯者の存在が浮かび、次なる幼児誘拐が発生！　残忍な共犯者たちを追う熱き刑事魂を描く書き下ろし。

集英社文庫

堂場瞬一の本

解

政治家と小説家という学生時代の夢を叶えた男達。二人の間には、忌まわしい殺人事件の過去が封印され……。彼らの足跡を辿りながら、平成という時代を照射する社会派ミステリー。

集英社文庫

堂場瞬一の本

オトコの一理

身体を鍛え、趣味を極め、ファッションに敏感であるために、頑張る切なさと滑稽さが愛おしい物語。時計、手帳など、こだわりと思い入れのある品をテーマに男達へエールを贈る短編集。

集英社文庫

堂場瞬一の本

警察《サツ》回りの夏

母子家庭の幼い姉妹が自宅で殺害され、母親が行方不明に。日本新報記者の南は、犯人情報を摑み、紙面のトップを飾る記事を書いた。だが、それは大誤報となって……。長編ミステリー。

集英社文庫

集英社文庫

時限捜査《じげんそうさ》

2017年12月20日　第1刷
2021年6月23日　第4刷

定価はカバーに表示してあります。

著　者　堂場瞬一《どうばしゅんいち》

発行者　徳永　真

発行所　株式会社　集英社
東京都千代田区一ツ橋2-5-10　〒101-8050
電話　【編集部】03-3230-6095
【読者係】03-3230-6080
【販売部】03-3230-6393（書店専用）

印　刷　凸版印刷株式会社

製　本　凸版印刷株式会社

フォーマットデザイン　アリヤマデザインストア　　マークデザイン　居山浩二

本書の一部あるいは全部を無断で複写複製することは、法律で認められた場合を除き、著作権の侵害となります。また、業者など、読者本人以外による本書のデジタル化は、いかなる場合でも一切認められませんのでご注意下さい。

造本には十分注意しておりますが、乱丁・落丁（本のページ順序の間違いや抜け落ち）の場合はお取り替え致します。ご購入先を明記のうえ集英社読者係宛にお送り下さい。送料は小社で負担致します。但し、古書店で購入されたものについてはお取り替え出来ません。

© Shunichi Doba 2017　Printed in Japan
ISBN978-4-08-745671-4 C0193